DIE SUCHE NACH DEM GOLDENEN SCHREIN

ECON Historischer Kriminalroman

Im ECON Taschenbuch Verlag sind folgende Titel von Sharan Newman lieferbar:

Das Geheimnis von Abælard und Heloïse (TB 25072)
Das Tor des Teufels (TB 25125)

Zum Buch:

Im Paris des 12. Jahrhunderts blüht der Handel mit gestohlenen und gefälschten Reliquienschreinen. Als auch eine kostbare Armreliquie aus der Kathedrale von Salisbury gestohlen und nach Paris verschleppt wird, beauftragt man den englischen Goldschmied Edgar, die Hintermänner der Diebstahlserie zu entlarven und die Kostbarkeit nach England zurückzubringen. Bei seinen Ermittlungen unter den Pariser Goldschmieden kann sich Edgar wie immer auf den detektivischen Spürsinn seiner Gemahlin Catherine verlassen. Für sie erhält der Fall sogar eine besondere Brisanz, als ihr jüdischer Onkel unter Verdacht gerät; sie setzt alles daran, nicht nur die Ehre, sondern auch das Leben ihrer Familienmitglieder zu retten.

Zur Autorin:

Die promovierte Historikerin Sharan Newman lebt in Santa Barbara, Kalifornien und hat in den USA schon mehrere historische Kriminalromane veröffentlicht.

Sharan Newman

DIE SUCHE NACH DEM GOLDENEN SCHREIN

Ein Kriminalroman um Abælard und Heloïse

Aus dem Amerikanischen
von Christiane Bergfeld

ECON Taschenbuch Verlag

Veröffentlicht im ECON Taschenbuch Verlag
Deutsche Erstausgabe

First published by Tom Doherty Associates, Inc.
Titel des amerikanischen Originals: THE WANDERING ARM
Aus dem Amerikanischen übersetzt von Christiane Bergfeld
Umschlaggestaltung: INIT GmbH, Bielefeld
Titelabbildung: The Complete Encyclopedia of Illustration,
Park Lane, New York 1979
Lektorat: Astrid Berz-Frenzel
Gesetzt aus der Bodoni
Satz: ECON Verlag
Druck und Bindearbeiten: Elsnerdruck, Berlin
Printed in Germany
ISBN 3-612-25172-4

*Für Beccy, Meg, Kay und John, die
die Geschichte als erste zu hören bekamen,
ob sie wollten oder nicht, in Liebe.*

DANKSAGUNG

Folgenden Personen danke ich für ihre Hilfe bei der historisch möglichst genauen Gestaltung dieses Buches. Ohne sie wären mir viel mehr Fehler unterlaufen.

Mr. Bob Caplan für seine Hinweise zum Brauereiwesen

Dr. Robert Chazan für seine beratenden Informationen über jüdische Gemeinden in Frankreich

Dr. H. A. Drake, UC Santa Barbara, für lateinische Obszönitäten; ich wußte gar nicht, daß ich welche kannte, bis zu meiner mündlichen Promotionsprüfung

Dr. Richard Hecht, UC Santa Barbara, für Ratschläge, Literaturlisten, viele hebräische Übersetzungen und für die Durchsicht des fertigen Manuskripts

Joan Hecht für das Lesen und Kommentieren des Manuskripts

Rebecca Hill, Krankenschwester, für die medizinischen Recherchen

Dr. Stephen Jaeger, University of Washington, für eine Kopie seiner Arbeit über Abælards Schweigen zu Sens

Dr. Constant Mews, University of Monash, Victoria, Australien, für Hinweise zu Scholastikern des 12. Jahrhunderts

Dr. David Rollason, University of Durham, England, der mir half, den Arm zu finden

Dr. Mary Rouse, UCLA, die ihn als erste fand und ihm auf der Spur blieb

Dr. Jeffrey Russell, UC Santa Barbara, für das Lesen und Beurteilen des Manuskripts und für das Inkaufnehmen einer neurotischen Autorin als Studentin
Jennifer Russell, die mir eine Schwester in der Neurose war und mich auf die guten Stellen hinwies
Dr. Michael Signer, Notre-Dame, für Informationen über das Judentum im Mittelalter
Dr. Kenneth Stow, Universität Haifa, Israel, für Ratschläge und Hinweise zu jüdischen Gemeinden in Frankreich
Dr. Judith Tarr, die nicht nur ausgezeichnet schreibt, sondern auch profunde Lateinkenntnisse besitzt. Danke für die Korrektur der Grammatik und die Vorschläge zur Straffung
Dr. Richard Unger, University of British Columbia, Vancouver, für die Informationen über Schiffe und Braukunst und dafür, daß er mir eine Mordwaffe gab
Dr. Frans VanLiere, Groningen und Princeton, für Informationen über Andrew von St. Victor
Dr. Bruce Venarde, Harvard, für ein Exemplar seiner wunderbaren Dissertation »Women, Monasticism and Social Change: The Foundation of Nunneries in Western Europe, c 890 - c 1215« und für den Kontakt zur Harvard-Bibliothek
Frater Chrysogonus Waddell, Abtei Gethsemani, für seine begeisterte Unterstützung, redaktionelle Tips und seinen liturgischen Rat
Dr. M. Theresa Webber, University of Southampton, für Informationen über Salisbury und seine Archive
Außerdem möchte ich allen Teilnehmern von mediev-l listserv für Hinweise, Kommentare und Vorschläge zu weiteren Recherchen danken.
Alle diese Personen versorgten mich nach besten Kräf-

ten mit Informationen. Eventuelle historische Irrtümer gehen ausschließlich zu meinen Lasten.

Falls Sie weitere Informationen über das wissenschaftliche Werk der genannten Personen und über andere Quellen für dieses Buch und frühere Bände aus der Reihe wünschen, senden Sie bitte zu meinen Händen einen adressierten Freiumschlag an den Verlag, dann schicke ich Ihnen die gesamte Bibliographie.

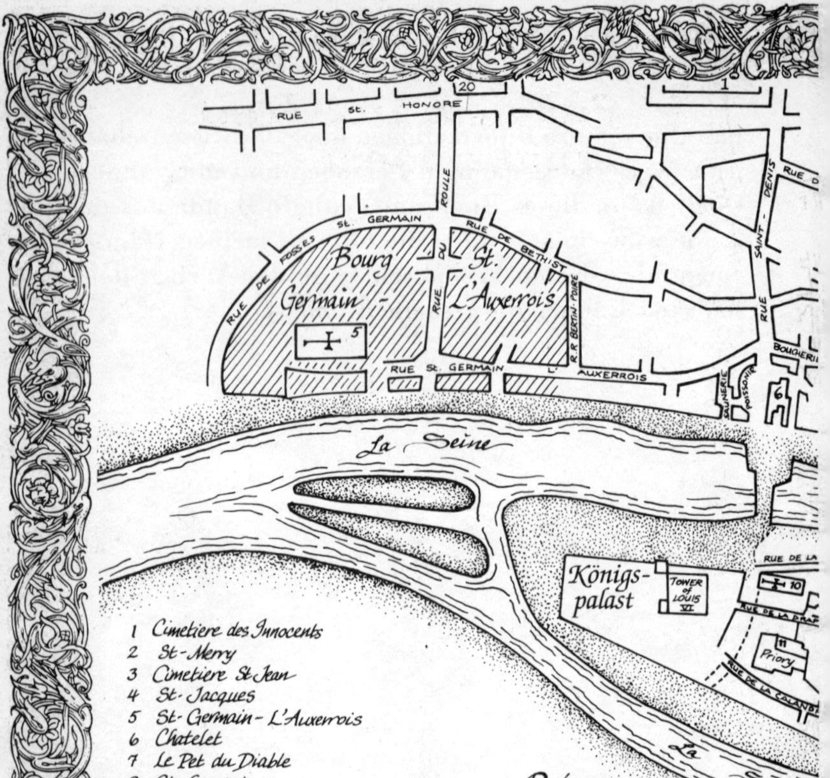
RUE St. HONORE
20
1
RUE St. GERMAIN
RUE DE FOSSES St. GERMAIN
ROULE
RUE DU ROULE
RUE DE BETHIST
RUE SAINT-DENIS
RUE D
Bourg St.
Germain - L'Auxerrois
5
R.R. BERTIN-POIRE
RUE St. GERMAIN L'AUXERROIS
SAUNERIE
POISSONNERIE
BOUCHERIE
6
La Seine
RUE DE LA
Königs-
palast
TOWER of LOUIS VI
10
RUE DE LA DRAP
11
Priory
RUE DE LA CALANDR
La Seine
Pré aux
Clercs
1 Cimetiere des Innocents
2 St-Merry
3 Cimetiere St Jean
4 St-Jacques
5 St-Germain-L'Auxerrois
6 Chatelet
7 Le Pet du Diable
8 St-Gervais
9 St-Jean
10 St-Barthelemy
11 St-Eloi
12 St-Denis de la Chartre
13 Synagogue
St Germain
des Pres
14 Port St Landry
15 Port Notre-Dame
16 St-Etienne
17 St-Jean-Le-Rond
18 Notre-Dame (Ste-Marie)
19 Rue de la Draperies
20 Les Hules
21 St-Marine
22 St-Pierre aux Boeufs
23 St-Christophe
x Huberts Haus
RUE DE LA HARPE
jüdischer
Friedhof

Paris im zwölften Jahrhundert

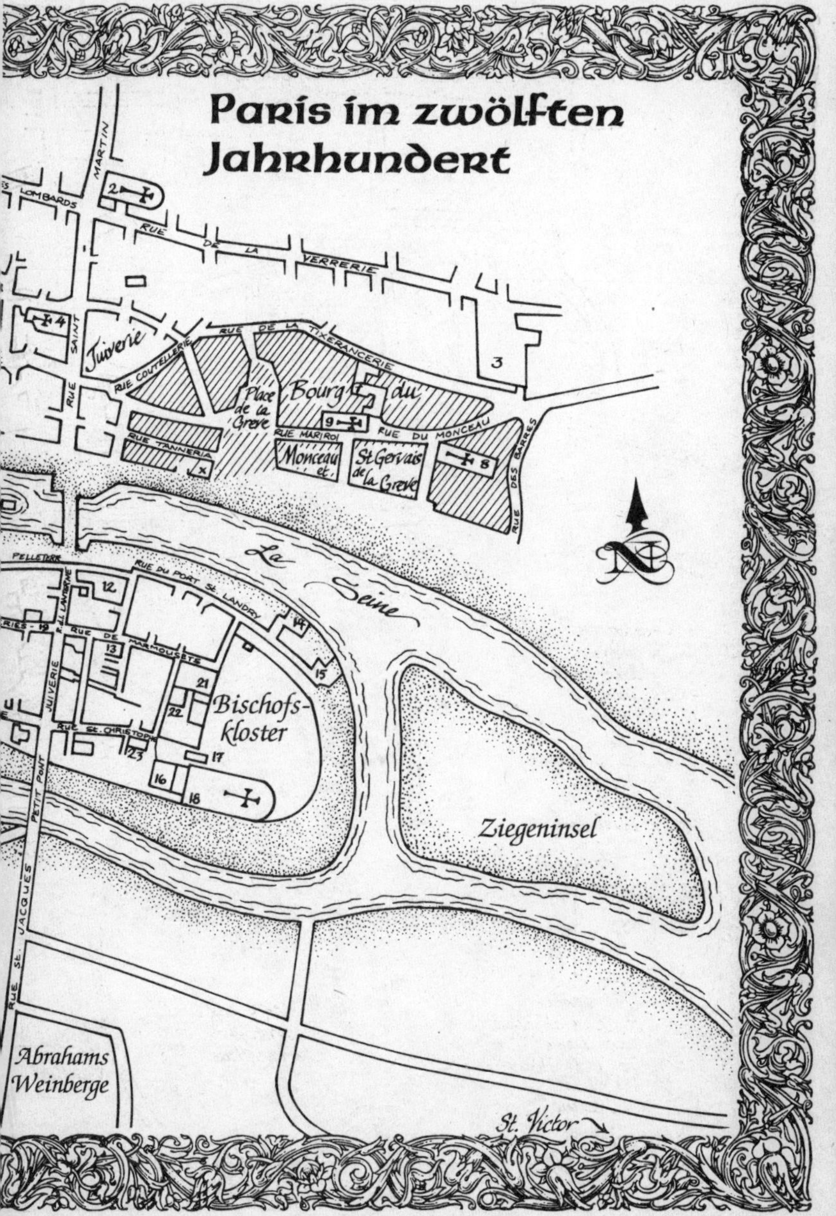

PROLOG

Bischofspalast zu Old Sarum, Salisbury, Weihnachten 1139

Rogero deffuncto, Rex annisus est Philippum quemdam sufficere cancellarium suum, sed tam legato quam clero Sarisburiensi retinentibus destitit ab incepto.

Als [Bischof] Roger starb, wollte der König als Nachfolger einen gewissen Philipp, seinen Kanzler, einsetzen, doch jener scheiterte von Anfang an am Widerstand sowohl des Legaten [Heinrich von Winchester] als auch der Geistlichen von Salisbury.

De praesulibus Angliae commentarius

Philippe d'Harcout, Dekan von Beaumont und Lincoln, Erzbischof von Evreaux, Kanzler von England und – wenigstens nach eigenem Dünken – gewählter Bischof von Salisbury, war der Tischmanieren des normannischen Adels überdrüssig. Verärgert ließ er sich auf das Kissen seines Klappstuhls sinken und beobachtete die versammelten Zecher.

Stephan, der König von England, hatte sich mit den hochmütigen Kanonikern geeinigt, die Philippe nicht als ihren rechtmäßigen Bischof anerkennen wollten, indem er ihnen Ehrenplätze an der Tafel zuwies und mit ihnen gemeinsam überaus liebenswürdig dinierte. Philippe war betrübt, jedoch keineswegs überrascht. Im Gegenzug für die ungehinderte Plünderung aller weltlichen und auch einiger kirchlichen Schätze des Bischofsstuhls von Salisbury hatte Stephan den Kanonikern Besitz zurückgegeben und großzügig für das Kloster von Malmesbury gespendet. Überdies hatte der König mit seinem Bruder, Bischof Heinrich von Winchester, welcher einen eigenen Kandidaten für den Stuhl hatte, vorläufig Frieden geschlossen. Doch Heinrich, der am anderen Ende des Saales saß, dünkte Philippe ebenso gereizt, wie er selbst es war, entweder wegen des Benehmens der Tafelrunde oder wegen eines heimlichen Affronts. Das gereichte Philippe zum Trost. Alle Kontrahenten des kürzlich beigelegten Streits mästeten sich jetzt auf Stephans Kosten. Aber es war eine notwendige Ausgabe. Stephan brauchte möglichst breite Unterstützung, um den Thron gegen seine Base Mathilde zu behaupten, welche niemanden vergessen ließ, daß sie der letzte überlebende legitime Sproß König Heinrichs I. war und nicht zuletzt auch Kaiserwitwe des Heiligen Römischen Reichs sowie seit kurzem, wenn auch widerstrebend, Gräfin von Anjou.

König Stephan ließ ein neues Weinfaß anstechen, und der Saal hallte wider vom Jubelgeschrei. Alle schienen heiter gestimmt, sogar Bischof Heinrich ließ sich von einem Pagen Wein nachschenken. Philippe d'Harcourt blieb die einzige Ausnahme. Abgesehen von politischen und verwandtschaftlichen Beziehungen *verdiente* er auch den Bischofssitz von Salisbury, würde es sogar beweisen können, so daß niemand mehr wagen würde, ihm seinen Anspruch streitig zu machen.

Er sah auf seinen Teller und spürte, wie sich ihm der Magen umdrehte. Obwohl er seine Sache für gerecht hielt, verdarben ihm die möglichen Folgen seines Vorhabens den Appetit. Sei's drum, dachte er. Man sollte fasten, bevor man in einen heiligen Ort eindrang, und wenn es auch aus edelsten Motiven geschah.

Endlich sank das Mahl auf eine solch niedere Stufe herab, daß die hochmütigen normannischen Adeligen sich zu angelsächsischen Trinkspielen herausforderten. Als sich Rufe wie »*Wœs Heal! Drinc Heal!*« mit Würgegeräuschen zu vermischen begannen, hielt Philippe den Augenblick für gekommen, sich zurückzuziehen. Er bedeutete seinen Wunsch dem König, und dieser winkte ihn hinaus. Philippe war als ernsthafter Kleriker bekannt, der seine Bücher einem Zechgelage vorzog. Niemand fand etwas dabei, daß er früher ging. Wenige nahmen überhaupt Kenntnis davon.

Es war weit nach Mitternacht. Wer jetzt nicht mehr trank, schlief tief und fest oder war auf andere Weise im Bett beschäftigt. Philippe traf keine Menschenseele auf dem Weg vom Palast zur Kirche. Als er eintrat, sah er zwei Männer vor dem Hochaltar knien. Er rief sie leise an. Sie bekreuzigten sich, standen auf und kamen auf ihn zu.

»Habt ihr die Schlüssel?« fragte Philippe.
»Ja, Herr.« Der jüngere Mann übergab sie ihm. Philippe fragte dann nach dem anderen Kasten. Der ältere der beiden öffnete den Sack, den er bei sich trug, und zeigte Philippe den Inhalt.
»Gut«, sagte Philippe. »Ihr beide habt euch verdient gemacht. Ich werde es euch nicht vergessen.«
»Danke, Herr«, sagte der ältere. »Aber wir bitten Euch nur, uns in Eure Gebete einzuschließen.«
»Gewiß doch«, entgegnete Philippe. »Doch auch in anderer Hinsicht werde ich euch bedenken. Besser wäre es, wenn einer von euch hier wachen könnte, doch brauche ich euch beide als Zeugen. Daher müssen wir uns wie stets auf göttlichen Schutz verlassen. Seid ihr bereit?«
»Ja, Herr«, sagte der jüngere. »Wir haben den ganzen Abend hier gebetet, daß wir dieser Aufgabe für würdig befunden werden.«
»Seit wir heute früh in der Messe die Hostie empfingen, haben wir nichts mehr gegessen«, fügte der ältere hinzu. »Vater Geronce und ich sind willens, Euch zu begleiten und bis zum Ende zu unterstützen.«
»Ich danke euch«, sagte Philippe. »Unser Herr weiß wohl, daß wir es nicht aus Ruhmsucht oder Habgier tun, sondern um Seinen Willen jenen tönernen Menschen zu offenbaren, die nur auf weltliche Macht aus sind.«
Die drei Männer knieten zu einem letzten Gebet nieder. Dann schloß Philippe das Eisentor auf, das ächzend aufsprang. Vater Geronce erschauderte, der andere Priester zuckte zusammen, nur Philippe trat ohne Zaudern ein.
Seine Schritte verlangsamten sich, als er zum Schrein kam. Er bedeutete den anderen beiden stehenzubleiben. Plötzlich war sein Mund vor Entsetzen wie ausge-

dörrt. Was, wenn es ein Irrtum war? Nein. Nicht Stephan hatte ihm Salisbury zugedacht, der König war nur das Werkzeug Gottes. Und der wollte Philippe als Bischof. Gott war nicht mit den Kleinmütigen.
Philippe kniete vor dem hölzernen Behältnis und fand einen kleineren Schlüssel, der auch ins Schloß paßte. Er holte tief Luft und bekreuzigte sich, dabei murmelte er ein Bittgebet. Hinter sich hörte er die Priester ebenfalls beten.
Er schloß den Kasten auf. Die Juwelen funkelten im Schein der Laterne: Rubin, Topas, Beryll, Saphir, eingefaßt in blankpoliertes Silber. Pater Geronce, der Philippe über die Schulter sah, ging durch den Sinn, daß einer der Kanoniker sein Leben der Aufgabe gewidmet haben mußte, das Silber niemals anlaufen zu lassen. Andererseits wäre es vielleicht auch möglich, daß etwas, das täglich in Berührung mit dem Göttlichen kam, nicht verderben konnte. Der junge Priester schwankte leicht. Der Hunger machte ihn schwindelig.
Philippe holte Leinenhandschuhe aus dem Ärmel hervor und zog sie über. Er wollte dem Heiligen Respekt zollen. »Heiliger Aldhelm«, sprach er zur Reliquie. »Du, der du hier Bischof warst vor allen anderen, der du den sächsischen Heiden durch Klugheit zum Licht führtest, erweise mir deine Gnade. Hilf mir, mich deiner Nachfolge als würdig zu erweisen. Begleite mich nach Frankreich, bis wir gemeinsam hierher zurückkehren dürfen. Ich bitte dich darum aus demütigem Herzen.«
Obwohl er sich im Recht fühlte, zitterte Philippe beim Öffnen des Schreins. In der juwelenbesetzten Silberschatulle lagen Arm und Handknochen eines Mannes, altersbraun und spröde, die irdischen Überreste einer Seele, die jetzt im Himmel weilte. Philippe leckte sich die

Lippen. Würde Aldhelm es dulden oder denjenigen erschlagen, der seinen Leib schändete? Der Heilige hatte einst eine Bande von Plünderern zu Boden geworfen, die gelähmt und hilflos dalagen, bis die Geistlichen sie fanden. Jeder wußte, daß Heilige keine Wächter brauchen.
»O heiliger Aldhelm«, flehte Philippe, »glaube mir, daß ich reinen Herzens bin.« Seine behandschuhten Hände berührten die Knochen. Die Laternen flackerten. Von irgendwoher kam Zugluft. Doch sonst geschah nichts.
Mit zitternden Knien lehnte sich Philippe erleichtert an den Schrein. »Rasch! Bringt den Kasten!« befahl er.
Vater Geronce tat wie geheißen und öffnete den Kasten. Er enthielt eine zweite Reliquie aus Holz, in Form eines Arms geschnitzt und mit Blattgold verziert.
»Beeil dich!« flüsterte der andere Priester. »Ich höre jemanden kommen!«
Rasch wanderten die Knochen von dem silbernen in den hölzernen Schrein. Philippe klappte die Originalschatulle zu und verschloß sie. Die Männer löschten die Laternen und tasteten sich langsam ins Kirchenschiff zurück.
»Ich muß bei meinem Herrn, dem König ausharren«, sagte Philippe zu den Priestern. »Gehet hin unter dem Schutz des Heiligen. Und nehmt den Kasten mit liturgischen Geräten aus meiner Kammer mit. Ich treffe euch vor Aschermittwoch in Evreaux. Hütet die Reliquie wie euren Augapfel. Ihr seid vor dem Himmel und vor mir dafür verantwortlich.«
Beide Priester verbeugten sich und schworen, eher zu sterben als die Reliquie zu Schaden kommen zu lassen.
Philippe lächelte beim Abschied, befriedigt über die Zustimmung des Heiligen. Wenn die Kanoniker von Salisbury erführen, daß er den Beistand des heiligen Aldhelm hatte, würde der Widerstand gegen seine Wahl verpuffen.

In jener Nacht schlief er reinen Gewissens ein, fest davon überzeugt, daß ihn die Geistlichen mit Hilfe ihres ersten Bischofs als ihr Oberhaupt anerkennen würden.
Doch Sankt Aldhelm verfolgte andere Pläne.

ERSTES KAPITEL

Im Bergfried zu Vielleteneuse, nördlich von Paris, am Tag des heiligen Julian, Märtyrer, und der heiligen Basilisa, seines Weibes, Jungfrau, Donnerstag, 9. Januar 1141

Ele va par ses chanbres, se le duet molt li ciés,
Ses dens estraint ensanle, ses mal et enforciés.
Les dames qui soufroient des enfans les mesciés
Savant bien le malage,...

Sie zieht sich in ihre Gemächer zurück, leidet dort gar sehr, beißt die Zähne fest zusammen, der Schmerz wird stetig mehr. Frauen, welche niederkamen, kennen ihn von alters her.

LA NAISSANCE DU CHEVALIER AU CYGNE
(Die Geburt des Schwanenritters), Zeile 1241-1244

Catherine schrie. Unmittelbar unter ihrer Kammer sprang Edgar auf, doch vier starke Arme hielten ihn fest. »Laßt mich los!« rief er. »Sie tun ihr weh!«
Hubert, sein Schwiegervater, drängte ihn auf den Stuhl zurück. Guillaume, Catherines Bruder, und Solomon, ihr Vetter, ließen ihn los.
»Sie will dich jetzt bestimmt nicht sehen«, sagte Guillaume.
»Aber gewiß doch«, beharrte Edgar. »Sie ruft ja meinen Namen.«
Wieder ertönte Catherines Schrei. »Edgar!« Die Hände legten sich erneut um seine Schultern.
»Verflucht seist du, Edgar, du englischer Bastard!« Catherines Stimme hallte die Treppe hinab. »Verflucht sei auch deine Familie und das Schiff, das dich herbrachte! *Edgarde! Madedicite! Edgarde, viescat verpa tua!*«
Edgar stockte der Atem.
Oben holte Catherine tief Luft und schrie im Rhythmus der Wehen: »*Verrucosaque fiat verpa tua!*« Und als der Schmerz vorübergehend nachließ, schickte sie mit etwas verminderter Lautstärke nach: »*In tres partes confracta canibus devoretur verpa tua!!* Und desgleichen soll jedem Mann seit Adam widerfahren. Und auch Eva sei verflucht ...«
Edgar sackte in sich zusammen, noch bleicher als gewöhnlich. Hubert lachte trocken. »Keine Sorge, Junge«, meinte er. »Solange sie noch so schreien kann, ist sie wohlauf.«
»Aber habt ihr gehört, was sie gesagt hat?«
»Ich habe nicht alles verstanden«, gestand Hubert. »Catherine hat einen erstaunlichen Wortschatz, wahrscheinlich aus all den Jahren im Kloster.«

Edgar schüttelte erschrocken den Kopf. »Nie und nimmer hat sie solche Worte im Paraklet gelernt! Bist du sicher, daß alles in Ordnung ist?«
Guillaume nickte. »Als unser erstes Kind geboren wurde, saß ich nebenan und lauschte, bis ich fand, ich hätte die Kastration dafür verdient, daß ich Marie das aufgebürdet hatte. Beim zweiten Mal ging ich auf die Jagd. Besser, du weißt nicht, was deine Frau in jenem Zustand von dir hält. Hinterher weiß sie es angeblich nicht mehr.«
»Aber es dauert so lange«, sagte Edgar.
»Erst seit Sonnenaufgang«, versicherte Hubert. »Komm, trink noch etwas Wein.«
Unwillkürlich sahen alle zum Fenster hinaus, wo der kurze Winternachmittag sich dem Ende neigte. Solomon, der unbeweibt war, entspannte sich, Hubert und Guillaume nicht. Catherine war neunzehn und robust. Doch es dauerte schon den ganzen Tag, und nach den Berechnungen der Hebamme war es einen Monat zu früh. Guillaume schenkte Wein nach und wünschte, er hätte Edgar auch gegen dessen Willen mit auf die Jagd genommen.

Oben in der Gebärkammer bekam Catherine Zuspruch von der Hebamme. »Recht habt Ihr, meine Liebe. Hurensöhne, alle miteinander. Brüllt nur aus Leibeskräften, doch laßt Eva aus dem Spiel; eine Schlange hat sie betört, so wie uns alle. Samonie, wärm ein wenig Öl und reib ihr den Leib damit ein. Gib auch ein paar Tropfen auf meine Hände. Wir müssen etwas nachhelfen. Dann holst du besser die Schale mit Weihwasser und stellst sie hierhin.«
Die Magd tat wie geheißen. Über Catherines Kopf hinweg tauschte sie einen bangen Blick mit Guillaumes Frau

Marie. Die Wehen kamen in kurzen Abständen, jetzt sollte mehr geschehen. »Laß sie ein wenig heißes Bier mit Spechtwurz trinken, dann halte sie fest. Ich muß es umdrehen.«
Samonie hielt mit Mühe die Tränen zurück. Catherine saß auf dem Gebärstuhl, die dunklen Locken klebten ihr im Gesicht, erschöpft ließ sie zu, daß ihr der Schweiß in die Augen rann. Samonie gab Marie Zeichen. Marie schloß kurz die Augen und sandte ein Stoßgebet zur Jungfrau, sie möge das Kind sicher geleiten. Doch aus eigener Erfahrung mit drei Totgeburten wußte sie, daß die Jungfrau und die Heiligen solche Bitten nicht immer erhörten.
Catherine hatte minutenlang geschwiegen. Der Rand des Gebärstuhls schnitt ihr ins Gesäß. Hände und Füße waren eiskalt, trotz häufigen Abreibens mit Essig und Salz. Selbst die Augen schmerzten, alles verschwamm, sobald sie sie öffnete. Irgend jemand flößte ihr etwas Warmes ein. Mühsam würgte sie es hinunter. Sie spürte zwei Arme um ihre Schultern, und Maries Wange drückte sich an die ihre.
»Muttergottes, nimm dich deiner Tochter an«, betete sie. Catherine nickte schwach.
»Fertig?« erkundigte sich die Hebamme.
»Wir halten sie«, antwortete Samonie.
Die Hebamme zog das winzige Füßchen heraus, das gerade erschienen war. Catherine schrie wieder. Dann wurde es still.

Unten schauten die Männer auf, wagten kaum zu atmen, hofften auf ein schwaches Wimmern als Zeichen neuen Lebens. Doch aus der oberen Kammer war nur das Rascheln von Füßen in den Binsen zu hören. Edgar ver-

grub das Gesicht in den Händen. »Ich hätte sie im Kloster lassen sollen!« murmelte er. »Da war sie glücklich und geborgen. Jetzt habe ich sie getötet.«
»Meine Tochter stirbt nicht!« fuhr Hubert ihn an. »Sie wird wohl eine Verschnaufpause eingelegt haben.«
Er drehte den anderen den Rücken zu und griff nach dem Weinkrug. Wie Guillaume war auch er stets zur Jagd gegangen, während seine Frau niederkam. Im Augenblick haßte er Edgar abgrundtief, weil jener Catherine in solche Gefahr gebracht hatte. Noch mehr aber fürchtete er, daß Gott ihn damit weiter bestrafen wollte, sei es dafür, daß er sich durch die Taufe davor bewahrt hatte, wie die Mutter und die Schwestern abgeschlachtet zu werden, oder aber, weil er zum jüdischen Glauben seiner Vorfahren zurückgekehrt war. Wüßte er nur, wofür, dann könnte er bereuen, doch er erhielt kein Zeichen, also blieb er im ungewissen. Und oben litt Catherine weiter.
Die Tür ging auf. Die Männer erhoben sich. Solomon legte eine Hand auf Edgars Arm.
Marie stand im Eingang. Ihr Blick ließ Edgars Herz wild klopfen.
»Wir haben alles versucht«, sagte sie. »Es lag falsch herum und ist an der Nabelschnur erstickt.«
Edgar wollte sprechen, bekam jedoch kein Wort heraus.
»Und Catherine?« fragte Guillaume an seiner Stelle.
»Sie lebt«, sagte Marie. »Wenn wir die Blutung stoppen können und sie kein Fieber bekommt, und wenn sie nicht aus Kummer stirbt, wird sie das alles noch einmal durchmachen, so wie ich.«
Sie lehnte sich an die Tür, erschöpft von den Stunden fruchtloser Arbeit, und starrte sie mit finsterer Miene an, weil sie Männer waren. Guillaume beachtete den Blick

nicht und ging zu ihr. Weinend barg sie ihr Gesicht an seiner Schulter.
Edgar ließ sich auf den Stuhl fallen, zu benommen, um zu weinen. Catherine war am Leben, nur das zählte.
»Darf ich zu ihr?« fragte er.
»Wir haben ihr einen starken Schlaftrunk gegeben«, sagte Marie. »Jetzt wird sie gewaschen und ins Bett gelegt. Danach kannst du sie sehen, aber du darfst sie nicht wecken.«
»Und das Kind?« frage Hubert.
»Wir können sie zusammen mit denen, die ich verloren habe, im Garten an der Mauer der Kapelle begraben«, meinte Marie.
Alle wußten, daß das Kind nicht in geweihte Erde durfte, da es nicht lebend hatte getauft werden können.
Edgar hob den Kopf. »Es war ein Mädchen?«
»Es wäre eins geworden«, sagte Marie. Sie wischte sich Augen und Nase am Ärmel ihres Mannes ab, dann stieg sie wieder die Treppe hinauf.
»Edgar ...«, begann Solomon. Er suchte nach Worten des Trostes, fand keine und spürte, daß Edgar sie ohnehin nicht gehört hätte. Statt dessen setzte er sich neben den Freund auf den Boden, in der Hoffnung, ihn allein durch seine Anwesenheit zu trösten.
Hubert seufzte und verließ das Zimmer, gefolgt von Guillaume. Catherine lebte, nur das war wichtig. Sie war das einzige Kind, das ihn liebte, obwohl sie um sein dunkelstes Geheimnis wußte. Und sie hatte das Gesicht seiner Mutter. Sie zu verlieren hätte er nicht ertragen können. Doch jetzt gab es nichts mehr zu tun. Es war an der Zeit, sich wieder seinem Geschäft zu widmen.
An der letzten Treppenwende vor dem Großen Saal packte Guillaume Hubert am Arm. »Vater«, sagte er, »wie

konntest du nur diesen Mann in solcher Lage bei uns dulden?«
»Aber Edgar ist doch ihr Mann«, antwortete Hubert verdutzt.
Guillaume funkelte ihn böse an. »Nicht Edgar – deinen Geschäftspartner. Diesen Juden. Ist dir nie in den Sinn gekommen, daß vielleicht er die Schuld an Catherines Fehlgeburt trägt?«
»Guillaume!« Hubert war bestürzt über die Heftigkeit, mit der sein Sohn die Anschuldigung vorbrachte. Er wünschte, er könnte den Mut aufbringen, ihm zu sagen, daß Solomon sein leiblicher Neffe war, der Sohn seines verstorbenen Bruders Jacob, Blutsverwandter von Catherine und Guillaume. Catherine wußte und billigte das. Doch seine andere Tochter, Agnes, hatte es durch Zufall im vorigen Sommer erfahren und sprach seitdem nicht mehr mit ihm. Dies war nicht der Augenblick, Guillaume darüber aufzuklären.
»Du redest Unsinn«, sagte Hubert. »Solomon hegt eine tiefe Zuneigung zu Catherine, schon als Kinder haben sie auf den Jahrmärkten zusammen gespielt. Er hat immer auf sie aufgepaßt, wenn ich zu tun hatte. Und er ist ein guter Freund von Edgar. Solomon würde ihnen nichts zuleide tun.«
»Aber man weiß doch, daß diese Menschen sich mit Tränken und bösem Zauber auskennen«, erwiderte Guillaume.
»Ich weiß davon nichts«, entgegnete Hubert scharf. »Und du auch nicht. Wenn dem so wäre, gäbe es keine Totgeburten bei den Juden. Sieh dir nur einmal den jüdischen Friedhof von St.Denis an!«
Guillaume schüttelte sich, als ob er einen Nachtmahr verscheuchen müßte. Widerwillig nickte er. »Ja, du hast

wohl recht. Doch es ist seltsam, daß Solomon einen Abend vor dem Einsetzen von Catherines Wehen auftauchte.«
»Er überbrachte mir eine Nachricht vom Silberschmied Baruch von St.Denis. Die Abtei hat neue Aufträge für uns.«
Er wußte, daß er damit jede Unterhaltung mit Guillaume leicht beenden konnte. Sein Sohn war nicht stolz darauf, daß Hubert durch Handel reich geworden war. Obwohl sein Vater damit eine Ehefrau aus dem niederen Adel gewonnen und ihm sowohl die militärische Ausbildung bezahlt als auch seine Stellung als Burgvogt für Abt Suger verschafft hatte. Ihm war es peinlich. Hubert seufzte. Das war die Strafe dafür, daß er den Sohn zu Höherem erzogen hatte.

Es war bereits dunkel, als Hubert bei Baruch ankam. Sein Haus lag in der Stadt St. Denis, die sich um die große Abtei herum zog. Hubert fand sofort Einlaß.
»Schalom«, begrüßte ihn Baruch. »Du siehst ja furchtbar aus!«
Hubert erzählte ihm die Neuigkeit.
»Danke dem Allmächtigen, daß deine Tochter lebt«, tröstete ihn Baruch.
»Das tue ich«, sagte Hubert. »Nun, was hat Solomon mir da von einem Paket mit Perlen und einer Goldkette erzählt?«
»Prior Hervé bestellte mich heute in die Abtei. Offenbar hat Natan ben Judah ihm dieses Paket zu einem verdächtig geringen Preis angeboten.«
»Und was für eine Geschichte hat er dazu erzählt?«
»Natan behauptete, er habe die Edelsteine als Pfand von einem englischen Edelmann erhalten, der durch den Krieg um seine Ländereien kam.«

»Und was meint Prior Hervé dazu?« fragte Hubert grinsend.
»Daß es so aussieht, als ob die Perlen irgendwo herausgeklaubt wurden. Sie haben Kratzer und Spuren von Leim. Und die Kette stammt seines Erachtens von einem Weihrauchfaß.«
Hubert nickte. »Infolge der Anarchie, die in England herrscht, sind viele in den Besitz von Kirchenschätzen gelangt. Doch kann ich mir nicht vorstellen, daß Natan eine Kirche beträte. Vielleicht stimmt seine Geschichte ja. Wie der Edelmann an das Paket gekommen ist, geht ihn nichts an.«
»Schon, doch falls Natan gewußt hätte, daß es aus einer Kirche entwendet wurde, würde er sich weigern, es anzunehmen, so wie wir beide es tun würden? Der Handel mit Kultobjekten schadet uns allen. Ach, verzeih mir – möchtest du etwas Bier?«
»Gern.« Damit beantwortete Hubert die zweite Frage zuerst. Er nahm einen tiefen Zug und setzte den Becher ab, daß es schepperte. »Ich traue Natan nicht«, sagte er dann. »Er soll Pferde und Schafe von Männern gekauft haben, die nicht die Eigentümer waren. Doch bislang beschränkte sich sein Handel auf Tiere. Ich hätte nicht gedacht, daß er etwas von Juwelen versteht. Wieviel verlangte er denn vom Prior?«
»Zwei Mark«, antwortete Baruch. »Das erweckte Hervés Mißtrauen.«
Hubert lächelte. »Gut, daß er zu Hervé und nicht zu Abt Suger ging. Der Prior mag kein Gelehrter sein, aber er ist ein gewiefter Kaufmann. Er kennt alle Tricks. Suger hätte es für einen Glücksfall gehalten, der seinen Bauplänen zugute gekommen wäre.«
»Wie dem auch sei, mir schmeckt es nicht, wenn uns die

Edomiter etwas am Zeug flicken können, selbst dann nicht, wenn es sich um Natan handelt.«
»Ja, er könnte uns alle in Schwierigkeiten bringen. Ich werde meinen Bruder fragen, ob die Gemeinde in Paris nicht Druck auf Natan ausüben kann, damit er sich ändert.«
Baruch hegte Zweifel. »Ich glaube kaum, daß Natan der Meinung der Gemeinde Wert beimißt. Aber was soll ich denn nun dem Prior sagen?«
Hubert seufzte. »Ich spreche mit ihm. Er hat so viele Sorgen, daß er diese sicher gern uns überläßt.«
Baruch lächelte seinen alten Freund traurig an. »Du hast doch genug eigene Sorgen, Hubert. Du hast es zu schwer im Leben. Warum willst du weiter den Schein wahren? Komm zu uns zurück. Du kannst zu meinem Vetter nach Arles gehen und neu anfangen.«
Hubert erhob sich kopfschüttelnd. »Das ist ein freundliches Angebot, doch es ist zu spät. Ich bin kein echter Jude mehr, obwohl ich die christlichen Rituale nur gewohnheitsmäßig befolge. Ich habe Verantwortung und Menschen, die ich liebe. Die kann ich nicht im Stich lassen. Catherine sagt, Meister Abælard lehrt, daß wir mehr nach unseren Vorsätzen denn unseren Taten beurteilt werden. Hoffentlich weiß der Allmächtige, daß ich den Umständen nach das Beste will.«
»Das wird er«, sagte Baruch. »Doch wohin willst du denn? Doch nicht etwa schon schlafen gehen? Möchtest du mir nicht ein Weilchen Gesellschaft leisten, ein wenig Käse essen und eine Partie Tricktrack mit mir spielen?«
»Nein, danke. Es war ein sehr langer Tag. Ich kann es nicht ertragen, meine Tochter weinen zu hören, ohne ihre Schmerzen lindern zu können.«
»Ich weiß, es gibt nichts Schlimmeres. Da, nimm dir

noch einen Bechervoll mit. Vielleicht wachst du in der Nacht auf und hast ihn nötig. Schlaf gut. Mögen deine Träume frei von bösen Omina sein.«

Die kleine Öllampe am Bett flackerte und warf Schatten auf Catherines Gesicht, als ob die Geister von Licht und Dunkel immer noch um sie rängen. Sie lag regungslos da und war so bleich, daß Edgar seinen Mund auf den ihren legte, um ihren Atem zu spüren. Behutsam schob er seine Hand auf ihren Bauch, der sich schwammig anfühlte wie ein Sack frischen Käses.

»Edgar?«

Sie hielt die Augen geschlossen, und ihre Stimme war so leise, daß er glaubte, er habe es sich nur eingebildet. Dann bewegten sich ihre Wimpern, und im Schein der Lampe glitzerten Tränen.

»Es tut mir leid, Edgar«, sagte sie. »Ich habe versagt. Es hat nicht einmal geschrien. Totgeboren. Seine Seele ist verloren. Armes Kind ... wandert einsam ... ganz allein.«

»Catherine«, sagte Edgar rasch. »Denk jetzt nicht daran. Du mußt ruhen.«

»Mir ist kalt«, sagte sie. »Halt mich fest.«

Er spürte, daß sie noch unter der Wirkung des Schlafmittels stand. Sie sprach wie aus einer anderen Welt. Es ängstigte ihn, wie nahe sie daran gewesen war, diese zu verlassen. Nicht zum erstenmal schwebte sie in Todesgefahr, doch dieses Mal war er selbst dafür verantwortlich. Ja, er wollte sie festhalten, sich vergewissern, daß ihr Herz noch schlug. Er zog sich die Schuhe aus und schlüpfte zu ihr unter die Decken.

»Bei der Milch der heiligen Margareta! Was macht Ihr denn da?«

Edgar verlor das Gleichgewicht und landete mit dump-

fem Schlag auf dem Fußboden. Die Hebamme stand über ihn gebeugt, in der einen Hand einen Krug, in der anderen einen Tonbecher.
»Dreckiger *Mesel*!« kreischte sie. »Habt nur Eure eigenen Gelüste im Sinn, nach allem, was sie durchgemacht hat. Ihr dürft sie nicht anfassen, bevor sie wieder eingesegnet ist, junger Mann. Und wenn Euch das schwerfällt, versetze ich Euch mit Freuden einen Tritt, um Euch die Flausen auszutreiben.«
»Edgar?« Catherines Hand erschien über der Bettkante, tastete nach ihm. »Alles in Ordnung mit dir?«
Edgar rappelte sich hoch und tätschelte ihre Hand. Dann richtete er sich zu seiner vollen Größe auf und funkelte die Hebamme böse an.
»Niemand, nicht einmal du«, sagte er klar und deutlich, »hat das Recht, mir zu sagen, wie ich meine Frau zu behandeln habe. Ich bleibe so lange hier, wie sie mich braucht. Du wirst nicht noch einmal in diesem Ton mit mir reden!«
Die Hebamme erwiderte seinen Blick, dann wandte sie sich ab und stürmte hinaus. Sie drehte sich noch einmal um und verkündete: »Ich komme erst zurück, wenn dieser Fremdling, dieser *Engländer*, fort ist. Entscheidet Ihr, Frau Catherine, wen von uns beiden Ihr nötiger braucht.«
Edgar wandte sich reumütig an Catherine. »Bedaure, *Leoffedest*«, sagte er. »Ich lasse mich ungern wie ein Leibeigener behandeln. Die letzten Monate waren schwer für mich. Ich bin es gewohnt, meinen Platz in der Welt einzunehmen.«
Catherine versuchte zu lächeln. »Ich weiß. Bereust du jetzt, daß du mich geheiratet hast?«
»Ganz und gar nicht«, sagte er, und das meinte er auch.

Er beugte sich über sie und küßte sie. Als er von ihr abließ, ließ sie ihre Hand auf den Bauch fallen. Sie drückte ihn und schluchzte: »Edgar, mein Bauch. Er wabbelt wie ein Sack frischen Käses. Widerlich! Ach, süße heilige Melanie! Was ist mit mir geschehen?«
Als Samonie, die Magd, hereinkam, fand sie Catherine in Tränen aufgelöst und wie ein magerer Reiher Edgar über ihr, der immer wieder sagte, daß alles wieder gut würde und ihm Käse nie in den Sinn gekommen wäre. Samonie wußte nicht, worum es ging, aber sie empfand Mitleid für ihn und führte ihn hinaus.
»Catherine geht es bald besser«, sagte sie. »Gönnt ihr etwas Ruhe und nehmt hin, was geschehen ist. Kommt morgen wieder und bringt ihr eine Rose mit.«
»Eine Rose? Mitten im Winter?«
»Ja. Solange Ihr sie sucht, seid Ihr beschäftigt.«

Unten fand er Catherines Vetter Solomon vor, welcher gerade seine warmen Beinlinge überzog. Umhang und Stiefel lagen auf der Bank neben ihm.
»Wohin gehst du?« fragte Edgar. »Draußen ist doch pechschwarze Nacht.«
»Ich glaube, ich kann hier keine weitere Gastfreundschaft in Anspruch nehmen. Dein Schwager hat erklärt, daß es heute abend Schweinewurst zu essen gibt. Dabei sah er mich so vielsagend an. Ich habe das Gefühl, daß er nur zu gern auf meine Anwesenheit verzichtet.«
»Guillaume hat so eine gewisse hochmütige Art. Ich glaube, mich hat er noch nicht als Familienmitglied angenommen. Was täte er wohl, wenn er wüßte, daß du bereits zur Familie gehörst?«
»Darüber möchte ich lieber nicht nachdenken«, versetzte Solomon schaudernd.

»Nun, das ist doch eine spannende Frage«, fuhr Edgar fort und setzte sich neben ihn auf die Bank. »Weißt du, bei dir fühle ich mich wohler als bei allen anderen, die ich in Frankreich kenne, ausgenommen natürlich Catherine. Und wahrlich mehr als bei jedem anderen in ihrer Familie. Warum ist dem so? Also, wenn ich Guillaumes Schwager bin und du ihr Vetter bist ... Was sind wir beide dann?«
Solomon klimperte mit den Wimpern und lächelte süß. »Zu nah verwandt, um jemals heiraten zu können?«
Edgar knuffte ihn so hart, daß er von der Bank fiel. »Du bist kein Scholar!« sagte er.
»Und du kein Ritter«, erwiderte Solomon, »ich habe kaum was gespürt. Doch ungelehrt wie ich bin, meine ich, wir sind deshalb Freunde, weil wir beide Fremdlinge hier sind.«
»Du doch nicht. Du bist doch in Paris geboren.«
»Ich bin als Jude geboren«, sagte Solomon leise, »ich bin überall fremd. Ist noch etwas Wein im Krug? Ich hätte nichts gegen einen Bechervoll für den Heimweg einzuwenden.«
»Nimm, soviel du magst«, sagte Edgar geistesabwesend. Er kreiste im Zimmer herum, raschelte mit den Binsen, spähte in jede Nische.
»Was suchst du denn?« fragte Solomon, der sich derweil einschenkte.
»Ein Stück Holz.«
»Wozu?«
»Ich muß eine Rose für Catherine schnitzen.«

Solomon trat bald darauf in die schwarze Nacht hinaus. Er verwünschte seinen Stolz, als er in den vereisten Wagenspuren auf der Straße ausglitt. Doch wollte er lie-

ber erfrieren als an einem Ort verweilen, wo man ihn geringer schätzte als die Hunde unter dem Tisch.
Er glitt wieder aus und landete auf den Knien, scheuerte sich die Knochen am gefrorenen Matsch. Aus drei Meilen Entfernung hörte er die Kirchenglocken von St.Denis, welche die Mönche zum Gebet riefen.
Sogar hier draußen bin ich eingekreist. Gefangen in einem Land, das mich nie annehmen wird, unter Menschen, denen ich niemals vertrauen kann.
Den letzten Becher hätte er nicht trinken sollen. Rotwein machte ihn stets gefühlsduselig.
Er kam an die Ufer des Croult und wandte sich ostwärts nach St.Denis, hielt dabei Ausschau nach einer geeigneten Stelle zum Überqueren des Flusses. Der Fluß teilte sich hier in zwei Arme, die das Dorf im Norden und Süden umflossen, um sich danach wieder zu vereinigen und kaum eine Meile weiter in die Seine zu münden. Eine dünne Eisschicht lag über dem Fluß, doch Solomon traute ihr nicht, obwohl das Wasser nicht tief war. Ihm stand nicht der Sinn danach, die letzte Meile in wasserquatschenden Stiefeln zurückzulegen.
So vertieft war er in die Suche nach einer Furt, daß er mit dem Hals fast an einem dünnen Strick hängengeblieben wäre. Der Strick war – zwischen zwei Bäumen an beiden Ufern über den Fluß gespannt – offenbar von jemandem zurückgelassen, während es noch hell genug war, um sicheren Halt zu finden. Solomon tastete die Uferböschung mit den Füßen ab. Ja, da lagen Steine in gerader Linie zum Überqueren des Wassers.
Er zerrte am Strick. Obwohl nur fingerdick, gab dieser nicht nach. Er konnte sich daran festhalten, während er vorsichtig von einem Stein zum nächsten trat.
Der Mann mußte ihn die ganze Zeit beobachtet haben.

Er wartete ab, bis Solomon in der Mitte des Wassers war.
»*Hé! Malfé!*« spöttelte er. »Eine kalte Nacht für eine Reise. Hast wohl Angst, deine Zehen im Fluß zu taufen?«
»Kalt fürwahr, mein Freund«, erwiderte Solomon. »Der Teufel bin ich zwar nicht, doch trotzdem gefällt es mir nicht, in kalter Nacht zu waten.«
»Was gibst du mir für trockene Füße?« fragte der andere und schüttelte sacht das Seil.
»Abt Suger hat dir also die Zölle für diese vornehme Brücke zugesprochen?« erwiderte Solomon, während er die Entfernung bis zum festen Boden mit den Augen maß. Mittlerweile lag nur noch ein Stein vor ihm. Würde er es ans andere Ufer schaffen, bevor der Mann handelte? Er ließ die Hand am Strick entlangrutschen und setzte zum Sprung an.
Gerade noch rechtzeitig ließ er los, bevor der Mann heftig am Strick zerrte, um ihn ins Wasser zu werfen.
Solomon kroch ans Ufer, und der Mann versuchte, ihn hinunterzustoßen. Doch der Angreifer war nicht stark genug. Er bemerkte seine Fehleinschätzung und wich vor Solomon zurück.
»Ich habe ein Messer!« schrie er voller Angst.
»So?« versetzte Solomon. »Dann zeig's mir doch!« Er zog sein eigenes Messer, nicht das kurze, das er bei Tisch benutzte; es war lang und steckte in einer Scheide, die er an einem Lederriemen an seine linke Hand gebunden trug. Es blitzte bedrohlich, selbst im schwachen Sternenlicht.
»Töte mich nicht«, flehte der Mann. »Ich bin nur ein armer Bauer, aber ich will dir alles geben, was ich habe.«
»Was hast du denn bei dir?« fragte Solomon. »Eine Waffe?«

»Nur Korn und Bohnen für meine Familie. Es sind Almosen von den Mönchen der Abtei. Wir hatten eine schlechte Ernte, unsere Vorräte sind aufgebraucht. Ihr wollt doch nicht meine Kinder verhungern lassen?«
»Zeig her!« befahl Solomon.
Es verblüffte ihn, wie rasch der Mann vom Draufgänger zum Jammerlappen wurde. Hielt er Solomon tatsächlich für einen Geächteten, der ihm die Kehle aufschlitzen wollte? War er wirklich nur ein Dörfler, der Essen für seine Familie beschafft hatte? Irgend etwas stimmte da nicht. Der Mann wartete auf jemanden, vielleicht auf mehrere Bewaffnete, und wollte ihn hinhalten.
Der Mann ließ den Sack fallen und öffnete ihn langsam, offenbar hatte er Schwierigkeiten, die Knoten zu lösen. Solomon stieß ihn fort und hob den Sack auf.
»Wenn du das wirklich von den Mönchen hast, sorge ich dafür, daß deine Familie ihn morgen bekommt. Wenn nicht ... dann überquere jetzt lieber den Fluß und gehe immer der Nase nach, bevor deine Freunde Zeugen deiner Feigheit werden. Los!«
Der Mann zögerte, bis er Solomons Messer im Rücken spürte. Rasch platschte er durch das Wasser, da seine Stiefel an den Steinen abrutschten. Sobald er das andere Ufer erreicht hatte, hieb Solomon den vereisten Strick durch, der darauf ins Wasser fiel. Der Bauer schnappte ihn, zog ihn an Land und wickelte ihn sich um den Arm.
»Du kannst sie nicht aufhalten«, rief er Solomon zu. »Sie sind zu Pferde. Und haben ... Hunde. Und Schwerter und Armbrüste und ...«
Er merkte, daß er zu dick auftrug. Eine solche Macht hätte man am stillen Abend meilenweit hören können. Doch Solomon wollte es nicht darauf ankommen lassen.

Er warf sich den Sack über die Schulter und rannte auf die Stadt zu.
Zum Glück kannte ihn der Torwächter und winkte ihn durch. »Neue Waren für den Abt?« fragte er ohne besondere Teilnahme, als er das Tor wieder schloß. »Hoffentlich zahlt er dir mehr als mir dafür, daß du dir in solch einer Nacht die Nase abfrierst.«
»Kaum«, knurrte Solomon. »Ich bin ja nur der Botenjunge.«
»Nun, eine gute Nacht«, sagte der Wächter. »In solchen Nächten freue ich mich auf die Hölle, weil ich dort meine Zehen wärmen kann.«
»Halte mir auch ein Plätzchen dort frei«, pflichtete Solomon ihm bei, »falls die Bischöfe nicht die besten Plätze schon besetzen.«
Lachend kehrte der Wächter ins Torhaus zurück. Solomon setzte seinen Weg durch die stillen Straßen fort, bis er an Baruchs Haus kam. Der hatte ihm vor langer Zeit den Schlüssel für die Tür an der Stallseite gegeben. Sorgfältig schloß er hinter sich ab.
Eine Öllampe hing an einem Haken neben dem noch glühenden Herd. Er hielt einen Kienspan an die Kohlen und entzündete damit die Lampe. Dann zog er die Handschuhe aus und wärmte sich die Hände über den Kohlen, bis er seine Finger wieder spüren konnte, und widmete sich anschließend dem Sack.
Er war fest verknotet. Zweifel beschlichen ihn. Hatte der Mann doch die Wahrheit gesagt? Er schnitt die Schnur auf und öffnete den Sack. Korn rieselte auf den Steinfußboden. Baruchs Frau würde wütend sein. Vorsichtig langte er in den Sack. Etwas Kaltes, Hartes steckte in der Mitte. Er zog es heraus und hielt es ins Licht. Es funkelte silbern, golden und grün. Er schüttelte das Korn ab und

ließ den Gegenstand erschrocken zu Boden fallen, als er sah, was es war.
Rasch wich er davor zurück und rieb sich die Hände an den *Braies*, um das ungute Gefühl loszuwerden.
Er hatte es zuerst für einen Pokal gehalten, gestohlen von der Tafel eines Herrn. Doch dann war ein Irrtum ausgeschlossen: Es handelte sich um einen Kelch.

ZWEITES KAPITEL

Im Hause des Baruch, seines Zeichens Silberschmied von St.Denis, Freitag, 10. Januar 1141/1. Schabbat, Rosch Chodesch 4901

Concessimus etiam ut Judei, qui ad presens sunt vel habendi sunt in burgo seu in castello sancti Dionysii, usque ad quinque, cum familiis suis liberi sint ab omni justicia nostra, et ab omni exactione nostra, tantum sub jure vel justicia sint abbatis.

Überdies gewährten wir den Juden, welche im Flecken oder der Burg von St.Denis weilen, bis zu fünf Männern mitsamt ihren Familien, Freiheit von all unserer Gerichtsbarkeit und unseren Steuern. Sie werden der Rechtsprechung des Abtes unterstellt.

PRIVILEG LUDWIGS VI., *gewährt 1111 und 1143 bekräftigt durch seinen Sohn, Ludwig VII.*

»Wirf das weg! Ich dulde das nicht in meinem Haus. Wie konntest du es nur hierherbringen?« sagte Baruch, der den Kelch von weitem sah.
»Ich kannte den Inhalt des Sacks nicht«, sagte Solomon. »Der Mann behauptete, es seien Lebensmittel von der Abtei.«
»Ich will mit den üblen Machenschaften der Christen nichts zu schaffen haben«, beharrte Baruch. »Laß sie doch mit ihren Götzen handeln.«
»Willst du etwa behaupten, daß du nie liturgisches Gerät als Pfand genommen hast?«
»Niemals!« Baruch reckte stolz das Kinn. »Mir einerlei, was Rabbi Solomon gesagt hat. Solch ein Ding kann nur einen Fluch über unser Haus bringen.«
»Du kannst ihn mir geben«, mischte sich Hubert ein. Baruchs Entsetzensschrei über Solomons Fund hatte ihn aufgeweckt. Als er die Treppe hinuntergestürzt kam, sah er die beiden Männer, die den goldenen Kelch anstarrten wie einen Greif, der sie packen wollte.
»Ich bringe ihn zum Prior«, fuhr Hubert fort. »Sicherlich wurde er nicht aus der Abtei gestohlen. Sie bewachen ihren Schatz jetzt zu gut, aber Hervé weiß vielleicht, woher er kommt, und wird ihn zurückschicken. Findest du das annehmbar, Solomon?«
»Gewiß«, antwortete Solomon. »Ich will ihn genausowenig wie Baruch.«
Hubert rieb sich die Augen. Er war noch nicht ganz wach. Irgend etwas stimmte nicht.
»Solomon, was machst du eigentlich hier?« fragte er. »Ich dachte, du wolltest bei Edgar übernachten.«
»Dein Sohn hat mich überzeugt, daß es besser ist, bei den Meinen zu sein. Als ich fortging, war Catherine schon ruhiger. Sie hatte kein Fieber.«

»Das tröstet mich«, erwiderte Hubert. »Ich hätte es nicht ertragen können, sie zu verlieren.« Seufzend wandte er sich wieder dem vorliegenden verstörenden Gegenstand zu. Er nahm ihn vom Tisch und betrachtete ihn genau. Er hatte als Wein- und Gewürzhändler angefangen, doch im Laufe der Jahre wurde er dem Abt von St. Denis auch behilflich bei der Suche nach kostbaren Juwelen zur Verschönerung seiner Kirche und hatte daher auch Kenntnisse im Bereich handwerklicher Kunst und Güte erworben.

»Man kann nicht umhin, die Schönheit dieses Stücks zu bewundern. Seht doch, wie filigran jede Perle und jeder Granat im Fuß eingefaßt ist. Der Silberdraht ist fast so dünn wie ein Haar.«

»Schön ist es ja«, räumte Baruch ein, »wenn auch jeder Lehrling von mir es besser könnte. Doch ein in Seide gekleidetes Schwein bleibt immer noch ein Schwein und trotz seiner schönen Hülle unrein.«

Hubert nickte. »Solomon, hat dich jemand damit gesehen? Würde der Mann, dem du den Sack abgenommen hast, dich wiedererkennen?«

»Ich habe sein Gesicht nicht gesehen und er wohl auch nicht meins. Aber die Stimme würde ich mit Sicherheit erkennen.«

»Ich wünschte, du hättest den Kelch auf der Straße liegen lassen, damit ihn jemand anders findet.«

»Vielleicht hätte ich es mir gefallen lassen sollen, daß dieser *Mescrûus caiel* mich in den Croult wirft, mir den Schädel einschlägt und sich meine Börse nimmt?« lautete Solomons Gegenvorschlag. »Oder ich hätte den Kelch Natan bringen können. Der hätte sich die Juwelen herausgeklaubt und das Gold eingeschmolzen, ohne nachzufragen.«

»*Dajenu* – genug!« Baruch hob die Hände. »Verzeih mir meine üble Laune, Solomon. Du hast so gehandelt, wie jeder es tun würde. Es war unrecht von mir, dich zurechtzuweisen. Hubert nimmt den Kelch mit, und dann werden wir nie wieder davon sprechen.«
Hubert wickelte den goldenen Kelch in einen alten Sack und stopfte ihn unten in sein Bündel. Er wünschte, er wäre zuversichtlicher, was das Ende der Angelegenheit betraf. Ein derart aufwendig gearbeiteter Kelch stammte nicht aus irgendeiner Dorfkirche. Irgendwo gab es einflußreiche Leute, die ihn zurückhaben wollten – Kirchenmänner oder Raubritter oder beide zusammen. Sehnsüchtig dachte Hubert an ein Häuschen in Arles, wo er den ganzen Tag sitzen und das Gesetz studieren könnte. Dann zwang er sich in die Wirklichkeit zurück, schulterte den Sack und machte sich auf den Weg zur Abtei.

Der Morgen war eisig. Sogar das Licht schien vor Kälte zu klirren, als es durch die Fensterschlitze in die Frauengemächer drang.
Catherine lag unter einem Berg von Decken und Pelzen, aber sie fror immer noch. Der taube Frost in ihrem Herzen durchdrang ihren Leib, der weit schlimmer war als die Strenge des Winters.
Die dumme Frau! Dachte sie, es gebe nur einen Grund, warum ihr Mann das Bett mit ihr teilen wollte? Sie erinnerte sich an all die Nächte, in denen sie beieinander gelegen und sich gehalten hatten, Unsinn flüsterten, manchmal so laut lachten, daß ein Stiefel an ihre Bettvorhänge flog und sie daran erinnerte, daß andere im Saal schlafen wollten.
Und nun, da sie ihn am meisten brauchte, hielt man sie hier unter Verschluß, fast so streng wie im Kloster, und

ließ ihn nur ein paar Minuten zu ihr. Sie wollten nicht, daß er sie aufregte, sagten sie. Diese Narren! Hatten Edgar und sie denn nicht das Recht, gemeinsam zu trauern?

»Catherine? Ich weiß, wie du dich fühlst!«

Marie, ihre Schwägerin, stand neben ihrem Bett. »Ich bin früh aufgestanden und habe die Köchin ein paar Kräuter und Honig für dich brühen lassen. Ich habe sie durch ein Sieb passiert.«

Sie deckte eine dicke, dampfende Tonschüssel auf.

Catherine richtete sich auf. Sie nahm die Schale in beide Hände und trank den Sud in einem langen Zug. Ein großer Teil der Hitze war schon entwichen, aber es reichte noch, um sie von innen ein wenig zu wärmen.

»Danke.« Sie hielt Marie die Schale hin. Marie tätschelte ihr die Wange und lächelte mitfühlend. Catherines Augen füllten sich mit Tränen. »Wie können wir das ertragen?« fragte sie.

Marie schüttelte den Kopf. »Ich bin keine Theologin, Catherine. Ich begreife wahrhaftig nicht, warum wir diesem Leben so tief verhaftet sein wollen, wenn wir uns hier doch nur auf das nächste vorbereiten. Ich weiß nicht, warum wir solche Schmerzen ertragen müssen, wenn wir nach besten Kräften Gottes Gesetz gehorchen. Ich habe Pater Anselm gefragt, und er meint, die Sehnsucht nach Vergnügen sei des Teufels und wir sollten den Schmerz ergeben hinnehmen. Aber ich weiß, daß ihn diese Antwort genausowenig befriedigte wie mich.«

Früher einmal hätte Catherine nur zu gern verschiedene Theorien von Versuchung und Erlösung dargelegt, doch jetzt nickte sie nur. Das Leben war ihr viel einfacher vorgekommen, als sie es in *sententiae* beschrieben las, wo alle Positionen der Kirchenväter fein säuberlich wiedergegeben wurden. Ob der heilige Augustinus auch philosophisch gehandelt hatte, als sein Sohn starb? Sie würde es nachschlagen, wenn es ihr besser ginge.

»Marie«, sagte sie, »wenn Edgar nicht hier oben bei mir bleiben darf, kann ich dann nicht wieder in einem der Alkoven im Saal liegen?«

Marie schüttelte energisch den Kopf. »Solange die Blutungen anhalten, mußt du stilliegen. Und du mußt ruhen. Es dauert nach einer Geburt immer eine Weile, bis die Frauen wieder zu Kräften zu kommen, selbst wenn alles gut geht.«

Entmutigt gab Catherine der Pelzdecke einen sanften Schlag. Staub wirbelte auf und brachte sie zum Niesen. »Jetzt weiß ich, warum die heilige Perpetua das Schwert des Gladiators nicht fürchtete. Es kann nicht schlimmer gewesen sein als eine Geburt.«

Marie nickte. »Ich vermute, daß darum die meisten Geschichten von Märtyrerinnen soviel Aufhebens um ihre Jungfräulichkeit machen.«

»Wo ist Edgar? Läßt du ihn zu mir kommen, wenn die anderen Frauen wach sind und sich angekleidet haben?«

»Er saß am Herd, als ich durch den Saal ging. Ich glaube, er hat letzte Nacht nicht geschlafen. Natürlich darf er dich besuchen, wenn die anderen fort sind.«

Nach kurzem Schweigen sagte Catherine seufzend: »Guillaume hat dir wohl erzählt, wie viele Totgeburten unsere Mutter hatte«, sagte sie. »Mindestens zwei zwischen seiner und meiner Geburt, dann mehrere nach Agnes und dem kleinen Roger. Ich erinnere mich, wie sie einmal nach einer Fehlgeburt auf der Treppe saß und mit anhören mußte, wie die Männer zu meinem Vater sagten, es sei ja keine große Tragödie. Um so eher könnte er ein neues Kind machen. Sie lachten über seinen Schmerz ...

Edgar würde solcher ›Trost‹ kränken. Wir brauchen einander jetzt.«
»Ich tue, was ich kann, wenn du jetzt still bist und zu schlafen versuchst.«
Sie fand Edgar auf dem Schemel am Feuer, wo er die ganze Nacht verbracht hatte. Ringsum lagen Holzspäne, und er rieb etwas mit einem Tuch ab. Als sie näherkam, hielt er es ihr hin.
»Catherines Rose«, sagte er. »Ihr werde sie ihr selbst bringen.«
Marie nahm das flache Stück Holz in die Hand. Edgar hatte die Rose als Relief geschnitzt, so daß sie über dem Hintergrund zu schweben schien. Das Eichenholz war nicht sehr hochwertig; er hatte schnell gearbeitet; aber dennoch war es mehr als nur die grobe Nachbildung einer Blume. Die Blütenblätter öffneten sich gerade, und Marie meinte fast, auf Berührung würden sie sich bewegen und das Herz der Rose freilegen. Behutsam gab sie sie Edgar zurück.
»Hast du das gezaubert?« fragte sie.
»Nein«, sagte er lächelnd. »Mit Liebe habe ich sie geschnitzt.«

Hervé, Prior von St.Denis, betrachtete mit ernster Miene den Kelch, den Hubert vor ihm auf den Tisch gestellt hatte.
»Er ist wunderschön«, seufzte er. »Aber nicht aus der Abtei. Ich habe ihn nie zuvor gesehen. Wenn er gestohlen ist, hören wir vielleicht davon.«
»Ihr meint, er könnte vielleicht auch nicht gestohlen sein?« fragte Hubert.
»Vielleicht, vielleicht auch nicht. Du weißt so gut wie ich, Hubert, daß solche Dinge oft genug verkauft oder

verpfändet werden. Manche Priester sind käuflich, andere sorgen sich mehr um die Speisung der Armen als um prächtige Altargefäße. Wenn sie einen Ausweg suchen, um ihre Herde in Zeiten der Hungersnot zu retten, ziehen sie es vielleicht vor, die schönen Kirchenschätze gegen Lebensmittel zu verhökern. Falls das hier der Fall ist, werden wir nie erfahren, woher der Kelch kommt. Ich bin nur froh, daß er nicht auseinandergenommen ist wie die Stücke, die dieser Natan mir verkaufen wollte. Du solltest Baruch davor warnen, daß solche Händler nur Unglück über sein Volk bringen.«
»Baruch weiß das genau, Prior Hervé«, versicherte Hubert.
Hervé hob den Kelch und begutachtete den Stil. »Wurde sonst noch etwas gefunden?«
»Nein, er lag in einem Sack mit Getreide. An was dachtet Ihr denn, vielleicht an einen Hostienteller?«
Der Prior kam dicht an ihn heran und flüsterte: »Man munkelt, daß in letzter Zeit nicht nur mit Kelchen Handel getrieben wird. Selbst die Heiligen werden samt ihren Reliquienkästchen entführt oder gar in Stücke gebrochen – von seelenlosen Dämonen in Menschengestalt.«
»Wie ist denn das möglich? Die Heiligen schützen doch ihre Reliquien. Würde nicht jeder, der so etwas tut, auf der Stelle vom Blitz getroffen?«
Hervé nickte. »Das hätte ich auch gedacht. Vielleicht duldeten es die Heiligen, um die Gemeinden zu strafen, von denen sie sich vernachlässigt fühlten. Und die Diebe sind nur ihr Werkzeug, durch das sie eine würdigere Ruhestätte finden. Aber dennoch ist es ein Sakrileg. Noch etwas: Erzbischof Hugo von Rouen meldete uns, daß ein Priester seiner Diözese auf der Straße mit durchschnittener Kehle aufgefunden wurde.«

Hubert bekreuzigte sich. Davor fürchtete sich jeder Kaufmann. »Was hat das mit uns zu tun?«
»Der Erzbischof gab mir zu verstehen, daß der Priester, Pater Geronce, etwas sehr Wertvolles bei sich trug, etwas, das aus der Kirche von Salisbury entwendet wurde und das er dem Erzbischof überbringen sollte. Ich vermute, daß dieser Kelch aus demselben Kirchenschatz stammt, er sieht englisch aus. Die Räuber haben wohl davon gewußt. Pater Geronce reiste in Begleitung eines Pariser Kanonikers, der seit dem Überfall verschwunden ist. Wir wissen nicht, ob er ebenfalls getötet wurde oder mit den Banditen unter einer Decke steckt. Warne lieber deinen Freund Baruch.«
»Gewiß würde Baruch nicht mit Mördern oder Dieben handeln«, sagte Hubert.
»Schon möglich. Doch sein Volk hat keine Ehrfurcht vor unseren Heiligtümern. Du solltest ihn an die Toleranz erinnern, die wir von St.Denis den Juden gegenüber walten lassen.«
»Das werde ich tun«, preßte Hubert hervor.
»Danke.« Hervé lächelte. »Und wir werden dich in unsere Gebete einschließen, weil du uns diesen Fund gebracht hast. Falls dieser Kelch aus Salisbury stammt, läßt dir der Erzbischof vielleicht eine Belohnung zukommen.«
Hubert erhob sich und verließ das Haus des Priors, ging durch das Tor und dann auf den Hof hinaus, zwischen der Reihe kleinerer Kirchen und der gewaltigen Pracht der halbvollendeten Abteikirche. Der Narthex war im vorigen Sommer mit einer feierlichen Zeremonie eingeweiht worden, und bald darauf hatten die Arbeiten am Chor begonnen. Jetzt im Winter lagen die Bauarbeiten still, doch auch im halbfertigen Zustand flößte die Kirche Hubert Angst ein. Er wickelte sich fester in seinen

Umhang. Eines Tages würden sie ihm auf die Schliche kommen, da war er sich ganz sicher. Der Wind, der um die Türme heulte, erinnerte ihn an die Schreie seiner Schwestern und seiner Mutter, als sie von den Kreuzfahrern weggeschleift wurden. Nur er war dem Tod entronnen, weil die Nachbarfamilie, zu der er sich geflüchtet hatte, ihn an Kindes Statt angenommen, getauft und zu einem christlichen Kaufmann erzogen hatte.
Was würde seine Mutter dazu sagen, daß er mitten unter ihren Mördern lebte? »Herr, vergib mir«, flüsterte er. Das Gefühl drohenden Unheils senkte sich auf ihn herab, bis er wieder in Baruchs Haus war.
»Was ist denn?« fragte Baruchs Frau, als sie Hubert den Umhang abnahm und ihn der Magd reichte. »Hat der Prior dir unterstellt, daß du die Kirche bestiehlst?«
»Nein, nein, es ist alles in Ordnung«, antwortete er. »Mich quälen nur das Wetter und mein Magen.«
»Wenn es weiter nichts ist, kann ich Abhilfe schaffen«, sagte sie. »Über dem Feuer hängt ein Topf mit Fischsuppe. Ich lasse dir etwas davon bringen. Baruch erwartet dich oben. Solomon ist noch bei ihm.«
»Danke.« Er bemühte sich zu lächeln. Es fiel ihm weniger schwer, als er vermutet hätte.
»Möge der Allmächtige dich segnen«, begrüßte ihn Baruch. »Was hat der Prior gesagt?«
»Er sorgt sich um gestohlene Kirchenschätze und läßt dir ausrichten, daß du dich mit Natans Geschäften befassen sollst.«
»Glaubt er etwa, unsere Gemeinde läßt sich auf solche Geschäfte ein, wie sie *der da* macht?« erregte sich Baruch.
»Beruhige dich. Nein, er bezeugte nur Respekt für dich. Aber er meint, daß alles, was Natan tut, auf uns alle … ich meine, auf euch … zurückfällt.«

»Als ob ich das nicht wüßte.«
Die Magd brachte ein Tablett mit Suppe für Hubert und Apfelweinbechern für alle drei Männer herein. Sie warteten, bis sie gegangen war. Hubert leerte inzwischen seinen Becher in einem Zug.
»Was für Gerüchte sind dir zu Ohren gekommen, Baruch?« fragte er dann. »Warum zieht Natan, der korrupt und weder tapfer ist noch eine besonders glückliche Hand hat, plötzlich mit Perlen und goldenen Ketten umher? Er kauft doch Kühe und Pferde von den Räubern in den Wäldern, die genausowenig mit Kirchen im Sinn haben wie wir. In wessen Auftrag handelt er? Und warum?«
»Wenn ich das wüßte, Hubert, könnte ich nachts ruhig schlafen, statt dazuliegen und zuzuhören, wie mir die Haare ausfallen.« Er rieb sich die Schädeldecke, wo das Haar bereits vor langer Zeit ausgefallen war. »Aber wie ich hörte, geht Natan mit großer Regelmäßigkeit bei deinem Bruder ein und aus.«
Diesmal erregte sich Hubert und bekleckerte sich die Beine mit Suppe. »Wie kannst du es wagen, meinem Bruder Geschäfte mit diesem *Mamzer* zu unterstellen!« schrie er. »Eliazar ist ein frommer Mann. Er gibt mehr als seinen Teil der Gemeinde. Er liest das Gesetz jeden Tag drei Stunden. Sogar der *Parnas* von Paris kommt, um sich mit ihm zu beraten. Er ist der redlichste Mann, den ich kenne. Hat er nicht Solomon aufgenommen, als wir seinen Vater verloren? Er hat auch meine Tochter und ihren englischen Ehemann bei sich versteckt, unter Lebensgefahr. Ich will kein Wort gegen Eliazar hören!«
Als Hubert sich beruhigt hatte, beugte sich Baruch vor und sagte mit leiser Stimme: »Solomon und ich haben einen Plan. Er sagt, dieser Engländer ist für einen Adli-

gen ungewöhnlich geschickt mit den Händen. Stimmt das?«
»Er schnitzt Holz«, gab Hubert zu. »Ich habe eigentlich nicht darauf geachtet.«
»Das solltest du aber«, sagte Solomon. »Es gelang ihm damals sogar, die Bildhauer von St.Denis zu überzeugen, daß er sich auf die Arbeit eines Steinmetzen versteht.«
»Tatsächlich? Das hatte ich vergessen. Ja, richtig. Dabei hat er ja Catherine kennengelernt.«
Die Erinnerung daran schien Hubert nicht gerade zu beglücken.
»Wenn er die Handwerker täuschen konnte, muß er sehr gut sein«, fuhr Baruch fort. »Doch wie groß ist seine Dankbarkeit gegenüber Eliazar, weil der ihm das Leben rettete?«

Catherine freute sich sehr über ihre Rose.
»Ist etwas darinnen?« fragte sie.
Wie Marie hatte sie den Eindruck, daß in den hölzernen Blütenblättern eine echte Blume verborgen war.
»Eines Tages wird etwas darin sein, das verspeche ich dir«, sagte Edgar. Er beugte sich über sie, um sie zu küssen. »Ach, Catherine, nun weine nicht schon wieder.«
»Es tut mir leid«, schniefte sie. »Das kommt davon, daß ich den ganzen Tag hier liege und grübele. Wenn du mir ein Buch besorgen könntest, vielleicht einen guten Kommentar zu den Römerbriefen, dann käme ich auf andere Gedanken.«
»An diesem Ort, Carissima, würde ich leichter eine echte Rose finden.«
»Dann erzähl mir eine Geschichte«, sagte sie. »Eine aus

deinem Land. Du weißt schon, von Kämpfen mit Drachen und dergleichen.«
»In deiner Sprache klingen sie nicht richtig«, beklagte sich Edgar.
»Dann erzähl mir etwas in deiner Sprache«, sagte sie.
Er dachte nach. »Ich weiß etwas.« Er setzte sich im Schneidersitz neben ihr Bett und begann zu deklamieren:

»*Ongin mere secan, maewas ethel,*
onsite saenacan, thaet thu suth heonan
ofer merelade, monnan findest.«

»Das gefällt mir«, sagte Catherine. »Es hat so viele von diesen seltsamen blasenden Lauten. Und was bedeutet es?«
»Es ist Teil einer Geschichte – eigentlich ein Brief von einem Mann in der Verbannung, der seine Frau bittet, zu ihm zu kommen. ›Folge mir, über den Ozean, die Heimat der Möwen, über den Seeweg. Südlich von hier findest du deinen Mann‹«, übersetzte er. »Aber es ist nicht ganz richtig. Ihr habt im Französischen nicht genug Worte für Wasser.«
»In all deinen Geschichten ist von viel Wasser die Rede«, bemerkte Catherine. »Ist die Frau zu ihrem Mann gegangen?«
»Das verrät die Geschichte nicht. Was glaubst du denn?«
»Ich glaube ja«, antwortete Catherine. Sie fuhr ihm durch das lange, helle Haar. Hätte ihre Tochter solches Haar gehabt und Augen von der Farbe der Gewitterwolken? Hätte sie gelernt, diese merkwürdigen Lispellaute auszusprechen?
»Edgar, ich könnte es ertragen, wenn sie nur lange genug gelebt hätte, um die Taufe zu empfangen«, schluchzte sie.

»Ich muß immer an sie denken, wie sie, wie der Mann in der Geschichte von dir, ganz allein auf dem Meer herumirrt, ohne einen einzigen Menschen, der sich um ihn sorgt.«
Edgar nahm ihre Hand. »Ich weiß. Mir ergeht es ebenso. Aber wir müssen versuchen, es hinzunehmen, auch wenn wir es nicht verstehen.«
Von der Treppe her kam Gepolter und lautes Keuchen. Edgar sprang rasch auf, als die Hebamme hereinkam. »Ich gehe schon«, sagte er, bevor sie ihn dazu auffordern konnte.
»Das will ich hoffen«, knurrte sie. »Wie ich höre, seid Ihr so ein Scholar, wie sie in Paris herumlungern. Habt Ihr deshalb nichts Besseres zu tun, als Eure Frau aufzuregen?«
Voller Abscheu musterte sie ihn. Edgar konnte sich lebhaft vorstellen, was sie über die Pariser Gelehrten gehört hatte. Sie wollte anscheinend noch mehr sagen, wandte sich dann aber an Catherine.
»Fühlt Ihr Euch besser, meine Liebe?« fragte sie. »Ihr habt schon wieder etwas Farbe. Ihr habt doch nicht etwa wieder geweint?« Sie warf Edgar einen finsteren Blick zu. »Was habt Ihr zu dem armen Ding gesagt?« fragte sie ihn.
»Gar nichts hat er gesagt«, mischte sich Catherine ein. »Es schmerzt uns beide zutiefst, daß unser Kind nicht getauft werden konnte.«
»Nicht getauft?« fragte die Hebamme. »Wer hat Euch das denn erzählt?«
»Es war eine Totgeburt, hat Marie gesagt«, antwortete Edgar, »wie könnte sie da ...«
»Was lernt Ihr eigentlich in Paris?« schimpfte die Hebamme. »Das Kind hat sich bewegt, als das Füßchen auftauchte. Ich habe meine Hand in das Weihwasser von

Pater Anselm getaucht, und als ich das Kind umdrehte, habe ich gebetet: ›Kind Gottes, ich taufe Dich im Namen des Vaters, des Sohnes und des Heiligen Geistes. Möge Satan dich niemals fordern.‹ Genauso, wie man mich es gelehrt hat.«
»Wirklich?« riefen Edgar und Catherine wie aus einem Mund.
»Ihr armen Kinder!« sagte sie. »Wenn Ihr wollt, werde ich einen Eid darauf schwören. Warum habt Ihr mich nicht gefragt? Das ist die Strafe für Euren Hochmut!«
»So ist es!« sagte Edgar, und zu ihrer großen Überraschung packte er die alte Frau und küßte sie. »Und ich bereue ihn von Herzen. Danke!«
Catherine versuchte vergebens, die Tränen zurückzuhalten. Ihr war, als ob ein schweres Kopfkissen, das sie zu ersticken gedroht hätte, nun mit einem Mal verschwunden wäre.

DRITTES KAPITEL

Paris, im Hause Eliazars, des Gelehrten und Kaufmanns, am Tag des heiligen Timotheus, dem Jünger des Apostels Paulus, Freitagnachmittag, 24. Januar, 1141/ 13. Schabbat 4901

Schelo'lekkach geniwat gabbeah' weto'ewah u-begadin tzewa'im wesefen tefillot' awodah zaah we-kol meschamschejah maschum sekkenah.

[man sollte] weder Kelch, Kreuz, geistliches Gewand noch Gebetbücher fremden Glaubens oder rituelles Gerät erwerben, welche gestohlen sind, denn sie sind gefährlich.
Takkanah **des R. JACOB TAM**

Du hast Besuch«, sagte Eliazars Frau Johannah zu ihrem Mann. »Er wartet im Eingang.«

»Um diese Zeit?« fragte Eliazar. »Aber es ist bald Sabbat. Und du hast ihn nicht zum Sabbatmahl eingeladen. Ist er Christ?«

»Du weißt doch, daß ich besondere Speisen für unsere christlichen Gäste bereithalte. Nein, es ist schon wieder Natan, dessen Lächeln so ölig ist wie sein Haar und Bart, so daß ich am liebsten alle Dienstmägde einsperren möchte.«

Eliazar lachte. »Sei barmherzig, meine Liebe. Er gehört zu uns, also schulden wir ihm eine Einladung, auch wenn dir sein Äußeres nicht gefällt.« Mir auch nicht, fügte er im stillen hinzu.

»Wenn du dich mit dem Geschäftlichen beeilst, kann er vor Sonnenuntergang auf dem Heimweg sein und den Sabbat mit seiner eigenen Familie feiern. Also, los!« Sie schob ihn sanft an der Schulter. Seufzend ging er hinunter, um den Besucher zu begrüßen.

Johannah hatte nicht alle Regeln der Höflichkeit verletzt, sondern Natan neben einem Becken mit heißen Kohlen, das auf einem eisernen Dreifuß stand, Platz nehmen lassen und ihm warmes gewürztes Bier zu trinken gegeben. Dennoch war der Mann nicht zufrieden, da sie ihn nicht hereingebeten hatte, und beschwerte sich bei Eliazar: »Heißt man mich so willkommen? Nicht einmal einen Bettler der Edomiter behandelt man auf diese Weise!«

Eliazar breitete entschuldigend die Hände aus. »Was soll ich denn machen, Natan? Wenn Johannah das Haus für den Sabbat putzt, muß sogar ich meine Geschäfte auf der Straße abwickeln.«

Insgeheim war er froh über seine energische Frau. Die Male, die Natan bei ihnen gegessen hatte, nörgelte er an

der Reinheit und Güte der Speisen und an der Unterhaltung. Sein Bart und Haar glänzten von Parfüm und Öl, wie bei den Höflingen, die er nachäffte. Sein bestickter Mantel hatte geschlitzte Ärmel. Eleonore, die neue Königin aus Aquitanien, hatte diese neue Sitte vor vier Jahren in Paris eingeführt, und in gewissen Kreisen galt sie als schrecklich vornehm.
Eliazar hatte nichts dafür übrig. Auch die christlichen Priester predigten gegen den losen Lebenswandel des Hofes, vor allem auch Bernhard, der einflußreiche Abt von Clairvaux. Dennoch stieg der Verbrauch an Parfüm und Duftöl ständig.
Eliazar lächelte Natan an. »Ich weiß, daß du nur auf dem Heimweg hier hereinschaust. Ich will dich nicht aufhalten. Was gibt es denn Neues?«
»Wieso Neues?« Natan klang verärgert, doch dann zwang er sich zu einem Lächeln. »Ich möchte dich nur um einen Gefallen bitten, mein lieber Freund, und ich werde mich dankbar erweisen.«
Eliazar schien es, als ob das Öl aus Natans Bart in seine Stimme gestiegen war. »Das tut nicht not«, erwiderte er kühl.
»Nein, gewiß nicht, den redlichen Mann verlangt es nach keiner Belohnung. Und es ist nur ein bescheidener Wunsch.« Er blickte auf den Sack herab, der zu seinen Füßen lag, und zog einen Holzkasten heraus, etwa einen Klafter lang und sechs Zoll breit und tief. Er war zugenagelt und mit Schnur umwickelt.
»Ich muß wieder für ein paar Tage verreisen und möchte, daß du mir das in deinem Tresorraum aufhebst«, sagte Natan.
Eliazar musterte den Kasten argwöhnisch. »Und warum gibst du es nicht deinem Neffen Haquin?«

»Bei ihm wäre es nicht so sicher wie bei dir. Er ist ja nur ein Tuchhändler, bei ihm läßt sich leicht einbrechen.«
»Offenbar ist das sehr wertvoll. Wie bist du denn in seinen Besitz gelangt?«
»Durch ehrlichen Handel«, beharrte Natan. »Ich sah eine Gelegenheit, mich zu verbessern, und habe zugegriffen. Hast du Einwände? Deine Familie bestand doch früher in Rouen auch nur aus Fischhändlern.«
»Wenn es doch nur wieder so sein könnte! Also, was für einen Schatz hast du denn da erwerben können?«
Natan hielt den Kasten wie ein geliebtes Kind an die Brust gepreßt. »Das brauchst du nicht zu wissen«, sagte er. »Leg ihn nur in eine dunkle Nische deines Lagerraums und denk nicht mehr daran.«
Eliazar schüttelte den Kopf. »Das geht nicht, Natan. Ich muß den Inhalt kennen, dann bekommst du eine Quittung.«
»Ich vertraue dir, Eliazar, darum komme ich ja zu dir. Eine Quittung ist nicht nötig.«
Eliazar riß die Augen weit auf. »Ich bewahre das hier nur auf, wenn ich den Inhalt sehe und dir ein genaues Verzeichnis davon gebe, zusammen mit einer Abschrift mit deinem Siegel.«
Natan wich zurück. »Wenn ich dir doch sage, daß ich dir vertraue, warum erweist du mir nicht dieselbe Achtung?«
»Weil ich dich kenne, Natan ben Judah«, antwortete Eliazar. »Dein Vater war ein guter Mensch, der sich an die Gebote hielt und sich seiner Armut nicht schämte. Du aber besudelst seinen Namen mit deinen Samttuniken und unjüdischen Manieren. Besäßest du auch nur ein Zehntel seiner Anständigkeit, würdest du mir auf der Stelle sagen, was du mir da gebracht und wie du es bekommen hast!«

»Du wagst es, mich zu beleidigen?« Natan steckte den Kasten wieder in den Sack. »Ich hätte dich gut bezahlt. Aber du traust mir weniger als einem Aussätzigen, der im eigenen Dreck sitzt. Hast du vergessen, was du mir schuldest? Für deinen Hochmut sollst du mir büßen, Eliazar!«
»Wie du meinst. Aber solltest du nicht gehen, damit du dieses Ding nicht am Sabbat bei dir trägst?«
Er wollte Natan nur daran erinnern, den Ruhetag einzuhalten, doch der Mann schien wie vom Blitz getroffen.
»Du Heuchler! Du hast es die ganze Zeit gewußt!« kreischte er. »Du wolltest nur den ganzen Gewinn mit mir teilen. Jetzt bekommst du nichts. Du weißt es von Solomon, ja? Dein Neffe ist ja schon ein halber Christ!«
Sie standen jetzt draußen im Hof, und Natans Stimme erscholl über die enge Straße.
»Ich weiß nichts von deinen Geschäften«, sagte Eliazar.
»Du lügst! Du wolltest mich umbringen und es stehlen!«
»Natan, du bist von Sinnen. Geh heim, iß und ruh dich aus. Komm in ein paar Tagen wieder, wenn du wieder bei Vernunft bist!« Er öffnete das Tor. Natan schlüpfte hinaus und beschimpfte ihn weiter, bis Eliazar die Geduld verlor und die Haustür zuschlug und verriegelte. Er zog seinen Umhang aus und hängte ihn auf. Seine Hände waren kalt; er hatte vergessen, Handschuhe anzuziehen. Es duftete nach Fleisch und Brot. Die christliche Magd, Lucia, hatte gerade den Tisch gedeckt. Er schloß die Augen und fand seine gute Laune wieder.
Er würde in die Synagoge gehen und den Sabbat begrüßen. Bei seiner Rückkehr würde Johannah den Segen über den Kerzen sprechen. Heute wären sie beide allein. Ja, gut, daß Natan nicht bei ihnen war.

* * *

Zur gleichen Zeit brachte Samonie ihrer Herrin das Essen in die Frauengemächer. »Hier ist etwas Eintopf, Frau Catherine«, verkündete sie. »Ich wärme ihn auf dem Kohlenbecken für Euch auf.«

Catherine schnupperte. »Das ist ja das Kaninchen von gestern«, sagte sie erschrocken. »Heute ist doch Freitag.«

»Ihr müßt wieder zu Kräften kommen«, sagte Samonie. »Kranke sollen nicht auf Fleisch verzichten.«

»Aber ich bin nicht krank. Nur traurig und müde. Ich kann das nicht essen. Bedaure.«

»Catherine LeVendeur, du wirst alles aufessen und die Schüssel auslecken!« Edgar war unbemerkt hereingekommen.

»Keine Sorge, Samonie, ich darf sie besuchen. Catherine, selbst im Kloster bekommen Genesende Fleisch zu essen. Du brauchst es.« Er nahm Samonie die Suppe ab. »Bitte, Catherine. Sie lassen dich erst hier heraus, wenn du bei Kräften bist, und ich habe genug davon, mit einem Haufen furzender Soldaten zu schlafen.« Er beugte sich über sie und flüsterte: »Du kannst das mit viel mehr Anmut.«

»Edgar! Bring mich nicht zum Lachen. Davon tut mir der Bauch weh!«

Sie sahen sich nach Samonie um, doch die hatte behutsam die Kammer verlassen. »Nun iß! Dann erzähle ich dir, welch seltsamen Vorschlag dein Vater mir unterbreitet hat.«

Catherine kostete einen Bissen. Kein Blitzstrahl traf sie. Sie aß weiter. »Was will Vater denn von dir? Will er dich etwa wie Solomon ans Ende der Welt schicken? Das lasse ich nicht zu ... es sei denn, ich kann mitgehen.«

»Nein, er wollte wissen, ob ich etwas von Metallverarbeitung verstünde. Ich habe mich nur mit Holz und Stein näher befaßt, will's aber gern mit Metall versuchen.«
»Braucht man denn keine geschnitzen Model für flüssiges Erz?« fragte Catherine. »Das wäre doch etwas für dich. Aber warum fragt mein Vater danach? Er billigt genausowenig wie dein Vater, daß du mit den Händen arbeitest.«
»Das hat er mir nicht verraten. Er hat mich darüber ausgefragt, wie ich an den Skulpturen von St.Denis gearbeitet hätte. Ob Garnulf mich etwa gedeckt habe? Und wie ich damit zurechtgekommen sei, wie ein Handwerker behandelt zu werden?«
Catherine schnaubte. »Die Frage kann ich beantworten. Du warst der hochmütigste Steinmetzlehrling, der mir je begegnet ist.«
»Und du die ungeistlichste Novizin!«
Sie lächelten einander an. Edgar kam der Gedanke, daß er die vierzig Tage wohl nicht durchhalten könnte, bis sie die ehelichen Beziehungen wieder aufnehmen durften.
»Also, was hältst du davon?«
»Wovon? Ach so! Keine Ahnung, aber versprich mir, daß du nichts ohne mich anfängst, einerlei, was es ist.«

* * *

Eliazar war nicht überrascht, Natan nicht unter denen zu finden, die sich in der Synagoge zum Sabbatgebet versammelt hatten. Der Mann hielt sich nicht streng an die Gesetze. Das war nicht weiter schlimm für eine so große Gemeinde wie die von Paris, wo sich immer die erforderliche Anzahl von Betenden einfand. Er war überrascht und erfreut, seinen Neffen Solomon zu entdecken. Solomon nahm es mit den Gesetzen auch nicht so genau. Neben ihm stand Baruch aus der Gemeinde von St. Denis. Es gab nicht genügend erwachsene Männer in St. Denis für ein *Minjin*, daher zählten sie zur Pariser Gemeinde, obwohl St. Denis unter der säkularen Herrschaft von Abt Suger stand und die Juden von Paris nur dem König verantwortlich waren. Dennoch kam es besonders im Winter nicht oft vor, daß die Männer von St. Denis den Sabbatfeiern beiwohnen konnten.

Als Eliazar auf seinen Platz eilte, meinte er, einen anderen Mann in den Schatten huschen zu sehen. Vielleicht einer der christlichen Scholaren. Viele Studenten der Theologie bekundeten Interesse daran, die hebräische Sprache und jüdische Bräuche zu verstehen. Es hatte laute Streitgespräche darüber gegeben, ob man die Ungläubigen zulassen sollte, aber schließlich kam man zu dem Schluß, es würde nur Argwohn über die Art ihrer Rituale wecken, wenn man den Scholaren den Zutritt verwehren würde. Eliazar fühlte sich in deren Gegenwart allerdings immer unbehaglich. Einmal hatte ein Student den Glauben wechseln wollen. Was hatte das für einen Ärger gegeben! Die Oberen hatten den Mann sofort weggeschickt, damit er seine eigene Religion studiere, doch der ganzen Gemeinde war strenge Bestrafung angedroht worden. Eliazar schauderte beim Gedanken daran.

Der Besucher verhielt sich während des Gottesdienstes völlig ruhig, und Eliazar dachte nicht mehr an ihn. Erst beim Hinausgehen erhob sich der Mann und kam auf sie zu.

»Bruder!« rief Eliazar. »Hubert, was machst du denn hier?

Hubert umarmte seinen Bruder. »Ich wollte seit Jahren

kommen, aber ich schämte mich und hatte Angst, entdeckt zu werden«, seufzte er. »Solomon überzeugte mich, daß ich wenigstens zusehen sollte. Aber für mich ist es zu spät, Eliazar. Ich erinnere mich an nichts mehr, nicht einmal mehr an das ganze *Sch'ma.*«

»Der Allmächtige sieht in dein Herz«, sagte Eliazar. »Ich habe dir bereits gesagt, ein bißchen Wasser ändert einen Menschen nicht. Und jetzt, da deine Frau bei den Nonnen lebt, warum solltest du nicht heimkommen?«

»Genau, was ich sage«, fügte Baruch hinzu, als er und Solomon dazukamen.

Hubert schüttelte den Kopf. »Noch nicht, vielleicht auch nie. Ich habe zu viele andere Sorgen. Mein Seelenruhe muß warten.«

»Ist es deine Familie? Catherine?«

»Eine totgeborene Tochter«, sagte Hubert düster. »Catherine kommt durch. Aber es ist schwer für sie.«

»Und für dich«, sagte Eliazar. »Johannah wird mit ihr trauern.«

»Das ist nicht der Grund meines Kommens. Es geht um etwas, das man nicht auf der Straße bereden sollte.«

Die vier Männer gingen schweigend zu Eliazars Haus. Johannah begrüßte sie erfreut und nahm im Geist eine Umverteilung des Essens vor, bei der sie es vermeiden konnte, etwas zuzubereiten, was gegen die Gesetze des Sabbats verstieß. »Sabbat schalom euch allen«, sagte sie und küßte sie reihum. »Es ist schön, heute abend Gäste zu haben.«

Während der Mahlzeit sprachen sie über Belangloses: die ungewöhnliche Kälte, den Wert der letzten Traubenernte, die zunehmende Feindseligkeit zwischen König Ludwig und Thilbault, dem Grafen von der Champagne.

»Der Junge braucht eine starke Hand«, sagte Baruch

traurig. »Auch wenn er der König ist. Die Schwester seiner Frau lebt offen mit einem verheirateten Mann zusammen, der alt genug wäre, ihr Großvater zu sein. Und der König unternimmt nichts dagegen.«

»Wir wissen doch alle, daß er der Königin Eleonore aus der Hand frißt. Und auf keinen anderen Menschen hört er.«

»Sie braucht Kinder, um sich zu beschäftigen«, fügte Hubert hinzu. »Ach, verzeih mir, Johannah. Das beschäftigt mich eben.«

Johannah tätschelte ihm die Hand. »Schon gut, Hubert. Ich bin nicht gekränkt. Wenn der Allmächtige, gepriesen sei sein Name, uns auch nicht mit Kindern gesegnet hat, so schenkte er uns doch in Solomon einen guten Neffen. Und ich bin sicher, daß Catherine schon bald wieder gesegneten Leibes ist. Doch die Königin ... wie sie sich kleidet und bewegt. Sie geht auf die Jagd und reitet schnell und springt über Zäune wie ein Mann; ich habe sie gesehen. Kein Wunder, daß sie in vier Jahren nicht schwanger wurde, dabei geht sie schon auf die neunzehn zu.«

»Manche munkeln, das liege nicht an ihr«, warf Solomon ein. »Der junge Ludwig scheint mehr ein Mönch als König zu sein und besteht darauf, alle religiösen Vorschriften der Enthaltsamkeit einzuhalten.«

»Nun, ich bin froh, daß die Klostererziehung nicht so auf Catherine abgefärbt hat«, sagte Hubert. »Sie und Edgar kennen ihre Pflicht. König Ludwig sollte die seine tun.«

Sie nickten alle zustimmend. Das einzige, was die Kapetinger in den letzten hundert Jahren zuwege gebracht hatten, war die Zeugung des Thronfolgers. Das Volk hatte über viele andere Charakterfehler im Lichte dieser Tugend hinweggesehen. Niemand wollte, daß Frank-

reich ähnliches durchmachen müßte wie England und die Normandie mit der umstrittenen Thronfolge. Bürgerkrieg war geschäftsschädigend.
Baruch räusperte sich wichtigtuerisch.
»Ach, endlich!« sagte Eliazar mit sardonischem Lächeln. »Jetzt kommst du zur Sache und verrätst mir, was euch über sieben eiskalte Meilen hierhergeführt hat. Eure Frömmigkeit in Ehren, aber sie reicht wohl nicht aus, um euch alle drei in solch einer Nacht hierherzubringen.«
Baruch war empört, zuckte dann aber mit den Achseln. »Es gibt Anlaß zur Sorge«, sagte er zögernd. »Ich muß dich zuerst etwas fragen, aber du darfst nicht gekränkt sein. Ist es wahr, daß du mit Natan ben Judah Geschäfte machst?«
»Ich habe letztes Jahr mit ihm zu tun gehabt«, antwortete Eliazar, offenbar voller Unbehagen. »Ich habe es sofort bereut, mußte die Sache aber zu Ende bringen. Seitdem will ich nichts mehr mit ihm zu schaffen haben.«
»Du hast uns gesagt, du wüßtest nicht, wer dich letztes Jahr überfallen hat«, sagte Hubert. »War das etwa Natan?«
»Nein. Es war ein Christ, da bin ich mir sicher. Aber ich kannte ihn nicht.«
»Aber du glaubst doch, daß Natan dafür verantwortlich war?« fragte Hubert.
»Ich fürchte, ja, obwohl nicht unmittelbar. Er kennt viele Gesetzlose unter den Christen. Er kauft sogar von den *Ribaux*, die die Wälder durchstreifen und keinem Herrn gehorchen. Als ich mit ihm ins Geschäft kam, war mir darüber nichts bekannt. Ich habe dafür bezahlt.«
»Ja, aber Edgar hätte auch umkommen können.« Hubert war selbst überrascht über den Zorn, der in ihm aufwallte. Ihm war nicht bewußt gewesen, daß er seinen

Schwiegersohn mochte. »Dann hat man ihn deinetwegen letztes Frühjahr auf der Straße überfallen? Er wurde von deinem Haus aus verfolgt!«

Baruch schüttelte den Kopf. »Wenn das so ist, schuldet dir der Junge nichts. Du hast ihm nur das Leben gerettet, um ihn noch größerer Gefahr auszusetzen. Wir sollten es ihm sagen, bevor wir ihn in unseren Plan einweihen.«

»In welchen Plan? Was hat dieser *Mesel* Natan denn jetzt wieder verzapft?«

Hubert antwortete: »Wir glauben, daß eine Bande in Paris mit gestohlenen Kirchenschätzen handelt. Sie schmelzen das Gold ein und brechen die Juwelen heraus. Edgar soll für uns herausfinden, wer das ist und wohin diese Gegenstände wandern.«

»Aber was haben wir damit zu tun, wenn sich die Edomiter gegenseitig bestehlen?«

»Eine ganze Menge, wenn einige von uns ihnen dabei behilflich sind!« Solomon starrte seinen Onkel an wie einen Fremden. »Das ist doch so, oder?«

Eliazar schlug die Hände vors Gesicht. »Solomon, wie kannst du nur so etwas fragen!«

»Du und Onkel Hubert, ihr habt doch genug Schätze für den Abt von St.Denis verkauft«, entgegnete Solomon. »Das weiß ich ganz genau. Du hast mich doch wegen seiner Kostbarkeiten bis nach Kiew geschickt. Bisher hast du nie irgendwelche Geschäfte vor mir geheimgehalten.«

Alle sahen Eliazar erwartungsvoll an.

»Ich habe euch alles gesagt. Ich mußte etwas erledigen und habe Natan damit beauftragt. Das war ein Fehler. Mehr habe ich nicht darüber zu sagen.«

»Wir müssen es wissen, Bruder«, sagte Hubert. »Wenigstens müssen wir sicher sein, daß du nicht mit Natan zusammen vor Gericht gestellt wirst.«

Eliazar reckte das Kinn hoch und starrte sie mit sturem Blick an. »Mein Geschäft geht niemanden etwas an. Es hatte nichts mit euch oder der Gemeinde zu tun. Ich habe auch nicht gegen den Geist des Gesetzes verstoßen. Was Natan betrifft, so will ich nur, daß ihr mir vertraut. Und nun sagt mir, warum soll der Engländer mit hineingezogen werden?«
»Eben weil er Engländer ist, wir glauben nämlich, daß die Sachen aus seinem Land kommen. Und weil er laut Solomon das Zeug hat, einen Handwerker zu spielen. Vielleicht findet er Zugang zu der Bande, die die Objekte einschmilzt.«
»Und ihr glaubt, Natan macht gemeinsame Sache mit ihnen?« fragte Eliazar, obwohl er die Antwort bereits kannte.
»Natan ist eine Schande und bringt Gefahr über uns alle«, bemerkte Baruch. »Ich hätte ihn schon vor Jahren mit dem *Chéjrem* belegen sollen. Oder ihn der christlichen Justiz ausliefern sollen.«
»Was soll ich denn nun machen?« fragte Eliazar.
»Nichts«, sagte Baruch. »Wir nehmen die Sache in die Hand, jetzt, wo wir wissen, daß du nichts damit zu tun hast.«
»Ihr seid also von weither gekommen, um euch zu überzeugen, daß ich kein Dieb und Hehler von Götzenbildern bin!«
Da sie genau aus diesem Grund gekommen waren, beeilten sie sich jetzt, das Gegenteil zu behaupten.
»Wir mußten ohnehin nach Paris«, sagte Hubert. »Der Abt will ein besonderes Festmahl für die Mönche geben, etwas Besonderes. Er denkt an Gewürznelken in heißem Wein, hat aber nicht genügend Nelken vorrätig. Ich habe noch welche von der letzten Schiffsladung übrig.«

»Und ich helfe ihm, sie hinzuschaffen«, sagte Solomon, ohne mit der Wimper zu zucken.

»Und ich wollte nur mit meinen Brüdern gemeinsam den Sabbat begehen«, behauptete Baruch kühn.

Eliazar sah sie tieftraurig an. »Ich hatte gehofft, meine eigenen Verwandten und mein guter alter Freund hätten mehr Vertrauen zu mir«, sagte er. »Mehr gibt es dazu nicht zu sagen. Ich lasse euch das Lager beim Feuer aufschlagen. Gute Nacht.« Die anderen drei sahen ihm betreten nach, als er nach oben ging. Johannah hatte sich bereits lange zuvor zurückgezogen. Als die Tür ins Schloß fiel, wandte sich Hubert an Baruch.

»Bist du zufrieden?« fragte er.

»Nein«, erwiderte Baruch, »aber wir sollten trotzdem den Plan in die Tat umsetzen. Sprichst du mit Abt Suger darüber?«

»Ja. Er wird mit Sicherheit zustimmen. Es ist ja von viel größerer Bedeutung für ihn als für uns, meinst du nicht auch, Solomon?«

Solomon starrte immer noch zur Decke, wie um durch die Holzbohlen seinem Onkel ins Herz zu schauen.

»Was?« sagte er. »Ach so, ja. Der Abt. Sicher. Ich wüßte nur zu gern, was für ein Geschäft das wohl war, mit dem mein Onkel ausgerechnet Natan ben Judah betrauen mußte.«

Die Zimmerdecke verweigerte Solomon die Antwort.

Es war kurz vor der Morgendämmerung am Sonntag Septuagesimä. Die Wolken waren nebelgrau, die Straßen von Paris menschenleer. Die Gosse in der Straßenmitte, wo sich Regen- und Waschwasser und der Inhalt von Nachttöpfen sammelten, war mit Eis überzogen. Natan ging mit vorsichtigen Schritten über den gefro-

renen Schlamm auf seinem Weg zum Port St.Landry. Der Sack auf seinem Rücken war schwer und wurde mit jedem Schritt, der ihn seinem Ziel näher brachte, schwerer. Der Ort war ihm nicht geheuer, aber er hatte keine andere Wahl. Irgend etwas im Sack drückte ihn an der Schulter. Er wagte nicht, darüber nachzudenken, was das sein könnte. Die Gegenstände, mit denen er handelte, hatte er sich auch nicht ausgesucht.
Dennoch war es nicht ausdrücklich verboten, redete er sich im Weitergehen ein. Selbst wenn er vermutete, daß es sich um Diebesgut handelte, war das keineswegs sicher, und eigentlich waren die Sachen ja auch nicht richtig heilig. Eine Thora hätte er zum Beispiel nie gestohlen, auch nicht im kostbarsten Behältnis. Er würde dafür sterben, so wie die Märtyrer von Mainz. Und mit dem Gewinn aus diesem Handel würde er eine neue Abschrift der heiligen Bücher unterstützen.
Erwärmt von der eigenen Frömmigkeit kam Natan zu der kleinen Gasse, die zur Tür in der Klostermauer führte. Mit einem Seufzer der Erleichterung setzte er den Sack ab und drückte die Tür auf, die, wie versprochen, nicht verriegelt war. Jemand hatte Vorsorge getroffen. Die Tür ging lautlos auf. Sogar die Scharniere waren geölt. Natan packte den Sack und kroch damit an der Innenmauer entlang, bis er die Treppe fand, die hinunter führte. Die Stufen waren glitschig, und er begann die Genauigkeit seiner Anweisungen in Zweifel zu ziehen.
Doch unten war eine zweite Tür durch die ein Lichtschein schimmerte. Natan klopfte, und die Tür tat sich für ihn auf.

VIERTES KAPITEL

Ein Kämmerchen an der Treppe im Bergfried zu Vielleteneuse, am Tag der heiligen Agatha, Jungfrau und Märtyrerin, Dienstag, den 5. Februar 1141/26. Schabbat 4901

... et quae adhuc desunt in utensiliis domus Domini ad explendum aggredere toto mentis conamine, sine quibus divina misteria et officiorum ministeria non valent consistere. Sunt enim haec; calices, candelabra,... sanctorum pignorum scrinia,... Quae si vis componere, hoc incipias ordine.

... und [schaffe] mit Eifer alles Gerät, welches im Hause des Herrn noch fehlt und ohne welches die göttlichen Mysterien und der Gottesdienst nicht stattfinden können, als da wären: Kelche, Leuchter, Schreine für die heiligen Reliquien ... Bei der Anfertigung letzterer gehe man folgendermaßen vor ...

THEOPHILUS, *De Diversis Artibus*, Buch III, Vorwort

Ich bin vollkommen genesen«, beharrte Catherine, »und ich will Edgar begleiten.«

»Ich kann es nur mit ihr gemeinsam tun«, sagte Edgar. »Es ist durchaus üblich, daß Wandergesellen ihre Ehefrauen mitbringen.«

»Willst du Catherine etwa wie einen Gesellen hausen lassen?« fragte Hubert. »Manchmal bekommen sie nur einen Strohsack in der Werkstatt.«

»Wir können ein Zimmer von Tante Johannah mieten«, sagte Catherine. »Sie besitzt aus ihrer Mitgift vier Häuser, zwei auf der Île und zwei weitere im Flecken von St. Germain l'Auxerroix, welche sie an Studenten und Handwerker vermietet.« Insgeheim behagte ihr der Gedanke, ein eigenes Zimmer zu haben, dazu noch in Paris. Während Edgar das Handwerk des Silberschmieds erlernen würde, hätte sie gewiß Gelegenheit, zur Île zu schlendern und den Vorlesungen der Magister zu lauschen. Jetzt, wo sie eine Ehefrau war, sprach nichts mehr dagegen. Sie könnte einen Korb mitnehmen und auf dem Rückweg einkaufen.

»Edgar muß zunächst einige Wochen bei Baruch in St. Denis arbeiten«, entgegnete Hubert. »Und wenn er meint, daß du, Edgar, keinen überzeugenden Silberschmied abgibst, vergessen wir die Sache.«

»Und falls es mir gelingt?«

»Dann, meint Baruch, könntest du nach Paris gehen und vorgeben, ein Silberschmied ohne Empfehlung eines Meisters zu sein, der verzweifelt genug ist, jede Arbeit anzunehmen. Du sollst ja nur Augen und Ohren offenhalten, ob es in dem Gewerbe für Leute Arbeit gibt, die keine Fragen stellen.«

»Das ist alles?« Edgar klang enttäuscht.

»Gewiß doch. Wäre es gefährlicher, würdest du Catherine doch wohl nicht mitnehmen wollen?«

Edgar nahm Catherines Hand und sah seinen Schwiegervater fest an. »Als ich Catherine heiratete, gab ich mit Freuden die geistliche Laufbahn auf, die meine Eltern für mich vorgesehen hatten. Doch in den letzten Monaten durfte ich nie über mein Leben entscheiden. Du hast mich hin- und hergeschickt, so wie du es mit Solomon machst. Das ist doch wohl nicht alles, was du von mir erwartest? Falls du es wünschst, kann ich in Montpellier oder Bologna die Rechte studieren, wenn ich auch lieber in Paris mein Studium fortsetzen würde. Dort bin ich bekannt. Wenn ich mit Catherine zurückkäme und vorgäbe, meine Eltern hätten mich wegen dieser Verbindung enterbt, so daß ich von meiner Hände Arbeit leben müßte, wäre das durchaus glaubhaft. Sollte es mir am nötigen Geschick fehlen, so schöbe man es darauf, daß ich nicht der Zunft angehöre. Als armer Student, der eine Frau ernähren muß, würde ich mich vermutlich mit denen gemein machen, die verbotene Geschäfte betreiben, und man würde mir weniger Fragen stellen.«
»Es ist immer besser, so nah wie möglich an der Wahrheit zu bleiben«, fügte Catherine hinzu, was Hubert zu der Überlegung veranlaßte, wie oft sie ihn mit einer beinahe wahren Geschichte wohl schon hinters Licht geführt hatte.
»Wie würdest du deine Kenntnisse begründen?« fragte er laut.
»Meine Freunde würden es als harmlose Narretei auslegen. Sie würden es vermutlich eher für möglich halten, daß ich mich statt mit Silber mit Holzschnitzereien abgebe.«
»O ja!« unterbrach ihn Catherine. »Wir könnten doch außerdem einen kleinen Stand am *Lendit* haben. Das habe ich mir schon immer gewünscht – mit einer Flagge, die vom Zeltmast flattert.«
»Nein!« entfuhr es Hubert. Er strich sich durch das

schnell ergrauende Haar. Dieses Kind würde ihn noch in den Wahnsinn treiben. »Ich habe mich nicht dreißig Jahre lang abgerackert, um meine Tochter wie eine gemeine *Fame vilaine* dasitzen zu sehen, die Kohl zu Markte trägt«, brüllte er.
Catherine faltete die Hände im Schoß und sah ihn mit gebührender Achtung an. »Sehr wohl, Vater. Kein Stand. Nur eine nette, saubere Kammer auf der Ile. Wann brechen wir auf?«
Hubert seufzte. Er wußte, daß sie wieder einmal den Sieg davongetragen hatte. »Baruch ist bereit, Edgar ab morgen zu unterweisen«, sagte er. »Catherine, du wirst am ersten Fastensonntag wieder eingesegnet. Falls Baruch Edgars Kenntnisse für ausreichend hält und du dich völlig erholt hast, könntet ihr am nächsten Tag nach Paris gehen.«
Catherine stand auf und küßte ihn. »Wir helfen gern«, sagte sie. »Du weißt, daß du dich auf uns verlassen kannst.«
Hubert nickte resigniert.

Am Nachmittag wanderten Hubert und Baruch durch die Rue de la Boulangerie in St.Denis. Auf einer Straßenseite war die hohe Mauer der Abtei, auf der anderen eine Ladenreihe. Um sie herum duftete es nach frischem Brot.
»Kannst du dir vorstellen, wie dieses Aroma den armen Mönchen an Fastentagen zusetzt?« fragte Baruch. »Ein Backhaus neben dem Kloster ist wie ein übler Scherz.«
»Es könnte schlimmer sein«, sagte Hubert lächelnd, »zum Beispiel ein Freudenhaus.«
Vor dem Hause des Abtes angekommen, hob Hubert den massiven Eisenklopfer und zögerte, bevor er ihn fallen ließ. »Abt Suger ist ein überaus vernünftiger Mann«,

meinte er. »Er wird uns wohl deshalb keine Schwierigkeiten bereiten.«
»Gewiß nicht«, antwortete Baruch etwas säuerlich. »Er wird uns noch für unsere Ehrlichkeit belohnen. Ermanne dich, Hubert.«
Das Klopfen wurde sofort beantwortet. Ein Mönch öffnete, so dick gegen die Kälte vermummt, daß er nur eine unförmige schwarze Gestalt war.
»Wir wünschen den Abt zu sprechen«, sagte Hubert. »Wir werden erwartet.«
Die Gestalt nickte und bedeutete ihnen, ihr zu folgen. Hubert erinnerte sich plötzlich an die Geschichte eines fahrenden Sängers, in der solch ein Wesen einen Mann in die Unterwelt führte. Auf das Ende konnte Hubert sich nicht besinnen.
Vor dem Eingangszimmer zu den Gemächern des Abtes verließ ihr Führer sie mit einer Verbeugung. »Ich kann mich nicht an ihr Schweigen gewöhnen«, beklagte sich Baruch schaudernd.
»Sie können nichts dafür«, meinte Hubert. »Wie ich Suger kenne, bekommen sie kaum Gelegenheit zu sprechen. Wer würde den Abt schon unterbrechen?«
»Guten Tag, meine Freunde.« Beide Männer fuhren zusammen wie ertappte Schuljungen. Abt Suger stand in der Tür zu seinem Empfangszimmer. Sie knieten vor ihm nieder. Der Abt segnete Hubert und zögerte, als er zu Baruch trat. »Möge Gott, der Herr, dich beschützen«, sagte er, unterließ es aber tunlichst, ein Kreuz zu schlagen.
»Und möge der Allmächtige Euch ebenfalls schützen«, antwortete Baruch. »Es ehrt uns, daß Ihr uns angesichts Eurer mannigfaltigen Pflichten ein paar Augenblicke gewährt, Herr Abt.«

»Aber gern«, erwiderte Suger. »Tretet ein und nehmt Platz. Prior Hervé muß jeden Moment kommen. Er berichtete mir von Eurem Geschäft. Eine sehr ernste Sache für uns alle.«
An den Wänden des Empfangszimmers prangten bestickte Behänge, und die Stühle waren massiv und breit und mit je einem quastenverzierten Kissen belegt. Dankbar ließen sich die Männer darauf nieder.
»Etwas Wein?« fragte Suger und hob den Krug.
»Nein, habt Dank«, antwortete Baruch.
»Ach ja, natürlich nicht. Ihr trinkt ja Euren eigenen Wein. ›*Credat Judaeus Apella, non ego*‹«, zitierte der Abt und schenkte sich den eigenen Becher voll. »Wie Horaz bin ich nicht an Eure Gesetze gebunden, daher trinke ich etwas. Hubert?«
Hubert sah Baruch schuldbewußt an, nickte und zog seinen Becher aus dem Beutel, den er an der Taille trug.
»Sehr aufmerksam von Euch, Herr Abt«, murmelte er und wünschte sich den Prior herbei, um zum Geschäftlichen zu kommen. Sie tranken in höflichem Schweigen, bis sie ein leises Kratzen an der Tür vernahmen.
»Herein«, rief Suger. Prior Hervé trat ein, Ohren und Nase noch von der Kälte gerötet, und nahm den Wein bereitwillig an.
Als der Prior Platz genommen hatte, setzte Abt Suger seinen Becher ab und faltete die Hände. »Nun, ihr Männer habt einen Plan, um den schändlichen Handel mit heiligen Kirchengütern zu unterbinden«, sagte er. »Das heiße ich natürlich gut. Doch wie ich bei diesem löblichen Unterfangen helfen kann, ist mir rätselhaft, es sei denn, daß ich mich weigere, verdächtige Güter, die der Abtei angeboten werden, anzunehmen.« Er blickte zu Prior Hervé, der sogleich hinzufügte: »Wie wir es stets getan haben.«

»In der Tat«, sagte Hubert. »Das wissen wir nur zu gut, und wir ließen nichts unversucht, um die Herkunft solcher Gegenstände zu klären, auf welche wir auf unseren Reisen stoßen, auf daß wir diese Umtriebe nicht ahnungslos fördern.«
»Ich verlasse mich darauf, daß ehrbare christliche Kaufleute wie du die Abtei vor solcher Schande bewahren.« Suger lächelte Hubert zu.
»Leider«, fuhr Baruch fort, »ist keineswegs jedermann derart gewissenhaft, so auch nicht jener Natan, welcher Euch kürzlich aufsuchte. Wir von der jüdischen Gemeinde von St.Denis und auch jener von Paris wünschen Euch zu versichern, daß wir sein Betragen nicht gutheißen. Auch unter den Seinen hat Natan keinen guten Ruf, was seine Ehrlichkeit anbelangt. Die Ältesten haben ihn wiederholt verwarnt.«
»Wollt Ihr, daß ich über ihn urteile?« fragte Suger.
Baruch war entsetzt. »Mitnichten! Er ist unser Bruder, wenn auch irregeleitet, doch er gehört zu uns. Wir kümmern uns um ihn.«
»Sollte man ihn mit gestohlenem Kirchengut ertappen, kann das schwere Folgen für euch alle haben«, gemahnte Suger.
Baruch beugte sich vor. »Wenn einer Eurer Brüder vom rechten Wege abirrt, würdet Ihr ihn der weltlichen Gerechtigkeit überantworten oder selbst über ihn richten, auch auf die Gefahr hin, daß sein weiteres Verbleiben in Eurer Gemeinschaft Euch zur Schande gereicht?«
Suger nickte. »Fürwahr, ich nähme die Angelegenheit selbst in die Hand. Man überantwortet die Seinen nicht weltlichen Gerichten. Doch dann frage ich mich, was Ihr von mir begehrt?«
Hubert räusperte sich. »Wie Ihr bereits sagtet, Herr

Abt, zieht jeder es vor, sich selbst um die verlorenen Schafe seiner Herde zu kümmern. Wenn es um die liturgischen Geräte der Heiligen Messe geht, sind vermutlich auch Geistliche darin verwickelt. Ihr seid nicht nur das Oberhaupt der größten Abtei Frankreichs, sondern auch vieler Kleriker. Sollten wir auf Männer stoßen, welche Euch unterstehen, jedoch vom rechten Wege abgekommen sind, so hoffen wir auf Eure Redlichkeit und Diskretion.«

Huberts Stimme hatte sich gegen Ende dieser Bitte gesenkt. Es war nicht einfach, einem solch wichtigen Mann zu eröffnen, daß sie nur um die Zusicherung baten, er würde seines Amtes walten und nicht Übeltäter zu decken suchen, die möglicherweise zu seiner geistlichen Familie gehörten. Ein Priester war ermordet worden, ein anderer war verschollen. Für Hubert Anzeichen für eine Verschwörung.

»Bringt mir den Beweis, und ich versichere Euch, daß der Mann seine Strafe bekommt, und sei er auch mein liebster Freund.« Mit diesen Worten erhob er sich. Die Audienz war beendet.

Baruch und Hubert erhoben sich ebenfalls. Sie verabschiedeten sich unter vielen Dankbarkeitsbezeugungen. Auf dem Heimweg blieb Baruch stumm. Wieder zu Hause, fragte Hubert ihn nach dem Grund.

Baruch setzte eine säuerliche Miene auf. »Mir ist gerade aufgegangen, daß ich einen Monat lang deinem verdammten gelehrten Schwiegersohn das Silberschmieden beibiegen muß!«

Der schwarze Matsch von Paris taute in der Morgensonne. Natan ben Judah fluchte heftig, als ein vorbeifahrender Karren ihm die samtene Tunika bespritzte:

»Mögen alle deine Töchter schieläugige Huren werden!« schrie er dem Fuhrmann hinterher und schüttelte die Faust.
»Das sind sie schon«, rief jener lachend zurück. »Und immer noch zu gut für dich!«
Natan biß die Zähne zusammen und wandte sich herablassend würdevoll ab. Eine schlagfertige Antwort wollte ihm nicht einfallen. Eines Tages würde er Paris in einer Sänfte durchqueren, getragen von kräftigen Nordmännern, gefolgt von Packtieren, die mit Schätzen beladen wären. Dann würde dieser *Avoutre* ihn anflehen, er möge seine Töchter streicheln. Damit munterte er sich auf, während er die Rue St. Christophe zur alten Kirche von St. Étienne entlangstapfte. Es ging ihm gegen den Strich, sich dort zu treffen, doch wer von Reichtümern noch träumen muß, kann keine Bedingungen stellen.
Bald, dachte Natan. *Sehr bald*. Er wußte, was sie von ihm hielten. Er bemerkte, wie sie sorgfältig vermieden, sein Gewand zu berühren, als ob Judentum ansteckend wäre wie Aussatz oder die Pest. Natan verachtete sie – Memmen und Heuchler, Samariter und Diebe, alle zusammen. Die waren genauso schlimm wie Eliazar, benutzten ihn für ihre eigenen schmutzigen kleinen Geschäfte und schnitten ihn in der Öffentlichkeit. Nein, überlegte er; Eliazar war noch schlimmer. Viel schlimmer. Der hatte nicht einmal die Ausrede, ein Götzenanbeter zu sein. Der würde auch büßen müssen.
Natan war von seinem künftigen Ruhm dermaßen erfüllt, daß er mit einem Entgegenkommenden zusammenprallte. Der andere hatte sich die Kapuze tief ins Gesicht gezogen und sah zu Boden. Beide Männer fielen in den Dreck, wodurch das von dem Fuhrmann begonnene Werk der Zerstörung an Natans Tunika vollendet wurde.

»Beim teergesottenen Leib der heiligen Julitta!« brüllte der Mann, als er sich hochrappelte. »Seid Ihr verletzt, Herr?«
Natan war darauf gefaßt gewesen, diesen jungen Kleriker als unwichtig abzutun, doch als jener ihn wie einen Edelmann ansprach, veränderte sich sein ganzes Verhalten. Er ließ sich aus dem Dreck helfen und unbeholfen, aber gründlich denselben abklopfen.
»Ich bitte um Vergebung«, sagte der junge Mann. »Ich habe nicht auf den Weg geachtet. Ich verdiene all Euren Unmut. Falls ich Eure Kleidung verdorben habe, Herr, kann ich solch edlen Stoff leider nicht ersetzen, doch will ich einen Monat lang Psalmen für Euer Seelenheil singen, wenn Euch das für meine Tolpatschigkeit entschädigt.«
Natan merkte, daß es sich um einen Geistlichen vom Land handelte, nicht älter als zwanzig Jahre, mit ungeschliffenem Dialekt und einem Umhang aus gröbster Wolle. Keinerlei Hoffnung, von ihm auch nur die zerrissenen Beinlinge ersetzt zu bekommen.
»Angenommen, mein Junge«, sagte Natan großmütig. »Es war eindeutig ein Unfall. Ich vergebe dir. Geh nur weiter und gib Obacht!
Der Geistliche rutschte erneut aus, als er sich dankend verbeugen wollte. »Ja, mein Herr. Habt Dank. Einen Monat Psalmen. Für wen sollen Sie sein, Herr?«
Natan erstarrte, doch dann tat er überrascht. »Glaubst du etwa, Unser Herr weiß das nicht?« fragte er.
Der Geistliche lief rot an. Verwirrt zog er sich wieder die Kapuze über. »Fürwahr«, murmelte er. »Ich ... ich habe nicht nachgedacht. Bedaure, Herr.«
Vor Edelmut triefend, sah Natan dem jungen Mann nach, wie jener sich vorwärtskämpfte und um die Ecke in Richtung *Petit Pont* bog. Natan ordnete seine verdorbenen

Gewänder und eilte in viel besserer Laune zu seiner Verabredung. Der Gedanke, daß dieser Christ für ihn Psalmen beten wollte, beunruhigte ihn zwar ein wenig, doch schließlich waren die ja von Juden verfaßt. Es war ja nicht wie eine Messe. Das wäre fürwahr abscheulich. Doch ein paar Psalmen könnten ja wohl nicht schaden?
Natan betrat die Ruinen der Kirche von St.Étienne. Die Tür zur Krypta stand offen. *Warum,* dachte er, als er die Steintreppe hinabstieg, *beharren sie stets darauf, sich unterirdisch zu treffen?*

Edgar stand mitten in der Werkstatt und sah sich ehrfürchtig um. Auf einer Seite war ein großes Fenster, unter welchem ein Tisch in einer Vertiefung im Lehmboden stand. Die Schmiedegesellen saßen auf dem Boden und ließen die Beine baumeln, während sie das Silber drehten oder hämmerten.
An die fensterlose Wand war ein Ofen gebaut, aus frischem Lehm, vermischt mit ebenso frischem Pferdemist. Das gab einen feuerfesten Brennofen ab und einen tröstlichen Stallgeruch, der die stechenden Abgasgerüche des Metalls überlagerte.
Auf den Tischen und an der dritten Wand befand sich eine Vielzahl von Werkzeug: Hämmer und Zangen in jeder Größe und Form, Model und Meißel, Raspeln und Feilen und Dinge, für die Edgar keinen Namen wußte. Doch er würde sie lernen und auch, wie man jedes davon benutzte. Und er war hier nicht heimlich, brauchte nicht besorgt zu sein, daß sein Vater oder Lehrer ihn entdecken und ihm Prügel verabreichen würden, weil er sich unstandesgemäß benahm.
»Was soll ich als erstes tun?« fragte er Baruch.
Baruch bemerkte, wie es Edgar bereits in den Händen

zuckte. Lachend erwiderte er: »Heute lernst du die Namen und den Gebrauch von möglichst vielen Gerätschaften kennen.«
Edgar ging an den Tisch.
»Aber du darfst nichts anfassen«, fuhr Baruch fort, »bis ich es dir gestatte. Verstanden?«
»Aber gewiß doch«, antwortete Edgar. Er verschränkte die Arme und steckte die Hände in die Ärmel, um nicht in Versuchung zu geraten.
»Keine Angst, du wirst schon bald Gelegenheit bekommen, dich zu verstümmeln.«
Er steckte seine eigenen Hände aus. Sie waren übersät von Narben, Brandwunden, Kerben und Schwielen. Baruch betrachtete sie voller Stolz.
»Das ist der Grund, warum dein Stand keine handwerkliche Arbeit verrichten darf«, sagte er. »Es würde sich für solche Hände nicht ziemen, feine Seide zu tragen oder eure blassen weichen Damen zu berühren. Bist du sicher, daß du fortfahren willst?«
Edgar nickte. »Mein Vater und meine Brüder waren ihr Leben lang Krieger und tragen genausoviele Narben wie du. Die Damen meines Landes sind fürwahr so blaß wie ich, doch sind sie nicht zu weich, um sich von rauhen Händen schrecken zu lassen. Und Catherine ist es, glaube ich, auch nicht.«
Ein Klopfen an der Tür unterbrach sie. Ein kleiner Junge stürmte herein, etwa acht Jahre alt, mit großen braunen Augen und flammendroter Mähne. »Baruch, ich muß pinkeln«, verkündete er.
»Brav, mein Junge.« Baruch reichte dem Kind einen Krug mit engem Hals, und er urinierte hinein, während Edgar verdutzt zuschaute.
Als der Junge fertig war, schickte Baruch ihn in die

Küche, damit er sich seinen Lohn hole. Dann verkorkte er den Krug und stellte ihn beiseite.
»Was ... wieso?« fragte Edgar.
Baruch lachte: »Ein Geheimnis unserer Zunft. Der Harn eines kleinen rothaarigen Knaben eignet sich am besten, um die Eisenwerkzeuge zu härten, die wir zum Schneiden der Edelsteine benutzen.«
»Und was geschieht, wenn kein Junge mit rotem Haar zur Verfügung steht?«
»Dann nehmen wir eine Ziege, die mit Farn gefüttert wurde. Doch es ist beschwerlich, denn eine Ziege arbeitet nicht immer gut mit.«
Edgar begann zu ahnen, daß er die Vielschichtigkeit des Metallberufs unterschätzt hatte. Doch trotz allen Zweifels war er freudig erregt. Sein erster Tag, und schon kannte er zwei Geheimnisse dieses Handwerks.
»Nun geht es los«, sagte Baruch und krempelte sich die Ärmel hoch.

Catherines Tante Johannah lief geschäftig hin und her, um das Haus für die Nacht herzurichten. Das Feuer war mit Asche belegt und nichts Brennbares in seiner Nähe. Die Töpfe waren gescheuert, die Fensterläden geschlossen und verriegelt. Eliazar hatte bereits die äußeren Türen besorgt. Sie war im Begriff, die Kerze zu nehmen und nach oben zu gehen, als sie aus der Speisekammer ein Geräusch vernahm.
»Nicht schon wieder eine Ratte im Gerstenfaß«, murmelte sie. »Ich dachte, wir hätten das Loch verstopft.«
Leise drückte sie die Tür auf, in der Hoffnung, die Ratte zu finden, und um nachzusehen, wie sie hineingekommen wäre. Die Tür stieß auf irgend etwas. Sie hörte einen erstickten Schrei.

Johannah quetschte sich hinein.
»Lucia!« sagte sie. »Was machst du denn noch hier? Ich dachte, du wolltest heute nach Hause gehen.«
Die Magd saß auf einem behelfsmäßigen Lager, die Decken bis zum Kinn hochgezogen.
»Meine Mutter hat Verwandte aus Melun zu Besuch«, erklärte sie. »Als ich nach Hause kam, waren alle Betten belegt. Darum habe ich mir hier ein Lager bereitet. Ich wollte Euch nicht stören und dachte, Ihr hättet nichts einzuwenden.«
»Nein, fürwahr. Aber wie bist du hereingekommen? Ich dachte, Eliazar hätte bereits alles abgeschlossen.«
»Die Hintertür war unverriegelt«, sagte Lucia. »Er muß sie vergessen haben.«
»Das sieht ihm gar nicht ähnlich. Doch in letzter Zeit war er immer in Gedanken woanders. Ich werde ihn zu größerer Sorgfalt ermahnen. Hast du den Riegel vorgeschoben?«
»Jawohl!«
»Danke. Hast du es auch warm genug?«
»Ja, danke, ganz warm!« erwiderte Lucia lächelnd. »Gute Nacht, Frau Johannah.«
»Gute Nacht.« Johannah nahm die Kerze und ging. Gut, daß es keine Ratte gewesen war, aber irgend etwas stimmte da nicht. Was war das nur? Ach ja, die Falltür zum Keller lag bloß. Warum? Nun, vielleicht hatte Lucia ein, zwei Kisten bewegt, um Platz für das behelfsmäßige Lager zu schaffen. Es war ja schon spät; sie war müde. Morgen würde sie nachsehen. Johannah ging zu Bett.
In der Speisekammer ging leise die Falltür hoch. Eine kleine Öllampe leuchtete auf. Lucia nahm sie, so daß Natan herausklettern konnte.
»Braves Mädchen«, flüsterte er und tätschelte sie. »Du

kannst ja mit den Füßen denken! Hättest du nicht geschrien, hätte sie mich erwischt. Du verdienst eine Belohnung für deine Schlauheit.«

»Ein neues Leinenhemd?« schlug sie lächelnd vor. »Dieses alte hier ist so abgetragen. Sieh mal, lauter Löcher. Du kannst den Finger durchstecken.«

»Fürwahr«, sagte er. »Und das Zugband ist ganz ausgefranst.«

Er band es auf, und das Hemd fiel ihr auf die Füße.

»Die Herrin kommt heute abend nicht wieder.« Sie löste ihm den Ledergürtel. »Willst du mir nicht gern etwas anderes geben, bevor du gehst?«

»Du bist ja ganz versessen darauf«, sagte Natan, während sie seine Tunika anhob und sich an dem *Braiel* zu schaffen machte, der seine *Braies* hochhielt. »Hält dich Eliazar denn nicht warm?«

»Der vertrocknete Greis?« Sie zog den Knoten im *Braiel* mit den Zähnen auf. »Der weiß nicht mal, daß ich eine Frau bin. Oder vielleicht ist er auch kein richtiger Mann. Fallen eure Priester mitunter versehentlich in ihre Messer?«

»Hab' nie davon gehört«, sagte Natan. »Und wie du siehst, bin ich in der Gegend unversehrt.«

»Mmmmm.«

»Genug davon«, sagte er. »Ich kann nicht mehr lange bleiben.«

»Nun denn.« Lucia schlüpfte auf das Bett und zog ihn auf sich. »Aber eines Tages, Natan, will ich sehen, wie du ohne Stiefel aussiehst.«

Am ersten Fastensonntag ging Catherine mit ihrem ganzen Haus in den Bergfried, um sich nach ihrer Niederkunft einsegnen zu lassen. Verschleiert und eine brennende Kerze tragend, wurde sie an der Tür vom Familienpriester, Vater Anselm, begrüßt. Sie sagte den Psalm *Laudate pueri, Dominum* auf. Er segnete sie, besprengte sie mit Weihwasser und sprach ein Gebet. Dann nahm er sie bei der Hand und führte sie zum Altar, wo sie sich flach auf den Boden legte und erneut mit Weihwasser und Weihrauch gesegnet wurde. Dann durfte sie das Sakrament empfangen und war wieder ein volles Mitglied der Gemeinde.

In jener Nacht bekamen sie und Edgar ihr altes Bett zurück, in einer durch einen Vorhang abgeteilten Nische des Großen Saals. Als Catherine hineinkletterte, drückte sie sich wieder auf den Bauch.

»Er fühlt sich immer noch wie Käse an«, sagte sie betrübt. »Begehrt du mich wirklich?«

»Unter die Decken, bevor du erfrierst«, antwortete Edgar. »Und ich zeige dir, wie sehr.«

»Also diese letzten zwei Wochen warst du nicht so ungeduldig wie sonst, und ich dachte schon ...«, begann Catherine.

Sie hatte keine Gelegenheit mehr, den Satz zu beenden.

* * *

Das Knarren der Betten, die für den Tag auseinandergenommen wurden, weckte sie auf. Es war lange nach Tagesanbruch. Aber Catherine wollte nicht aufstehen. Es war das erste Mal, daß ihr warm gewesen war, seit ... sie wollte nicht daran denken. Alle sagten, sie solle nicht grübeln. Edgar schlief noch. Sie wußte jetzt, daß es keine mangelnde Zuneigung gewesen war, sondern Erschöpfung, die ihn in Schach gehalten hatte. Die Unterweisung in der Kunst des Silberschmiedens mußte schwerer sein als das Führen eines Schwerts. Seine armen Hände waren voller Schnitte und Brandwunden vom heißen Metall und dem scharfen Werkzeug. Auch auf der Wange trug er eine Brandwunde von einer Gußform, die im Ofen zerbrochen war und ihm flüssiges Metall ins Gesicht gespritzt hatte, knapp neben dem Auge. Sie küßte ihn sanft. Er erwachte.

»Was ist das für ein Getöse da draußen?« fragte er. »Werden wir überfallen?«

»Wir packen für Paris«, sagte Catherine und schmiegte sich an ihn. »Bist du soweit? Kannst du als Handwerker durchgehen?«

»Ich glaube schon«, sagte Edgar. »Und wenn ich Aufträge bekomme, hilft Baruch mir dabei, sie sachgerecht auszuführen.«

»Deine alten Freunde werden dich auslachen, daß du so dumm warst zu heiraten. Wenn du schon die Kirche aufgibst, so doch wenigstens für eine Erbin.«

»Du brauchst wohl Zuwendung, was? Wie hättest du's denn gern?«

»Edgar! Alle sind wach. Sie können uns hören!«

»Ich ›bestätige‹ dich auch ganz leise.« Plötzlich wurden die Vorhänge aufgerissen. Guillaume stand grinsend am Bett. »Beeilt euch damit, Vater will vor Mittag abreisen.«

Catherine verbarg ihr Gesicht, doch Edgar musterte ihn kühl. »Ich kenne keine Eile«, teilte er seinem Schwager mit. Würdest du bitte die Vorhänge zuziehen.«

Catherine errötete bis zu den Haarspitzen. »Ein Zimmer für uns allein«, sagte sie mit Nachdruck. »Mit einer Tür. Ach, Edgar, ich kann es gar nicht erwarten, enterbt zu werden.«

FÜNFTES KAPITEL

Kämmerchen im Flecken von St.Germain l'Auxerrois, am rechten Seineufer in Paris, am Tag der Stuhlfeier Petri zu Antiochien, Sonnabend, den 22. Februar, 1141/ 12. Adar 4901

... multos hypocritas sub habitu monachorum usquequaque dispersit, circumeuntes provincias, nusquam missos, nusquam fixos, nusquam stantes, nusquam sedentes, alii membra martyrum, si tamen martyrum, venditant.

... eine Anzahl Heuchler im Mönchsgewand wandert allerorten umher, durch die Provinzen, von nirgendwo geschickt, nirgendwo hingehörend, nirgendwo bleibend, nirgendwo wohnend. Sie verkaufen Teile von Märtyrern, als würden sie selbst zu jenen zählen.
DER HEILIGE AUGUSTINUS *De Opere Monachorum*

Die Einrichtung war schlicht: eine Bank, zwei Holztruhen für Kleider und Bettlinnen, ein Tisch, ein Bettrahmen, der sich tagsüber zusammenklappen ließ oder als Sofa diente, ein paar dreibeinige Schemel. An die Wand hatte jemand ein Bord für Schüsseln und Teller genagelt. Ein Vorhang trennte eine Ecke für den Nachttopf ab, den Catherine früh am Morgen auf die Straße entleerte, bevor diese zu belebt war. Tagsüber benutzten sie den gemeinschaftlichen Abort im Hinterhof.

Johannah hatte sich für die Kammer entschuldigt, als sie Catherine hinbrachte. Sie lag unmittelbar über der Straße, und den ganzen Tag über konnte man die Karren und die Straßenhöker vorbeiziehen hören. Menschliche und tierische Laute, von Hunden, Schafen, Schweinen und Krähen, vereinten sich zu einem vielstimmigen Chor. Ein Fensterrahmen hatte sich verbogen, und die Ritzen waren gegen die Kälte mit Lumpen ausgestopft. Die einzige Wärme im Holzhaus kam aus dem kleinen Holzkohlenbecken, welches auf Kacheln stand, und von der darunterliegenden Kammer, wo der Tagesrhythmus durch das Rattern des Webstuhls vorgegeben war. Das Zimmer war die meiste Zeit dunkel, weil die Fenster zum Schutz gegen den Winter mit Wachstuch verhängt waren.

»Ich weiß nicht, was dein Vater dazu sagen würde«, meinte Johannah. »Ich kann gar nicht glauben, daß er einverstanden war. Meinst du wirklich, ihr habt es hier warm genug?«

»Tante Johannah, du hast ja nie in einem Kloster oder einer Burg gewohnt! Das hier ist schön.«

»Ich gebe dir ein paar Wandbehänge. Üblicherweise vermiete ich an Studenten; für euch ist es nicht fein genug.«

»Mir gefällt's«, versicherte Catherine. »Wir müssen nicht

einmal das Haus verlassen, um Essen zu kaufen. Wenn ich den *Talemelier* rufen höre, lasse ich einen Korb für die *Nieules* und Fleischpasteten hinab. Wie aufregend!«
Johannah lächelte. Noch war es ein Spiel für Catherine, hatte sie doch die Süßigkeiten an erster Stelle genannt. Doch wie lange noch würde ihr das Vergnügen bereiten? Kinder konnten ihre Spiele abbrechen und heimgehen. Wieso hatte Hubert zugestimmt? Das war kaum ein geeigneter Ort für seine Tochter. Jetzt, wo Madeleine im Kloster lebte, gab es keinen Grund, warum Catherine nicht in Huberts Haus an der Gréve wohnen sollte. Johannah hatte sich vorgenommen, keine Fragen zu stellen, doch sie würde Augen und Ohren offenhalten. Sie führten irgend etwas im Schilde, Catherine auch. Hoffentlich war Eliazar nicht mit von der Partie.
Sie reichte Catherine den Schlüssel für die Tür unten und einen Eimervoll Moos für die Latrine, damit sie nicht die kleinen Strohbündel nehmen müßten, die zwar viel billiger, aber auch viel rauher waren. »Und vergiß nicht, daß du immer zu mir kommen kannst, wenn du etwas brauchst!« sagte sie und tätschelte Catherine die Wange.
»Ja, Tante Johannah – danke!« Catherine gab ihr einen Kuß. Als die Tante fort war, tanzte Catherine in der Kammer herum. Zum ersten Mal in ihrem Leben hatte sie ein eigenes Zimmer. Zwar gehörte es auch Edgar, aber um so besser.
Die Ausgelassenheit dauerte an, bis Edgar von seinem ersten Tag als angeblich in Ungnade gefallener Sohn zurückkehrte, der auf Arbeitssuche war. Ihr Glück verpuffte, als sie sein Gesicht sah.
»Edgar? Was ist denn los?«
Er antwortete nicht, sondern ging zur Waschschüssel, wusch sich die Hände und benetzte sich das Gesicht.

Dann setzte er sich an den Tisch und vergrub das Gesicht in den Armen.
»Haben wir Wein?« fragte er.
»Ja, ich habe welchen von Vielleteneuse mitgebracht. Edgar, du machst mir angst. Was hast du denn? Ist jemand gestorben?«
Er richtete sich auf und nahm den Becher, den sie ihm hinhielt. Lächelnd sah er in ihr bestürztes Gesicht. »Nein, natürlich nicht. Ich wollte dir keinen Schrecken einjagen.«
Er trank den Wein zu schnell. Catherine wartete ab.
»Ich wollte eine Rolle spielen«, sagte er verlegen. »Ich dachte, es würde mir Spaß machen. Und ich wollte mir beweisen, daß meine Schnitzereien kein Zeitvertreib für Winterabende sind.« Er nahm ihr den Krug ab und schenkte sich nach. »Catherine, niemand wollte mich haben, um gar keinen Preis.« Er leerte den Becher. »Sie haben sich meine Holz- und Elfenbeinschnitzereien angesehen und die Silberbrosche und Sachen, die ich mit Baruch zusammen hergestellt habe, aber sie zuckten nur mit den Achseln und schickten mich fort; sie bräuchten niemanden; Ausländer nähmen sie nicht; was ich denn verbrochen hätte, daß kein Meister mich haben wolle.«
»Aber so war es doch geplant«, erinnerte sie ihn.
»Ich weiß.« Edgar lachte auf eine Art, die Catherine noch mehr erschreckte. »Es klappt hervorragend. In ein, zwei Wochen werde ich alles annehmen wollen, was man mir anbietet.«
»Also, was hast du denn dann?« Sie hielt seine Hand fest, als er wieder nach dem Krug griff.
Er nahm ihre Hand in die seine und drehte sie um, las darin, als ob dort ein Orakel stünde. »Als ich von einem

Ort zum nächsten wanderte«, sagte er zögernd, »vergaß ich, daß alles nur ein Vorwand war. Ich dachte, wenn ich keine Arbeit finde, würden wir auf der Straße landen. Catherine, wenn es nun wirklich so weit käme? Wovon soll ich uns ernähren und kleiden? Ohne Familie, ohne Gilde, kein Herr, der für uns verantwortlich ist. Und Kinder – wie könnten wir für sie sorgen?«

»Wir könnten ein Zelt am *Lendit* aufstellen und die Jahrmärkte bereisen«, antwortete sie prompt.

»Das glaubst du doch selber nicht«, sagte er. »Für einen Stand muß man zahlen und Mitglied der Innung sein. Alles kostet Gebühren, selbst wenn man auf der Straße Waren verkauft und sie sich um den Hals hängt. Catherine, wenn ich nie etwas finde, müssen wir verhungern.«

Catherine ging um den Tisch herum und setzte sich neben ihn auf die Bank. Sie drückte ihm die andere Hand.

»Edgar«, sagte sie. »Ich glaube nicht, daß du uns verhungern läßt. Doch wenn uns gar nichts anderes übrig bleibt, dann würde ich lieber mit dir verhungern als sicher und wohlgenährt im Palast des Königs leben.«

»Das weiß ich wohl. Das ist ja gerade so schrecklich.«

Sie sahen einander an und rührten sich nicht. An der unteren Tür klopfte es.

»He, Engländer!« rief eine Stimme. »Mach auf. Du hast Besuch!«

* * *

In einer kleinen Kammer am oberen Ende der Île spähte Natan ben Judah in seinen Becher. »Womit, sagst du, ist das gewürzt?« sagte er beim Anblick der Stückchen, die auf dem Schaum schwammen.

»Nur mit ein paar Kräutern«, versetzte sein Kumpan

lachend. »Rosmarin, vermute ich. Es zählt doch nicht der Geschmack, sondern die Wirkung.«
Natan verzog das Gesicht und wandte sich an die dritte Person im Zimmer und erwartete Anweisungen.
»Nur noch einmal«, flehte sein Freund ihn an. »Diesmal zahlen wir das Doppelte.«
»Nun denn«, sagte Natan widerstrebend. »Eine Sendung übernehme ich noch, aber dann ist Schluß. Sucht euch einen der Euren, der dieses Wagnis eingeht. Ich habe die Nase voll.«
»Willst wohl lieber auf Nummer sicher gehen und mit den *Ribaux* Handel treiben?«
»Die stehlen wenigstens auf ehrliche Art.« Natan wurde lauter. »Reiten vorbei, holen sich ein paar verirrte Schafe, essen sie und verkaufen die Felle. Alles ganz offen. Nicht wie hier, alles heiß und verraucht. Man kommt sich ja vor wie im *Scheol*.«
»In der Hölle landen wir noch früh genug«, sagte der andere. »Natan, wohin gehst du?«
»Ich brauche frische Luft«, keuchte Natan. »Mir ist übel.«
Er taumelte hinaus. Die anderen warteten einen Moment und hörten dann, wie er sich im Gang erbrach. Dann stand der erste der beiden auf, schloß die Tür und schob den Riegel vor.
»Pech für dich, Natan«, sagte er, als er sich beim Feuer niederließ. »Du hast den falschen Ausstieg gesucht.«

Wenigstens, überlegte Catherine, hatte sich die Sorge, daß Edgars Freunde ihn im Stich lassen würden, als grundlos erwiesen. Jeden Abend kam jemand vorbei. Die englischen und schottischen Studenten erzählten Klatsch aus der Heimat und begafften Catherine. Sie bekamen schnell mit, daß sie ihre lateinischen Zoten verstand, und sprachen dann in ihrer eigenen Sprache. Daraufhin faßte sie den Entschluß, auf der Stelle Angelsächsisch zu lernen.

Andere kamen zu Besuch, alte gemeinsame Freunde. Solomon wippte an vielen Abenden auf dem wackligen Schemel und teilte das Essen mit ihnen, das Johannah ihnen stets schickte. Berengar, ein ehemaliger Schüler Abælards, kam, um sich zu beklagen, über die Behandlung, die dem Meister auf dem Konzil zu Sens im Jahr zuvor widerfahren war. Meist brachte er einen Krug Bier oder einen Laib Brot mit und zerkratzte Schreibtafeln, auf denen er eine scharfe Verurteilung derjenigen vorbereitete, die seinen Lehrer ungehört verdammt hatten. Catherine mußte zugeben, daß niemand ohne etwas in den Händen kam. Sie schienen Edgar nicht für seine Eheschließung zu verachten. Selbst John, der ernste Scholar, der nur zu fasten und zu studieren schien, sagte, er meine, daß für jene, die nicht keusch bleiben können, die Ehe besser sei, als sich zu verzehren.

»Robert, mein eigener Bruder, ist Gemeindepfarrer in England und hat Weib und Kind«, sagte er. »Er ist fromm und gewissenhaft in seinen Pflichten, mehr als ich es von anderen sagen kann, die beständig sind in geschlechtlichen Dingen und nachlässig in allen anderen.«

»Ist der Krieg in seine Nähe gerückt?« fragte Edgar.

»Der Krieg ist überall«, antwortete John. »Richard, mein anderer Bruder, ist Kanoniker in Exeter und befand sich während der Belagerung in arger Bedrängnis. Aber Roberts Dorf blieb bislang verschont. Salisbury ist, wie ich zuletzt hörte, in den Händen der Kaiserin. König Stephans Mannen zogen letztes Jahr durch und plünderten die Kathedrale von Sarum, verflucht seien sie für dieses Sakrileg. Aber niemand, den ich kenne, kam zu Schaden.«

»Möge Gott sie weiterhin beschützen«, sagte Edgar. »Letzten Sommer habe ich von Salisbury erfahren. Vielleicht kennst du die Wahrheit. Ich hörte, daß man nicht nur den Goldschatz und die Waffen davontrug, als die Kanoniker nach dem Tod des Bischofs seine Schatzkammer für König Stephan öffneten.«

John schien sich unbehaglich zu fühlen. »Ich habe alles mögliche gehört, jedoch nichts aus zuverlässigen Quellen. Was gibt es für Neuigkeiten von Meister Abælard?«

Edgar billigte den plötzlichen Themenwechsel. Wenn John nicht darüber reden wollte, mußte an den Gerüchten etwas Wahres dran sein.

»Der Meister fand Zuflucht in Cluny«, sagte Edgar. »Abt Peter gelang es sogar, ein Treffen zwischen ihm und Abt Bernhard herbeizuführen. Angeblich haben sie sich versöhnt.«

»Aber Meister Abælards Werk wurde von Papst Innozenz für ketzerisch erklärt«, sagte Catherine erbost. »Wie schon in Sens, so hörte man ihn auch in Rom nicht an. Abt Bernhards Boten waren schon dort und wieder zurück, bevor der Meister Cluny erreichte.«

»Ich weiß«, sagte John. »Mir scheint, Abt Bernhard dünken Meister Abælards Lehren wahrhaft gefährlich, dennoch war es unrecht, ihn ungehört zu verdammen. Ich wünschte, Abælard hätte wenigstens versucht, die Anklagen zu widerlegen. Das wäre ein Leichtes gewesen. Abt Bernhard kann ihm in Logik nicht das Wasser reichen.«

Catherine stimmte zu. »Lange Zeit konnte ich nicht verstehen, warum er die Versammlung verließ, ohne sich zu verteidigen. Vielleicht lag es an seiner Krankheit. Doch ich entsinne mich auch einer Predigt, die er einst im Paraklet über *Susanna und die Ältesten* hielt.«

»Er sah die Äbte und Bischöfe Frankreichs als Lüstlinge?« fragte Edgar.

»Wir kennen Meister Abælard ja; urteile du selbst«, antwortete Catherine. »Die Predigt handelte davon, was man auf eine ungerechte Anschuldigung erwidert. Die einzige Antwort ist Schweigen, sagt er.«

»Aber er hat nach Rom appelliert«, warf John ein.

»Susannah appellierte an Gott«, sagte Catherine. Sie sagte nichts davon, daß andere Predigten über den Prozeß Jesu angedeutet hatten, daß Abælard seine eigenen Verfolgungen mit denen Christi verglich.

»Meister Abælard hätte das lieber tun sollen«, meinte John. »Es gab keinen Daniel, der in Rom zu seiner Verteidigung bereitstand. Er hält sich also noch in Cluny auf?«

»Soweit es uns bekannt ist«, sagte Edgar. »Mit seiner Gesundheit steht es nicht zum besten. Astrolabe sah ihn Weihnachten und sagte, er sei sehr hinfällig geworden.«

»Der Arme!« sagte John. »Seltsam, er ist jünger als Meister Gilbert, doch ich halte Abælard für alt und Meister Gilbert für einen Mann in seiner Blüte.«

»Hält Meister Gilbert noch Vorlesungen?« fragte Catherine. »Ich würde ihn gern hören.«

»Ihr solltet beide hingehen«, sagte John. »Er hat viele Verbindungen nach Paris und Chartres. Vielleicht kennt er jemanden, der Arbeit für dich findet, Edgar. Er liest zweimal wöchentlich im Bischofssaal. Der ist so brechend voll wie St.Denis am Tag ihres Schutzpatrons. Ich habe keine Ahnung, wie viele von denen, die dort sind, der Vorlesung folgen können, aber halb Paris ist willens, es zu versuchen.«

Er hob seinen Becher und wischte ihn mit einem Tuch ab, das in seinem Gürtel steckte. Aus dem Ärmel zog er ein in Wachstuch eingewickeltes Päckchen. Eine güldene Flüssigkeit tröpfelte heraus. Er legte das Päckchen auf den Tisch. »Ich habe den Honig während der Fastenzeit aufgegeben«, sagte er, ohne sie anzusehen. »Ich wäre euch dankbar, wenn ihr mich von der Versuchung erlösen würdet.«

Catherine legte das Päckchen in eine Holzschüssel. »Das ist sehr gütig von dir«, sagte sie. »Gode s...s...f..fsances.«

»*Thanc thu*, Catherine«, erwiderte John lachend.

Catherine gab sich geschlagen. »Du sagst es. Ich will ja Angelsächsisch lernen, aber diese säuselnden Th-Laute sind unmöglich.»

»Einerlei. Du hast einen reizenden Akzent. Wenn die Normannen Angelsächsisch sprechen wollen, klingen sie wie niesende Seehunde.«

Sie lachten alle drei und wünschten sich eine gute Nacht. Edgar betrachtete den Honig. »Wir können keine Almosen annehmen, die uns nicht zustehen«, meinte er.

»Wir können wohl das Geschenk eines Freundes annehmen«, erwiderte Catherine. »Oder ich bringe ihn morgen zu Tante Johannah, damit sie ihn für die Kuchen am Feiertag verwenden kann, von dem sie mir erzählt hat.«

»Welcher ist das denn?«

»Er hat mit dem Buch Esther zu tun. Morgen fasten sie, und übermorgen feiern sie ein Fest.«

»Sehr wohl«, sagte er. »Ich bringe dich zu ihr, und dann können wir vielleicht Meister Gilbert aufsuchen. Ich weiß nicht, wie lange dein Vater mich hiermit weitermachen lassen will. Seit einer Woche habe ich nichts anderes gelernt, als daß ein Mann ohne Meister keine Arbeit findet.«

Johannah steckte bis zu den Ellbogen in Teig und freute sich über Catherine und den Honig. »Du kannst mir helfen«, sagte sie.
»Ja? Ich dachte, Christen dürfen eure Speisen nicht berühren.«
»Ha! Lucia faßt beinahe alles an. Ich gebe acht, daß sie das Essen richtig zubereitet. Wir sind nicht zahlreich genug, um Bedienstete unseres Glaubens zu finden. Und wer hat schon die Zeit, zu kochen und putzen und sich obendrein um die Geschäfte zu kümmern?« Sie klopfte ein letztes Mal auf den Teig und legte ihn zum Aufgehen in eine Schüssel. »Aber heute ist Sonntag, und Lucia ist bei ihrer Familie«, fuhr sie fort. »Da wollte ich für Eliazar Purim Canestel backen.«
»Was kann ich tun?«
Johannah schürzte die Lippen. »Ich muß die Bohnen für morgen vorbereiten«, sagte sie. »Esther aß nur Bohnen im Hause des Königs, um die Speisegesetze nicht zu übertreten, daher halten wir es auch so, und dazu essen wir Kuchen. Würdest du bitte diesen Korb hier im Keller mit Bohnen füllen? Dann können wir beim Feuer sitzen und uns unterhalten, während wir sie döppen.«
»Gern, Tante.« Catherine hängte sich den Korb über den Arm, nahm ein Öllämpchen und stieg die Treppe hinab.

Edgar fand Meister Gilberts Haus in der Rue de la Porée am anderen Flußufer, im Flecken von St. Geneviève. Er zögerte, als man nach seinem Begehr fragte.
»Mein Freund John empfahl mir vorbeizukommen«, sagte er. »Ich war einst Student Meister Abælards und auch von Meister Robert zu Melun.«
»Meister Gilbert hält zweimal die Woche Vorlesungen

ab«, sagte der Türhüter. »Er braucht keine neuen Studenten.«
»Schon, aber ...« Die Tür wurde ihm vor der Nase zugeschlagen.
Er wollte erneut klopfen, konnte sich aber nicht überwinden. Schließlich war er kein Bettler. *Godes micht!* Wie töricht, hierherzukommen. Es war schlimm genug, fremde Handwerker um Arbeit zu bitten. Aber wie erniedrigend, zu einem Meister zu gehen, bei dem er seine ehemaligen Mitstudenten wiedersah und dem gegenüber er einräumen mußte, daß er auf Mildtätigkeit angewiesen war.
Edgar wickelte sich fester in den wollenen Umhang. Der Tag hatte unwirtlich begonnen, mit einem feuchten Wind, der durch alles drang bis auf die pelzgefütterten Mäntel und *Pellices* der Reichen.
Er fühlte nach dem Beutel, den er um den Hals trug. Er war leichter denn je. Natürlich konnte ein armer Scholar ohne Pfründe keine schwere Geldbörse besitzen. Er griff hinein. Vier Deniers, die reichten für etwas Wein. In einem weiteren Beutel am Gürtel trug er seine Musterstücke, für die niemand Bedarf hatte. Vielleicht konnte er einen hölzernen Kamm gegen ein, zwei Krüge Wein eintauschen und seine Münzen behalten.
Er dachte schon wie ein armer Mann.
Die Schenke kannte er bereits aus der Zeit vor seiner Heirat. Es war nur ein verräuchertes Loch, das sich zwischen zwei Steinmauern zwängte und überdacht war. Edgar fiel noch rechtzeitig ein, daß es hinunterging. Fremde landeten meist bäuchlings auf dem Boden, zur allgemeinen Erheiterung der Gäste.
Die einzige Lichtquelle war eine Lampe am Tisch, wo die Wirtin saß und die Farbe der Münzen überprüfte. Edgar ging zu ihr.

»Ich habe heute kein Geld, Laudine«, sagte er. »Nimmst du das hier im Tausch für einen *Henap*?«
Er zeigte ihr den Kamm. Er war aus Eibenholz und duftete danach. Der Stiel war mit Schnörkeln und Vogelaugen verziert. Er war ziemlich stolz darauf, doch außer ihm war niemand beeindruckt.
Laudine drehte ihn in der Hand. »Was ist denn los, Edgar? Hat dein Mädchen ihn dir vor die Füße geschleudert?«
»Nein, ich habe ihn geschnitzt. Ich habe auch noch Löffel und eine Pfefferkiste. Möchtest du sie sehen?«
Sie lachte. »Was ist dir denn widerfahren, Junge, daß du Straßenhändler geworden bist? Ich dachte, dein Vater schickt dir reichlich Geld?«
Edgar zuckte mit den Achseln. Er hatte die Mär so oft erzählt, daß er mühelos überzeugen konnte. »Wir haben uns entzweit«, erklärte er. »Ich habe mir in Frankreich ein Weib genommen, und das mißfällt ihm.«
»Ein Weib!« Laudines Lachen verwandelte sich in ein Grunzen. »Ihr Ausländer seid solche Unschuldslämmer! Was ist geschehen? Haben ihre Brüder dich mit ihr erwischt? Und darauf bestanden, daß du ihre ›Ehre‹ wiederherstellst? Edgar, das ist doch der älteste Trick von Paris!«
»Solch ein Grünschnabel bin ich keineswegs. Sie stammt aus guter Familie und hat mir zuliebe ihr Erbe ausgeschlagen.«
Laudine gaffte ihn an. »Bei den rauhen Händen der heiligen Radegunde!« sagte sie. »Das ist die reinste Tollheit! Übers Jahr werdet ihr beide verhungert sein. Ein Glück für dich, daß du nicht mehr als ihre Mitgift verloren hast!«
Er packte seine Schnitzerei wieder ein, doch Laudine

hielt ihn an. »*Avoi!* Gaudry!« rief sie einer Gestalt quer durch den Raum zu. »Sieh dir das an.« Sie tätschelte Edgars Hand. »Ich war immer schon zu nett zu Narren.«

Die Gestalt kam ins Licht und entpuppte sich als ein Mann mittlerer Statur, kleiner als Edgar, jedoch breiter in den Schultern. Laudine zeigte ihm den Kamm und den Pfefferkasten.

»Was meinst du?« fragte sie. »Sagtest du nicht kürzlich, du brauchtest jemanden, der für dich schnitzt, doch du wolltest nicht die Löhne der Zunft zahlen?«

»Sprich leiser, alte *Bordelere*«, knurrte Gaudry und setzte laut hinzu: »Das war nur Gerede. Welchem Handwerker ist schon zu trauen, wenn man ihn nicht durch die Zunft bekommt?« Er warf die Sachen auf den Tisch. »Und überhaupt ... ich brauche keinen Tand; ich brauche Formen, schlicht, aber genau. Nicht so was hier.«

»Das kann ich auch, Herr«, sagte Edgar leise. »Ich hab' Erfahrung in der Herstellung von Modeln. Ich habe eine Weile für einen Silberschmied gearbeitet.«

Mit dem Rücken zum Schankraum zog Edgar den Löffel heraus. Die Laffe fügte sich gut in den reichverzierten Stiel. Er zeigte auch das Pfefferkästchen vor, es war ein vollkommen geformter Würfel. Gaudry sah zu Edgar hoch.

»Der Dummbart hat geheiratet«, erklärte Laudine. »Die beiden wurden auf die Straße gesetzt. Haben genausowenig Ahnung vom Überleben wie frisch geschlüpfte Küken.«

Gaudry dachte nach. »Also, ich arbeite nicht nach dem Glockenschlag«, sagte er. »Zur Vesper laß ich dich nicht fort. Wenn du willst, probier' ich's mit dir. Doch wenn du ein Gelehrter bist, der meint, er könne Silber formen,

weil er darüber bei Boethius gelesen hat oder so, soll es dich reuen, daß du mir die Zeit gestohlen hast.«
Edgar hielt seine frisch vernarbten Hände hoch. »Ich verstehe mich auf die Anfertigung von Modeln«, sagte er. »Was zahlst du mir?«
»Zwei Sous für jedes wohlgeformte Stück«, antwortete der Mann, »einerlei, wie lange du brauchst; das ist dein Lohn.«
»Sehr wohl«, sagte Edgar. »Wo ist deine Werkstatt?«
»Sie liegt auf der Île. Du findest sie nicht allein. Warte morgen am Hof von St. Étienne. Ich hole dich ab.«
Damit er niemandem erzählen konnte, wo er zu finden war, dachte Edgar. Er zögerte, nickte dann aber.
»Gut. Im Morgengrauen.« Gaudry warf einen Denar in die Luft, Edgar fing ihn auf. »Ich gebe dir mein Wort.«
Er kaufte einen Becher Wein mit der Münze, um sich Laudine gegenüber dankbar zu erweisen. Er konnte es kaum erwarten, Catherine Bericht zu erstatten. Endlich verdiente er den Unterhalt für sie beide.

Catherine stützte sich mit der Hand an der Wand ab, als sie in den Vorratskeller hinabstieg. Selbst im Sommer war es kühl hier unten, und im Winter drang die Kälte bis ins Mark. Das Haus war über einem Keller erbaut, der das Ende eines Labyrinths von Tunneln darstellte, die unter der *Juiverie* verliefen.
Unten angekommen, setzte sie die Lampe auf einem irdenen Faß ab, in dem Onkel Eliazar seinen Wein lagerte. Dann nahm sie den Korb und begann ihn mit Bohnen zu füllen, die trocken waren und in den Schoten knisterten. In der Tür entstand ein Luftzug. Catherine hörte, wie sie knarrend aufging, dann erlosch die Lampe.
»Tante Johannah?« kreischte sie. Da war irgend etwas –

ein Tier, vielleicht ein Bär, taumelte auf sie zu. Catherine stieß mühsam noch einmal »Tan...te Jo...han...nah...« hervor.
Das Ding kam unter Schniefen und Glucksen näher. Es roch wie eine Kreuzung aus Höllenschlund und Seifensieder. Catherine wich zurück. Jetzt war es zwischen ihr und der Treppe. Das Ungeheuer stürzte auf sie zu. Diesmal brüllte sie lauthals.
Das Ding stieß schreckliche teuflische Laute aus, als es Catherine unter sich begrub: »Wasswarrdadrrrin! Wasswarrdadrrrin?«
Es gab ein schreckliches Geröchel von sich und nagelte Catherine durch sein schieres Körpergewicht am Boden fest. Es mußte ein Bär sein, denn es hatte einen Pelz.
Urplötzlich war es still. Catherine wuchtete die Arme hoch und wollte es von sich wegschieben. Da fiel ihr noch ein anderer Geruch auf.
»O nein!« schrie sie auf. »Heilige Mutter, lieber Heiland, Gott im Himmel! Macht das da weg!«
Diesmal gelangten ihre Hilferufe nach oben.

SECHSTES KAPITEL

Großer Saal in Eliazars Haus, eine Stunde später

asarach dewarim quaschim niwre'u ba'olam. Char quaschech barsel metschattetscho; barsel quaschech 'ur mefa'pe'o; 'ur quaschech majim mechabbin 'oto; majim quaschim'awim sowelim 'otan; 'awim quaschim ruatsch mefasartan; ruatsch quaschech guf sowelo; guf quaschech patschad schowero; patschad kaschech jajin mefigo; jajin kaschech schenah mefakkatschto; umitah kaschah mikkulam.

Zehn mächtige Dinge wurden in der Welt erschaffen: mächtig der Berg, doch Eisen vermag, ihn zu spalten; mächtig das Eisen, doch Feuer vermag es zu schmelzen; Feuer ist mächtig, doch Wasser vermag jenes zu löschen; Wasser ist mächtig, doch Wolken vermögen jenes zu tragen; Wolken sind mächtig, doch Wind vermag sie zu zerstreuen; Wind ist mächtig, doch der Leib kann jenen tragen; der Leib ist stark, doch Furcht kann ihn zerstören; Furcht ist mächtig, doch Wein vertreibt sie; Wein ist mächtig, doch Schlaf mindert seine Wirkung; doch der Tod ist stärker denn alle zusammen.

BABYLONISCHER TALMUD, *Baba Batra 10a*

Natürlich – Natan ben Judah! Wer sonst wäre so rücksichtslos, als ungebetener Gast unter unserem Dach zu sterben?« Johannah empfand kein Mitleid für den Verschiedenen. »Und was er dir im Sterben angetan hat! Geht es dir jetzt besser, *Enfançonette*?«
Catherine saß am Feuer, in einer sauberen *Chainse* in Decken eingewickelt. Ihre Hände zitterten, und der Zinnbecher, den sie in der Hand hielt, klapperte gegen ihre Zähne. Sie erholte sich allmählich von dem Schreck, doch sie wünschte, die Badestuben hätten noch nicht für die Nacht geschlossen. Eine Waschung im flachen Zuber in der Küche reichte nicht aus, um ihr ein Gefühl des Gereinigtseins zu geben. Johannah saß neben ihr. Eliazar und ein Nachbar waren hinuntergegangen, um sich um die Leiche zu kümmern.
Die Türglocke läutete. Johannah erhob sich, um zu öffnen.
Catherine versuchte, sich zu sammeln. Falls es Edgar wäre, wollte sie nicht, daß er sie so verstört sähe. Gestorben wurde schließlich jeden Tag.
»*Wenn du in der Nähe bist, ja!*« sagten die inneren Stimmen. Seufzend nahm Catherine noch einen Schluck gewürzten Apfelwein. Dann zitterten ihr die Lippen, weil sie an ihr Kind dachte. Dieser Mann Natan hatte wenigstens gelebt. Und nach Tante Johannahs Bekunden hatte er sein Leben nicht im Zustand der Gnade verbracht.
»*Jetzt glaubst du, herausfinden zu müssen, was er im Keller zu suchen hatte, abgesehen davon, daß er dir deinen besten Bliaut und die Chainse und die Pellice darunter verdorben hat.*
Ja, das muß ich doch, erwiderte Catherine ihren eigenen Gedanken. *Das war doch Absicht, daß der Mann auf*

mich fiel. Das Schicksal will es, daß ich mich darum kümmere.

Die Stimmen in ihrem Kopf meldeten sich nur noch selten zu Wort, seit sie sich mit Edgar besprechen konnte.

Johannah kehrte in Edgars Begleitung zurück. »Wie du siehst, ist Catherine unverletzt, nur verängstigt. Sehr verständlich, wenn ein Fremder auf dich fällt und im Dunkeln auf dir stirbt.«

Edgar kniete neben ihr nieder. Er sah besorgt aus, doch innerlich war er belustigt. »Ach, Catherine«, sagte er. »Nicht schon wieder!«

Catherine beschloß, ihn nicht an das erste Mal zu erinnern, als sie in einen Mord verwickelt wurde. Minuten, nachdem sie sich kennengelernt hatten, hätte eine Leiche, die vom Turm von St.Denis geworfen worden war, sie fast erdrückt. Sie sprach immer noch Gebete für den armen Garnulf.

»Wenigstens war es diesmal niemand, den wir kannten«, erwiderte Catherine.

»Gut. Dann geht es uns nichts an«, sagte er mit Nachdruck. »Wie geht es dir?«

»Viel besser, seit du hier bist«, antwortete Catherine und lehnte sich an ihn. »Ich war ein bißchen zitterig. Es war so dunkel; ich hatte keine Ahnung, was da auf mich zukam. Ich dachte, es wäre vielleicht ein Dämon oder ein Ungeheuer.«

Edgar spürte, wie sie immer noch zitterte. Ihre Hände waren eiskalt, ihre Lippen blaß. Warum mußte ihr immer so etwas zustoßen? Bevor er Catherine kannte, hatte es die einzigen Leichen, die er sah, durch ganz normale Umstände gegeben: Krieg, Krankheit und Unfall. Seitdem, schien ihm, starben Menschen eines unnatürlichen Todes, nur um sie zu verwirren. Sie suchte nicht nach

Leichen. Sie tauchten nur überall auf, wohin sie auch ging.

Edgar seufzte. »Laß mich dich heimbringen«, sagte er.

Johannah gab ihm einen Becher Apfelwein. »Es tut mir leid, daß es keinen Kuchen gibt«, sagte sie. »Aber kannst du noch ein paar Minuten warten? Wenn es Catherine recht ist, würde Eliazar sie gern fragen, was vorgefallen ist.«

»Ich glaube, mein Hirn ist momentan stärker als meine Beine«, sagte Catherine. »Wir können hier so lange bleiben, wie ihr mich braucht.«

»Bist du sicher, Catherine?« fragte Edgar, doch nur der Form halber, wußte er doch, wie neugierig sie war. Bald hörten sie Geplätscher, als Eliazar und der Nachbar Joseph sich vom Tod reinwuschen. Eliazar kam allein herein.

»Joseph ist zu Natans Neffen, Menahem, gegangen«, sagte er. »Als sein nächster Verwandter muß er das Begräbnis bestellen.«

Er sah die zierliche Johannah an, die ihm kaum bis zur Schulter reichte, und schüttelte verwundert den Kopf. »Wie hast du es nur geschafft, die Leiche zu bewegen?« fragte er.

»Mit Catherines Hilfe«, antwortete Johannah. »Ich konnte sie doch nicht so liegenlassen, oder?«

»Mitnichten«, warf Eliazar ein. »Aber du hättest mich rufen sollen.«

»Ich habe nicht daran gedacht«, sagte Johannah scharf. »Das nächste Mal tu ich's.«

Eliazar wischte sich die Stirn. »Tut mir leid. Ihr hättet nie so etwas erleben dürfen. Ich bin wütend auf mich, nicht auf dich.«

»Hast du Natan in den Keller geschickt?« fragte Johannah. »Wußtest du, daß er dort sein würde, als Catherine hinunterging?«

»Ich hätte es wissen müssen«, sagte Eliazar und zupfte an seinem Bart.

Edgar wollte nach dem Grund fragen, entschied sich jedoch dafür abzuwarten. Er hatte genug von Hubert und Baruch gelernt, um zu bemerken, daß Catherines Onkel etwas vor ihnen verbarg. In diesem Fall würde er es kaum vor seiner Frau und seiner Nichte ausplaudern.

»Onkel, woran ist er gestorben?« fragte Catherine. »Und wie ist er hier hereingekommen?«

»Die Tür zu den Tunneln stand offen«, sagte Eliazar. »Sie hätte verriegelt und hinter Kisten verborgen sein sollen. Hast du sie geöffnet, Catherine?«

»Nein, gewiß nicht«, sagte Catherine. »Ich bin erst einmal durch diese Tür gegangen und weiß nicht einmal mehr, wo die andere war. Es war still, als ich hinunterging. Ich habe die Tür gar nicht bemerkt. Ich glaube, der Luftzug beim Öffnen hat die Lampe ausgepustet.«

Sie erschauderte schon wieder, und Edgar legte den Arm um sie.

»Es ist ja nur, daß ich nichts sehen konnte«, wiederholte sie. »Ich wußte gar nicht, was es war.«

»Kennt ihr die Todesursache?« fragte Edgar.

Eliazar schüttelte den Kopf. »Gift, vermuten wir, oder vielleicht ist er einem Anfall erlegen«, sagte er. »Die Ältesten müssen es erfahren. Jemand muß das untersuchen.«

»Aber Eliazar«, sagte Johannah mit steigender Besorgnis in der Stimme, »warum ist er in unser Haus gekommen?«

Alle sahen ihn an. Eliazar zögerte, dann schüttelte er den Kopf. »Ich weiß es nicht«, sagte er. »Er hatte keinen Grund, hier zu sein. Ich wünschte, ich wüßte, wer die Tunneltür nicht verriegelt hat.«

Catherine wollte noch viel mehr wissen. Woher war Natan gekommen? Wonach suchte er? Warum hatte er so gerochen, sogar noch vor seinem Tod? Und vor allem – wer war er, daß sein Tod mehr Verdruß denn Trauer auslöste?

»Gift?« fragte Edgar.

»Seine Glieder waren verrenkt und sein Gesicht war starr«, erläuterte Eliazar voller Ekel. »Seine Haut war von seltsam bläulicher Färbung. Wenigstens wirkte es so im Lampenlicht.« Er brach seine Beschreibung ab und setzte sich abrupt neben den Herd. »Wie lange dauert es, bis ein Mann die Straße hinunterläuft und einem anderen sagt, er soll eine Leiche holen?« grummelte er.

»Wer hätte Natan vergiften wollen?« fragte Edgar.

»Fast jeder, der ihn kannte«, sagte Eliazar. »Obwohl ich selbst ihm lieber den Hals umgedreht hätte.«

»Mann!« sagte Johannah. Sie wandte sich an Catherine und Edgar. »Er meint es nicht so. Wir waren alle sehr bestürzt. Natan war unangenehm, aber ich bin sicher, daß ihm niemand hier nach dem Leben trachtete.«

»Natürlich«, versicherte Edgar. »Natürlich, vielleicht war es ein Krampf oder ein Unfall.«

»Oder sogar Dämonen, die ihn abholen wollten«, entschied Johannah. »Das kann ich gut glauben.«

»Er roch so merkwürdig«, sagte Catherine gedehnt. »Es war zwar überlagert von Ölen und Parfümen, aber irgend etwas daran erinnerte mich an einen Hufschmied. Darum dachte ich, ich wäre zum Höllenschlund gekommen. Und dann diese metallische Ausdünstung aus seinem Mund.«

Edgar setzte sich plötzlich gerade hin und ließ Catherine los. »Eliazar, wohin führen diese Tunnel?« fragte er.

Eliazar warf die Hände in die Luft. »Wer kennt die schon

alle? Manche verbinden die Häuser der Gemeinde mit der Synagoge. Es gibt einen, der zum Vorratslager unter St. Christophe geht.«

Edgar nickte. »Ja, ich erinnere mich.«

»Wir haben ihn mit Vorräten gefüllt, als die Christen ihre Streitkräfte sammelten, um ins Heilige Land zu ziehen«, sagte Eliazar. »Nachdem wir mitansehen mußten, was mit unseren Brüdern in Mainz und Speyer geschah. Zum Glück brauchten wir ihn nicht als Zuflucht.«

»Sind das die einzigen, die du kennst?« fragte Edgar.

»Ich habe mich ein bißchen umgesehen, als ich jung war«, gab Eliazar zu, »meine Familie wohnte in Rouen, doch ich war hier, um zu studieren und bei meinem Lehrer zu wohnen. Es galt als Mutprobe, im Dunkeln eine Ecke weiterzugehen. Aber es schien immer eine neue aufzutauchen.«

»Also hätte dieser Natan von überall auf der Île kommen können?« fragte Edgar.

»Ja, fürwahr.« Eliazar griff diesen Gedanken begierig auf. »Von überallher. Vielleicht ist er einfach gegen die Tür gefallen, und sie tat sich auf. Vielleicht wußte er nicht einmal, wo er war.«

Aber warum war die Tür dann nicht verriegelt? wunderte sich Catherine erneut. Eliazar schien diese Frage gar nicht zu beachten. Sie hatte sie allerdings auch nicht laut gestellt. Sie wollte eine Weile darüber nachdenken, möglichst im eigenen Bett. Plötzlich fühlte sie sich sehr matt. Die Glocke läutete, und Johannah ließ Natans Neffen ein, Menahem, den Tuchhändler. Eliazar stand auf, um ihn in der Diele zu begrüßen.

Edgar und Catherine hörten das Gemurmel der Stimmen, aber sie verstanden nichts, bis Menahem vorwurfsvoll ausrief:

»Christin? Was hat denn eine Christin in eurem Keller verloren?«
»Das ist albern«, flüsterte Catherine Edgar zu. »Die christliche Magd ist dauernd da unten.«
»Er ist erregt, Catherine«, sagte Edgar. »Er befürchtet, daß sie deinetwegen Ärger bekommen.«
Johannah kam wieder herein. »Menahem geht zu seinem Onkel hinunter«, sagte sie. »Ihr geht jetzt wohl besser, falls du in der Lage bist, Catherine.« Sie hatte die Umhänge und Handschuhe dabei.
»Tante Johannah, weiß Natans Neffe denn nicht über meinen Vater Bescheid?« fragte Catherine.
»Nein, das ist es ja gerade. Menahem hält euch nur für Besucher, für unsere Geschäftsfreunde. Wenige Leute wissen, daß Eliazar und dein Vater Brüder sind. Für beide ist es zu gefährlich, wenn es bekannt würde.«
»Verstehe«, sagte Catherine. »Keiner von uns wird es erwähnen. Will jemand aus der jüdischen Gemeinde mich als Zeugin auftreten lassen?«
»Schon möglich«, sagte Johannah. »Wenn sie meinen, daß Natan vergiftet wurde. In solchen Fällen dürfen Frauen Zeugnis ablegen. Doch da du nicht zu uns gehörst, kann ich es nicht sagen.«
»Das wird sich zeigen«, sagte Edgar. »Catherine, kannst du laufen, oder soll uns Eliazar einen Esel borgen?«
Catherine hatte plötzlich ein Bild von der Flucht nach Ägypten vor Augen. »Es ist nicht weit«, sagte sie. »Es geht schon.«
Sie wünschten Johannah eine gute Nacht ,und Johannah führte sie bedauernd, aber rasch zur Tür.
Sie kamen weit nach Anbruch der Dunkelheit in ihre Kammer. Edgar hatte sich bei der Überquerung des *Grand Pont* ständig umgeguckt und sich Eulenaugen

gewünscht. Er bildete sich ein, Schritte hinter sich zu hören, die sich den ihren anglichen.

Am nächsten Morgen wachte Edgar plötzlich auf und setzte sich kerzengerade auf. Wie spät war es? Die Kammer war so dunkel wie Judas' Herz, doch draußen war es vielleicht schon hell. Er kletterte aus dem Bett und weckte dabei Catherine auf. »Was ist denn los?« fragte sie erschrocken.

Er tastete nach einer Kerze und entzündete sie an den Kohlen im Becken, dann fand er die Lampe und zündete sie an.

»Über all der Aufregung gestern abend hatte ich es ganz vergessen: Endlich habe ich Arbeit gefunden. Ich habe einen Mann in einer Schenke kennengelernt. Im Morgengrauen soll ich bei St.Étienne sein. Wenn ich mich beeile, wartet er vielleicht noch auf mich.«

»St.Étienne?« Catherine richtete sich auf und zog sich die Decken hoch, damit die Wärme nicht entweichen konnte. »Ich erinnere mich an keine Gold- oder Silberschmiede dort. Wo ist denn seine Werkstatt?«

Diese Frage hatte Edgar befürchtet. »Das hat er nicht gesagt, nur daß ich sie nicht allein finden würde.«

Seine Stimme klang undeutlich unter der Tunika hervor, die er sich über den Kopf zog. Dann suchte er seine Hose.

Catherine rührte sich nicht. Edgar versuchte, ihr Schweigen nicht zu beachten. Doch dann sagte sie: »Deine *Braies* sind in der Truhe aus Kastanienholz. Du brauchst die ledernen, wenn du den ganzen Tag arbeitest.«

Er holte sie heraus und schlüpfte hinein, dann zog er die dicken wollenen Beinlinge über, um sich in den Stiefeln nicht wundzuscheuern. »Gaudry sagte, er arbeitet nicht

nach dem Glockenschlag«, sagte er vorsichtig. »Du mußt dich nicht sorgen, wenn ich spät komme.«
Sie nickte.
»Catherine, genau das haben wir doch gesucht. Ich verfolge nur unseren Plan.«
»Ja, ich weiß.«
Er versuchte es noch einmal. »Catherine, eins habe ich gelernt, seit ich mit dir verheiratet bin. Wenn du einsilbig wirst, steht Ärger ins Haus. Ich weiß, daß du mich nicht gern allein mit jemandem an einen unbekannten Ort gehen läßt, der gefährlich sein könnte.«
Sie wich seinem Blick aus und spielte mit einem Fingernagel. »Für die Wahrheit muß man immer Wagnisse eingehen«, sagte sie. »Das wußten wir, als wir uns entschlossen, hierherzukommen.«
»Du führst doch irgend etwas im Schilde!« sagte er. »Schau mich um Himmels willen nicht so an! Was hast du heute vor?«
Lächelnd antwortete sie: »Ich dachte, ich putze das Zimmer und gehe dann mal zur Île und sehe, wer doziert. Adam von der Brücke scheint die Kälte nichts auszumachen. Oder ich sehe mal nach, ob Tante Johannah Hilfe braucht.«
Er war immer noch argwöhnisch. »Und war das alles?« fragte er.
»Ich gehe auch zum Bäcker und hole Kohlpasteten zum Abendessen«, fügte sie hinzu.
»Hast du dich von gestern erholt?«
Catherine zitterte. »Ja. Es war so schaurig, daß es mir wie ein Alptraum vorkommt. Ich versuche, nicht daran zu denken. Es ist wahrlich besser für mich, unter Menschen zu sein, als hier zu sitzen und zu grübeln.«
Er war nicht überzeugt. Doch wie sollte er sie dazu brin-

gen, ihm ihre wahre Absicht kundzutun? Er beugte sich über sie und gab ihr einen Kuß. »Hältst du mir die Pastete warm, bis ich heimkomme?« fragte er.
»Gewiß doch!« Diesmal klang es echt. »Ich bereite auch Würzbier für dich. Und sei vorsichtig.«

Er eilte die Straße entlang und über die Brücke zur Île. Wenig Menschen waren in der frostigen Dämmerung auf den Beinen. Ein Mann ächzte unter dem Gewicht einer Kiste voller gackernder Hühner. Der Milchmann und seine Frau zogen ihren Karren in Richtung *Pierre o Let*, einem alten Hinkelstein, der zum Mittelpunkt eines Marktplatzes geworden war. Alle waren dick vermummt und ließen nur die roten Triefnasen aus dem Schal hervorlugen. Auch Edgar schniefte.
Als er den Hof von St. Étienne erreichte, war der leer. Der Wind wirbelte vom Fluß zu seiner Rechten und trug einen feinen eisigen Nebel herüber, der alles Wollzeug, das er trug, durchdrang. Er sah sich um. War er zu früh oder zu spät dran? Vielleicht hatte Gaudry es sich anders überlegt und wollte nur vor Laudine den Barmherzigen spielen?
»Du bist der neue Schmied?« fragte eine Stimme. Edgar fuhr zusammen und sah auf den Mann hinunter, der geschützt gegen den Wind in einer der Gassen gewartet haben mußte. Er war nicht nur klein, sondern auch bucklig, als ob er von Kindesbeinen an jeden Tag über eine Werkbank gebeugt gewesen wäre.
»Der bin ich«, erwiderte Edgar. »Wer schickt dich?«
»Gaudry, wie du wohl weißt«, antwortete der Mann. »Doch Vorsicht schadet nicht. Ich bin Odo. Ich soll dich zur Werkstatt bringen.«
Er ging los. Edgar folgte. Er hatte erwartet, daß sie in

einem der vielen engen Gäßchen verschwinden würden, die vom Platz abgingen, aber sein Führer hielt geradewegs auf die Kirche zu. Sechshundert Jahre alt, ohne Dach und unbenutzt, war sie dennoch nicht entweiht und wurde deshalb trotz ihres ruinösen Zustandes in Ehren gehalten. Sie traten durch eine Seitentür ein und gingen in das Nordschiff. Unerschrocken betrat Odo den Chorraum, stieg über umgestürzte Balken in die Sakristei. Edgar zögerte. Er hatte in diesem Teil der Kirche nichts verloren, ob sie in Gebrauch war oder nicht; der war den Geistlichen vorbehalten. Odo drehte sich nicht um. Mit einem stummen Gebet eilte Edgar hinter ihm her. Sie gingen durch eine weitere Tür und kamen in der Lücke zwischen St. Étienne und der kleinen Kirche von Notre-Dame wieder heraus. Sie wandten sich nach rechts und betraten einen fensterlosen Schuppen, der an die Mauer des Klosters gebaut war.

Die Tür fiel hinter ihnen zu und ließ sie im Dunkeln. Doch Edgar hatte Zeit gehabt zu bemerken, daß sich außer Heuballen nichts im Schuppen befand. Er tastete nach seinem Messer, sicher, in eine Falle getappt zu sein. Er wappnete sich gegen einen Angriff, doch der kam nicht. Statt dessen hörte er, wie das Heu beiseite geschoben wurde, und dann einen Grunzlaut von Odo.

»Hilf mir mal«, sagte er. »Das Holz hat sich verzogen und klemmt.«

Edgar tastete nach der Tür und wäre beinahe über Odo gestolpert, der niederkniete und an einem Ring im Fußboden zog.

»Was ist denn das für eine Werkstatt«, fragte er, »daß man eine Schatzkarte braucht, um hineinzukommen?«

Odo knurrte, als sich die Falltür auftat. Die darunterliegenden Stufen waren an den Rändern bemoost, doch in der Mitte offenbar häufig genutzt. Edgar konnte den Weg sehen, denn vom Tunnel her schimmerte ein Licht, aber sie waren zu weit weg, um die Quelle erkennen zu können. Wenn dieser Gaudry nichts Unrechtes tat, dann grenzte seine Geheimniskrämerei schon an Tollheit. Eins war Edgar klar: Kein unschuldiger Lehrling würde ohne Zögern weitergehen.

»Warum sollte ich dir folgen?« fragte er Odo. »Nur Trolle haben unterirdische Schmieden. Vielleicht führst du mich in den Tod?«

Odo drehte sich um, um rückwärts die Treppe hinabzusteigen. Sein Gesicht war im Schatten, doch Edgar spürte, wie er grinste.

»Wer würde einen wie dich schon umbringen?« versetzte er. »Hältst du einen Schatz unter der Tunika verborgen? Vielleicht glaubst du, wir polieren unser Silber mit Menschenblut?«

Daran hatte Edgar noch gar nicht gedacht. Er wünschte, Odo hätte es nicht erwähnt. Zwischen den angelsächsischen Ammenmärchen seiner Kindheit und den Predigten gegen die ketzerischen Sekten seiner Schulzeit hatte er von einigen Ritualen gehört, zu denen man Blut aus natürlicher Quelle benötigte und welche man oft in unterirdischen Höhlen vollzog. Er zog sich die Handschuhe höher und den Schal fester.

»Los! Sei keine Memme! Man möchte meinen, da unten wartet ein Drache auf dich.«

Da ihm etwas Ähnliches durch den Kopf ging, fühlte sich Edgar verpflichtet, seinen Rückfall in heidnischen Aberglauben sofort wiedergutzumachen. Er betrat den Tunnel. Hinter sich hörte er Kratzen und Plumpsen, als Odo die Falltür hinter ihnen beiden zuzog.

Nachdem Edgar fort war, zog Catherine sich rasch an, Beinlinge und Pantoffeln zuerst, um sich gegen die Kälte zu schützen, die durch den Fußboden drang. Der Weber war noch nicht in der Werkstatt, daher erwärmte noch keine Hitze von unten die Stube. Aber es war nicht viel kälter als im Kloster, dachte sie, nur daß man im Paraklet nie nackt, sondern vollständig angezogen schlief, um für das nächtliche Offizium bereit zu sein.
Natürlich hatte jede Nonne ihr eigenes kleines Lager, aber nur eine Decke und ihren Glauben, um sich warmzuhalten. Im ganzen zog Catherine die augenblicklichen Umstände vor.
Bevor sie ging, versicherte sie sich, daß die Kohlen noch unter ihrer Ascheschicht glühten und es noch bis zu ihrer Rückkehr tun würden. Dann hängte sie sich den ledernen Geldbeutel um den Hals und steckte ihn sich unter die *Chainse*. Das würde für Pasteten und Bier reichen, hoffte sie. Ob jener Mann Edgar wohl für den Tag, für das Stück oder nur mit Versprechungen zahlen würde?
In ihrem ganzen Leben hatte Catherine sich nie den Kopf zerbrechen müssen, wo das Geld herkäme. Sie hatte für ihren Vater und im Kloster für Mutter Heloïse die Bücher geführt, doch das waren nur mathematische Übungen gewesen. Immer hatte sie jemand anderes ernährt und gekleidet. Jetzt war sie verblüfft, wie rasch die dünnen viergeteilten Münzen aus ihrem Geldbeutel verschwanden und wie langsam neue auftauchten. Wie Edgar sah sie sich plötzlich zum Nachdenken darüber gezwungen, wie das Leben für jene sein mußte, um die sich weder Vater noch Kloster kümmerten.
Während sie sich in Gedanken einerseits damit beschäftigte, wie sie mehr über diesen Natan herausfinden könnte, der auf so unangenehme Weise sein Leben in ihren

Armen ausgehaucht hatte, und sie andererseits die Absicht verfolgte, mehr Münzen nach Hause zu bringen, achtete Catherine nicht auf den Verkehr. Es gelang ihr, ohne Zwischenfälle das Ende der Rue St. Germain l'Auxerrois zu erreichen. Sie wollte eigentlich rechts in die Rue St. Denis abbiegen und über den *Grand Pont* bis zur Île und bis zu Eliazars Haus gehen. Doch der eisige Wind erinnerte sie an einen pelzgefütterten Mantel, den sie im Haus ihres Vater an der Grève gelassen hatte. So machte sie sich auf die Hauptstraße von Paris nach St. Denis, ohne Obacht zu geben. Im nächsten Augenblick fand sie sich in der Gosse mitten auf der Straße wieder, unter einem Schwall von Flüchen des Kutschers, der sie knapp verfehlt hatte.
Ein Paar starker Arme half ihr auf die Füße. Catherine hörte das Schaben eines Kettenhemdes auf Leder. Sie sah ihrem Beschützer ins Gesicht. »Jehan! *Diex te saut.* Danke. Ich habe nicht aufgepaßt.«
»Offenbar nicht.«
Der Ritter ließ sie los. Offensichtlich sehr gern. Catherine vermutete, daß es ihn reute, ihr geholfen zu haben. Ihre früheren Begegnungen waren alles andere als herzlich gewesen. Doch jetzt schienen sie den gleichen Weg zu haben. Catherine wußte, daß er die Pflicht hatte, sie zu beschützen, da sie Huberts Tochter war. Obwohl er meist in Diensten Thibaults, des Grafen von der Champagne, stand, wurde er hin und wieder an Hubert ausgeliehen, als Teil einer bewaffneten Schutztruppe, die Kaufleute auf Reisen begleitete. Möglicherweise könnte es dem Grafen mißfallen, wenn ihm zu Ohren käme, daß Huberts Tochter durch Jehans Untätigkeit zu Schaden gekommen wäre.
Sie seufzten beide und gingen ohne zu sprechen neben-

einander her, bis das Schweigen Catherine unruhig machte.
»Ist Graf Thibault jetzt in Paris?« wollte sie wissen.
»Nein.«
»Gräfin Mahaut?«
»Nein.«
Catherine gab nicht auf. »Du gehörst immer noch zu ihrem Hof?«
»Ja.« Jehan stieß noch einen tiefen Seufzer aus und sagte dann, ohne sie anzusehen: »Graf Thibault weilt in Blois, und die Gräfin hält sich, glaube ich, in Troyes auf. Ich habe in Paris dem König eine Botschaft des Grafen zu überbringen.«
»Ich dachte, sie reden nicht miteinander«, sagte Catherine, »weil Raoul die Base des Grafen für die Schwester der Königin verläßt.«
»Ich verbreite keinen Klatsch«, erwiderte Jehan. »Täte ich das, hätte ich vielleicht etwas über gewisse Frauen zu sagen, die das Kloster verlassen, um ausländische Nichtsnutze zu ehelichen und Schande über ihre Familien zu bringen. Und ich würde vorschlagen, daß diese Frauen sich lieber Gedanken darüber machen, was sie ihrer eigenen Schwester angetan haben, als über die Schwester der Königin.«
Catherine fühlte, wie genau sein Pfeil traf. »Was ist mit meiner Schwester? Ist sie krank?«
Er sah sie wütend an. »Du weißt alles über Petronilla und Raoul und nichts über Agnes, und kümmerst dich nicht um sie«, sagte er. »Gebrochene Seelen säumen deinen Weg, und du drehst dich nicht um, um ihnen zu helfen. Du hast meinen Freund Roger auf dem Gewissen, deinen eigenen Onkel, der dich liebte!«
»Du verstehst ja nicht ...«, begann Catherine, aber Jehan war nicht mehr zu bremsen.

»Irgendwie gelang es dir, Raynald von Tonnerre in einen Jammerlappen zu verwandeln«, fuhr er fort. »Und jetzt hast du es deiner Schwester überlassen, sich um eure Mutter zu kümmern, während ihre eigenen Heiratschancen dahinschwinden.«

»Agnes muß das mit Mutter geklärt haben«, sagte Catherine. »Und die Nonnen kümmern sich jetzt um Mutter. Agnes ist frei zu heiraten, falls sie es wünscht.«

»Warum tut sie es dann nicht?«

Catherine erwiderte nichts. Ihre fruchtlosen Fragen hatten zu viele Enthüllungen auf einmal gebracht. Sie hatte nicht mehr daran gedacht, daß Jehan ein Freund ihres verstorbenen Onkels Roger gewesen war. Und Jehan hatte Edgar nicht ausstehen können. Offenbar hatte Jehan *ihr* die Schuld für jedes Mißgeschick in den vergangenen zwei Jahren seines Lebens zugeschoben. Doch es war ihr nicht klar gewesen, daß sein Groll zum Teil mit seinen Gefühlen für Agnes zu tun hatte. Jehan mußte wohl endlich zu etwas Besitz gelangt sein, wenn er an Heirat dachte. Oder vielleicht rührte seine Bitterkeit daher, daß er heiraten wollte, es sich jedoch nicht leisten konnte.

Sie erreichten die Grève und gingen gemeinsam auf Huberts Haus zu. Catherine fragte sich, wie wohl der Empfang dort ausfiele, falls ihre Schwester zu Hause wäre. Doch das war unwahrscheinlich. Agnes war seit dem letzten Frühjahr, als sie die Wahrheit über ihre jüdische Abstammung erfahren hatte, nicht mehr in Paris gewesen. Ihrem Vater hatte sie mitgeteilt, sie würde nie wieder unter seinem Dach leben. Catherine fragte sich, was Agnes wohl für Jehan empfand. Wahrscheinlich hatte sie Jehan nichts von Huberts halbherzigem Glaubensübertritt erzählt. Wäre das Geheimnis vielleicht ein Grund, ihn abzulehnen?

Catherine fühlte sich durch und durch schuldig. Beseelt von ihrem Verlangen nach Edgar und von ihrer Freude, in Eliazar und Johannah eine liebende Familie, einerlei welchen Glaubens, zu finden, hatte sie ihre Schwester im Stich gelassen. Sie dachte kaum noch an sie. Als Catherine noch im Kloster war, oblag es Agnes, sich eingehend mit der immer enger werdenden Bindung der Mutter an die Heiligen unter Ausschluß der Lebenden zu beschäftigen.
Sie waren am Tor angelangt. Jehan zog die Glocke, und sie warteten. Ein Knecht brachte sie in den Großen Saal, den einzigen Raum mit einem Feuer. Dort saß Agnes und stand jetzt auf. Sie lächelte Jehan zu und erstarrte, als sie Catherine erblickte. »Du bist ein ungebetener Gast«, sagte sie leise. »Ich bin jetzt die Hausherrin. Verlaß auf der Stelle das Haus.« Sie drehte Catherine den Rücken zu, nahm Jehans Arm und führte ihn zum Feuer. Catherine stand verlegen in der Tür. Ob Ismael jemals versucht hatte, aus der Wildnis zurückzukehren, und ob Isaak so durch ihn hindurchgesehen hatte wie Agnes jetzt gerade durch sie? Und wieso war sie hier die Herrin? Hatte sie sich mit dem Vater ausgesöhnt? Hatte sie Hubert verziehen, nicht aber ihrer Schwester, daß sie ihre Abstammung verheimlicht hatten? Catherine wünschte sich von ganzem Herzen, sie wäre wieder in ihrer zugigen Stube und wartete auf Edgars Heimkehr. Ohne an den Mantel zu denken, verließ sie ihr Geburtshaus. Sie wollte nur nach Hause.

Edgar sog den mittlerweile vertrauten Geruch von Dung und heißem Metall ein. Der Tunnel mündete in eine normale Werkstatt, ganz ähnlich wie Baruchs. Die Fenster waren zu hoch zum Hinaussehen, also wußte er immer

noch nicht, wo er sich befand, doch es fiel reichlich Licht hinein.
Edgar beugte sich über seine Arbeit. Zuerst hatte er Asche angefeuchtet, sie in einen Tiegel gefüllt und über die Kohlen gehalten, bis die getrocknete Mischung sich an der Oberfläche festsetzte. Dann hatte er den Tiegel in einen Hohlraum zwischen die Kohlen gestellt. Zuletzt hatte er Silber beigegeben und Blei und darum Kohlen gelegt, um die beiden Metalle zu schmelzen. Jetzt blies er sorgfältig auf einen brennenden Holzscheit, um das Blei vom Silber zu trennen. Das meiste war schon abgeschöpft. Baruch wäre stolz auf ihn.
Plötzlich begann das Silber im Tiegel Blasen zu werfen. Es schäumte und drohte überzufließen. Edgar nahm die Zange und zog den Tiegel vom Ofen.
Prompt tauchte Gaudrys Kopf auf. »He! *Mesel*!« schrie er. »Kannst du denn nicht einmal Silber raffinieren? Das stand wohl nicht in deinem Buch?«
Edgar stellte den Tiegel auf den Lehmboden. »Der hier enthält Messing«, sagte er. »Ich brauch' gemahlenes Glas, damit es nicht wieder überkocht.«
Knurrend verwis ihn Gaudry auf einen irdenen Mörser mit Stößel. »Die Glasscherben sind in der Kiste unter dem Werkzeugtisch.«
Edgar verabscheute es, Glas zu zermahlen. Das Geräusch ließ ihm die Haare zu Berge stehen und verursachte ihm Zahnschmerzen. Doch er tat es widerpruchslos. Schon den ganzen Vormittag stellte Gaudry ihn auf die Probe, und bis jetzt hatte er vor ihm bestehen können. Er war unglaublich stolz auf seine Leistung. Seine unschickliche Begabung war schließlich doch zu etwas nütze.
Ja, mehr noch, dieser Unfall mit dem Silber war für ihn das erste Anzeichen dafür, daß er am richtigen Platz

gelandet war. Messing wurde normalerweise mit Silber legiert, um Schwarzschmelz zu erzeugen, was man zum Verzieren von schönen Dingen wie Kelchen verwendete. Das Silber war vielleicht nicht aus gestohlenem Kirchengut geschmolzen, aber in Anbetracht der unorthodoxen Art, wie man ihn eingestellt und zur Werkstatt gebracht hatte, lag dies doch im Bereich des Möglichen. Edgar summte zufrieden vor sich hin, während das Glas kreischte. Er war so in die Arbeit vertieft, daß er sich gar keine Sorgen mehr um Catherines Unternehmungen machte. Wenn er überhaupt an sie dachte, dann nicht im Zusammenhang mit einer kirchlichen Intrige, sondern vor allem mit einem vollen Magen, mit Lachen und einem warmen Bett.

Doch nicht unbedingt in dieser Reihenfolge.

SIEBTES KAPITEL

Stube über der Weberwerkstatt, Paris, am Tage des heiligen Matthias, des dreizehnten Apostels, Montag, den 24. Februar 1141/14. Adar 4901, dem ersten Tag von Purim

Modus legendi in dividendo constat. Divisio fit et partitione et investigatione. Partiendo dividimus, quando ea quae confusa sunt, distinguimus. Investigando dividiums, quando ea quae occulta sunt, reseramus.

Analyse findet durch Zerlegung in Bestandteile oder durch Überprüfung statt. Ersteres geschieht, wenn wir Dinge voneinander unterscheiden, welche miteinander vermischt sind. Durch Überprüfung analysieren wir, wenn wir Dinge offenlegen, welche verborgen sind.

HUGO VON ST. VICTOR
Didascalion, Buch VI, Kapitel 12

Catherine saß weinend auf ihrem Lager: Agnes hatte sie zutiefst verletzt und sie vor ihrem Feind Jehan geschnitten; und sie hatte Edgar an einen unbekannten Ort gehen lassen. Noch mehr aber weinte sie aus Einsamkeit, Angst und Selbstmitleid, über ihre Unfähigkeit, richtig zu gebären.
Dann begann das Geläute: St.Leufroi, St.Jacques, St.Opportune, St.Germain und wie ein Echo aus der Ferne St.Magloire, St.Merri, St.Jean, jedoch keine Glocken von der Île, denn der Nordwind trug sie fort gen Süden, Richtung Orléans. Es war erst die dritte Stunde. Der Tag hatte kaum begonnen.
Unten hörte sie, wie sich jemand zum ratternden Rhythmus des Webstuhls mit dem Weber unterhielt. Auf der Treppe vernahm sie Schritte, die sich ihrer Tür näherten. Catherine hoffte, der Besucher würde zu wohlerzogen sein, um ihre roten Augen zu erwähnen.
Doch das Glück war ihr nicht hold. Als es klopfte, öffnete sie die Tür. Vor ihr stand Solomon. »Entweder hast du die ganze Nacht durchzecht oder den ganzen Morgen geheult«, bemerkte er. »Hat Edgar dich etwa schon geschlagen?«
»Mitnichten!« erwiderte sie. »Mir war nur so zum Weinen.«
»Gute Idee. Mir ist auch oft danach. Besonders wenn ich den weiten Weg hierher mache und nicht eingelassen werde.« Catherine ließ ihn eintreten.« Ich kann heute nicht klar denken«, sagte sie entschuldigend. »Gestern Nacht ist ein Mann auf mir gestorben.«
Mit gespieltem Entsetzen fuhr Solomons Hand zum Mund. »Catherine! Solltest du damit prahlen? Besonders deinem armen, unverheirateten Vetter gegenüber, dem solche Wonnen nur selten vergönnt sind?«
Catherines Augen verengten sich. Sie versetzte ihm einen

Stoß, so daß er lachend auf einem Schemel landete.
»Solomon, warum neckst du mich immer so?« fragte sie. »Du weißt es schon, nicht wahr?«
Er nickte. »Tante Johannah schickt mich zu dir. Ich weiß, es ist furchtbar, aber irgendwie ...« Er zuckte bedauernd mit den Achseln.
»Ja, es liegt an mir. Und manches ist so entsetzlich, daß man darüber scherzen muß, um nicht den Verstand zu verlieren. Aber über den Toten weine ich nicht. Ich bin jetzt nicht mehr erschrocken, sondern wütend. Warum starb der Mann?«
Kein Grund, Agnes zu erwähnen. Lieber sich um einen fremden Toten sorgen als um eine lebende, verbitterte Verwandte. »Kanntest du diesen Natan?« fragte sie.
Solomon wurde sofort ernst. »Ja, er war ein Heuchler und ein Dieb. Niemand weint ihm eine Träne nach.«
»Nicht einmal sein Neffe?«
Er schüttelte den Kopf. »Menahem ist ein ehrlicher, hart arbeitender Mann. Natan war der Bruder seiner Mutter, darum nahm er den Jungen bei sich auf, doch die beiden mochten sich nicht. Natan prahlte, seine Kleider seien in Spanien geschneidert, er habe es nicht nötig, bei einem Pariser Tuchhändler zu kaufen. Er hielt sich für etwas Besseres.«
»War er reich?«
»Wer weiß? Er kleidete sich wie ein Höfling aus dem Süden und salbte sich mit Duftöl. Vielleicht gab er auch alles für sein Äußeres aus. Menahem sagt, er hinterließ kein Geld für sein Begräbnis. Jedenfalls fand man nichts.«
Catherine hörte den Zweifel heraus. »Meinst du, er hat einen verborgenen Schatz hinterlassen?«
Solomon erhob sich. »Ich weiß es nicht, Catherine. Aber ich weiß, daß viele Dinge vor sich gehen, in die mich nie-

mand einweihen will. Du und Edgar solltet mir helfen, es herauszufinden. Wo ist er denn?«

Catherine wollte antworten und hielt inne. Gehörte Solomon zu denen, die den geraubten Kirchenschatz suchten? Sie wußte es nicht mehr. Zu viele Ränke, zu viele Geheimnisse. Was durfte sie noch sagen und was nicht? Doch sicher, Solomon hatte die Sache ja ins Rollen gebracht. Es ging um einen Kelch.

»Edgar hat Arbeit bei einem Mann gefunden, der sich für einen Silberschmied ausgibt und nicht der Zunft beitreten will. Vielleicht hat er etwas mit diesem Handel mit Kirchengut zu tun.«

»Schon möglich«, sage Solomon gedehnt. »Es gibt viele Männer, die sich nicht an die Regeln der Zunft halten wollen, doch sie zu umgehen ist so schwer, wie Paris zu umschiffen, ohne zu den Wasserkaufleuten zu gehören. Edgars neuer Meister wurde vielleicht aus der Gilde ausgeschlossen oder nie zugelassen. Dann könnte es gefährlich sein, für ihn zu arbeiten.«

»Ich weiß. Der Mann wollte Edgar nicht sagen, wo die Werkstatt ist, wahrscheinlich, um sich zu schützen, falls Edgar für die Gilde spionieren sollte. Wenigstens hoffe ich, daß das der einzige Grund war. Doch so können wir ihn nicht finden.«

»Er hätte es mir sagen sollen. Dann wäre ich ihm gefolgt. Bei dir hätte mich so etwas nicht gewundert, doch Edgar hätte ich mehr Verstand zugetraut.«

»Danke! Und wen hätte man beinahe umgebracht, als er nachts allein von Vielleteneuse nach St. Denis ging?«

»Dein frommer Bruder hat mich weggejagt!«

»Guillaume hätte dich nicht weggeschickt, nicht nach Anbruch der Dunkelheit!« schrie Catherine. »Das war nur deine Sturheit und dein Stolz!«

»Der Stolz, mich an seinem Tisch nicht wie einen Hund behandeln zu lassen!«

Ihre Nasenspitzen stießen fast aneinander, sie brüllten sich an wie Straßenhändler. Sie ähnelten sich sehr, beide hatten schwarze Locken und römische Nasen, mit Ausnahme der Augen, seine waren grün, die ihren blau. Auch im Temperament waren sie sich ähnlich.

»Damledex! Aufhören! Ich habe einen Kunden!« schrie der Weber und klopfte dabei unter die Decke, daß der Fußboden unter ihnen schwankte.

»Du neckst mich immer, und wir müssen ständig streiten«, seufzte Catherine. »Wie sollen wir denn Edgar nun finden? Er wollte den Mann auf der Île bei St. Étienne treffen. Doch das ist wenig glaubhaft, befindet sich doch jener Teil der Île vollständig im Besitz des Bischofs. Die Gasse der Goldschmiede ist meilenweit davon entfernt.«

»Wer die Aufmerksamkeit der Zunft nicht erregen will, errichtet seine Werkstatt nicht vor ihrer Nase.«

»Ja schon, doch wie könnte er den Geruch der Hochöfen übertünchen? Edgar wusch sich jede Nacht, bevor er Baruch verließ, und immer noch roch er nach Metall.«

»Nun, irgendwo müssen wir anfangen.« Solomon zog sich die Handschuhe über. »Willst du mitkommen?«

»Aber ja!«

Der Hof der Kirche von St. Étienne war jetzt belebter. Da waren Studenten, die auf eine schnelle, billige Mahlzeit aus waren, und solche, die diese verkaufen wollten. Catherine verspürte Sehnsucht, als sie Fetzen der Unterhaltung mitbekam, Bruchstücke von Vorlesungen, Latein mit Akzenten aller Sprachen der Christenheit. Eines Tages würde sie hierher zurückkehren und an der *Schola* sitzen. Es gab auch andere Frauen dort; Mutter Heloïse zum Beispiel. Wie sehr es ihr doch fehlte, eine Stelle von Augustinus oder Hieronymus zu analysieren und den Kern der Wahrheit darin zu entdecken.

»Kannst du Edgar sehen?« fragte Solomon.

Sie schüttelte den Kopf. »Es ist noch nicht Sexte. Vor der Vesper wird man ihn kaum gehen lassen.«

»Solomon! *Schalom!*« Ein großer blonder Mann klopfte Solomon so heftig auf die Schulter, daß er zusammenzuckte. Solomon rollte mit den Augen, lächelte jedoch dem Mann zu.

»Bruder Andrew! Salve! Wie schön, dich wiederzusehen. Catherine, darf ich dir Bruder Andrew vorstellen, Kanonikus von St. Victor. Andrew, das hier ist ...«

»Deine Schwester!« vermutete Andrew.

»*Frater Andreas, ave*«, sagte Catherine. »*Catherine, filia Huberti mercator, amicaque Salomonis.*«

Auf Hebräisch oder Französisch wäre er gefaßt gewesen, nicht aber auf Latein.

»Soll ich lieber Angelsächsisch sprechen?« fuhr Catherine auf Latein fort. »Ich lerne seit kurzem die Sprache meines Mannes, doch Grammatik und Aussprache beherrsche ich noch nicht vollkommen.«

Solomon stieß sie heimlich an. Sie verstand den Wink und hörte auf, sich aufzuspielen.

»Catherines Vater und mein Onkel sind Geschäftspartner«, erklärte Solomon. »Bis zu ihrer Verheiratung war sie Zögling im Kloster Paraklet.«

»Ach so.« Bruder Andrews Miene deutete an, daß keine weiteren Erklärungen vonnöten waren. Er wandte sich Solomon wieder zu. »Ich wollte gerade deinen Onkel aufsuchen«, sagte er. »Ich brauche seinen Rat über eine Stelle im Vierten Buch Mose.« Und zu Catherine sagte er: »Eliazar und seine Freunde waren mir sehr behilflich mit

dem Hebräischen und der Auslegung des Heptateuchs in der *Hebraica veritas*. Ich bin der Überzeugung, daß viele Schwierigkeiten, die wir bei der Versöhnung des Alten mit dem Neuen Testament haben, sich aus dem Wege räumen lassen, wenn wir uns an die ursprüngliche Wortbedeutung und Sprache halten. Übrigens – ich bin kein Angelsachse; meine Familie kam mit Herzog Wilhelm aus der Normandie nach England, daher wäre es mir lieb, Französisch mit Euch zu sprechen.«
Solomon nahm seinen Arm und winkte Catherine, ihnen zu folgen. »Ein Glück, daß wir uns begegnet sind, Andrew«, sagte er. »Heute würdest du meinen Onkel nicht zu Haus antreffen. Alle sind zur Morgenandacht in der Synagoge versammelt. Sie gedenken des Falls von Haman dank Esthers Beherztheit. Anschließend veranstalten sie ein Festmahl.«
Bruder Andrew wirkte bestürzt. »Mitnichten will ich euer Fest stören«, sagte er, »so gerne ich auch wüßte, wie ihr es feiert. Doch warum nimmst du nicht daran teil?«
»Ich werde beim Festmahl dabeisein«, antwortete Solomon, »doch heute morgen muß ich noch eine unumgängliche Pflicht erfüllen. Edgar, Catherines Ehemann, bat mich, sie zu begleiten, da er abwesend ist und sie keine Dienstboten haben.«
»Edgar?« fragte Andrew. »Ein hochgewachsener Bursche aus Schottland?«
»Ja!« sagte Catherine. »Kennst Du ihn?«
Andrew seufzte. »Ja, wir trafen uns bei verschiedenen Vorlesungen, Ich mochte ihn stets, trotz seiner Neigungen. Ich versuchte, ihn vor Pater Abælard zu warnen, doch er wollte nicht hören. Und er stammt aus einer solch guten Familie, selbst wenn sie alle sture Dickköpfe sind. Ich hatte gehofft, er würde im Laufe seiner Laufbahn reifen.«

Er funkelte Catherine böse an. »Doch jetzt hast du ihn geehelicht und seine Karriere verdorben, wenn nicht gar seine Seele. Und du kommst aus dem Paraklet. Hätte ich mir denken können. Das Gift des Abælard breitet sich aus, wie unser Abt Wilhelm seligen Angedenkens es voraussagte.«

»Die Wahrheit Meister Abælards wird nicht verstummen, falls du das meinst.« Catherines Unterkiefer bebte vor Wut.

Bruder Andrew musterte sie, seinerseits voller Zorn. Dann verbeugte er sich vor Solomon. »Ich habe große Achtung vor den Juden«, sagte er, »jedoch keineswegs vor Ketzern oder deren Konkubinen. Unterrichte bitte deinen Onkel davon, daß ich ihn am Donnerstag zwecks unseres regulären Unterrichts besuchen werde.«

Bruder Andrew eilte von dannen, klopfte sich dabei seinen Umhang ab, als ob die Ketzerei des Pater Abælard sich darauf abgesetzt hätte. Solomon sah ihm nach und schüttelte den Kopf.

»Ich hätte ihn schlagen müssen, weil er dich dermaßen gekränkt hat, Catherine.«

»Ach ja? Du darfst mich kränken, aber andere nicht?«

»Wenn ich Christ wäre, hätte ich dich verteidigt.«

»Einen Geistlichen anzugreifen wäre dann ebenso dumm gewesen, es sei denn, du ständest im Rang über ihm«, sagte Catherine. »Die Kanoniker von St. Victor mochten Meister Abælard noch nie, und das beruhte auf Gegenseitigkeit.«

»Warum sprichst du von ihm in der Vergangenheit?«

»Weil er so hinfällig wirkte, als er Sens verließ. Ich bin froh, daß Edgar nicht zugegen war. Er hätte Bruder Andrew geschlagen – doch durchaus nicht meinetwegen.«

Die Menge zerstreute sich, als die Kleriker ihrer Wege gingen, entweder um das Offizium zu beten oder um bis zu den Nachmittagsvorlesungen zu schlafen. Catherine hielt Ausschau nach Edgar, allerdings ohne viel Hoffnung.

»Was hältst du denn von Honigkuchen und Linsen in Gänsebrühe?« fragte Solomon. »Keine Bange, die Linsen kommen nicht aus dem Keller. Tante Johannah hat sie sich von einem Nachbarn ausgeliehen, um das Purimmahl abzurunden.«

Der Vorschlag erinnerte Catherine daran, daß sie noch nicht gegessen hatte und es bereits Nachmittag war.

»Laßt ihr denn Ungläubige bei euch zu Tische sitzen?« fragte sie grinsend.

»Nur wenn sie sich nicht den Mund am Ärmel abwischen!«

»Ich bin eine Heidin mit guten Manieren!«

Edgar spürte nicht, wie die Zeit verstrich. Er troff vor Schweiß und hatte sich das Haar mit einem Stoffetzen zurückgebunden, damit es ihm nicht in die Augen fiele. Seine Leder-*Braies* waren mit Brandlöchern von glühenden Metallstückchen durchsetzt. Da war ein Knoten zwischen seinen Schulterblättern, der ihm die ganze Nacht zu schaffen machen würde. Bald hätte er einen Buckel wie Odo.

Gaudry hatte ihn den ganzen Tag auf die Probe gestellt. Edgar bezweifelte, daß auch nur eines seiner Werkstücke den Nachmittag überleben würde. Ob der Handwerker ihm mißtraute, oder wollte er sich nur Edgars Talents versichern, bevor er ihm eine richtige Arbeit zuwies? Dies war die bisher schwierigste Prüfung. Baruch hatte ihm erklärt, wie das *Organarium* zu betätigen ist, doch hatte dann die Zeit gefehlt, es auszuprobieren. Es war

eine Vorrichtung, mit deren Hilfe man aus langen Streifen Silber oder Gold Perlen drehen konnte. Zwei durch ein Scharnier verbundene Eisenteile, von denen das untere an einem Holzblock befestigt war, lagen so, daß das Metall in eine Rille zwischen den Eisen gegeben werden konnte. Als es richtig lag, gab Edgar dem oberen Stück einen kräftigen Schlag mit dem stumpfen Ende seines Hammers, dann drehte er behutsam das Silber um und schlug wieder zu. Er öffnete die Form, nahm eine erbsengroße Perle heraus und legte sie in eine Holzschale neben sich. »Da, zehn Silberperlen, ohne einen einzigen Riß!« sagte er zu Gaudry.
Der besah sich die Auswahl ohne sichtliche Teilnahme. »Hat lange genug gedauert«, sagte er. »Ein bißchen schief, dennoch mögen sie durchgehen. Kannst du in englischer Manier Draht für eine Kelchumrandung drehen?«
Edgar nickte. »Ich habe sie allerdings noch nie auf anderes Metall montiert.«
»Den Teil übernehme ich, wenn du den Draht drehst, ohne daß er zerbricht.«
Es klopfte an der Tür.
»Ach, es wird Zeit«, murmelte Gaudry, und zu Edgar gewandt: »Räum deine Werkbank auf. Kratze alle Silberteilchen in die Schale und wasche die Asche ab. Ich kenne das Gewicht meiner Waren, junger Freund, versuche also nicht, etwas wegzutragen. Ich übernehme dich tageweise und lasse dich am Abend wissen, ob ich dich wieder benötige. Zwei Sous am Tag, einen für die Arbeit und den anderen, damit du den Mund hältst.«
Seine Unverblümtheit überraschte Edgar. »Ich verrate nichts«, versicherte er Gaudry. »Ich will keinen Ärger mit den Zünften.«
Das Klopfen an der Tür wurde eindringlicher. Edgar

beugte sich über den Tisch und steckte die Denars, die Gaudry ihm gegeben hatte, in den Beutel, den er um den Hals trug. Gaudry öffnete.
»Ach, du bist's. Was suchst du hier? Wo ist der vermaledeite Höker?«
Edgar konnte die Antwort nicht hören. Gaudry war zu seinem Besucher in den Flur getreten und hatte die Tür hinter sich geschlossen. Plötzlich flog sie wieder auf.
»Beim brennenden Feuerofen und den gerösteten Schweinefüßen des heiligen Blasius, das ist mir einerlei!« brüllte Gaudry Odo nach. »Wenn du es nicht auf der Stelle findest, sind wir alle verloren.«
Edgar tat so, als ob er nichts mitbekäme. Beim Zusammenkratzen der Silberteilchen überlegte er, um was es sich bei dem vermißten Gegenstand handelte und wer der Höker sein könnte. Hatte Gaudry etwa den Auftrag, Ersatz für den verschollenen Kelch anzufertigen? Oder hatte der Händler etwas nicht geliefert? Morgen würde er wiederkehren, einerlei ob Gaudry ihn benötigte oder nicht.

Johannahs Begrüßung von Solomon und Catherine fiel traurig aus.
»Wir wollten den Feiertag mit unseren Nachbarn begehen«, sagte sie. »Doch angesichts der Ereignisse ist das unangemessen. Aber ich freue mich, daß ihr gekommen seid. Es ist gut, in schwierigen Zeiten Familie zu haben.«
Eliazar saß beim Feuer und starrte in die Flammen. Er erhob sich bei ihrem Eintreten und sagte mit wehmütigem Lächeln: »Ein armseliges Fest, das man nicht im Kreis von Freunden feiert. Purim sollte ein freudiger Anlaß sein, wenn wir der jungen Frau gedenken, die ihr Volk gerettet hat.«

»Ich habe dir einen Besuch von Kanonikus Andrew erspart«, bemerkte Solomon.
»O nein! Das hätte mir gerade noch gefehlt.« Erleichtert wischte sich Eliazar die Stirn. »Der Mann quält mich mit seinen Fragen. Du hast eine gute Tat vollbracht und dir dein Essen verdient.«
Gerade als sie sich an den Tisch setzten, stürzte Lucia aus der Küche herein.
»Was hör' ich da von einem Mann, der gestern nacht in Euerm Keller ermordet wurde?« fragte sie.
Johannah sagte beschwichtigend: »Wir wissen nicht, ob es sich um Mord handelt, meine Liebe. Die Leiche wurde weggeschafft. Er muß durch die unverriegelte Tunneltür hereingekommen sein. Hast du sie vielleicht nicht abgeschlossen?«
Lucia war entgeistert. »Tunneltür? Ihr meint, da unten gibt es einen unterirdischen Gang? Und Ihr habt mich ein Lager in der Vorratskammer aufschlagen lassen, ohne mir davon zu erzählen? Beim engelsgleichen Verehrer der heiligen Cäcilie! Er hätte mich schänden können!«
»Die Tür ist sonst immer verriegelt, Lucia«, sagte Johannah. »Dir hätte kein Leid geschehen können. Wir wissen noch nicht, wie Natan hereinkam.«
»Natan?« Lucia erbleichte. »Ihr meint doch nicht etwa den Mann, der letztes Jahr zu Besuch kam?« fragte sie mit zittriger Stimme. »Ich dachte, er hätte sein Geschäft mit Euch bereits abgewickelt?«
»So ist es«, sagte Eliazar. »Sein Tod geht uns gar nichts an.«
»Warum war er dann in Euerm Keller?«
Alle sahen Eliazar an.
»Wenn ich's dir doch sage – ich weiß es nicht. Ich will es jedoch herausfinden.«

»Wie ist er denn gestorben?« fragte Lucia.
Eine Pause trat ein. Endlich antwortete Johannah: »Wir wissen es nicht sicher. Vielleicht hatte er einen Anfall, vielleicht war es etwas, das er gegessen hat.«
»Gift«, sagte Lucia. Sie bekreuzigte sich eilfertig.
»Wir wissen es nicht mit Sicherheit«, sagte Eliazar mit Nachdruck. »Doch selbst wenn dem so wäre, so hat er es nicht hier zu sich genommen. Lucia, wann trägst du das Essen auf?«
»Überhaupt nicht«, antwortete sie. »Ich will nicht in einem Hause arbeiten, wo Menschen ohne Vorwarnung sterben. Und es gefällt mir gar nicht, das ich so etwas vom Milchmann hören muß statt von Euch.«
»Es tut mir leid, Lucia!« sagte Johannah. »Wir sind alle sehr betroffen, wie du dir vorstellen kannst. Wir wollten dich schonen. Jetzt bring bitte das Abendessen herein. Wenn du möchtest, kannst du anschließend heimgehen. Catherine und ich waschen ab.«
Lucia überlegte einen Augenblick. »Sehr wohl«, sagte sie. »Aber ich kann nicht versprechen, daß ich morgen komme. Ich muß meine Mutter fragen.«
Johannah rang sich ein Lächeln ab. »So ist es brav, du pflichtbewußtes Mädchen. Sie versteht bestimmt, daß Natans Tod ein bedauerlicher Unfall war und du eine gute Stelle nicht vorschnell aufgeben solltest.«
»Ich weiß nicht, ob sie das versteht«, wandte Lucia ein. »Man schilt mich ja schon, weil ich in einem jüdischen Haus diene.« Sprach's und verschwand in die Küche.
Catherine flüsterte Johannah ins Ohr: »Glaubst du, sie quittiert den Dienst?«
Johannah schüttelte den Kopf. »Ich zahle ihr das Dreifache von dem, was sie in einem christlichen Haus bekommen würde; ich glaube nicht, daß ihre Mutter sie das auf-

geben läßt. Hoffe ich zumindest. Es ist nicht einfach, jemanden für einen jüdischen Haushalt zu finden.«
Lucia trug das Mahl schweigend auf, und es wurde ohne Appetit verzehrt. Selbst Solomon konnte keine Begeisterung aufbringen, nicht einmal für Honigkuchen.
Als Lucia die letzte Platte abräumte, sagte sie zu Johannah: »Ich hab's mir überlegt. Falls meine Mutter zustimmt, bleibe ich. Aber ich gehe nicht mehr in den Keller, und wenn ich etwas Seltsames höre oder spüre, Geheule oder kalte Finger an meinem Hals, gehe ich.«
»Dann gehe ich vielleicht auch, Lucia«, versicherte Johannah. »Ich danke dir.«
Nachdem die Magd fort war, fanden sich Catherine und Johannah vor fettigen Töpfen und Tellern wieder. »Du brauchst mir nicht zu helfen«, protestierte Johannah schwach. »Das macht mir gar nichts aus«, sagte Catherine. »Ich gehe Wasser holen.«
Das Licht im Hof kündigte bereits den Sonnenuntergang an, doch Catherine meinte, es würde noch eine Weile bis dahin dauern. Besser, sich hier beschäftigen, als allein in ihrer Kammer zu warten und sich um Edgar zu sorgen.
Gerade kam sie mit dem vollen Eimer zu Johannah in die Küche zurück, als ein Gepolter vom Keller her kam.
»Mutter Gottes, beschütze mich!« schrie Catherine und ließ den Eimer fallen.
»Laßt mich ein!« rief eine Stimme.
Die beiden Frauen sahen sich an, Johannah machte eine schnelle Handbewegung, die Böses abwehren sollte. Das Wasser ergoß sich ungehindert über den Holzfußboden.
Endlich fand Johannah ihre Stimme wieder.
»Ich glaube, dieses Mal sollten wir deinen Onkel rufen. Los, hol ihn!«

Mit äußerster Willensanstrengung gelang es Catherine, in den Saal zu gehen.
»Solomon, Onkel!« sagte sie, während diese verwundert ihre nassen Kleider musterten. »Da unten ist etwas!«
Die beiden waren im Nu an ihr vorbei und die Treppe hinunter.
Johannah und Catherine folgten, beide mit einer Kerze und einem irdenen Krug bewaffnet.
»Eliazar, mach die Tür auf!« rief die Stimme.
Diesmal erkannte Catherine sie. »Vater!« rief sie.
Solomon ließ Hubert herein. Er stand mit einer Fackel in der Hand im Gang.
»Ich war mir nicht sicher, ob dies die richtige Tür war«, sagte er. »Ich weiß nicht, wie Natan sie gestern abend finden konnte, krank und ohne Licht.«
»Hubert, woher weißt du denn das?« fragte Eliazar.
»Von Edgar«, sagte Hubert. »Wir haben uns am Kai getroffen, und er hat mir erzählt, was geschehen ist. Ich habe den Gang unter dem *Grand Pont* genommen und habe mehr als einmal die falsche Richtung eingeschlagen, bevor ich etwas wiedererkannt habe. Hast du Natan den Weg hierher gezeigt?«
»Nein«, sagte Eliazar. »Ich habe ihn stets durch das Tor eingelassen. Natürlich ist es auch möglich, daß er diesen Weg selbst gefunden hat. Er ist ja auch hier aufgewachsen.«
»Wann hast du Edgar gesehen?« fragte Catherine.
»Kurz nach der None«, sagte Hubert geistesabwesend. Er schüttelte den Kopf. »Ich verstehe nicht, wieso Natan, wenn er krank war, versuchen sollte, hierherzukommen. Warum nicht zum Haus seines Neffen?«
»Warum hat er überhaupt den Tunnel genommen!« sagte Eliazar. »Natan war ein Mann, der sich immer weiger-

te, den geraden Weg zu gehen. Er hatte so viele Biegungen wie die Seine. Es sieht ihm ähnlich, uns sogar durch seinen Tod zu verwirren. Vielleicht erfahren wir die Wahrheit nie.«

Das Fackellicht verzerrte Huberts Gesicht, doch Catherine dachte, sie könnte Angst darin lesen. Das gruselte sie mehr als der Gedanke an Gespenster und Dämonen.

»Ich denke, wir sollten versuchen, es herauszufinden«, sagte Hubert. »Das Labyrinth hier unten ist nichts, fürchte ich, im Vergleich zu der Wirrnis draußen in der Welt. Ich hatte eine Reihe von Besuchern in den letzten Tagen, von St.Denis und von weither. Darf ich eintreten?«

Als sie ihn vorbeiließen, bemerkte Hubert die nassen Stufen.

»Warum läuft denn Wasser die Treppe hinunter?« fragte er.

Edgar und Hubert hatten sich zufällig getroffen. Als Gaudry Edgar hatte gehen lassen, war er zu Catherine heimgeeilt, getrieben vom Gedanken an verschiedene wärmende Unternehmungen. Mit Erstaunen und enttäuscht bemerkte er, daß sie nicht im Zimmer war. Sie hatte nicht einmal die Pasteten über den Kohlen warmgestellt. Wohin konnte sie gegangen sein?

Edgar seufzte und zog sich wieder die Handschuhe an. Ohne es zu wissen, handelte er nach Catherines Maxime, irgendeine Tätigkeit sei besser als Nichtstun.

Er hatte Hubert getroffen, als jener das Löschen der Weinfässer von einem Floß beaufsichtigte, das an der Gréve vertäut war. Zuerst wirkte Hubert zerstreut, doch als Edgar Natans Tod erwähnte, schenkte er ihm sofort volle Aufmerksamkeit.

»Ist Catherine wohlauf?« Hubert lachte kurz und

trocken. »Das frage ich dich anscheinend immer, wenn wir uns sehen.«
»Aus gutem Grund«, seufzte Edgar. »Ja, heute morgen war sie es noch.«
»Gut. Dann erzähl mir noch einmal von Natan«, sagte Hubert.
Edgar wiederholte die Geschichte, hielt sich an die Tatsachen und ließ seine Mutmaßungen aus. Als er fertig war, rief Hubert einen seiner Männer, der die Arbeit beaufsichtigen sollte.
»Das schmeckt mir gar nicht«, sagte er. »Ich muß mit meinem Bruder sprechen. Seid ihr beide heute abend daheim?«
»Vermutlich schon«, antwortete Edgar. »Wir gehen meist bald nach Anbruch der Dunkelheit zu Bett.«
»Wie wir alle«, entgegnete Hubert. »Ich möchte mit euch beiden sprechen. So bald wie möglich. Ach ja, ich möchte auch gern mit deinem Freund aus Salisbury reden, der bei Abælard studiert hat. Ich sehe ihn hin und wieder, drüben in Ste. Geneviève, manchmal bei Meister Gilbert oder Meister Robert.«
»Meinst du John?« fragte Edgar.
»Ja, richtig, John.« Hubert schien verärgert zu sein, daß ihm der Name entfallen war. Edgar hatte noch nicht einmal gewußt, daß Hubert John kannte. »Kannst du ihn bitten, mich in deinem Zimmer zu treffen?« fragte Hubert.
»Falls ich ihn finden kann, ja!« sagte Edgar.
Also durchkämmte er die Straßen auf der Suche nach seinem Freund John und hielt gleichzeitig nach seiner Frau Ausschau. Er hatte gehofft, bald fündig zu werden. Es dunkelte bereits, ihn fror und hungerte. Obwohl er es als seine Pflicht empfand, Huberts Auf-

trag zu erfüllen, hoffte er doch, Catherine zuerst zu finden.
Edgar gestand es sich nicht gern ein, aber er fühlte sich durch John stets ein wenig eingeschüchtert. Im Grunde widersprach das der Vernunft; Edgars Familie war königlichen Geblüts und Johns kam nur vom Lande, es waren Diener der Kanoniker von Salisbury. Doch Edgar hatte immer gewußt, daß er nur ein Student gewesen war, aber John ein Gelehrter war. Auch nahm er ganz im Gegensatz zu den meisten Freunden Edgars seinen geistlichen Stand ernst und hielt sich an das Keuschheitsgelübde. Nur Johns Sinn für Humor und ihre gemeinsamen englischen Wurzeln machten sie zu Freunden.
Edgar bemerkte John, als der den *Petit Pont* überquerte, eingemummelt bis zur Nasenspitze, das Wachstäfelchen auf dem Schoß, im Windschatten sitzend und Adam von der Brücke lauschend, der sich über Aristoteles ausließ. Als er eine Pause für die Erörterung einlegte, schlüpfte Edgar neben seinen Freund.
»Hab' ich's mir doch gedacht!« sagte er. »Das Täfelchen hast du nur zum Schein. Heute hätten alle Notizen das Wachs zersplittern lassen.«
Um Johns Augen bildeten sich Lachfalten. Er zog sich den Schal vom Mund.
»Du hast mich ertappt«, sagte er lachend. »Ich glaube allerdings nicht, daß Meister Adam es bemerkt. Er wird die ganze Nacht grübeln, wie ich ihn morgen widerlegen will. Wie geht es dir?«
»Nicht übel. Unterweist du heute nachmittag deine adligen Tölpel, oder kannst du mit zu mir kommen? Catherine hat mir Kohlpastete und gewürztes Bier versprochen.«
»Meine Lektionen habe ich heute morgen erteilt«, sagte

John. »Gewürztes Bier klingt himmlisch. Ich glaube, meine Zehen sind ganz taub.« Er stand auf und schüttelte die Füße, stampfte, bis die Wärme zurückkehrte. Auf dem Weg zur Île sagte er: »Ich wollte etwas mit dir bereden. Wußtest du, daß die Kaiserin König Stephan gefangengesetzt hat letzten Monat, an Mariä Lichtmeß?«

»Nein«, räumte Edgar ein. »Es ist ein normannischer Krieg. Ich kümmere mich nicht darum. Wurde schon Lösegeld bezahlt?«

»Nicht, daß ich wüßte«, erwiderte John. »Ich verfolge die Ereignisse daheim. Aber ich habe etwas anderes gehört, es betrifft das, worüber wir bei meinem letzten Besuch sprachen.«

»Was war das?«

»Über die Zeit, als Stephan Salisbury beherrschte«, sagte John. »Du hattest recht, sein Kandidat für das Bischofsamt hat ein paar Andenken gestohlen. Und ich verstehe jetzt, daß einige dieser Dinge nach Frankreich geschafft wurden. Die Kanoniker von Salisbury fordern sie zurück. Eines besonders. Aber es gibt eine Schwierigkeit. Philippe soll sie verloren haben. Hilfst du mir, dieses Objekt für Salisbury wieder herbeizuschaffen?«

»Gewiß«, antwortete Edgar. »Was fehlt denn?«

John wollte nicht mit der Sprache heraus. »Wenn wir drinnen sind«, sagte er. »Ich habe bereits zuviel gesagt.« Er drehte sich um. Edgar ebenfalls. Ein Bettler hielt ihnen seine Schale hin.

»Einen Brotkanten um Gottes Barmherzigkeit?« flehte er.

John hielt inne und warf ihm eine Münze zu. Sie gingen weiter.

Einen Augenblick später sah Edgar sich noch einmal um. Der Bettler war verschwunden.

ACHTES KAPITEL

Stube über der Weberwerkstatt, am selben Tag, kurz nach der Vesper

Collecto itaque copioso decentissimae militiae cuneo,... pulchram illam et delectabilem circa Salesbiriam omniumque bonorum regertissimam provinciam exterminare aggreditur; captis quoque et direptis quaecumque eis occurrerant, in domibus et in templis iniecerunt ...

Also greift [König Stephan] mit einem großen Haufen gutgerüsteter Ritter an und zerstört die schöne und liebliche Gegend um Salisbury, welche voll aller guten Dinge war; sie fielen über alles her und plünderten, was sie fanden, brandschatzten Häuser und Kirchen ...

GESTA STEPHANI

Catherine hatte das Bier und die Kohlpasteten vergessen. Es gibt solche Tage.

Zuerst hatten sie und Johannah den Boden fertig aufgewischt; dann hatte Hubert höflich vorgeschlagen, daß Solomon Catherine heimbrächte, während er und Eliazar die Angelegenheit beredeten. Weder Solomon noch Catherine waren damit einverstanden. Catherine wollte auch etwas über Agnes erfahren, warum sie in Paris war. Doch Hubert weigerte sich, irgend etwas zu sagen, bevor er sich mit seinem Bruder unterhalten hatte.

»Ich verspreche dir, Catherine, daß du heute abend alles erfährst«, sagte er. »Doch jetzt muß ich von Eliazar hören, was hier vorgefallen ist. Du weißt es bereits. Bitte geh.«

»Ich weiß nicht genug«, maulte Catherine, als sie und Solomon sich für den Weg zum Flecken St.Germain anzogen.

»Das haben sie immer zu uns gesagt, als wir Kinder waren«, grummelte Solomon im Gehen. Er trug einen Topf mit Linsen und durfte ihn nicht verschütten. »Merken sie gar nicht, daß wir erwachsen sind?«

»Ich glaube, das schert sie nicht«, sagte Catherine. »Bestimmt hat Vater mich nur Edgar heiraten lassen, damit ich einen Aufpasser habe.«

»Na ja ...«, setzte Solomon an.

Das Gespräch, das sich daraus entspann, ließ Catherine dann die Pasteten vergessen. Wenigstens kamen sie im Zimmer an, ohne die Linsen verschüttet zu haben. Der Weber schloß gerade seine Werkstatt.

»Ihr braucht noch mehr zu essen«, sagte er. »Dein Mann, falls er es ist, hat einen Freund mitgebracht.«

Catherine schickte Solomon mit den Linsen nach oben.

Dann eilte sie zum Bäcker, in der Hoffnung, vielleicht Reste zu einem ermäßigten Preis zu bekommen. Die Auswahl war nicht berauschend: Kohl und Rüben und etwas, von dem der Bäcker beteuerte, es sei Schweinefleisch, doch Catherine hielt es für Katzenfleisch. Sie nahm die Gemüsepasteten.

Bei ihrer Rückkehr sah sie, daß sich die Männer in der Schenke einen Krug hatten füllen lassen und jetzt Honig ins Bier gaben und es erhitzten. Der Linsentopf stand gefährlich nah am Rand des Kohlenbeckens, das mit Holzkohle gefüllt war und jetzt hell erglühte.

»Warum hast du so lange gebraucht?« begrüßte Edgar sie. »John mußte mir versprechen, nichts Wichtiges zu sagen, bis du kommst. Er war ungewöhnlich schweigsam.«

Es dauerte mehrere Minuten, bis sich alle mit einem Becher und einer Pastete niedergelassen hatten. Als sie eine Hand frei hatten, wurde der Linsentopf offen auf den Tisch gestellt, so daß sich jeder einen Löffelvoll nehmen konnte.

»Also, wer macht den Anfang?« fragte Catherine, während sie sich die Finger leckte.

»John«, sagte Edgar. »Er ist der einzige von uns, der mitten in der Nacht aufsteht und betet. Wir sollten ihn zeitig gehen lassen.«

»Ich erwarte einen Wissensaustausch«, sagte John, »ich will nichts ohne Gegenleistung herausrücken. Aber ich teile euch mit, was ich weiß. Sagtest du nicht, Catherines Vater wollte heute abend herkommen?«

»Das hat er gesagt«, bestätigte Edgar. »Aber vieles könnte ihn abgehalten haben. Fang an. Catherine schläft schon an meiner Schulter ein.«

»Gar nicht wahr.« Sie gähnte und zwang sich, aufmerksam zu sein.

»Ich bedaure, daß dein Vater nicht hier ist, Catherine«, begann John. »Bei seinen Geschäften mit anderen Händlern kann er mehr über die Sache erfahren haben als ich.« Doch John begann trotzdem mit seiner Geschichte.

»Erinnert ihr euch an letztes Jahr, als König Stephan versuchte, Philippe d'Harcourt zum Bischof von Salisbury zu machen?« fragte er.

Edgar nickte. »Nachdem Bischof Roger endlich starb. Ich habe auch davon gehört. Man munkelt, Stephan habe Roger in einem Kuhstall angekettet und ihn verhungern lassen.«

»Das habe ich auch gehört«, sagte John. »Aber mir fällt es schwer zu glauben, daß ein Herrscher einen Prälaten des Königreichs derart demütigt. Jedenfalls starb Bischof Roger, und Stephan oder vermutlich eher sein Berater, Waleran von Meulan, befand, Philippe wäre ein guter Kandidat für den Stuhl. Er war bereits Dekan von Lincoln und Stephans Kanzler.«

»Doch die Kanoniker von Salisbury lehnten ihn ab, und Heinrich von Winchester wollte ihn nicht weihen. Ich weiß das alles«, fuhr Edgar fort. »Ich frage mich daher, wie gut der König und sein Bruder Heinrich miteinander auskommen.«

»Heinrich weiß, daß er in erster Linie Gott verpflichtet ist, sogar vor seiner Familie. Stephan sollte das bedenken. Doch das ist für meine Geschichte nicht wichtig.« John verwarf die Mutmaßung. »Es scheint, daß Philippe mit Stephan nach Salisbury kam. Ich weiß, daß sie dort Weihnachten verbrachten. Mein Bruder hat mir das erzählt. Ich glaube, daß Stephan da bereits wußte, daß Philippe das Bischofsamt nicht bekommen konnte. Danach beschloß Philippe dann, entweder mit oder ohne

Erlaubnis des Königs, sich ein paar Erinnerungsstücke aus dem Schatz der Kathedrale zu nehmen.«

»Ich dachte, Stephan hat bereits den ganzen Besitz Rogers beschlagnahmt?« warf Catherine ein.

»Die gehörten nicht zu Rogers persönlicher Habe«, sagte John. Sein sonst so ruhiger Ton wurde wütend. »Das waren heilige Reliquien, die Eigentum der Kirche von Salisbury sind.«

»Wie konnte er es wagen?« fragte Edgar. »Die Heiligen schützen sich selbst, wie wir wissen. Diebe werden mit Lähmung oder Blindheit geschlagen.«

»Es sei denn, der Heilige strebt selbst von dort weg«, fügte Catherine hinzu. »Vielleicht, um die Gemeinde für mangelnde Frömmigkeit zu bestrafen.«

»Ich kann nicht glauben, daß das der Fall ist«, sagte John. »Obwohl einiges an der Sache mir Rätsel aufgibt.«

»Was hat Philippe entwendet?« fragte Solomon. Für ihn war es allenfalls ein anstößiges Thema. Lieber wäre es ihm gewesen, wenn die Unterhaltung ohne Erwähnung wundersamer Ereignisse fortgeführt würde.

»Ein paar kleine Sachen«, sagte John. »Einen Kelch, glaube ich, und ein paar liturgische Geräte.«

Die anderen drei richteten sich auf. Solomon öffnete den Mund, um zu erwähnen, daß Abt Suger schon vermutet hatte, der Kelch könne aus Salisbury stammen, doch John fuhr fort:

»Man sagt, daß noch etwas fehlt. Als die Kanoniker die heilige Reliquie zur Schau stellen wollten, die der heilige Osmund seligen Angedenkens von Abt Warin von Malmesbury stiftete, sollen sie den silbernen Schrein leer gefunden haben.«

»Aber wie konnten die Kanoniker solchen Frevel dulden?« Edgar sprach mit einer Leidenschaft, die Catherine erschauern ließ. »Ich wäre eher gestorben, bevor ich einem Normannen erlaubt hätte, sie zu berühren.«

»Die Kanoniker wußten nichts von deren Verschwinden«, sagte John. »Philippe nahm die Reliquie aus dem Behältnis und legte sie in eine mit Blattgold verzierte Schatulle, heißt es. Erst als die Reliquien auf den Altar gelegt wurden, um die Rückgabe des Kirchenlandes durch Mathilde zu feiern, bemerkte jemand, daß der Schrein, der den Arm des heiligen Aldhelm enthalten sollte, leer war.«

»Der heilige wer?« fragte Catherine.

Solomon war dankbar, daß er nicht der einzige Unwissende war.

»Aldhelm.« Edgar lächelte zärtlich. »Er ist ein echter angelsächsischer Heiliger. Er lebte vor über vierhundert Jahren, als unser Volk noch überwiegend heidnisch war. Er war der erste große Lateingelehrte, noch vor Beda. Es überrascht mich, daß du nicht im Paraklet sein Werk über die Jungfräulichkeit gelesen hast. Ich verehre ihn, weil er sich nicht seines Sachsentums schämte.«

John fuhr fort: »Er studierte im Kloster St. Augustine in Canterbury und wurde berühmt ob seiner Gelehrsamkeit. Doch er kehrte als Mönch nach Dorset zurück und begann, in der kleinen Kirche auf seinem Land zu predigen. Sie steht immer noch; ich habe sie selbst gesehen. Das Dach ist verschwunden, und dennoch regnet es nie hinein. Die Schäfer suchen dort Schutz, wenn es stürmt. Anfangs kamen wenige in Aldhelms Kirche und Leute, die die Messe und die Evangelien nur unvollkommen verstanden. Statt aufzugeben, predigte Aldhelm auf der Brücke, welche in die Stadt führt. Er stand da am Markttag, jede Woche.«

»Und er rief ihnen nicht nur zu, den alten Göttern abzuschwören, weil Christus sie sonst vernichten würde«, fiel Edgar ein. »Er erzählte ihnen die Geschichten des Evangelisten auf eine Art, die sie verstanden, in selbst geschriebener und gesungener angelsächsischer Poesie.«

»Er ist für uns ein wichtiger Heiliger«, fügte John noch hinzu. »Abt von Malmesbury und erster Bischof von Sherborne, Scholar, Poet und Verfechter des Wahren Glaubens. Und du hast sein Werk wirklich nie gelesen?«

Catherine schüttelte den Kopf.

»Nun, Philippe d'Harcourt hat es offenbar getan«, schloß Edgar grimmig. »Warum sonst nimmt er soviel auf sich, um ihn zu entführen? Was hofft er dadurch zu gewinnen?«

»Aber John!« sagte Catherine. »Ich verstehe immer noch nicht, was das mit uns zu tun hat. Wenn Philippe den heiligen Aldhelm gestohlen hat, ist das doch Sache der Bischöfe von England und der Normandie?«

»Letztendlich schon, hoffe ich«, antwortete John. »Aber ich glaube, daß der heilige Aldhelm beschlossen hat, allein zurückzukehren.«

»Ja?« meinte Catherine abwartend.

»Ich habe erfahren, daß die Männer, denen er seinen Schatz anvertraut hatte, ausgeraubt wurden, noch bevor Philippe in die Normandie zurückkehrte. Ein armer Priester von Evreaux wurde bestialisch ermordet, starb den Märtyrertod im Bemühen, die heilige Reliquie zu schützen.« John legte eine Kunstpause ein, nicht ahnend, daß sie es bereits wußten. »Man sagt, daß dabei unter anderem der Kasten mit Aldhelms Arm geraubt wurde. Und ich habe auch Grund zu der Annahme, daß er nach Paris geschafft wurde.«

Seine Offenbarung hatte nicht die gewünschte Wirkung. Edgar war bestürzt, daß ein Kelch und Juwelen aus Salisbury gestohlen worden waren, aber das waren nur Gegenstände. Aldhelm war Teil seines christlichen angelsächsischen Erbes. Er sprang sofort auf, schubste dabei Catherine von seinem Schoß und schlug vor, alle englischen Studenten und Meister in Paris zu versammeln, um eine Suche von Haus zu Haus durchzuführen. Den anderen gelang es, ihn davon zu überzeugen, daß das nicht durchführbar wäre.

»Was sollen wir denn tun?« fragte Edgar. »Bei der bösen Stiefmutter des heiligen Wilfrid! Die Normannen haben unser Land gestohlen, John. Sollen wir zulassen, daß sie auch noch unsere Heiligen rauben?«

»Ich glaube, Edgar«, sagte John, »du tust bereits etwas. Erzähl mir noch einmal von diesem Gaudry und seiner Werkstatt.«

Lange nach Anbruch der Dunkelheit verließ Hubert das Haus seines Bruders. Er wollte noch wie versprochen zu Catherine gehen, entschied sich jedoch dagegen. Morgen wäre es noch früh genug. Er wußte, daß seine Tochter und Edgar ein Bett teilten. Er hatte es für sie gekauft. Dennoch war ihm unbehaglich bei dem Gedanken, aber er wollte sie auch nicht herauswerfen. Er wünschte sich natürlich Enkel, zog es jedoch vor, an ihre Ankunft, nicht an ihre Zeugung zu denken.

Als er die Wache auf dem *Grand Pont* passierte, seufzte er, da er an seine andere Tochter dachte, die jetzt schmollend zu Hause saß. Agnes war die schöne, stets pflichtbewußte Tochter, die ihre Träume von einem eigenen Heim aufgegeben hatte. Sie hatte sich entschieden, sich um die Mutter zu kümmern, die arme Madeleine, die langsam dem Wahnsinn verfiel, überwältigt von Reli-

gion und Schuldgefühl. Er liebte Agnes mit einer Art Staunen, die er nie für Catherine oder Guillaume empfunden hatte. Agnes hatte so gar nichts von ihm, glaubte er. Sie war klein und honigblond und hatte haselnußbraune Augen. Sie sah aus wie die Heldin eines Liebesliedes. Und sie sah aus, wie ihre Mutter an dem Tag ausgesehen hatte, als er sie zum ersten Mal erblickte.
Und jetzt wandte sie den Blick ab, wenn sie mit ihm redete, und sprach nur das Nötigste. Hubert war nicht sicher, ob sie ihn haßte, weil er gebürtiger Jude war, weil er es ihr nicht gesagt hatte oder, und das war am wahrscheinlichsten, weil er seine Frau in zwanghaftem Gebet hinterließ, verzehrt von ihrem Schuldgefühl, weil sie einen Heiden geheiratet hatte. Agnes wollte nicht darüber reden.
»Ich bleibe bei dir als Herrin des Hauses«, hatte sie ihm kühl eröffnet, »bis du eine geeignete Heirat für mich herbeiführst. Es sei denn, du möchtest lieber, daß Catherine sich um dich kümmert.«
Hubert hatte zugestimmt. Er liebte Catherine innig, traute ihr jedoch durchaus zu, jeden einzelnen Topf aus der Küche für ein neues Buch herzugeben. Sie konnte buchhalten wie einer von Henri Beauclercs Steuereintreibern, doch er hatte nicht das Gefühl, sie sei glücklich oder außerordentlich gut in der Rolle der Dame an der erhöhten Tafel. Daher würde Agnes wohl noch einige Zeit bei ihm bleiben. Vielleicht könnte er sie eines Tages dazu bringen, ihm zu verzeihen.
Dieser Tag war noch nicht gekommen.
Der Stallbursche ließ ihn mit einer Warnung durch die Seitentür ein. »Eure Tochter erwartet Euch.«
Hubert dankte ihm und straffte die Schultern in Erwartung der Dinge, die seiner harrten.

Agnes saß am Feuer, in eine Pelzdecke gewickelt. Ihr Gesicht war nur ein weißer Fleck in der Dunkelheit. Sie hörte seine Schritte und erhob sich.

»Du hättest meinetwegen nicht aufbleiben sollen, *ma Douce*«, sagte er.

»Doch«, erwiderte sie. »Ich wollte mit dir sprechen, ohne Anwesenheit Dritter. Du hattest heute Besuch. Von einem deiner Leute.«

»Meiner Leute?«

»Er sagte, sein Name sei Menahem, und er weigerte sich, irgendeine Speise oder ein Getränk anzurühren, die ich ihm anbot«, sagte Agnes. »Ich vermute, er ist Jude.«

»Menahem? Was wollte er denn?« fragte Hubert.

»Irgend etwas, was deine andere Tochter betrifft«, erwiderte Agnes. »Zuerst schien er anzunehmen, daß ich diejenige bin, die mit Ungläubigen Umgang pflegt. Er wollte wissen, was ›Natan‹ zu mir sagte, bevor er starb. Ich sagte ihm, er sei toll, und schickte ihn fort, doch jetzt bin ich sicher, daß es mit Catherine zu tun hat. Sie war heute morgen hier. Ich schickte sie auch fort. Jehan sagt, sie sei eine *Engigneresse*, die Unheil sät. Wer ist Natan? Hat Catherine ihn auch auf dem Gewissen?«

»Niemand, um den du dich zu scheren brauchst«, erwiderte Hubert. »Ich kümmere mich um Menahem. Er hat hier nichts zu suchen. Aber Agnes, du solltest nicht so von deiner eigenen Schwester sprechen, die dich sehr liebt.«

»Sie ist nicht mehr meine Schwester«, sagte Agnes. »Sie hat ihren Platz im Kloster und unsere Mutter verlassen. Wenn du sie noch einmal erwähnst, gehe ich.«

Hubert wußte, daß es heute abend nichts mehr zu erörtern gab. Er wartete, bis Agnes auf ihr Zimmer gegangen war, in das Bett, daß sie früher mit Catherine geteilt

hatte. Dann setzte er sich einen Augenblick, zu müde, die Treppe in Angriff zu nehmen. Er bemerkte eine Tonschale in der Asche, die mit einem Brett bedeckt war. Er fischte sie behutsam mit dem Schürhaken heraus und fand eine Brühe aus Kräutern und Graupen, für ihn warmgehalten.
Sie vergaß es nie. Einerlei wie verbittert sie war, Agnes sorgte immer dafür, daß er seinen warmen Trunk bekam, bevor er zu Bett ging.
Hubert umschloß die Schale mit den Händen und salzte die Suppe mit seinen Tränen.

»Du hast drei neue Brandwunden an deinem Schenkel«, sagte Catherine zu Edgar, bevor sie die Lampe löschte. »Brauchst du etwas Salbe?«
»Du könntest sie einfach küssen und sie so heilen«, schlug Edgar vor.
»Ich glaube, Salbe wirkt besser«, erwiderte sie. »Aber ich werde es erst einmal ausprobieren.«
Es schien auszureichen. Edgar stieg ins Bett und ordnete die Decken. Er legte sich dankbar in die Matratzenkuhle. Jeder Muskel in seinem Körper schmerzte. Er schloß die Augen.
»Edgar?«
»Hm?« Er schlief schon fast.
»Ich vermute, das bedeutet, daß du drei neue Löcher in deinem einzigen Paar Leder-*Braies* hast.«
»Mmmm.«
»Gute Nacht, *Carissime*.«

Am Morgen stellte sich Catherines Vermutung als richtig heraus. Doch die Löcher im Leder waren klein, sie konnte sie flicken. Ihr machte mehr zu schaffen, wohin

Edgar ging. »Ich glaube allmählich, daß unter der Île mehr passiert als über ihr«, jammerte sie. »Du sagst, die Werkstatt ist unterirdisch?«

»Nein«, sagte Edgar. »Aber wir gehen unter irgend etwas her, um sie zu erreichen, und kommen dann drinnen heraus. Es ist schwer, sich nicht zu verlaufen bei all den Biegungen, aber ich glaube, sie liegt am Ostende, beim Palast des Bischofs.«

»Das ergibt keinen Sinn.«

»Ich weiß«, antwortete Edgar. »Man möchte doch meinen, jemand bemerke den Rauch und die Abgase.«

Sie sah ihm beim Anziehen zu. Offenbar war er nicht zum Reden aufgelegt.

»Edgar, was deinen Heiligen anbelangt ...«, begann sie.

»Mein Heiliger ist er nicht«, sagte Edgar, »aber er gehört nicht nach Frankreich.«

»Selbst dann nicht, wenn er selbst hier sein will?«

Edgar sah sie spöttisch an. »Warum sollte der heilige Aldhelm nach Frankreich kommen wollen?«

»Du bist doch auch hierhergekommen«, erinnerte sie ihn. »Warum denn?«

»Um zu studieren natürlich«, antwortete er. »Um Wein zu trinken und mich von schönen Französinnen verführen zu lassen. Und wage es bloß nicht, einen gotteslästerlichen Kommentar abzugeben, Catherine. Für mich ist das kein Spaß.«

»Das weiß ich, Edgar«, sagte sie. »Aber du denkst nicht in religiösen Bahnen. Du siehst nur einen Angelsachsen, den ein Normanne geraubt hat. Aldhelm ist nicht wirklich in England oder Frankreich, sondern im Himmel. Niemand hier kann ihn zu irgend etwas zwingen. Wenn er es geschehen ließ, daß sein Arm aus Salisbury entwendet und dann dem Philippe d'Harcourt gestohlen wurde, könntest du dir vorzustellen versuchen, was seine Absicht dabei ist.«

Edgar antwortete nicht. Sie konnte förmlich sehen, wie er ihre Aussage hin- und herwälzte, um einen Fehler in der Logik zu finden.

»Und«, fügte sie hinzu, »du könntest auch fragen, welche Rolle er uns zugedacht hat.«

Zu ihrer Überraschung brachte ihn das zum Grinsen.

»Ich hatte schon Angst, du würdest vorschlagen, wir sollten uns in Geduld üben und dem Himmel erlauben, seinen eigenen Plan zu verfolgen.«

»Denkst du, es ist hochmütig zu glauben, daß wir einen Platz in der göttlichen Ordnung haben?« fragte sie ernsthaft. Die Sünde des Stolzes war die Ursache für die meisten ihrer Bußen.

»Nein, das denke ich nicht«, sagte Edgar. »Alles hat einen Platz, warum nicht auch wir? Aber manchmal wünschte ich, wir lebten in den Tagen der Propheten, als die Zeichen des Himmels häufiger waren und leichter zu verstehen.«

Er zog seinen Umhang an und nahm die Handschuhe.

»Ich habe Solomon versprochen, ihm zu zeigen, wo der Weg zu der Werkstatt beginnt«, sagte er. »Er will herausfinden, wo er endet.«

»Mir wäre wohler, wenn ich wüßte, wo du dich aufhältst«, sagte Catherine. »Fast alle Handwerker sind diesseits des Flusses. Ich verstehe immer noch nicht, wieso oder wie Gaudry seine Schmiede auf der Île eingerichtet hat. Glaubst du, er arbeitet allein?«

»Ich kann es noch nicht sagen. Darum gehe ich wieder hin.«

Catherine schwang sich aus dem Bett. Edgar hielt inne, um ihr zuzusehen. Lachend zog sie sich ihre *Chainse* über. »Ja, gewiß doch. Das kannt du bei John vorschützen. Ich weiß genau, daß dir jede Minute, die du da verbringst, sehr gefällt. Ich behalte das Geheimnis nur für mich, weil ich will, daß du genug lernst, um mir ein Paar Silberohrringe anzufertigen.«

Als Menahem, der Tuchhändler, von seinen Morgengebeten zurückkehrte, wartete Hubert bereits auf ihn.
»Du darfst mein Heim nie wieder betreten«, begann Hubert ohne Begrüßung, »es sei denn auf meine ausdrückliche Einladung. Außerdem wirst du unter gar keinen Umständen mit meinen beiden Töchtern sprechen. Verstanden?«
Menahem wich zurück, in die Tür seines Ladens. Hubert trat auf ihn zu. »Ich wiederhole: Wenn du dich meinen Töchtern näherst, wirst du dafür büßen, dafür sorge ich.«
»Ihr versteht das falsch.« Menahem hielt flehend die Hände hoch. »Ich hege keine Absichten in bezug auf Eure Töchter. Ich hoffte, Euch vorzufinden, das ist alles. Ich wollte nur mehr wissen über den Tod meines Onkels, aber nicht erfurchtslos sein, Herr. Ich werde um die Stadt herumgehen, um die andere Straßenseite zu erreichen, wenn ich ihnen in Zukunft nur so ausweichen kann. Das schwöre ich!«
Hubert sah den Mann sich vor ihm krümmen, vor Angst zitternd. Was war mit ihm los?
Dann traf es Hubert wie ein Blitz. Menahem hielt ihn für einen Christen. Der Tuchhändler bangte nicht nur um sein eigenes Leben, weil man ihn beschuldigte, die Tocher eines anderes Mannes entehrt zu haben, sondern um die ganze Gemeinde. Falls Hubert beschließen sollte, einen Juden für seine Unverschämtheit zu bestrafen, würden

auch die anderen leiden. Das war immer so.
Der Gedanke daran ließ Hubert die Galle hochkommen. Es beschämte ihn, für einen der großen Herren gehalten zu werden, die eine ganze Stadt niederbrannten, um sich an einem Feind zu rächen. Und dieses unterwürfige Ding vor ihm beschämte ihn; so mußte sein Volk werden, um zu überleben.
»Steh auf, Mann!« befahl er. Er holte tief Luft. »Verzeih mir meinen Ärger. Aber es ist nicht klug für dich, zu mir zu kommen. Nicht meine Tochter Agnes war beim Tod deines Onkels zugegen.«
Menahem ließ vorsichtig die Arme sinken. »Das habe ich ihren Antworten entnommen«, sagte er. »Obwohl ich fürchtete, sie könnte lügen, um mich aus dem Haus zu treiben.«
»Agnes würde nicht lügen; sie würde sich einfach weigern, dir zu antworten«, sagte Hubert seufzend. »Es war meine Tochter Catherine, die bei Johannah zu Besuch war. Auch die sollst du nicht befragen. Wenn du etwas wissen willst, wende dich an mich.«
Menahem öffnete eine Holztruhe und holte Stoffbahnen heraus, die er auf einen Tisch legte.
»Ich erwarte heute einen Kunden vom Hof des Königs«, erklärte er unruhig. »Er glaubt angeblich nicht, daß der Prior das Geld weisungsgemäß ausgibt. Alles muß bereit sein, um es ihm zu zeigen.«
Hubert war das gleichgültig. »Agnes sagte, du wolltest wissen, was Natans letzte Worte waren. Warum?«
»Die letzten Worte eines Menschen sind immer wichtig«, sagte Menahem und fummelte dabei am Stoff herum. »Er könnte einen letzten Wunsch oder eine Vision gehabt haben. Es wäre meine Pflicht, danach zu handeln.«
Hubert zog die Brauen hoch bei der Vorstellung, Natan

sei eine göttliche Vision zuteil geworden. »Ich habe gehört, daß Natan nichts für seine Bestattung hinterlassen hat«, sagte er. »Und doch munkelt man, daß er ein wohlhabender Mann war.«
Die Finger des Tuchhändlers bewegten sich unruhig, während er unsichtbare Falten glattstrich und an eingebildeten Flusen in der Wolle zupfte. »Nun ja«, sagte er schließlich. »Mein Onkel war ein Händler, natürlich nicht im großen Stil wie Ihr. Aber ich bin sicher, Ihr wißt, daß das ein unsicheres Gewerbe ist. Eine verlorene Schiffsladung kann den Ruin bedeuten. Das ist wahrscheinlich geschehen. Die Kassette, welche er bei mir aufhob, enthielt nur ein bißchen Kleingeld. Vielleicht hat er durch einen Schiffsuntergang oder Banditen alles verloren. Vielleicht war er über den Verlust völlig von Sinnen, so daß er Gift nahm – möge ihm verziehen werden.«
Hubert musterte Menahem aufmerksam. Der Mann hielt etwas zurück, aber was? Die Vorstellung, daß Natan in den Selbstmord getrieben worden war, schien merkwürdig. Er war von der Art, die andere hineintrieb. Doch daß er keinen Schatz gefunden hatte, war glaubhaft. Warum sonst hätte Menahem es gewagt, allein zu seinem Haus zu kommen, erpicht darauf, mit der einzigen Person zu sprechen, der Natan vielleicht das Versteck hätte verraten können?
»Hat er irgendwas von einem Schiffsuntergang erwähnt?« fragte Hubert.
»Über Geschäfte hat er nie mit mir gesprochen«, erwiderte Menahem ein wenig zu rasch.
Hubert bedrängte ihn nicht weiter. Er wußte, daß Menahem einem Außenseiter so etwas nicht erzählen würde, nicht einmal unter der Folter. Dafür achtete er ihn. Es

war ein Wunder, wie Feigheit und Mut in einem Mann so dicht beeinander zu finden waren.

»Nun denn«, sagte er. »Ich werde meine Tochter befragen und dir mitteilen, ob dein Onkel irgendwas bezüglich eines Verstecks erwähnt hat. Doch solltest du jemals wieder ein Mitglied meiner Familie behelligen, werde ich die Ältesten aufsuchen und sie veranlassen, dich mit dem *Chéjrem* zu belegen. Dann kannst du zusehen, wie lange du im Geschäft bleibst, wenn keiner mit dir Umgang pflegt.«

»Du weißt nichts darüber«, erwiderte Menahem. »Sie würden mich nicht auf dein Wort hin aus der Gemeinde verstoßen.«

»Vielleicht doch, wenn sie meinen, daß dein Verhalten ihre Familien in Gefahr bringt«, antwortete Hubert. »Willst du dieses Wagnis eingehen?«

»Ich habe bereits gesagt, daß ich deinen Töchtern nicht nahekommen werde«, knurrte Menahem. »Sollte ich mein Wort nicht halten, möge man mich wie eine Zwiebel kopfüber in die Erde pflanzen.«

»Dann grabe ich eigenhändig das Pflanzloch«, versicherte ihm Hubert.

Nachdem Hubert seiner Pflicht genügt hatte, überlegte er, was als nächstes zu tun sei. Ein Besuch bei Eliazar wäre wohl zwecklos. Er war Hubert während ihrer Unterhaltung am Vorabend ständig ausgewichen. Obwohl sie getrennt aufgewachsen waren, spürte Hubert genau, wenn sein älterer Bruder ihm etwas verheimlichte. Eliazar hatte beteuert, er habe keine Ahnung, wie Natan den Weg in seinen Keller gefunden hatte. Im letzten Jahr habe er dummerweise mit ihm ein Geschäft gehabt, und seitdem hätten sie nichts mehr miteinander zu schaffen

gehabt. Es kränkte Hubert mehr, als er sagen konnte, daß sein eigener Bruder ihm nicht die Wahrheit sagte. Das hatte er auch zum Ausdruck gebracht.
»Und mich kränkt es«, hatte Eliazar erwidert, »daß mein eigener Bruder kein Vertrauen in meine Aufrichtigkeit hat.«
Sie hatten sich mit einem Freundschaftskuß verabschiedet, doch Hubert war mit einem Gefühl ohnmächtigen Kummers gegangen, der stärker war, als er verkraften konnte. Und dann war er zu Agnes heimgekehrt. Er hatte beinahe Angst davor, zu Catherine zu gehen. Falls sie ihn zurückwiese, könnte er in Versuchung geraten, auch Gift zu nehmen.
Gift.
Menahem war ganz sicher gewesen, daß Natan durch Gift und nicht an einem Anfall oder eines anderen natürlichen Todes gestorben war. Warum? Hatte ein Arzt die Leiche untersucht? Falls ja, was hatte er gefunden? Vielleicht hatte Menahem nur angenommen, die unnatürliche Art sei die wahrscheinlichere, weil er Natan kannte. Nun, wen konnte er bitten, ihm zu helfen, es herauszufinden?
Hubert lächelte und machte sich auf den Weg zur Juiverie in eine Schenke, die er kannte. Die Kammer dahinter war ein Freudenhaus. Die Besitzerin des Hauses verdiente gut an beidem. Über der Schenke war die Schule. Als Zugabe verkaufte die Schenke das beste Bier in Paris. Zu dieser Tageszeit war es gut möglich, Solomon dort anzutreffen.
Hubert entdeckte seinen Neffen schon beim Eintreten. Er saß an der Ecke des langen Tisches, mit einer Frau ins Gespräch vertieft, die ihm den Rücken zukehrte. Nach seinem Zusammentreffen mit Menahem hoffte

Hubert, Solomon besäße mehr Verstand, als sich mit einer christlichen Dirne einzulassen. Oder falls doch, daß er darauf achtete, daß das Licht gelöscht wäre, bevor er seine *Braies* fallen ließ.

Solomon nickte ihm zu, und die Frau drehte sich um.

»Catherine!« brüllt Hubert. »Bist du närrisch? Was hast du hier zu suchen?«

»Hallo, Vater.« Catherine stand auf,küßte ihn und lächelte. »Ich warte mit Solomon darauf, daß John mit seinen Lektionen fertig ist, damit wir gemeinsam Meister Gilbert hören können.«

»Mußtest du sie ausgerechnet hierher bringen?« sagte Hubert vorwurfsvoll zu Solomon.

»Es war sehr kurzweilig mit ihr«, berichtete Solomon. »Bietrix ist schon ein neues Bündel Binsen holen gegangen, nachdem Catherine bemerkt hat, daß sie auf dem Boden etwas dünn und fettig waren. Dann haben sie sich ausführlich über Schönheitspflege unterhalten, glaube ich. Danach kam ein Student herein und machte Catherine einen Antrag auf Lateinisch – warum, weiß ich nicht. Ihre Antwort war erfreulich kurz, aber der Junge eilte sofort hinaus und bekreuzigte sich mehrmals. Sie will mir nicht verraten, was sie gesagt hat.«

»Ich habe nur angeregt, er möge den Konjunktiv doch gefälligst erst dann anwenden, wenn er ihn völlig beherrscht«, sagte Catherine.

Hubert merkte, daß sie einen wunderbaren Vormittag verbracht hatte. Er setzte sich zu Catherine auf die Bank und schnupperte an ihrem Becher.

»Birnenwein, Vater, aus der Normandie, sagte die Wirtin.« Dann kam sie ganz dicht an ihn heran und flüsterte: »Essig, Wasser und Honig. Ich kann es schmecken. Das hast du mir beigebracht.«

»Danke, meine Liebe«, sagte er und spürte, wie sich seine Halsmuskeln entspannten. Sie hakte ihn unter und schmiegte sich an ihn. Wenigstens blieb ihm ein Kind.
»Du solltest auch mit uns warten«, sagte Solomon. »Trink einen Becher Bier. John wollte mit dir reden. Nach dem, was er gestern abend erzählt hat, glaube ich, daß er vielleicht etwas darüber weiß, wie das Objekt, das ich gefunden habe, auf die Reise geschickt wurde.«
Sie schauten sich um. Sie sahen sonst niemanden im Schankraum. Die Wirtin, Bietrix, war nach hinten gegangen. Aber die Wände waren dünn, und niemand konnte sicher sein, was hinter ihnen vor sich ging.
»Was, glaubt er, kann ich tun?« fragte Hubert.
»Anscheinend war es nur eins von mehreren Objekten«, sagte Solomon. »Er hofft, daß du ihm helfen kannst, die anderen zu finden.«
Catherine schmiegte sich fester an ihn und flüsterte: »Wir wollen einen entführten angelsächsischen Heiligen befreien.« Sie küßte ihn auf die Wange. »Ist das nicht lustig?«
In diesem Augenblick kam die Wirtin zurück und sah, wie Catherine sich an Hubert preßte.
»Und ich habe dich für eine Dame gehalten!« sagte sie. »Betreib dein Gewerbe nicht hier drin, *Jael*! Wir haben unsere eigene Zunft.«
Catherine und Solomon unterdrückten ein Lachen, aber Hubert reichte es für heute. Er stand auf und stellte sich der Frau entgegen.
»Ich habe auch ein Gewerbe«, sagte er mit Nachdruck. »Ich bin einer der *Marchands de l'eau*. Legst du es darauf an, im nächsten Jahr keinen Wein oder Korn verkauft zu bekommen, oder ziehst du es vor, meine Tochter um Verzeihung zu bitten?«

Es gelang ihm sehr gut, den mächtigen Herrn herauszukehren. Hubert war mehr Teil seiner Welt geworden, als ihm klar war.
»Deine Tochter?« fragte Bietrix. »Dann solltet Ihr besser auf sie achtgeben. Ich habe auch eine Tochter, doch die darf sich nicht in Schenken herumtreiben, auch nicht in dieser.«
»Ich habe eben Vertrauen in die Vernunft meiner Tochter«, sagte Hubert. »Und jetzt bring uns eine Kanne Bier.«
Als er sich setzte, war Catherine versucht zu fragen, ob er das mit ihrer Vernunft ernst meinte, verkniff es sich aber, falls er nein antworten sollte.
Hubert überdachte in Ruhe, was Catherine und Solomon ihm gerade erzählt hatten. War es das, was Prior Hervé mit seiner Warnung gemeint hatte, die Abtei könnte ihn aufforden, den Heiligen bei ihren Wanderungen behilflich zu sein? Der Tonfall hatte ihm mißfallen, und auch jetzt klang es ihm schlecht im Ohr.
Wußte der Prior bereits, woher Solomons Kelch stammte? Hatte es etwas mit den Perlen zu tun, die Natan zu verkaufen versucht hatte? Falls ja, war sein Bruder, der fromme Eliazar, irgendwie in diesen gefährlichen Handel verwickelt? Warum und wie war Natan gestorben? Sollte Edgar etwa derselben Gefahr ausgesetzt sein?
Es gab nur zwei Sachen, derer er sicher war. Erstens, daß er Catherine nicht da hineinziehen wollte. Zweitens, daß sie es nicht zulassen würde, ausgeschlossen zu werden.

NEUNTES KAPITEL

An der Ecke der Rue de la Juiverie und der Rue des Marmousets, unmittelbar vor der Synagoge, Freitag, den 28. Februar 1141/ 18. Adar 4901

Adeo, praeter illud quod de illo Beda in Gesti Anglorum tangit, semper infra meritum jacuit, semper desidia civium agente, inhonorus latuit.

Neben dem, was *Beda* über jenen in seinen *Taten der Engländer* berührte, wurde ihm [Aldhelm] weniger Aufmerksamkeit zuteil, als ihm gebührte, durch die Gleichgültigkeit der Öffentlichkeit fand er wenig Beachtung

WILHELM VON MALMESBURY
Gesta Pontificum Anglorum
Buch V, Vita Aldhelmi

Der Frühling hielt Einzug in Paris. Das hieß, es war naß und matschig. Eliazar hatte das Haus spät für die Morgengebete verlassen, die Kapuze tief ins Gesicht gezogen. Er sah Menahem nicht, der auf der Veranda der Synagoge stand, bis der Tuchhändler sich ihm in den Weg stellte und den Eingang versperrte. Er trug ebenfalls eine Kapuze, aber Eliazar erkannte den Umhang, ein merkwürdiges Gewirke aus Gelb und Grün.
»*Schalom*, Menahem«, sagte Eliazar.
Menahem rührte sich nicht von der Stelle.
»Menahem? Was gibt es denn?« Eliazar wurde ärgerlich. »Die anderen sind schon hineingegangen. Bist du taub?«
Menahem riß sich die Kapuze vom Kopf. Eliazar schrie vor Mitleid und Entsetzen auf. Das Gesicht des Mannes war übel zugerichtet, als ob ihn ein Maultier getreten hätte. Man hatte ihm zwei blaue Augen verpaßt, das rechte war zugeschwollen. Die Lippe war aufgesprungen, die Nase eingedrückt. Ein langer Schnitt überzog das Kinn, und ein blauer Flecken in der Mitte zeigte ganz klar das Muster eines schweren Rings.
»Ach, Menahem!« rief Eliazar aus. »Wie schrecklich! Du solltest im Bett liegen! Was ist geschehen? Welcher Teufelsknecht hat dir das angetan, mein armer Freund?«
»Das waren die Knechte deines alten Freundes und Kompagnons Hubert, mein Freund. Der hat mir das angetan«, krächzte Menahem. »Du solltest das sehen, bevor du beten gehst.«
»Du mußt dich irren, Menahem«, sagte Eliazar. »Hubert würde so etwas nie tun. Du sprichst im Fieber, verwirrt durch deine Schmerzen. Komm, ich bringe dich nach Hause.«
Menahem schluckte, als müßte er würgen. »Ich irre mich nicht«, sagte er heftig. »Er hat mich bedroht und mir

dann seine Wegelagerer auf den Hals geschickt. Er sagte zu mir, er wisse nichts über Natan, aber das war gelogen, so wie du gelogen hast. Natan hat mir keinen Schatz hinterlassen, nicht einen Denar. Aber jemand glaubt, daß er einen hatte, und denkt, daß ich davon weiß. So etwas kommt bei deiner und seiner Art von Geschäften heraus.«
»Bitte, Menahem.« Eliazar versuchte, den Mann zu beruhigen. »Das muß ein Irrtum sein.«
»Mein Irrtum war es, den einzigen Bruder meiner Mutter unter meinem Dach wohnen zu lassen«, antwortete Menahem. »Du weißt mehr über die Sache, als du gesagt hast, Eliazar ben Meïr. Willst du mir die Wahrheit erzählen, dann besuch mich, wenn du deiner frommen Pflicht Genüge getan hast. Nein! Deinen Arm brauche ich nicht. Meine Frau und mein Sohn bringen mich nach Hause.«
Eliazar sah ihn gehen, wie er sich schwer auf die Schultern seiner Frau und seines ältesten Sohnes, eines Kindes von zehn Jahren, stützte. Er beschloß, ihm nicht zu helfen. Sie brauchten nur die Straße zu überqueren und ein paar Schritte weiter zu gehen. Menahems Laden war der dritte in der Straße der Tuchhändler.
Immer noch stand er im Eingang, Herz und Sinn nicht mehr bereit, im richtigen Geist zu beten. Sollte er nach Hause gehen? Hubert suchen und ihn fragen, was da geschehen war?
Drinnen hörte er, wie sich die Stimmen hoben und senkten. Der Morgensegen war fast vorbei. Als nächstes würde die *Sch'ma* gesprochen werden.
Sein Leben lang hatte Eliazar jeden Morgen und jeden Abend gebetet. Sogar in der Wildnis auf langen Reisen, wo es keine Synagoge gab und nur ein paar Brüder bei ihm waren, hatte er es kein einziges Mal vergessen. Doch

jetzt war er völlig aufgewühlt. Er fürchtete, daß er, nicht Hubert, den Anlaß für die Mißhandlung Menahems gegeben hatte. Entsetzt mußte er feststellen, daß eine vermeintlich mutige, dem Allmächtigen wohlgefällige Tat solche Ungemach über andere Gemeindemitglieder bringen konnte. Wie hatte er sich in seinem Urteil derart täuschen können? Eliazar fühlte sich mutterseelenallein.
War es dann nicht gerade Zeit, dem Gebot zu gehorchen und dem Herrn zu vertrauen? »Höre, o Israel...« Die Stimmen schwollen an. Eliazar nahm seinen Umhang ab und ging hinein, um an der Bekräftigung teilzunehmen.

Edgar stellte sich weisungsgemäß gleich nach der Morgendämmerung in der Werkstatt ein, völlig durchnäßt und zitternd. Bald wurde ihm wärmer. Gaudry hieß ihn arbeiten, fast noch bevor er seinen Umhang abgelegt hatte.
»Heute muß ich Silber gießen, genug, um ein großes Trinkgefäß daraus zu fertigen«, sagte er. »Nimm den Block, den du gestern raffiniert hast. Das Wachs und die Model liegen dort auf dem Bord.«
»Wo ist der Salzkasten?« fragte Edgar.
»Neben der Zange, Mann«, schimpfte Gaudry. »Muß ich's dir jeden Tag neu zeigen?«
Edgar richtete sich auf einen langen Tag ein und auf viele neue Schmerzen in Armen und Rücken. Das Silber würde geschmolzen und gegossen werden müssen, vielleicht mehr als einmal. Dann kam es in ein Tauchbad aus klarer Lauge und Salz, wurde erneut erhitzt und noch einmal getaucht. Ob Gaudry ihn wohl den Becher würde formen lassen?
»Soll die Arbeit schlicht oder verziert sein?« fragte er.

»Das geht dich nichts an«, wies Gaudry ihn zurecht. »Tu nur, was ich dir sage. Ich selbst werde das Stück vollenden. Glaubst du etwa, ich vertraue das zarte Werk einem hergelaufenen milchgesichtigen Fremdling an?«
Edgar mußte sich vergegenwärtigen, daß er hier war, um Diebesgut zu finden, einen verlorenen Heiligen, und nicht, um seine handwerklichen Fähigkeiten zu verbessern. Doch er hätte gern ausprobiert, ein Muster in das Silber zu gravieren oder ein Ornament aus in Gold eingefaßten Edelsteinen zu arbeiten. Seufzend schickte er sich an, die Materialien zusammenzusetzen. Er sah sich um. Irgend etwas fehlte.
»Wo ist Odo?« fragte er beiläufig.
»Hab' ihn auf einen Botengang geschickt«, antwortete Gaudry. »Und jetzt hör auf zu brabbeln. Das hier ist keine Grammatikstunde. Halt's Maul und tu deine Arbeit, wenn du noch einen Tageslohn willst.«
Edgar hielt den Mund und arbeitete weiter. Traurig dachte er, daß er nicht wie in einer freundschaftlichen Unterhaltung zwischen Meister und Lehrling etwas über Gaudry erfahren würde. Er war eben nicht mehr Student bei Meister Abælard. Der war sich nie zu schade gewesen, einen Krug mit seinen Schülern zu leeren. Er war natürlich unbarmherzig im Streitgespräch und konnte mit seinem Spott verletzen. Aber wenn er einen in Fetzen gerissen hatte, ließ er sich oft überreden, für die Getränke aufzukommen.
Anscheinend wollte Gaudry ihm nicht einmal die Zeit lassen, das Stück Käse zu essen, das Catherine ihm eingepackt hatte. Er war aus irgendeinem Grund aufgeregt. Planlos sprang er von einer Arbeit zur anderen, ließ einiges unerledigt, versäumte es, Werkzeug beiseitezuräumen. Edgar konnte es ihm nie recht machen. Er

mußte das Silber zweimal gießen, doch Gaudry war immer noch nicht zufrieden.
»Zu spröde«, beharrte er. »Das bricht bestimmt beim Biegen.«
»Laßt es mich hämmern und selbst sehen, Meister«, bat Edgar so demütig wie nur möglich.
Gaudry antwortete mit einer Ohrfeige.
Edgar riß sich zusammen. Mit übermenschlicher Anstrengung schluckte er seine Wut und seinen Stolz hinunter und widmete sich wieder dem Silber.
Gegen Mittag erschien Odo endlich. Da er keine Gegenstände oder Metalle mitbrachte, nahm Edgar an, daß er wohl etwas herauskriegen hatte sollen. Edgar beugte sich über seinen Tiegel und gab vor, niemanden sonst wahrzunehmen.
Odo brannte offensichtlich darauf, etwas loszuwerden. Gaudry bemühte sich, ihn zum Schweigen zu bringen, bis er ihn in den Gang zurückgeschubst hatte.
»Das ist nicht nur ein Gerücht, Meister«, sagte Odo, als er rückwärts aus der Tür ging. »Ich habe mit einem Mann gesprochen, der die Leiche gesehen hat. Er ist ganz gewiß tot.«
Gaudry schloß die Tür von außen. Edgar setzte den Tiegel auf den Rand des Ofens und durchquerte den Raum. Er legte sein Ohr an das Holz, hörte aber nichts als unverständliche Stimmen, Gaudrys leise und besorgt, Odos laut und erregt.
Edgar ging zum Brennofen zurück. Er salzte das Metall neu und setzte den Tiegel wieder auf die Kohlen. Knarrend öffnete sich die Tür einen Spalt breit. Gaudrys Stimme war jetzt deutlicher zu verstehen. Edgar hielt den Topf mit der Zange fest und lauschte atemlos.
»Da steckt noch mehr dahinter«, sagte Gaudry. »Geh

zurück und frage noch einmal. Niemand wäre so dumm, ihn zu töten, ohne zu wissen, was er damit gemacht hat. Irgendwer lügt. Finde heraus, wer.«

Gaudry kam herein, sah Edgar kaum an, als er den Tiegel wieder herunterholte.

»Gieß es«, befahl er. »Und daß du mir kein Körnchen verlierst. Dann lege mir das Gravurwerkzeug hin. Danach schrubbe und schleife die Werkbank. Für später fällt mir noch was ein.«

Edgar unterdrückte einen Seufzer. Was Catherine wohl zu den neuen Löchern in seinen Leder-*Braies* sagen würde?

Catherine war zur gleichen Zeit in eine Nische des Bischofssaals eingekeilt. Der große Raum war voller Menschen, die gekommen waren, um Meister Gilbert de la Porée und seine Auffassung von Boethius' Betrachtungen über die Dreifaltigkeit zu hören. Die meisten Zuhörer waren Männer, Geistliche jeglicher Art und jeden Alters, aber es gab noch ein paar verschleierte Frauen. Catherine überlegte, ob eine davon wohl Königin Eleonore sein könnte. Obgleich die Königin vornehmlich Geschmack an den Epen und der Poesie des Südens fand, kam sie hin und wieder auch zu ernsten Vorträgen und Debatten.

Catherine hatte Eleonore oft gesehen, wie sie mit ihrem Gefolge zur Jagd ausritt oder sich auf eine ihrer unaufhörlichen Reisen begab. Die prächtigen Farben und funkelnden Juwelen, das Gelächter, wenn sie vorüberzogen, waren wie aus einer anderen Welt. Es gab Leute, die sie ob ihres prunkvollen Äußeren verspotteten und offen ihre Vergnügungssucht verdammten, doch auf Catherine wirkte es wie ein Zauber. Obwohl Hubert mit den

Juwelen und duftenden Essenzen handelte, wie Eleonore sie liebte, waren sie für Catherine nichts Besonderes. Die Königin machte daraus etwas Märchenhaftes. Keine der Damen glitzerte heute. Sie waren alle schlicht gekleidet und hörten aufmerksam zu. Catherine richtete ihr Augenmerk ebenfalls auf Meister Gilbert.

Zuerst war sie etwas verärgert, da seine Rede darauf abzielte, Peter Abælards Thesen zu den verschiedenen Personen der Dreieinigkeit zu widerlegen. Andererseits schien Meister Gilbert auch die Thesen des heiligen Augustinus zu widerlegen. Das verlangte Mut, ganz abgesehen von geistiger Zuversicht, die an Frevel grenzte. Sie vergaß ihren Groll und ließ sich auf das Argument ein. Es verlangte ihre ganze Aufmerksamkeit. Meister Gilberts Unterscheidungen waren in der Tat schwierig.

Als die Vorlesung beendet war, wartete Catherine auf John, der sich erboten hatte, sie nach Hause zu geleiten. Als er schließlich auf sie zukam, war er in Begleitung eines anderen Mannes. Dieser war etwa in Edgars Alter und trug ein geflicktes, fadenscheiniges Gewand. Die Tonsur im braunen Haar war sauber geschoren, und die Augen waren von einem merkwürdigen Hellbraun. Seine Wangenknochen traten über hohlen Wangen hervor. Ganz eindeutig bekam der Mann nicht genügend zu essen. Aus Askese oder aus Armut?

John beantwortete die Frage für sie. Er nahm sie beiseite und flüsterte: »Seid ihr beide jetzt zu arm, um Almosen zu geben?«

»Natürlich nicht«, antwortete Catherine prompt. »Hoffentlich sind wir das nie.«

»Darf ich Maurice dann morgen mitbringen?« John deutete in Richtund des jungen Geistlichen. »Er kommt frisch aus der Gegend um Orleans. Soweit ich weiß, erlauben ihm seine Pfründe, nur an drei von sieben Tagen zu essen. Er wird nicht betteln, aber ich fürchte, er könnte sonst verhungern. Er hat sich in Paris verliebt, glaube ich, und würde lieber sterben, als von hier fortzugehen. Wenn sein Magen nicht gerade knurrt, ist er ein lustiger Geselle.«

»Du könntest ihn auch mitbringen, wenn er stumm wäre und so dumm wie ein Kaninchen«, versicherte Catherine. »Heute fastet er sicherlich ohnehin, weil Freitag ist, und ich habe nur Brot und Fischflocken zum Nachtmahl, aber morgen gibt es Erbsenpüree mit Kohl und vielleicht ein wenig Fleisch. Ich weiche die Erbsen heute abend ein und werde einen Löffel mehr dafür nehmen.«

John dankte ihr und ging zu Maurice hinüber, der Catherine ansah und ihr dankend zunickte, mit einem scheuen Lächeln, bevor er in der Menge verschwand.

Als John und Catherine draußen waren und auf dem Weg zum rechten Seineufer, gestand ihr John, daß sein Wunsch, Maurice zum Essen mitzubringen, nicht nur der Barmherzigkeit entsprang.

»Er teilt sich im Augenblick das Bett mit einem der Geistlichen von Notre-Dame«, erklärte John. »Das heißt, er kann im Kloster nach Belieben aus- und eingehen. Nach dem, was Edgar sagte, könnte sich die Schmiede gut in der Nähe oder sogar innerhalb der Mauern des Bischofssitzes befinden.«

»Wird er uns helfen?« fragte Catherine. »Falls die Werkstatt da drin ist, wie kann man es einrichten, daß der Bischof nichts davon erfährt? Maurice liefe Gefahr, das wenige, das er hat, zu verlieren, wenn jemand ihn beim Herumschnüffeln ertappt oder wenn er Skandal über das Haus brächte, das ihn beherbergt.«

»Ich würde ihn nie bitten, Spitzeldienste zu leisten«, sagte John. »Edgar und ich werden ihn einfach vorsichtig

ausfragen, ob er vielleicht etwas Ungewöhnliches gehört hat...«
»Oder gerochen«, unterbrach ihn Catherine.
»Oder gerochen«, stimmte John zu. »In der unmittelbaren Umgebung des Klosters.«
»Das hört sich ziemlich ungefährlich an.« Catherines Gewissen war beruhigt. »Dann bis morgen«, verabschiedete sie sich. »*God ceapeth thu.*«
»Möge Gott dich ebenfalls schützen«, sagte er lachend.

Die Tür oben auf der Treppe stand offen. Catherine hielt inne. Der Weber hatte nichts von einem Besucher erwähnt. Sie sollte wieder hinuntergehen und ihn fragen. Statt dessen stand sie auf der Schwelle und spähte in die halbdunkle Kammer. Jemand saß auf der Bank. Sie wollte weglaufen, aber der Mann sah sie.
»Catherine«, rief er.
Sie fuhr herum. Wie konnte sie ihn nicht erkannt haben, selbst im Düstern!
»Vater!« rief sie und umarmte ihn. »Wir hatten dich gestern erwartet. Wo warst du denn? Stimmt etwas nicht?«
»Eliazar und ich haben bis spät in die Nacht geredet«, erklärte er. »Und dann kam er noch einmal heute morgen zu mir. Er war verängstigt und besorgt, aber will mir nicht sagen warum.«
Hubert schüttelte bekümmert den Kopf. Eliazar behandelte ihn wie einen Edomiter. Nie zuvor hatte zwischen ihnen eine Mauer gestanden. Das bekümmerte ihn so sehr wie Agnes' Zurückweisung. Und die Geschichte, die Eliazar über Menahem erzählt hatte, bestürzte ihn noch mehr. Was, wenn die Männer, die den Tuchhändler überfallen hatten, glaubten, Catherine wisse, wo Natans Schatz zu finden wäre?

»Aber Eliazar hatte eine Frage, die ich dir stellen sollte«, fuhr er fort. »Du sollst dich genau erinnern, was geschah, kurz bevor Natan starb.«
»Das werde ich wohl kaum vergessen«, sagte Catherine.
»Es wäre aber doch möglich«, sagte Hubert. »Wahrhaft schreckliche Ereignisse neigen dazu, sich in unserem Sinn zu verwischen. Vielleicht will uns der Himmel so davor beschützen, sie immer wieder zu durchleben. Was ist denn zuerst geschehen?«
Catherine dachte nach. »Es gab einen plötzlichen Windstoß«, sagte sie langsam. »Die Lampe erlosch. Ich hörte ein Geräusch, ein Schlurfen und Schnüffeln. Ich dachte, es wäre ein Bär oder gar Schlimmeres. Es kam näher. Ich wollte schreien, konnte aber nicht.« Sie hielt inne. »Er muß mich gesehen haben, bevor das Licht ausging. Er kam direkt auf mich zu.«
»Bist du sicher?« fragte Hubert.
»Ich glaube schon.« Catherine runzelte die Stirm. »Ja, ich bin sicher. Du weißt, was da unten alles steht. Ich hörte nicht, wie er an etwas stieß, aber nur das Linsenfaß hinter mir wurde umgekippt.«
»Nun«, sagte er. »Was geschah dann?«
Sie wollte sich im Grunde nicht daran erinnern. Aber dann schloß sie die Augen fest und versetzte sich in die Dunkelheit zurück.
»Er knurrte mich an«, sagte sie schließlich. »Dann packte er mich und fiel auf mich, so daß ich mich nicht bewegen konnte. Er gab schreckliche Laute von sich. Ich war mir sicher, daß es ein Ungeheuer wäre.«
Hubert legte den Arm um sie. »Ich weiß, *ma Douce*«, sagte er beruhigend. »Aber es war nur ein Mensch. Denk daran. Ein Mann. Nun, jene Laute, war das nur ein Knurren, oder waren das auch Worte?«

Catherine dachte nach. Bis Tante Johannah mit einer Lampe heruntergekommen war, war sie sicher gewesen, daß ein Dämon sie angegriffen hätte. Jetzt, da sie davon ausging, daß das Ding menschlich gewesen war, hätten die vermeintlich tierischen Laute vielleicht einen Sinn? Sie strengte ihre Gedanken an.
»Knurr, grrrr..., rah... was- abb ... dammit...«, murmelte sie. »Woisses.«
»Was machst du denn da?« fragte Hubert.
»Ich glaube, das habe ich gehört«, sagte sie. »Ergibt das einen Sinn? Vielleicht hat er Hebräisch gesprochen.«
»Hoffentlich nicht«, sagte Hubert. »Versuch es noch einmal, aber langsamer.«
Catherine wiederholte das Geknurre.
»Warte!« unterbrach Hubert. »Wiederhole den letzten Teil.«
»rah... was- abb ... dammit... wo...isses«, wiederholte sie bereitwillig.
»Wo ist es!« sagte er.
»Was?« fragte sie.
»Das ist es!« sagte er. »›Was haben sie damit gemacht? Wo ist es?‹ Das hat er gesagt.«
Catherine teilte sein Freude nicht. »Sicher hast du recht, Vater«, sagte sie. »Aber ich sehe nicht, wie uns das helfen könnte. Was habe ich womit gemacht? Natan wußte offenbar nicht, wo eine gewisse Sache war, und hat mir nicht gesagt, um was es sich handelt. Kannst du dir etwa einen Reim darauf machen?«
»Nein«, räumte er ein.
Er wollte nicht sagen, wie erleichtert er war, daß Natan ihr nichts verraten hatte. Nach dem, was er von Eliazar über den Überfall auf Menahem wußte, fürchtete er um die Sicherheit von jedem, dem viel über Natan bekannt

war. Er würde zurückgehen und dem Tuchhändler sagen, daß seine Tochter nichts von Natans Umtrieben wußte und daß Menahem woanders suchen sollte. Das heißt, wenn er Menahem überzeugen konnte, daß er selbst bei dem Überfall keine Hand im Spiel gehabt hatte.

»Bist du nur deswegen gekommen, Vater?« fragte Catherine. »Ich glaube, wir haben noch etwas Bier übrig. Der Honig ist zwar fest geworden. Aber ich kann ihn aufwärmen.«

»Ja, ein Becher Bier wäre schön«, sagte er seufzend. Catherine stellte den Krug in eine Wasserschüssel über dem Kohlenbecken. »Wie geht es Agnes?« fragte sie allzu beiläufig.

»Sie ist wohlauf«, antworte Hubert im gleichen Tonfall. »Sie sagt, eurer Mutter scheint es bei den Nonnen zu gefallen. Sie lassen sie den Jahrestag deiner Himmelfahrt begehen. Alle sind sehr freundlich zu ihr.«

»Nur ich nicht«, sagte Catherine. »Ich ließ sie in dem Glauben, daß ich gen Himmel gefahren sei, als ich nach Paris durchgebrannt bin. Damals schien mir keine andere Wahl zu bleiben, aber Agnes kann es mir wohl nicht verzeihen.«

»Noch nicht«, gab Hubert zu. »Und mir auch nicht, weil ich sie getäuscht habe. Aber eines Tages wird sie uns verzeihen.«

»Eines Tages.« Catherine konnte es sich nicht vorstellen. »Hat Jehan dich um die Erlaubnis gebeten, zu heiraten?«

»Jehan?« Hubert schien verwirrt durch den plötzlichen Themenwechsel. »Warum sollte er *mich* bitten? Er untersteht doch dem Grafen Thibault.«

»Ach, ich mag mich täuschen«, sagte Catherine. »Aber ich glaube, er will Agnes heiraten.«

»*Was!*« Huberts Gebrüll hätte fast den Krug umgeworfen. »Das ist Unsinn! Der Mann ist ein jüngerer Sohn eines jüngeren Sohns. Er nennt nichts sein eigen außer seinem Pferd und seiner Rüstung, wenn es hochkommt. Er hat kein Recht, auch nur an sie zu denken.«

»Vielleicht ist sie es, die das Denken besorgt«, warnte Catherine.

Hubert starrte sie an. »Das alles hast du bei einem einzigen Besuch in Erfahrung gebracht?«

»Ich habe sie angeschaut. Und ich habe ihn angeschaut«, erklärte Catherine. »Ich habe gesehen, wie sie ihn ansah. Möglicherweise sind meine Schlüsse falsch.«

»Das will ich hoffen«, sagte Hubert.

Das Bier begann zu dampfen. Catherine schenkte Hubert einen Bechervoll ein. Den Rest hob sie für Edgar auf.

»Ist noch etwas über Natans Tod bekannt geworden?« fragte sie. »Was, glauben sie, hat ihn umgebracht?«

»Der Arzt ist sich nicht sicher. Er war sehr ärgerlich, daß Johannah deine Kleider alle gewaschen oder verbrannt hat. Um so mehr, als wir fanden, daß Menahem das gleiche mit den Sachen getan hat, die Natan trug. Er wollte den Auswurf auf Gift untersuchen.«

Catherine verzog das Gesicht. »Daran haben wir in dem Augenblick nicht gedacht«, gab sie zu. »Wir wollten ja nur den Dreck so schnell und gründlich wie möglich entfernen. Ich fürchte, ich habe mich nicht vernünftig verhalten. Gab es irgendein anderes Beweisstück?«

»Die vorherrschende Meinung ist, daß es Gift war«, sagte Hubert. »Der Arzt glaubt, Natan hat vielleicht etwas von einer *Solanum*-Pflanze gegessen. Was, wissen wir nicht, auch nicht, wie er daran gekommen ist. Bei Natan neigt man zu der Annahme, daß ihn jemand umgebracht hat, wo doch so viele Grund hatten, ihm den Tod

zu wünschen. Aber vielleicht hat er einfach nur verdorbenes Fleisch zu sich genommen.«
»Ich habe noch nie gehört, daß das diese Wirkung hat«, sagte Catherine. »Es sei denn, es hätte eine sehr ungewöhnliche Soße.«
Soße. Da war noch etwas, an das sie sich dunkel erinnerte. Irgend etwas mit Essen.
»Da gab es noch einen anderen Geruch, Vater«, sagte sie. »Er war mit dem Duft seiner Salben und von Metall vermengt. Es war etwas Bitteres, wie eins von diesen entsetzlichen Brechmitteln, die Schwester Melisande uns zu geben pflegte. Ich wünschte, ich könnte es einordnen.«
Hubert tätschelte ihr die Hand. »Du bist großartig, Tochter. Sorg dich nicht darum. Mit einem Mann wie Natan mußte es ja ein böses Ende nehmen. Die Gemeinde wird darüber befinden, ob man weiter darüber nachforschen muß.«
»Und wenn sie es nicht für notwendig erachtet?« fragte Catherine. »Werden wir nie erfahren, was geschehen ist? Das ist nicht richtig. Es muß einen Weg geben, mehr zu entdecken. War da etwas im Lagerraum? Er hätte im Dunkeln etwas fallen lassen können. Hat man da gesucht?«
»Ich weiß es nicht«, gab Hubert zu. »Johannah hatte die Reinigungsrituale eingeleitet, aber ich glaube nicht, daß sie Zeit hatte, den Raum auszuräumen und zu schrubben. Ihre Magd will ihr nicht helfen. Das Mädchen weigert sich, da hinunter zu gehen.«
»Das kann ich verstehen«, sagte Catherine. »Aber ich ziehe es vor, mich meiner Angst zu stellen. Ich glaube, ich sehe mal, ob ich helfen kann. Bringst du mich bis zur Brücke?«

Johannah gestand Catherine, daß sie noch den Lagerraum scheuern mußte.
»Seitdem ist zuviel geschehen«, sagte sie zu Catherine. »Menschen gehen hier ein und aus, nach oben und unten. Und Lucia und ich müssen noch die Vorbereitungen für den *Sabbat* treffen.«
Catherine konnte die Vorbereitungen riechen und wünschte, sie könnte mitessen, aber sie wollte heim zu Edgar, um den Trockenfisch und das Brot mit ihm zu teilen.
»Ich will dir nicht im Weg sein«, begann sie. »Aber ich würde gern ein paar Minuten hinunter. Ich habe immer wieder Alpträume von dem Raum. Sicher könnte ich sie vertreiben, wenn ich ihn noch einmal in einem guten, starken Licht sähe.«
»Da wirst du kaum Glück haben, meine Liebe«, sagte Johannah. »Im Lagerraum sind immer Schatten. Aber ich gebe dir ein paar Kerzen, wenn du vorsichtig bist. Du kannst in alle Ecken spähen, wenn du meinst, daß das hilft. Lucia, hol mal die beiden Kandelaber.«
Lucia holte auch die Kerzen und setze sie in die Messinghalter. Sie schüttelte dabei den Kopf. Catherine bemerkte es.
»Du glaubst, ich sollte nicht in den Lagerraum gehen?« fragte Catherine die Magd.
»Mir einerlei«, sagte Lucia. »Wahrscheinlich weiß es eine Dame wie Ihr, die Latein liest und mit den Männern studiert, besser als ich.«
Catherine war verblüfft. »Woher weißt du, daß ich studiert habe?«
»Ihr seid doch Meister Huberts Tochter, oder?« fragte Lucia. »Euer Vater erzählt Meister Eliazar ständig von Euch. Wie schnell und gut Ihr mit Euern Büchern seid.

Wenn man das hört, fehlt Euch nur eins, um Papst zu sein.«
»Bei den Schriftrollen der Heiligen Catherine!« sagte Catherine. »Das sagt er tatsächlich?«
Lucia nickte. »Also wißt Ihr sicherlich, was Ihr tut, wenn Ihr in das Loch steigt, wo den armen Natan sein Schicksal ereilte.«
»Vielleicht ist es sinnlos«, sagte Catherine. »Aber ich tu es dennoch. Kannst du mir die Falltür öffnen und mir die anderen Kerzen reichen, wenn ich die Treppe hinuntergestiegen bin?«
Lucia schob die Kiste in die Speisekammer und zog die Tür auf. Ein Modergeruch schlug Catherine aus dem Dunklen entgegen, fast hätte sie es sich anders überlegt. Doch sie hielt einen Leuchter entschlossen in der Rechten, die Linke streckte sie aus, um das Gleichgewicht zu halten. So stieg sie hinab. Unten setzte sie die Kerze auf einem Weinfaß ab und streckte die Hand nach der anderen aus.
Lucia hatte nicht abgewartet, sondern den zweiten Leuchter auf der obersten Stufe abgestellt. Catherine nahm ihn und stellte ihn auf die mittlere Stufe. Von der Kammer oben kam kein Licht. Lucia hatte vermutlich die Speisekammertür geschlossen. Catherine zuckte mit den Achseln und schickte sich an, den Lagerraum zu untersuchen.
Er war oberflächlich gereinigt, der gestampfte Boden in der Mitte des Raums war abgekratzt und die beschmutzte Schicht entfernt worden. Die Linsen waren mit dem Dreck weggeworfen worden. Vielleicht lag es nur an der Erinnerung an das, was sich hier abgespielt hatte, aber der Raum hatte etwas Bedrohliches. Die Wände bestanden aus groben Brettern, die hauptsächlich verhindern

sollten, daß Erde hineinfiel. Weiße Wurzeln schlüpften zwischen den Spalten hervor wie Totenfinger. Die Luft war feucht und roch nach Moder und saurem Wein. Catherine war froh, daß die Tür zum Tunnel verrammelt und verriegelt war und daß ein Stapel Kisten davor stand. Kein menschliches Wesen konnte heute hereinkommen.

Sie fing in der am weitesten entfernt liegenden Ecke unter der Treppe an. Natan war zwar nicht bis hierher getorkelt, aber sie wollte gründlich suchen. Sie hielt den Kerzenhalter hoch, um hinter einen Stapel Kisten zu spähen. Eine Ratte huschte über ihren Fuß.

Catherine schrie erschrocken auf. Ihre Hand zitterte, und heißes Wachs tropfte ihr auf die Finger. Mit einem Schmerzensschrei ließ sie den Messingleuchter fallen. Eine Kerze ging sofort aus. Die andere blieb an, obwohl sie auf eine Packkiste zurollte, die mit Stroh ausgekleidet war. Catherine faßte danach, verpaßte sie und fiel der Länge nach hin. Sie war sofort auf den Knien, und diesmal erwischte sie die Kerze, bevor sie den Zunder erreichte.

Sie setzte sich auf den Boden, leckte sich das Wachs von den Brandblasen und verwünschte ihre Ungeschicklichkeit.

Da war etwas auf dem Boden, lugte zwischen den Kisten heraus und glänzte wie Metall. Vielleicht ein Messingscharnier? Catherine zog daran, aber es war fest eingeklemmt.

Nachdem sie sich davon überzeugt hatte, daß die Kerzen sicher auf den Stufen standen, blies sie diejenige in ihrer Hand aus, um beide Hände frei zu haben, und schob die Kisten beiseite. Es gab nicht viel Platz, um sie wegzurücken.

Sie verbog sich einen Fingernagel am Holz, bevor sie eine der Kisten einen knappen Zoll bewegen konnte. Mit der anderen Hand zog sie an dem Metall. Es kam zum Teil heraus, schien aber festzuklemmen. Catherine beugte sich, um zu sehen, was es war, aber sie stand sich selbst im Licht. Unruhig steckte sie die Finger in die enge Lücke.

Ja, das Metall hatte eine Zackenkante. »Schneide dich bloß nicht, *Inana*«, murmelte sie. Irgend etwas anderes hing noch daran. Catherine tastete es vorsichtig ab. Ein Haken oder eine Kette. Sie bewegte es. Was immer es war, es lockerte sich, und sie zog einen dünnen Metallstreifen heraus, so lang und halb so breit wie ihre Hand. Ein Ende davon war rauh, als ob es geschnitten oder gar gerissen wäre. Aus dem Zackenrand hing ein Stück Silberkette, die einige Holzperlen zusammenhielt. Auch das war zerbrochen.

Catherine hatte keine Ahnung, für was das Metall gut war. Die Perlen – sie schienen kein Schmuck zu sein. Die Schnitzerei war plump und die Kettenglieder grob gearbeitet. Sie sahen aus wie ein Teil eines Rosenkranzes, von der Art, wie sie fromme, aber ungebildete Menschen bei sich trugen, um ihre Vaterunser zu zählen. Aber was hatten die hier zu suchen, im Lagerraum eines jüdischen Hauses?

Zuerst wollte Catherine sie hochtragen und ihrem Onkel zeigen. Er hatte sich in letzter Zeit so merkwürdig benommen. Obwohl sie sich bei dem Gedanken schämte, befürchtete sie, er könnte die Sachen an sich nehmen, ihr danken und sagen, er würde sich selbst darum kümmern. Aber würde er das auch? Es war schrecklich, einem geliebten Menschen nicht vertrauen zu können. Aber Eliazar verheimlichte etwas, und bis sie wußte,

was es war, meinte Catherine, es sei besser, wenn sie diese Entdeckung selbst erforschte.
Hatte Natan diese Sachen fallen lassen, als er starb? Catherine überlegte: Er war direkt auf sie zugekommen. Sie hatte dort bei dem Bohnenfaß gestanden. Nein, er war nicht auf dieser Seite des Raums gewesen.
Diese Sachen waren wohl vorher schon dort gewesen. Seit wann? Wer hatte sie dort abgestellt? War Natan etwa deswegen zum Sterben hierhergekommen?
Keine Offenbarung brachte sie auf die richtige Spur. Das Metallteil glänzte, als sie es ins Licht drehte. Es war zerkratzt und verbogen, doch sie konnte nichts aus den Kratzern lesen. Keine mit dem Fingernagel eingeritzte geheime Botschaft, die aus einem Verlies herausgeschmuggelt war. Es lohnte sich nicht, die Perlen zu reparieren, vielleicht waren sie für den Abfall bestimmt.
Catherine fiel kein Grund ein, warum sie gerade hier waren. Vorsichtig band sie sich das Metall in den rechten Ärmel und die Perlen in den linken. Sie wollte Edgar zu Rate ziehen.
Sie nahm alle Kerzen und stieg in die Speisekammer zurück. Als sie die Tür zur Küche öffnete, war Lucia allein dort und polierte Johannahs silberne Sabbattplatte. Sie nickte Catherine zu.
»Habt Ihr gefunden, was Ihr suchtet?« fragte sie.
»Ich weiß nicht, wonach ich gesucht habe«, sagte Catherine. »Aber ich habe keine plötzlichen Hitze- oder Kältewallungen gespürt, und keine Geisterhand hat mich berührt. Es ist einfach nur ein Raum. Da lauert nicht das Böse. Du brauchst keine Angst zu haben.«
Lucia beugte sich tief über die Platte. »Ich werde dort nie wieder hinuntergehen.« Sie hatte ihr Gesicht abgewandt, aber es spiegelte sich im Silber. Sie weinte.

Catherine verabschiedete sich und ging sofort hinaus. Auf dem Heimweg dachte sie darüber nach, wie seltsam es war, daß von allen Leuten, mit denen sie gesprochen hatte, nur Lucia Zeichen des Mitleids für den toten Händler gezeigt hatte. »Armer Natan«, hatte sie gesagt. War ihr Kommentar nur die gebührende Achtung vor einem Toten, oder tat es ihr wirklich leid? Galten ihre Tränen diesem Natan ben Judah, der sogar im Tod von allen, die ihn gekannt hatten, verachtet wurde?
Oder verabscheute Lucia es lediglich, Silber zu polieren?

Nachdem Edgar sich gewaschen und sie beide gegessen hatten, zeigte Catherine ihm, was sie gefunden hatte.
»Woher kommt das deiner Meinung nach?« fragte sie, als er das Metall untersuchte.
»Das kann ich nicht sagen«, antwortete er. »Mit Sicherheit ist das Gold. Es ist so dünn gehämmert, daß wahrscheinlich ein Kasten oder ein niederes Metall damit überzogen werden sollte.«
»Und die Perlen?«
»Da bin ich deiner Meinung. Der Rosenkranz eines armen Mannes oder ein Teil davon. Merkwürdig, so ein Ding in Eliazars Keller zu finden. Gewiß hat es keinen Wert, nicht einmal im heilen Zustand.«
Dann bemerkte er ihre Hand. Die Brandblasen zogen sich als lange rote Striemen vom Daumen bis zum Unterarm.
»Oh, Catherine!« sagte er.
»Es ist nicht schlimm«, beruhigte sie ihn. »Ich habe mir Gänsesalbe darauf geschmiert.«
»Das sehe ich.« Er lächelte verlegen. »Und ich wollte etwas Mitleid für *meine* Schmerzen und Wunden.«
Catherine lachte. »Das sollst du haben, *Carissime*.« Sie küßte ihn. »Wo soll ich denn damit anfangen?«

ZEHNTES KAPITEL

Catherines und Edgars Kammer,
Sonnabendnachmittag,
1. März 1141/21. Adar 4901

Ore bones gens, or covient que vos prenés garde de vos meismes en ceste sante Quarentaine; ... Va, »Sathana! Jo n'en fraindrai mie ma geüne, ne jo ne managerai mie ne ne bueverai trop, ne rien ne ferai que tu m'amonestes.«

Hört, ihr Leute, gelobet nun, daß ihr während dieser heiligen vierzig Tage auf euch achtgebt;... Sagt: »Satan! Ich will das Fastengebot nicht brechen, noch will ich zuviel essen oder trinken. Ich will nichts tun, wozu du mich verführen wolltest.«
MAURICE DE SULLY
Predigt für den ersten Fastensonntag

Edgar mochte Johns Freund Maurice. Er hatte gute Manieren, ließ sich das Essen schmecken, wußte nett zu plaudern, und geistiger Hochmut lag ihm fern, wodurch er sich wohltuend von den meisten von Edgars Bekannten aus Studentenkreisen unterschied.

»Seit dem vorigen Lenz weile ich in Paris«, erklärte Maurice in einer Verschnaufpause nach dem Mahl. »Meine Familie sind Pächter des Herrn von Sully. Mein Herr ließ mich bei den Mönchen zu Fleury lesen lernen, und jene schickten mich dann hierher. So weit von meiner Heimat bin ich nie zuvor gewesen.«

»Es muß alles sehr fremd sein«, ermunterte ihn Catherine.

»Ja, ganz gegen mein Erwarten«, räumte Maurice ein. »Hier gibt es so viele verschiedene Menschen. Irgendwie dachte ich, Paris bestünde nur aus dem Hof und der Kathedrale, unter der Obhut der Abteien von St. Victor und Ste. Geneviève. Aber es gibt noch soviel mehr, all die Läden und Händler und Handwerker. Und Fremdlinge! Ach, ich bitte um Verzeihung!« Besorgt sah er von John zu Edgar.

»Das ist auch mir als erstes aufgefallen«, sagte Edgar. »In Paris wimmelt es von Fremden. Meinst du nicht auch, John?«

John schenkte Bier nach. »Normannen, Pikardier, Lothringer, Gascogner, sogar Burgunder«, seufzte er. »Gut, daß wir alle Latein sprechen, sonst wäre es das reinste Babel.«

»Ich glaube, ich sah kürzlich sogar einen syrischen Herrn«, sagte Maurice feierlich.

»Tatsächlich?« fragte Edgar. »Das ist selten. Warum hieltest du ihn für einen Syrer?«

»Er war sehr dunkel und wie die Händler aus dem Süden

gekleidet«, sagte Maurice. »Sein Bart und sein Haar waren parfümiert und ölig. Er sprach allerdings ein sehr gutes Französisch. Man hätte meinen können, er sei hier geboren.«
»Bemerkenswert«, meinte John. »Vielleicht war er aus Spanien, aber wohl kaum aus Syrien. Zwar gibt es mehr Handel seit der Rückeroberung des Heiligen Landes, doch nur wenige Händler kommen von so weit her.«
»Möglich«, sagte Maurice bedächtig. »Doch irgend etwas an ihm ließ mich an den Orient denken. Natürlich ist das Unsinn. Catherine sieht auch so aus.«
»Mein Vater stammt aus der Normandie, meine Mutter aus Blois«, bemerkte Catherine.
»Seht ihr?« sagte Maurice und betrachtete die Reste in der Grützeschüssel. »Ich habe mich wohl getäuscht. Vielleicht hielt ich den Mann für einen Händler aus fernen Landen, weil er einen Sack trug.«
Während Maurice seinen Löffel um den Schüsselrand führte, wechselten Catherine und Edgar Blicke. Edgar zog die Brauen hoch. Catherine formte mit den Lippen: »Vielleicht. Frag ihn.«
John klopft auf Catherines Arm. »Was denn?« flüsterte er. Maurice sah auf.
»Dieser Syrer ...«, sagte Edgar. »Wann und wo hast du ihn getroffen?«
»Vor zwei, drei Wochen«, erwiderte Maurice. »Mit Sicherheit vor dem Sonntag Quinquagesima. Es war sehr früh am Morgen, und ich achtete nicht auf den Weg. Ich ging an der Nordseite des Klosters, unmittelbar hinter der Mauer. Ich stieß ihn nieder, geradewegs in den Dreck. Er ließ seinen Sack fallen und beschmierte sich Beinlinge und Umhang. Er war sehr großmütig. Eine Woche lang danach habe ich Psalmen für seine Seele gebetet.«

»Großmütig?« sagte Catherine. »Dann war es wohl nicht Natan.«
»Ihr kennt diesen Mann?« fragte Maurice.
»Schon möglich«, sagte Edgar. »Doch soviel wir wissen, wäre er nicht so verständnisvoll gewesen, wenn ihn jemand auf der Straße umgerempelt hätte.«
»Hast du gesehen, was er im Sack hatte?« fragte Catherine.
»Nein, der war zugebunden. Aber als er zu Boden fiel, klimperte er, als ob er voller Töpfe oder Metallteller wäre.«
»Du hast nicht gesehen, wohin Natan danach ging?« fragte Edgar.
Maurice schüttelte den Kopf. »Ich mußte mich sputen, sonst wäre ich zu spät zur *Prim* gekommen.« Er leckte das letzte Haferkörnchen vom Löffel und lächelte sie satt und dankbar an. »Und jetzt müssen John und ich gehen.« Er erhob sich. »Wir wollen das Nachtoffizium mit den Kanonikern von St. Victor beten.«
John rückte seinen Schemel vom Tisch. »Hoffentlich gähnen wir nicht während der Antiphonen nach diesem überaus sättigenden Mahl«, sagt er. »Dank euch beiden und gute Nacht.«
Catherine stellte die Schüsseln ineinander und die Brotreste hoch auf ein Bord, so daß die Mäuse nicht in der Nacht darüber herfallen würden. Edgar bemerkte ihre besorgte Miene.
»Glaubst du, Maurice hat Natan gesehen?« fragte er.
»Es hört sich danach an. Doch was hatte er dort zu suchen? Meinst du, er hat versucht, dem Bischof Perlen zu verkaufen?«
»Warum nicht? Wenn Prior Hervé sie nicht haben wollte. Obwohl es sinnvoller gewesen wäre, zu jemandem

am Hof zu gehen. Die adligen Herren kümmern sich selten um die Herkunft von Dingen, die sie begehren.«
»Ja, kann sein«, sagte Catherine geistesabwesend. Sie flocht sich die Haare.
Edgar setzte sich neben sie und begann mit der Seite zu spielen, die sie noch nicht gekämmt hatte. »Wenn es nicht Natan war, was macht dir dann zu schaffen?« fragte er.
Sie seufzte. »Das Nachtoffizium. Im Paraklet stand ich jede Nacht auf, um es zu beten. Manchmal war ich so müde, daß ich kaum die Antworten singen konnte, aber in manchen Nächten, wenn alles draußen still war und der Mond untergegangen war, fühlte ich mich wie im siebten Himmel.«
Er rieb sein Gesicht an ihrer Schulter. »Von mir wurde das nicht oft erwartet. Aber ich glaube, ich weiß, was du meinst. Doch haben wir nicht gelobt, die Wahl eines weltlichen Lebens nicht zu bereuen?«
Sie wandte ihm das Gesicht zu, und ihr Haar floß wie Seide über seine Wange. »Ja, das haben wir«, sagte sie. »Verzeih mir meinen Rückfall.«
Er lächelte. »Auch Laien kommen in den Himmel, Catherine. Das sagte selbst Augustinus.«
Er küßte sie, und Catherine gab ihm im stillen recht. Und wie ihre Mentorin, die Äbtissin Heloïse, wußte sie, daß sie lieber mit Edgar zur Hölle fahren als allein in den Himmel kommen wollte.

* * *

Solomon saß in der Küche und sah Lucia beim Fegen der Küche zu. Es gefiel ihm, wie sie die Hüften im Kontrapunkt zum Rhythmus des Besens bewegte.

»Brauchst du jemanden, der dich heute abend heimgeleitet?« fragte er.
»Einer meiner Brüder holt mich bald ab«, erwiderte sie. Solomon war sich sicher, daß man nicht so zu wackeln brauchte, um einen Besen zu schwingen. Er seufzte. »Vermutlich sind deine Brüder so stark wie Karl der Große und riesengroß.«
Sie lachte. »Meine Brüder sind stark genug, um mich vor unerwünschter Aufmerksamkeit zu schützen. Einer von ihnen heißt Samson.«
»Samson? Der Brauer?« Solomon beugte sich vor. »Der hat Arme wie Eichenstämme. Ich wußte nicht, daß er dein Bruder ist.«
Lucia lächelte spöttisch, als sie mit dem Besen in die Ecke kam, wo er saß.
»Mein anderer Bruder ist Fuhrmann«, sagte sie. »Er und Samson wollen eines Tages zusammen arbeiten, Bier brauen und es an die Dörfer der Umgebung verkaufen. Sein Spitzname ist Goliath.«
»Na, wenn das so ist, kommst du wohl ohne Schwierigkeiten nach Hause.«
»Das tu ich immer.« Sie beugte sich direkt über ihn, um unter dem Tranchiertisch zu fegen. Lucia trug kein Parfüm, aber sie verströmte einen natürlichen Moschusgeruch, der Solomon dazu veranlaßte, die Augen zu verdrehen, um seine Hände bei sich zu behalten.
Es klopfte an der Küchentür. Lucia ging öffnen, und Solomon entspannte sich.
»Hoffentlich bist du fertig«, begrüßte Samson die Schwester. »Mutter braucht heute abend deine Hilfe, beim Suppe austeilen und beim Füllen der Krüge.«
»Ja, ich bin fertig«, sagte Lucia. »Laß mich meinen Umhang holen.«

Samson trat ein und bemerkte Solomon. »Was suchst du denn hier, Solomon?« fragte er mit finsterer Miene. Er wandte sich an seine Schwester. »Was macht er hier, Lucia? Weiß das deine Herrin?«
»Ich wohne hier«, antwortete Solomon.
»Seit wann?« fragte Samson.
»Eigentlich so lange ich lebe«, antwortete Solomon.
»Ich habe dich hier noch nie gesehen«, sagte Samson.
»Die letzten paar Jahre war ich oft auf Reisen«, antwortete Solomon. »Ich komme nur gelegentlich nach Paris.«
Er wappnete sich für die nächste Frage. Und die kam prompt.
»Du bist Jude?« Samson ließ es eher wie ein ungläubiges Schnauben, nicht wie eine Frage klingen.
»Ja.«
In Samsons Miene arbeitete es, als ob die Antwort nicht eindeutig wäre. »Das hast du nie gesagt!«
»Du hast nie danach gefragt.«
»Aber du trinkst mein Bier! Und du fluchst bei den Heiligen.«
»Das ist wohl wahr. Dein Bier schmeckt hervorragend. Und zum Fluchen sind die Heiligen so gut wie alles andere. Soll ich mein Bier nicht mehr in der Schenke deiner Mutter kaufen?«
Samson dachte nach. »Doch, du bist ein guter Kunde«, räumte er ein. »Und du bist nicht der einzige deiner Rasse, der bei uns kauft. Komm, so oft du magst. Aber ...«
Lucia kam zurück, in ihren Umhang gehüllt. Samson schob sie förmlich zur Tür hinaus.
»Aber laß dich nicht wieder in der Nähe meiner Schwester blicken.« Er schlug die Tür hinter sich zu.
Gedankenverloren wippte Solomon auf seinem wackli-

gen Schemel hin und her. Nur ein einziges Mal träfe er gern ein Mädchen ohne Onkel, Vater oder Brüder.

Ein paar Tage später erhielt Eliazar Besuch von den sieben Ältesten der Gemeinde. Sobald sie eingetreten waren, wußte er, daß etwas nicht stimmte. Sie lehnten Johannahs Angebot einer Erfrischung ab und auch seinen Versuch, noch eine Bank hereinzuholen, damit sie alle Platz nehmen könnten.

»Nun denn, meine Freunde«, sagte er. »Sagt mir den Grund für euer Kommen, wenn ihr nicht das Brot mit mir brechen oder Platz nehmen wollt.«

Abraham ben Simson war meist der Sprecher der Gruppe, dank seiner Gelehrsamkeit und den Weinbergen seiner Familie, einem in der Nähe von St. Victor und dem anderen am rechten Ufer. Er hatte sie behalten können, trotz des Drucks, den die verschiedenen Grundbesitzer der Gegend auf ihn ausgeübt hatten, sie zu verkaufen. Man schätzte ihn sowohl für seine Weisheit als auch für seine Kompromißfähigkeit. Abraham war Eliazars erster Talmudlehrer gewesen. Jetzt aber betrachtete der alte Mann ihn mit tiefem Mißtrauen ihm Blick.

Das ängstigte Eliazar mehr als alles, was ihm in seinem bisherigen Leben widerfahren war. Abraham räusperte sich. »Menahem ben Nehemiah suchte mich gestern abend auf, nachdem ich die *Hawdola* gesagt hatte«, begann er.

»Wie geht es ihm?« fragte Eliazar.

»Seine Genesung schreitet langsam voran«, antwortete Abraham. »Die Prügel, die ihm die Männer verabreicht haben, waren sehr schlimm.«

»Möge der Allmächtige ihn vor weiterem Schaden bewahren«, sagte Eliazar.

»Aus eben diesem Grund sind wir zu dir gekommen, Eliazar ben Meïr«, sagte Abraham. »Menahem glaubt, daß er wegen des Todes seines Onkels leiden mußte. Die Männer, die ihn überfielen, beharrten darauf, daß der arme Menahem von einem Schatz weiß, den Natan versteckte. Er sagt, er habe dich angefleht, ihm zu sagen, was du darüber weißt, aber du habest ihm die Hilfe verweigert. Menahem sagt, wenn du dich weiterhin sträubst, bliebe ihm keine andere Wahl, als seine täglichen Gebete zu unterbrechen und zu verlangen, daß du entweder dein Wissen mitteilst oder du den *Chéjrem* aus der Gemeinschaft riskierst.«

Eliazar senkte den Kopf. Sein Herz war in Aufruhr. Allein die Androhung solch eines Banns entsetzte ihn. Aber wie konnte er sie überzeugen, daß er nichts über Natans Tod wußte, ohne denjenigen zu verraten, der ihm vertraut hatte?

»Bitte.« Er sah die Männer an. »Ihr alle kennt mich. Ihr könnt unmöglich glauben, daß ich Menahem um sein rechtmäßiges Erbe bringen wollte. Wenn ich wüßte, wer diese Männer waren und was sie suchten, würde ich es ihm umgehend mitteilen. Es stimmt, daß Natan ein Paket bei mir abstellen wollte, doch ich lehnte es ab, weil er mir den Inhalt nicht verraten wollte.«

»Und doch ist bekannt, daß er im vergangenen Frühjahr häufig Gast in deinem Hause war«, sagte Abraham.

»Die Angelegenheit hat damit nichts zu tun.« Wie oft und wie vielen Menschen er das wohl noch sagen müßte? »Es war ein Irrtum gewesen, Natan in Dienst zu nehmen. Ich habe es bereut. Das sagte ich ihm auch, als er zum letzten Mal kam. Als nächstes sah ich ihn dann tot auf dem Fußboden meines Lagerraums.«

»Aber warum hast du Natan überhaupt beschäftigt?«

Abrahams Stimme klang hart. »Du kanntest doch seinen Ruf.«
Eliazar schloß die Augen. »Ich darf es euch nicht verraten«, sagte er leise. »Ich habe einem Freund geholfen. Ich versprach ihm, zu keiner Menschenseele davon zu reden. Wenn ich es dennoch tue, bringe ich uns beide in ernste Gefahr.«
Einer der Männer flüsterte Abraham etwas ins Ohr. Der alte Mann nickte.
»Eliazar«, sagte er, »deinen Streit mit Natan haben deine Nachbarn mitangehört.«
»Wie denn auch nicht? Der Mann war wie von Sinnen und brüllte mich an, weil ich nicht seinen Willen tun wollte.«
»Natan wußte von diesem Geschäft, über das du mit deinen Freunden und Brüdern nicht reden willst, ja?«
Traurig nickte Eliazar. »Ich habe es ihm nicht gesagt, aber ihr kanntet ihn ja. Er hat es erraten.«
»Und das, was Natan ben Judah erriet«, fuhr Abraham fort und wurde dabei lauter, wie ein heraufkommender Wind, »diese Sache ist so schrecklich, daß du sie vor deinem eigenen Volk geheimhältst – war es vielleicht eine Nachricht, die Natan ben Judah für wert erachtete, sie anderen zu verkaufen? Oder von dir Schweigegeld dafür zu verlangen?«
Eliazar dachte nach. Es war seltsam, wenn man sich vorstellte, was für ein Mensch Natan gewesen ist. »Er verlangte nie Geld von mir, damit er den Mund hielte«, sagte Eliazar. »Auch als er den Wutausbruch hatte, drohte er mir nicht damit. Vielleicht hatte Natan doch so etwas wie Ehre.«
Abraham sah seinen ehemaligen Schüler bekümmert an. »Bevor Natan bestattet wurde, untersuchte ihn Elhanan, der Arzt. Er ist ganz sicher, daß er durch Gift starb,

obwohl er nicht weiß, was es war. Eine Art von *Solanum*, fürchtet er. Der Mann starb in deinem Haus, Eliazar.«

»Ja!« schrie Eliazar. »Das weiß ich! Aber er hat hier nicht gegessen. Ich weiß nicht, wer ihn tötete oder wie er in meinen Lagerraum gelangt ist. Ich habe keine Antworten für euch. Wollt ihr mich des Mordes bezichtigen? Vielleicht wollt ihr mich am Wegesrand aufhängen, damit alle Christen mich sehen?«

Eliazars Nachbar Joseph trat vor. »Keiner von uns traut dir einen Mord zu«, sagte er mit fester Stimme. »Nicht einmal an so einem Kerl wie Natan. Aber du hast einen christlichen Teilhaber, und seine Tochter ist oft bei dir zu Gast. Das ist schon gefährlich genug, aber wir haben Verständnis dafür. Viele von uns haben Freunde unter den Edomitern, und wir müssen alle in ihrer Mitte leben. Jetzt aber wurde Menahem überfallen und bedroht, und er sagt, es seien Christen gewesen. Was sollen wir glauben?«

»Was ihr wollt«, sagt Eliazar müde. »Ich habe euch alles erzählt. Man möge mich zwingen, den Rest meines Lebens unter Mönchen zu verbringen, wenn Hubert etwas mit dem Überfall zu tun hat. Er ist eine ehrliche Haut.«

»Ich weiß nicht, ob das Menahem genügt«, sagte Abraham. »Doch ich bin geneigt, dir vorerst zu vertrauen. Was sagt ihr anderen dazu?«

Er wandte sich an die anderen Männer. Sie nickten, manche zögerlicher als die anderen. Eliazar wußte, daß er nur Zeit gewonnen hatte, keine Entlastung.

»Ich gehe sofort zu Hubert«, eröffnete er ihnen. »Ihm ist bekannt, welch üble Verleumdung umgeht. Er wird wissen wollen, wer wirklich die Männer auf Menahem gehetzt hat.«

»Sollte sich herausstellen, daß du uns mit deinem

Geschäft in die Streitigkeiten der Christen hineingezogen hast«, warnte ihn Abraham, »dürften dich nur die Mönche noch bei sich dulden.«

Am Nachmittag desselben Tages stand Hubert am Kai in der Nähe des Klosters Argenteuil, mehrere verschlungene Wegmeilen stromabwärts von Paris. Er bereitete die Verschiffung des Weins vor, der im Vorjahr gekeltert worden war. Abt Suger war besonders dem roten Wein zugetan, der von den Reben der Zisterzienser an der Quelle der Vouge stammte. Die Fässer mußten auf dem Landweg nach Dijon geschafft werden, dann nach Troyes und die Seine hinunter. Sie passierten dabei so viele Länder, daß die Kosten durch Zölle und Spesen den Preis mehr als vervierfachten. Hubert gab allerdings zu, daß der Abt ihn stets anstandslos zahlte.
Der Wein wurde gewöhnlich am Hafen St. Denis entladen, wo der Croult in die Seine mündet. Doch Hubert hatte Anweisung, den Mönchen einige der Fässer nach Argenteuil zu schicken, das eine weitere lange Flußbiegung abwärts lag. Die Priorei von Argenteuil war seit der Zeit der Merowinger ein Kloster, wurde jetzt aber von den Mönchen von St.Denis bewohnt. Catherine hatte mehr Worte, als Hubert hören mochte, über die Art und Weise verloren, wie Suger Argenteuil und seinen ganzen Besitz erworben hatte. Doch der Ort eignete sich gut zum Ausladen der Güter für die Abtei, die stromaufwärts aus Rouen kamen.
Hubert bedauerte sehr, daß Heloïse und die anderen Nonnen gezwungen gewesen waren, eine neue Heimstatt zu finden, als Suger den Anspruch auf die Abtei geltend gemacht hatte. Doch ihm waren Gerüchte zu Ohren gedrungen, daß die Schwestern keinen keuschen, from-

men Lebenswandel geführt und deshalb die Vertreibung verdient hätten. Was Catherines Behauptung betraf, der Abt habe seine alten Rechte mit gefälschen Dokumenten bewiesen, nun, darüber mochten die Gelehrten befinden. Wenn der Papst sie für echt hielt, was sollte er sie dann anzweifeln?

Der Kellermeister von Argenteuil war ein überaus gewissenhafter Mann, dem es offenbar nichts ausmachte, stundenlang im feuchten Wind zu stehen und die Kennzeichnung auf jedem Faß zu überprüfen und ob der Inhalt der Markierung entsprach. Hubert hätte mehr Sympathie empfunden, wenn er den Mann für einen heimlichen Trinker gehalten hätte, doch Bruder Jonas schnupperte und nippte nur am Wein. Seine Wangen waren lediglich von der Kälte gerötet, die ihm wohl mehr zusetzen mußte als Hubert, da er nur einen wollenen Umhang über seinem Habit und Sandalen ohne Beinlinge trug.

Endlich verschloß der Mönch das letzte Spundloch, markierte das letzte Faß und teilte Hubert mit, daß er zufrieden sei.

»Und das werden sicher auch der Prior und Abt Suger sein, wenn er zu Besuch kommt«, sagte Hubert. »Ich bin überrascht, daß sein eigener Kellermeister nicht zugegen ist, um die Aufsicht zu führen. Bruder Michael zieht es doch gewöhnlich vor, sich selbst um die Schiffsladung zu kümmern.«

»Bruder Michael liegt in der Krankenstube der Abtei.« Bruder Jonas schniefte geringschätzig. Hubert war nicht sicher, ob er die Frage als beleidigend aufgefaßt hatte oder ob er damit seine Verachtung dafür ausdrückte, daß jemand der Schwäche seines Leibes nachgab.

»Es ist eine strenge Jahreszeit«, sagte Hubert. »In Paris hallt es von Husten wider. Ich trage jetzt einen Kräu-

terbeutel bei mir, um die Krankheit abzuwehren. Ich bete für Bruder Michaels baldige Genesung.«
»Das liegt in Gottes Hand«, antwortete Bruder Jonas. »Doch ich glaube, sein Zustand ist nicht ernst. Bald sollte er seinen Pflichten wieder nachkommen können.«
»Es ist freundlich von Euch, sie mit zu übernehmen.« Hubert spürte, daß der Mann gekränkt war, und wollte es wiedergutmachen.
»Ich tue, was mein Abt wünscht«, sagte Bruder Jonas. »All meine Arbeit ist ein Opfer für Unsern Herrn, einerlei welcher Art sie ist.«
»Gewiß«, sagte Hubert, doch die Antwort verblüffte ihn. Meinte der Mann, daß körperliche Arbeit genauso gut sei wie Gebet und Rituale? Hubert wußte, daß die Priester von Paris das zum Thema der Hälfte ihrer Predigten machten. Doch mit der Betonung, die Bruder Jonas auf den letzten Satz legte, wollte er offenbar auf etwas anspielen. Doch auf was?
Hubert holte tief Luft und ließ sich das Hirn freipusten. Er hatte in letzter Zeit zuviel über Geheimnisse nachgegrübelt. Warum sollte Bruder Jonas mehr damit meinen? Er sagte dem Mönch Lebewohl und ging zum Stallknecht, um sein Pferd zu holen. Er hatte den Wein von Paris aus stromabwärts begleitet. Jetzt war die Verladung auf Karren nicht länger seine Aufgabe, und er beabsichtigte, so rasch wie möglich nach Vielletneuse zu reiten und einen Abend mit seinen Enkeln zu spielen.
Guillaume hatte zwei seiner Männer geschickt, damit Hubert auf der Reise nichts geschah. Hubert wußte die Fürsorglichkeit seines Sohnes zu schätzen, doch hielt er sie nicht für wirklich notwendig. Der Weg von Argenteuil nach Vielleteneuse war gut geschützt von den Abhängigen der Abtei.

Er war nicht gerade erfreut, daß ein dritter Mann auf ihn wartete.
»Jehan! Was führt dich hierher?« fragte Hubert. »Wer schickt dich?«
»Niemand«, antworte Jehan verärgert. »Ich habe Guillaume besucht und hörte, daß Ihr kommen wolltet. Ich dachte, Ihr würdet euch über ein zusätzliches Schwert freuen.«
Hubert bemühte sich, seinen Ärger zu bezähmen. Schließlich war es nur Catherines Vermutung, daß etwas zwischen Jehan und Agnes wäre. Es war nicht recht, das Schlimmste anzunehmen und den Mann entsprechend zu behandeln.
»Ja, natürlich, das ist sehr freundlich von dir«, murmelte er. »Es wäre mir eine Ehre, wenn du mit mir reiten würdest. Ich bin sicher, daß du alle Neuigkeiten aus Champagne und Blois kennst. Du kannst mir erzählen, was Graf Thibault in bezug auf die Gefangensetzung seines Bruders durch die Kaiserin Mathilde zu tun beabsichtigt.«
Jehan lächelte und verbeugte sich höflich, und nach einer Mahlzeit aus in Brühe gebrocktem trockenes Brot und ein, zwei Kannen Bier brachen sie auf. Hubert und Jehan ritten voran; die anderen beiden Wächter folgten in genügendem Abstand, um jeden fangen zu können, der versuchen sollte, aus den Bäumen hervorzuspringen und einen unbewaffneten Kaufmann anzugreifen.
Da die Bäume noch kein Laub trugen, war die Wahrscheinlichkeit, daß jemand das tun würde, ohne im voraus entdeckt zu werden, gering. Die Männer entspannten sich und ließen einen Schlauch mit Bier hin- und hergehen, um die Kälte zu verkraften. Sie blieben immer weiter hinter Hubert und Jehan zurück.

Jehan blieb das nicht verborgen. Später würde er sich bei Guillaume über diese Nachlässigkeit beschweren. Doch im Augenblick kam sie ihm zustatten. Es gab da eine Angelegenheit, die er mit Hubert allein zu bereden wünschte.

Hubert schien entschlossen, zuerst alle Neuigkeiten aus England und der Normandie zu erfahren. »Man sagt, Geoffroi von Anjou hinterläßt ein Aschespur bei seiner Eroberung der Normandie«, sagte er. »Ist die Verwüstung so schlimm? Und Stephan soll im Begriff sein, sie der Kaiserin zu überlassen?«

Jehan zuckte mit den Achseln. »Ich bin seit Monaten nicht mehr im Norden gewesen. Gewiß hat sich Stephan seine eigenen Leute zu Feinden gemacht, und Geoffroi hat das ausgenutzt. Soweit ich weiß, sind keine Bedingungen an die Freilassung des Königs geknüpft. Auch hat niemand Graf Thibault um Hilfe ersucht.«

»Seltsam«, sinnierte Hubert. »Ich habe nie verstanden, warum Thibault die Normandie ausschlug. Er hätte den ganzen Norden Frankreichs kontrollieren und die Kapetinger wie eine Weintraube in der Presse zerquetschen können.«

Das war eine alte Frage, und Jehan verspürte keine Lust, ihr nachzuhängen. Er hatte keine Ahnung, was in dem Grafen vorging, und das war auch nicht seine Aufgabe. Er wollte nur tun, was man ihn hieß, und focht, wo immer sein Herr im Augenblick kämpfte – in der Hoffnung, dafür mit einem Stück Land oder gar einer Vogtei belohnt zu werden. Ursprünglich hatte er sich mit dem Besitz auch eine Erbin erhofft, doch in jüngster Zeit hatte er versucht, einen Plan zu entwerfen, der einen solch drastischen Schritt überflüssig machen sollte. Schließlich würde Agnes eine Mitgift bekommen.

»Herr Hubert«, begann er.
In diesem Augenblick sprang ein Mann von einem Ast auf den Weg. Jehan spürte das Gewicht auf seinem Rücken und das Messer an seiner Kehle und verwünschte sich, weil er seine eigenen Erfahrungen vergessen hatte. Er hätte die Hecken und Bäume nicht aus den Augen verlieren dürfen. Statt dessen hatte er an Agnes gedacht. Offenbar sollten sowohl er als auch Agnes' Vater jetzt für seine Saumseligkeit büßen. Er wollte nach seinem Messer greifen, doch zu spät.

Eliazar sah sich beunruhigt um, als er die Grève überquerte, doch niemand schien ihm zu folgen. Trotzdem konnte er sich nicht des Gefühls erwehren, daß man ihn beobachtete, als er die Glocke an Huberts Tür zog. Ein Schlitz in der Tür öffnete sich, und ein blaues Augenpaar sah zu ihm hoch.
»Guten Tag, Ullo.« Eliazar war erleichtert, daß eine vertraute Person an diesem Nachmittag das Haus hütete. »Ich will zu deinem Herrn. Ist er daheim?«
Der Knabe schloß den Schlitz und öffnete die Tür. Aber statt Eliazar einzulassen, steckte er den Kopf heraus.
»Er ist stromabwärts mit dem Wein für die Abtei«, erklärte er. »Kommt in zwei, drei Tagen zurück. Hier ist nur Frau Agnes.«
»Und niemand paßt auf sie auf?« fragte Eliazar.
»Ich!« sagte Ullo entrüstet. »Und sie hat ihre Magd und Anna, die tagsüber kommt und kocht.«
»Ullo, wer ist da?« ertönte Agnes' Stimme von oben.
»Es ist Herr Eliazar, der mit Herrn Hubert reden will«, rief Ullo zurück. »Ich werde es ihm ausrichten.«
Schweigen trat ein. Dann erschien Agnes auf der Treppe.

»Frag Herrn Eliazar, ob er einen warmen Trunk möchte, bevor er geht«, sagte sie.
Eliazar sah überrascht hoch. Er konnte nur ihre Füße und den Saum ihres Gewands sehen. Er wünschte, er sähe auch ihre Miene. Woran dachte sie? Sowohl Hubert als auch Catherine hatten ihm von Agnes' Reaktion auf die Nachricht über ihre Herkunft erzählt. Na, er würde nichts herausbringen, wenn er ihr Angebot ablehnte.
»Bitte sag deiner Herrin, ich bin ihr für ihre Gastfreundschaft sehr verbunden«, sagte er zu Ullo.
Ob sie ihn jetzt wohl wie einen Bettler in die Küche schicken würde? Aber nein, Ullo führte ihn in den Großen Saal hinauf, wo ein helles, heimeliges Feuer brannte. Agnes ging hinein und setzte sich an ein Tischchen daneben. Sie bedeutete ihm, auf einem Schemel ihr gegenüber Platz zu nehmen.
»Müssen Eure Stiefel trocknen?« fragte sie. »Jemand kann sich darum kümmern, während Ihr trinkt. Ihr könnt Eure Handschuhe an dem Haken dort aufhängen. Bevorzugt Ihr gewürzten Apfelwein oder Bier?«
»Bier, wenn's recht ist«, antwortete Eliazar. »Meine Stiefel sind trocken genug, danke.«
Sie hob ein Glöckchen vom Tisch auf und läutete. Eliazar musterte sie und sie ihn. Sie sah Hubert gar nicht ähnlich. Auch nicht Catherine. Agnes war zierlich und blond, mit kleinem Näschen und zartem Kinn. Ihm ging durch den Kopf, daß Hubert vielleicht nicht an ihrer Zeugung beteiligt gewesen sein, daß Madeleine einen Fehltritt begangen haben könnte. Es wäre sicher ein Trost für Agnes, wenn sie herausfände, daß sie ein Bankert wäre statt die Tochter eines Juden. Da reckte sie ihr Kinn und starrte ihm unverwandt in die Augen, und er wußte, daß sie doch irgendwie zu seiner Familie gehörte. Genau-

so hatte sein Vater dreingeblickt, als er die Kinder beim Wurfringspiel erwischt hatte, während sie ihre Verse lernen sollten.
Eliazar lächelte. Agnes verzog keine Miene.
»Ihr wißt, wer ich bin«, sagte sie.
Ihre Hände lagen zusammengepreßt in ihrem Schoß, die Knöchel waren weiß vor Anspannung.
»Gewiß«, sagte er. »Die Tochter meines alten Freundes Hubert. Ich habe dich nicht mehr gesehen, seit du ein kleines Mädchen warst, daher wirst du dich kaum an mich erinnern.«
»Nein«, sagte sie. »Ich weiß, daß mein Vater mit Euch Geschäfte macht und daß Ihr auf vielen Handelsreisen Kompagnons wart.«
»Das stimmt«, antwortete er zögernd.
Ullo trat ein, und Agnes befahl ihm, das Bier zu bringen.
»Soll ich Humberga schicken, damit sie bei Euch sitzt?« fragte er.
»Das tut nicht not«, sagte Agnes. »Sie lüftet die Matratzen, die wir mit nach Vielleteneuse nehmen.« Sie wandte sich wieder an Eliazar. »Wir beabsichtigen, die Osterzeit bei meinem Bruder Guillaume zu verbringen«, sagte sie zur Erklärung. »Kennt Ihr ihn auch?«
»Ja«, antwortete Eliazar. Er spürte ihre Verkrampfung, wußte aber nicht, wie er ihr helfen sollte.
Ihre Finger zuckten, sie betrachtete sie lange. Eliazar wartete. Endlich schien sie zu einem Entschluß zu kommen. Sie sah zu ihm auf.
»Ich vermute, daß Ihr ein Verwandter von mir seid«, sagte sie. Ihre Augen forderten ihn heraus, sie anzulügen. Aber er konnte es genausowenig, wie er seinen Vater jemals hatte anlügen können.
»Du bist meine Nichte«, sagte er sanft.

»Dein Vater ist mein jüngster Bruder.«
Sie verzog keine Miene, doch ihre Hände blieben plötzlich schlaff in ihrem Schoß liegen.
»Mein Vater sagte, seine ganze Familie sei tot«, begann sie gleichmütig. »Ein älterer kinderloser Kaufmann von Rouen habe ihn bei sich aufgenommen und großgezogen.«
»Hat er dir gesagt, wie seine Verwandten umkamen?«
»Nein, aber Catherine hat es letztes Jahr erzählt. Sie sagte, die Soldaten, die das Kreuz genommen hätten, um Jerusalem zu befreien, hätten sie umgebracht. Sie meinten, es sei töricht, die Ungläubigen im Heiligen Land zu töten und die Heiden in unserer Mitte zu dulden. Ich wußte nicht, daß so etwas in Rouen geschehen ist, nur daß es solche Vorfälle in deutschen Landen gab.«
Eliazar schloß die Augen, erinnerte sich von neuem an seine Verstörung, als der Bote die Nachricht nach Paris gebracht hatte. Seine Mutter und drei Schwestern – alle hingemetzelt. Erst Jahre später hatte er erfahren, daß der arme Hubert, damals ein Knabe von fünf Jahren, vom alten Milon an Kindes Statt angenommen und getauft worden war.
»Meine Schwester Jochabed war damals in deinem Alter«, sagte er leise. »Sie hatte sich gerade verlobt.«
»Ich will nichts von ihr hören«, sagte Agnes. »Sie war dumm. Sie hätte Taufe und Leben wählen können, sowohl hier als auch im Jenseits.«
Eliazar erhob sich. »Jochabed starb als Märtyrerin des Heiligen Namens. Sie ist eine der Gerechten. Hast du mich heraufgebeten, um ihr Opfer zu verlachen? Glaubst du etwa, nur Christen sind bereit, für ihren Glauben zu sterben?«
Agnes erhob sich ebenfalls. »Wir sterben für den Wahren Glauben«, sagte sie. »Ihr laßt Euch töten, weil ihr

zu stur seid zu erkennen, was uns anderen klar ist. Ihr sterbt blind in der Dunkelheit. Eure Schwester schmort in der Hölle.«

Eliazar trat auf sie zu, die Hand zum Schlag erhoben. Sie starrte ihn trotzig an. Sie wollte von ihm geschlagen werden, erkannte er, um zu beweisen, daß sie Jochabed in Tapferkeit nicht nachstand.

Vielleicht war sie tapfer. Eliazar ließ die Hand sinken. Schwer atmend, als ob es um sein Leben ginge, trat er zurück und nahm seine Handschuhe vom Haken über dem Feuer. Er sagte sich, daß es nicht ihre Schuld sei. So war sie erzogen worden. Das wahre Wunder war Catherine, die ihn dennoch liebte.

Eliazar bemühte sich, Agnes von ganzem Herzen zu bemitleiden, doch er spürte nur Abscheu. »Und jetzt willst du deinen Vater vernichten, indem du ihn beim Bischof Stephan denunzierst?« fragte er.

Agnes riß die Augen weit auf. »Das ist mir nicht in den Sinn gekommen«, sagte sie. »Das könnte ich nie. Die Schande wäre zu groß. Nein, meinen Vater könnte ich nicht verraten, obwohl er mich verraten hat. Nein. Nein, wahrlich nicht.«

Sie setzte sich wieder, plötzlich ein verlorenes, verängstigtes Kind. Eliazar fiel nichts ein, womit er sie trösten könnte. Er war sich auch nicht sicher, ob es sie nach Trost verlangte.

Er murmelte Dank für den Trank, den er nicht getrunken hatte, zog sich die Handschuhe an und ging hinaus. Der Mann, der zitternd in der Gasse gegenüber dem Haus stand, seufzte erleichtert auf. Er gab acht, nicht gesehen zu werden, aber es war auch nicht so wichtig. Eliazar war zu bestürzt, um ihn zu bemerken.

ELFTES KAPITEL

Schenke im Besitz der Mutter Lucias, Spätnachmittag, Montag, 10. März 1141 / 28. Adar 4901

Meum est propositum in taberna mori, Ut sint vina proxima morientis ori. Tunc catabunt laetis angelorum chori, »Sit deus propitius huïc potatori.«

Sterb' ich dereinst in weiter Fern',
Dann beim Wein in der Tavern'.
Jauchzen soll der Chor des Herrn:
Den Zecher hier, Gott, hab' ihn gern!
»Golias«
Carmina Burana

Solomon saß wieder mit Catherine in einer Ecke der Schenke. Sie vertrieb sich die Zeit damit, die Stippchen aus dem Bier zu fischen, während sie auf Edgar warteten.

»Warum filterst du sie nicht mit den Zähnen wie ich?« fragte Solomon.

»Ich weiß lieber, was in meinen Mund kommt, bevor es zu spät ist«, sagte Catherine. »Bietrix, hast du eine Ahnung, welche Kräuter dein Sohn in das Bier getan hat?«

Die Wirtin verließ ihren Platz am Faß und kam herüber, um an Catherines Becher zu schnuppern.

»Waldmeister, glaube ich«, sagte sie. »Samson gibt das auch ins Met. Vielleicht ist es aber auch Borretsch oder Gagel. Schwer zu sagen, wenn es erst einmal untergemischt ist. Warum? Schmeckt es dir nicht?«

»Doch«, log Catherine. »Nur ...«

Ein Kreischen aus dem Hinterzimmer unterbrach sie. Bietrix eilte hinaus, um zu sehen, was los war. Solomon rutschte unruhig hin und her.

»Dein Vater dürfte recht haben«, meinte er. »Das hier ist kein geeigneter Ort für dich.«

»Ich bin doch bei dir, oder? Niemand belästigt mich. Allein würde ich auch nicht herkommen. Soviel Verstand habe ich immerhin.«

Solomon wollte etwas darauf erwidern, doch befand, daß sie augenblicklich genug Sorgen hätte.

Die Fensterläden der Schenke waren einen Spalt weit geöffnet, um die frische Frühlingsluft hereinzulassen. Catherine stand auf und spähte hinaus, sah, wie das Sonnenlicht bereits aus der engen Gasse verschwunden war. Stumm kehrte sie auf ihren Platz zurück, doch an der Art, wie sie die Kräuterstippen am Becherrand anstarrte, zeigte sich ihre Erregung.

»Sorg dich nicht«, sagte Solomon. »Er kommt bald. Der Silberschmied hat ihn noch nie bis nach Sonnenuntergang arbeiten lassen.«
»Ich weiß«, sagte Catherine. Sie fischte weiter in ihrem Bier herum.
Doch auch Solomon war beunruhigt. »Ich wünschte, ich fände heraus, wo die Schmiede ist«, sagte er. »Ich suche sie jetzt fast zwei Wochen, und ich weiß bisher nur, wo sie nicht ist. Ich bin wohl ein dutzendmal um die Klostermauer herummarschiert und habe keine Spur von einem Brennofen gefunden. Ich wünschte, ich käme hinein.«
»Edgar will Maurice bitten, danach zu suchen«, sagte Catherine. »Aber wir sind nicht sicher, wie weit wir ihm vertrauen können. Er scheint ehrlich zu sein, aber er ist auch den Kanonikern für die Aufnahme dankbar.«
»Wozu sollte den Kanonikern von Notre-Dame denn eine heimliche Schmiede dienen?« fragte Solomon. »Sie können doch offen eine einrichten, um die Kirche zu beliefern.«
Catherine war drauf und dran, die Kräuter durch ihren Ärmel zu sieben. Den Geschmack des Biers würde das jedenfalls nicht verschlechtern. Es war keine von Samsons Glanzleistungen. Sie begnügte sich schließlich damit, das Gröbste mit dem Ärmelzipfel abzuschöpfen.
»Ich weiß nicht, was ich davon halten soll, Solomon. Ich glaube allmählich, daß wir nie dahinterkommen, was Gaudry anfertigt, oder ob er etwas mit den geraubten Reliquien aus Salisbury zu schaffen hat.«
Sie trank noch einen Schluck Bier. Es schmeckte schon etwas besser; die Idee mit dem Ärmel war gut.
»Wenigstens macht es Edgar Spaß«, sagte Solomon.
Trotz aller Sorge lächelte Catherine. »Er hat in jedes einzelne Kleidungsstück Löcher gebrannt. Die ganze Nacht

schmerzen ihm die Glieder. Seine Augen sind immer vom Rauch gerötet. Und die Arbeit fällt nie zur Zufriedenheit aus. Aber er ist glücklicher denn je zuvor.«
»Das ist widernatürlich.« Solomon schwenkte den Rest in seinem Becher und leerte ihn mitsamt den Stippchen. Er holte sich Nachschub.
Wo blieb Edgar nur so lange?

Etwa zur selben Zeit stand Eliazar innerhalb der Mauern seines Gartens hinter dem Haus, den Kopf zum Himmel erhoben. Er suchte den Mond, der den Beginn des Monats Nissan anzeigen würde. Er bemühte sich, seine Gedanken auf den Schöpfer des Mondes, des unveränderlichen und doch stets wandelbaren, zu richten. Wie bedauerte er, nicht über die Gabe zu verfügen, die tiefen, geheimnisvollen Bedeutungen zu verstehen, die hinter den Naturgesetzen lagen. Er hatte versucht, den Merkaba zu erforschen, die Vision von Hesekiel und die Bücher des Hechaloth, doch konnte er weder begreifen, wie etwas gleichzeitig groß und klein sein konnte, noch fand er den verborgenen Sinn in den Worten der Schöpfung. In seinem Studium der Thora sah er nur die *Parscha* selbst, die buchstäbliche Bedeutung der Worte. Ihm war es nicht gegeben, die verschlüsselten Botschaften zu verstehen. Wenn er Männer wie Bruder Andrew unterwies, war die *Parscha* das einzig sichere Gebiet, doch Eliazar wünschte, er hätte die Gabe, mehr von dem verborgenen, wahren Sinn zu vermitteln.
Er seufzte. Vielleicht doch nicht. Auch das war gefährlich, wie er zu seinem Kummer herausgefunden hatte.
Irgendwo klopfte jemand an eine Tür. Warum kam keine Antwort? Das Klopfen war beharrlich. Schließlich merkte Eliazar, daß niemand antwortete, weil es seine eigene

Tür war und niemand da war, der sie öffnen könnte. Lucia war heimgegangen, und Johannah war am Mikwa, um zu baden. Er eilte durch das Haus und riß die Tür weit auf, ohne zuerst durch den Schlitz zu sehen.
Eine Frau stand vor ihm, tief verschleiert, begleitet von einem etwa elfjährigen Knaben, den Eliazar auf Anhieb erkannte. Es war Ullo, Huberts Page und Botenjunge. Verwundert blickte er die Frau an. »Agnes?«
»Wollt Ihr mich noch tiefer demütigen«, fragte sie, »indem Ihr mich hier auf der Straße vor allen Nachbarn stehen laßt?«
Er trat beiseite, und Agnes kam herein, gefolgt von Ullo. Sie hob den Schleier und sprach, bevor er sich sammeln und ihr Speise anbieten oder ihr vorschlagen konnte, daß er Feuer machen könne.
»Eben kam ein Bote vom Kloster Argenteuil«, sagte sie. »Mein Vater wurde auf dem Weg überfallen, kurz nachdem er von dort aufgebrochen war.«
»Der Himmel beschütze uns!« rief Eliazar aus. »Ist er schlimm verwundet? Wo waren seine Wächter?«
»Er lebt«, sagte Agnes. »Wenigstens lebte er, als der Bote ihn verließ. Über die Wächter ist mir nichts bekannt. Der Bote sagte nur, daß Vater verletzt sei. Die Mönche benachrichtigten mich und meinen Bruder Guillaume und baten uns, sofort zu kommen.«
Ihre Stimme klang brüchig. Eliazar nahm dankbar zur Kenntnis, daß sie trotz ihrer Wut immer noch Gefühle für Hubert hegte.
»Gewiß«, sagte Eliazar sanft. »Und du mußt auch zu ihm. Aber es ist fast dunkel. Du kannst nicht heute abend aufbrechen. Ich suche jemanden, der dich beim ersten Tageslicht hinbringt. Nein, ich werde dich selbst begleiten.«

»Ich habe meine eigenen Vorkehrungen getroffen«, teilte Agnes ihm mit. »Darum bin ich nicht gekommen, sondern wegen Catherine.«
»Catherine?« fragte er. »Weiß sie es nicht?«
»Es gab keine Möglichkeit, sie zu verständigen. Ich habe keine Ahnung, wo sie zu finden ist. Ich weiß nicht einmal, wo sie jetzt wohnt.«
»Einerlei.« Eliazar griff nach seinem Umhang. »Um diese Tageszeit ist sie sicher bei Bietrix. Warte hier, dann hole ich sie.«
»Ich werde hier nicht warten. Sagt mir, wo sie ist. Ullo und ich werden sie finden.«
Eliazar kam in den Sinn, daß Agnes jung und verängstigt war. Er antwortete ihr freundlich.
»Es gibt eine Schenke nicht weit von hier, wo die Studenten verkehren«, erklärte er. »Hubert würde es nicht billigen, wenn ich dich dort nur in Begleitung eines Kindes hinschicken würde. Die Straßen sind bereits dunkel, die Läden geschlossen. Hier bist du sicher. Meine Frau wird bald zurück sein und sich um dich kümmern.«
»Ich wünsche nicht, mich unter Eurem Dach aufzuhalten«, sagte Agnes. »Auch will ich Eure Frau nicht um mich haben. Ihr habt nichts mit mir zu schaffen.« Ihre Stimme war am Rand der Hysterie.
Eliazar gab nach. »Dann wirst du meine Gesellschaft wenigstens eine Zeitlang ertragen müssen«, sagte er. »Denn allein kannst du nicht gehen. Catherine und Edgar können dich nach Hause begleiten.«

Es war schon lange dunkel, als Edgar endlich eintraf. Catherine und Solomon hatten schon mit einer Schüssel Suppe begonnen. Sie stippten Krusten hinein und lutschten daran, als er den Schankraum betrat.

Er ließ sich auf die Bank sinken und starrte auf das Essen, zu müde, um danach zu greifen. Catherine nahm einen Bröcklein aufgeweichtes Brot und hielt es ihm vor den Mund.
»*Leoffedest*«, flüsterte sie. »Was haben sie mit dir gemacht?«
Er nahm ihre Hand und biß ins Brot. Dann küßte er ihre Fettfinger.
»Mich den ganzen Tag Ton und Holzkohle schleppen lassen«, stöhnte er. »Ganz zu schweigen von den Eimern voller Pferdemist. Rauf und runter, hin und her, vom Fluß zur Schmiede, durch die verwünschten Tunnel. Gaudry baut einen neuen Ofen. Mich überrascht nur, daß du mich unter der dicken Schicht aus Staub und Ruß überhaupt erkannt hast.«
»Ich habe die *Braies* erkannt«, sagte Catherine und fuhr ihm durch das rußverschmierte Haar.
»Der Fluß ...« Solomon beugte sich über den Tisch und sprach leiser. »Weißt du, welchen Kai er benutzt und wo der Tunnel herauskommt?«
»Ja, auf der Nordseite, über der Mühle des Bischofs«, sagte Edgar. »Wir kamen außerhalb der Klostermauer heraus, aber es gab so viele Windungen drinnen, daß ich immer noch nicht weiß, wie weit wir von der Werkstatt entfernt sind. Beim Totenschiff des heiligen Winfried! Ich bin Handwerker und kein Packesel. Und die verfluchten Tunnel sind so niedrig. Ich habe mir den Kopf wohl dutzendmal an den Deckenbalken gestoßen. Kein Wunder, daß Odo immer so krumm geht.«
Er strich sich das Haar aus dem Gesicht, um die blauen Flecken auf seiner Stirn zu zeigen. Reumütig grinsend fuhr er fort: »Ich bin mir nicht sicher, ob ich wirklich Handwerker sein will«, sagte er. »Es sei denn, ich werde

mein eigener Meister. Ich glaube, ein Packesel hat ein leichteres Leben, als ich es heute hatte.«

»Du brauchst nicht damit weiterzumachen«, sagte Solomon. »Wir sind der Antwort nicht nähergekommen. Vielleicht hat Gaudry gar nichts mit den fehlenden Altargeräten und mit diesem angelsächsischen Heiligen zu schaffen.«

Edgar trank einen Schluck aus Catherines Becher. Dann machten sich die drei gemeinsam über die Suppenschüssel her.

»Das glaube ich doch«, beharrte Edgar. »Wir sollten einen Kelch anfertigen, etwa in der gleichen Größe wie der, den du gefunden hast, Solomon. Und Gaudry hat Aufträge für verschiedene andere Sachen, darunter auch etwas, wozu man Blattgold und schönes, fast klares Glas braucht. Catherine, dein Becher ist leer.«

Eingedenk seiner Müdigkeit holte sie mehr Bier und schenkte nach.

»Trink dieses Mal langsamer«, warnte sie ihn. »Es ist ein bitteres, aber überaus starkes Gebräu. Also, was ist geschehen?«

»Nichts«, sagte Edgar. »Wir hatten schon alles fertig, nach dem, was Odo sagte, der wenig sagt, und Gaudry, der meist Befehle brüllt – dann ging irgend etwas schief. Jemand ist plötzlich gestorben. Ohne ihn können sie nicht weiterarbeiten. Er hatte etwas, was sie benötigen, und jetzt ist es verloren. Daraus läßt sich wohl schwerlich etwas ableiten?«

»Glaubst du, bei dem Toten handelt es sich um Natan?« fragte Catherine.

Edgar zuckte mit den Achseln. »Sie haben keinen Namen erwähnt. Vielleicht nicht. Er war ja wohl kaum der einzige Mensch, der in jener Woche in Paris starb.«

»Aber wir wissen, daß er ein Päckchen hatte, das Onkel Eliazar für ihn aufbewahren sollte«, sagte Catherine. »Und wir vermuten, daß er es war, den Maurice in der Nähe des Klosters umgerempelt hat. Der Mann trug einen Sack, der klimperte. Wir wissen, daß Natan in jüngster Zeit mit Juwelen und Gold handelte und daß er sich davor als Hehler betätigte.«
»Diese Annahme liegt nahe, ist jedoch nicht zwingend«, sagte Edgar. »Ist noch Suppe da?«
Diesmal stand Solomon auf.
Catherine stippte wieder ihren Ärmelzipfel in den Becher. Edgar zog ihn mit kaum verhohlenem Ärger heraus.
»Es schmeckt mir nicht«, erklärte sie. »Woran habe ich eben gedacht? Du hast mich abgelenkt.«
»Bedaure«, sagte er. »Spiel du nur mit deinem Bier, ich hole mir selbst einen Bechervoll.«
Gerade saß er wieder am Tisch, da ging die Tür auf. Keiner von ihnen sah hin. Die meisten Gäste gingen um diese Zeit geradewegs ins Bordell.
Catherine erkannte das Parfüm zuerst. Eine Sekunde lang dachte sie, ihre Mutter stünde neben ihr. Es war der gleiche Duft. Sie sah auf.
»Du bist widerlich, Catherine!« war Agnes' Gruß. »Unser Vater liegt vielleicht im Sterben, und du verkehrst in einer Schenke. Arbeitest du hier etwa auch?«
»Agnes!« Catherine stand auf und streckte die Arme nach ihr aus, doch ihre Schwester stieß sie weg. »Was ist denn mit Vater?« fragte Catherine.
»Er wurde bei einem Überfall verwundet. Wir müssen sofort zu ihm«, sagte Agnes. »Trotz allem ist er immer noch mein Vater, und ich kenne meine Pflicht. Kennst du sie auch?«
Solomon und Edgar erhoben sich, bereit, sofort aufzu-

brechen. Voller Abscheu betrachtete Agnes Edgars Schichten von Dreck. Dann sah sie Solomon. Sie blinzelte. Er schenkte ihr ein freundliches Lächeln, doch sie erwiderte es nicht. Sie sah zwischen ihm und Catherine hin und her und bemerkte die Ähnlichkeit.
Schließlich stieß sie hervor: »Wenn du mir jetzt sagst, daß dieser Mensch mein Bruder ist, schreie ich laut und höre nicht wieder auf!«

Hubert wachte in einem Bett im Gästehaus von Argenteuil auf. Verdutzt sah er sich um. War er nicht gestern morgen hier gewesen? Ein paar Sekunden lang fragte er sich, ob er nicht alles geträumt hätte. Dann erinnerte er sich bruckstückhaft.
Er versuchte, den Kopf zu heben, ließ es aber dann bleiben. Schmerzende Pfeile jagten durch Hals und Kiefer. Eine Hand legte sich auf seine Stirn.
»Beweg dich nicht, Vater«, sagte Guillaume. »Sonst reißen die Verbände.«
»Guillaume, warum bist du hier? Was ist geschehen?« fragte Hubert. »Und wo ist Jehan?«
»Einige hungernde Wegelagerer haben euch überfallen«, sagte Guillaume. »Die Dummköpfe hatten nur kurze Messer. Offenbar wollten sie gleichzeitig auf euch beide von den Bäumen herabfallen, aber nur einer hat sein Ziel erreicht. Der andere verfehlte dich, landete auf dem Weg und brach sich das Rückgrat.«
»Und der andere?« fragte Hubert.
»Erinnerst du dich nicht?« fragte Guillaume. »Er landete auf Jehan und wollte ihm die Kehle aufschlitzen. Du hast ihn mit deinem Fleischmesser in die Seite gestochen.«
»Ja?« meinte Hubert. Das sah ihm gar nicht ähnlich.
»Du hast Jehan das Leben gerettet.« Guillaume lachte

trocken. »Natürlich kann er noch aus lauter Verlegenheit sterben. Wenn seine Freunde erfahren, daß der Mann, den er beschützen sollte, ihn verteidigte, kann er sich monatelang, vielleicht auch nie mehr bei einem Turnier blicken lassen. Die Wachen, die ich schickte, werden einige Zeit Gräben ausheben und Feuerholz sammeln müssen. Sie hätten euch nie so weit vorausreiten lassen dürfen. Wenn diese Schurken klüger und nicht so hungrig gewesen wären, hätten sie euch beiden die Kehle durchgeschnitten, bevor Hilfe gekommen wäre.«

»Es wäre sinnlos gewesen«, sagte Hubert. »Ich hatte nichts Wertvolles dabei.«

»Vater«, seufzte Guillaume. »Du trugst eine goldnene Kette, die dich als zu den Marchands de l'eau gehörend ausweist, und zwei Ringe, einen mit einem ziemlich wertvollen Rubin, und einen pelzgefütterten Umhang und Stiefel. Allein dafür hätten sie dich getötet.«

»Dann bin ich froh, daß es ihnen nicht geglückt ist. Warum habe ich denn solche Schmerzen?«

»Dein Pferd scheute wohl bei all dem Lärm, wie ich von Jehan gehört habe«, antwortete Guillaume. »Du hast Jehans Angreifer geschlagen, der Mann versuchte zurückzuschlagen, und ihr habt beide das Gleichgewicht verloren. Zur selben Zeit befand dein Pferd, es sei an der Zeit, zu fliehen. Es warf dich ab, und du bist auf dem Dieb gelandet. Die Mönche dachten zuerst, dein Arm sei gebrochen, aber offenbar ist er nur gequetscht und geschwollen.«

»Was ist aus den linkischen Dieben geworden?« erkundigte sich Hubert.

Guillaume schnaubte. »Obwohl sie beide unbewaffnet und verletzt am Boden lagen, haben meine ›tapferen‹ Ritter ihnen den Garaus gemacht, fürwahr keine Ruhmestat. Vater Anselm bat mich, mit dem Prior zu reden, damit sie angemessene Bußen auferlegt bekommen.«

»Die Diebe waren dem Verhungern nahe?« fragte Hubert.

»Es war ein strenger Winter, Vater. Aber sie waren schon Geächtete, sonst wären sie zur Abtei gekommen oder zu einem der Burgvögte und hätten um Almosen gebeten. Sorg dich nicht weiter um sie. Meine Mannen sollten büßen, weil sie sie ohne Beichte sterben ließen, aber sie wären ohnehin am Galgen geendet.«

Hubert seufzte. Die Hälfte seiner Spesen ging dafür drauf, seine Waren vor Wegelagerern zu beschützen. Doch er wäre sich heldenhafter vorgekommen, wenn die Schurken böser und weniger verzweifelt gewesen wären. Der Krankenbruder der Priorei kam herein, um sich nach Huberts Befinden zu erkundigen. Guillaume wandte sich zum Gehen, drehte sich aber noch einmal um. »Ich muß dir noch etwas sagen, Vater«, sagte er, »der Prior hat Kunde von diesem Vorfall sowohl nach Paris als nach Vielleteneuse geschickt.«

Hubert stöhnte. »Dann weiß Catherine davon? Sie wird sich ängstigen. Hast du jemanden geschickt, um ihr mitzuteilen, daß ich wohlauf bin?«

»Sie sind nicht zu Catherine, sondern zum Haus an der Grève geritten«, erklärte Guillaume. »Der Prior wußte nicht, daß Mutter nicht mehr dort wohnt. Agnes ließ antworten, daß sie sofort hierher käme. Aber ich bezweifele, daß sie vor morgen hier eintrifft.«

»Agnes kommt? Glaubst du, sie hat mir vergeben?«

»Da ich nicht weiß, was du getan hast, kann ich das nicht sagen«, versetzte Guillaume. »Ihr wollt euch ja beide nicht darüber auslassen. Ich frage mich, warum ich aus einem Familienzwist ausgeschlossen werde.«

»Agnes meint, ich hätte eure Mutter nicht gut behandelt.« »Unsinn«, sagte Guillaume. »Ich glaube, Agnes ist verärgert, weil du sie nicht an einen Grafen oder Herzog verheiratet hast. Beschaff dem Mädchen einen Ehemann, Vater. Ihr fehlt nichts, was eine feste Hand nicht kurieren könnte. Ich helfe dir bei der Suche.«
Dann ergriff der Krankenbruder Guillaumes Arm und führte ihn aus der Stube. Er überließ Hubert den Grübeleien über seine Verletzungen und was er wohl getan haben könnte, um so unterschiedliche Kinder verdient zu haben.

Es dauerte einige Minuten, bis Agnes sich beruhigte und alle die Schenke verlassen hatten. Auf Catherines inständige Bitte brachte Bietrix Wein, den sie für einen gelegentlich vorbeikommenden wohlhabenden Gast aufbewahrte, und flößte ihn ihr ein. Während Agnes trank, erklärte Eliazar, was er über Huberts Mißgeschick wußte.
»Er stirbt vielleicht, der arme Hubert!« Eliazar rang die Hände. Plötzlich fragte er sich, ob Menahem es irgendwie geschafft hatte, sich zu rächen. Doch wie? Er war ein einfacher Tuchhändler mit wenig Kontakten außerhalb von Paris.
»Falls Agnes es erlaubt, übernachten wir bei ihr, damit wir am Morgen keine Zeit verlieren«, sagte Catherine zu ihrer Schwester gewandt, bei der der unverdünnte Wein offensichtlich seine beruhigende Wirkung nicht verfehlte. »Kannst du uns nach Hause bringen, wenn sie soweit ist?«
»Ich kann Euch begleiten!«
Catherine sah um Eliazar herum, dann nach unten, wo der Page auf dem Lehmboden saß. »Ullo! Bedaure, ich habe dich nicht gesehen. Gewiß kannst du uns beschüt-

zen, aber heute nacht ist es dunkel. Hast du deine Armbrust oder dein Schwert dabei, falls man uns in einer Gasse überfällt?«

Ullo verneinte mit düsterer Miene. Edgar hatte Mitleid mit ihm und lächelte ihm zu.

»Meine Frau und Frau Agnes brauchen viel Schutz«, erklärte er. »Ich hätte gern die größtmögliche Mannschaft, um den Fluß zu überqueren. Natürlich kannst du sie anführen.«

Ullo wußte das zu würdigen. Meistens beachtete man ihn gar nicht. Obwohl Edgar im Augenblick so schmutzig wie der Schweinehirt seines Vaters war, erinnerte sich Ullo, daß er ein englischer Herr war, und respektierte ihn als solchen. Viele Geschichten, die er im Saal und auf den Jahrmärkten hörte, drehten sich um Ritter, die wie Leibeigene gekleidet waren. Am Ende triumphierten sie stets und belohnten diejenigen, die sie freundlich behandelt hatten.

»Habt Ihr schon das magische Schwert und das Zauberhorn gefunden?« fragte er.

Edgar schien erschrocken, dann sah er auf seine zerrissene Kleidung und lachte. »Noch nicht«, sagte er. »Doch hoffentlich bald, bevor ich nichts mehr zum Anziehen habe.«

Eliazar hatte eine Laterne gebracht, damit sie durch die engen Gassen leichter heimfänden. Er wollte Agnes überreden, zuerst zu ihm nach Hause zu gehen, doch sie war so strikt dagegen, daß er, Edgar und Solomon sie zu Huberts Haus am rechten Ufer begleiteten.

»Erlaubst du mir, heute hier zu bleiben und morgen mit dir zu kommen?« fragte Catherine Agnes, als sie ankamen.

»Ich hoffte, daß du kommen würdest«, sagte Agnes steif. »Du bist die älteste Tochter und trägst die Verantwortung. Bleibt dein Mann auch hier?«

»Gewiß«, sagte Catherine.

Edgar ergriff ihren Arm. »Ich kann nicht mit dir gehen«, flüsterte er.

Bevor Catherine antworten konnte, befand Agnes, ihre Pflicht als Gastgeberin verlange von ihr, alle zum Verweilen aufzufordern und ihnen einen heißen Trunk anzubieten.

»Ich kann nicht glauben, daß du nie hier warst, wenn ich zu Besuch kam«, sagte Solomon, als er ihr die Treppe hinauf in den Saal folgte. »Erinnerst du dich bestimmt nicht an mich?«

Catherine und Edgar blieben im Eingang stehen.

»Ich muß morgen in die Schmiede gehen«, sagte Edgar. »Gaudry wird wütend, wenn ich nicht komme, und ich kann ihn nicht benachrichtigen. Ich sollte heute zurück in unsere Kammer gehen. Unsere Geschichte platzt, wenn jemand mich von hier am Morgen aufbrechen sieht. Man soll doch denken, daß dein Vater dich enterbt hat.«

»Aber du bist damit einverstanden, daß ich zu meinem Vater gehe?«

»Gewiß.«

»Ich mag nicht von dir getrennt sein.« Das hatte sie nicht sagen wollen. Er wußte es ja nur zu gut.

Edgar faßte sie bei den Händen. »Das Bett wird ohne dich sehr kalt sein. Wenn du bis Sonntag nicht zurück bist, komme ich nach Argenteuil. Solomon kann morgen mit euch gehen, und du kannst durch ihn eine Nachricht zurückschicken.«

»Ja, das wäre wohl das beste.« Catherine seufzte und ließ Edgars Hände los. Sie rieb ihre Hände an den Röcken.

»Mein Liebster, wenn du nicht hier übernachten willst, sollten wir wohl Agnes um etwas Seife und Wasser bitten, bevor du hier irgend etwas berührst.«

Agnes bot Catherine nicht an, das Bett mit ihr zu teilen, wie sie es in Kinderzeiten gehalten hatten. Statt dessen bereitete sie ihr ein Lager im kleinen Kontor, wo ihr Vater seine Papiere und Unterlagen für Geschäftsabschlüsse aufbewahrte.
»Hier hast du dich doch immer am wohlsten gefühlt«, sagte sie.
»Agnes«, versuchte es Catherine wieder, »was bist du für eine Christin, daß du mir nicht verzeihen kannst?«
»Hast du bereut?« fragte Agnes.
»Was denn?« wollte Catherine wissen. »Daß ich das Kloster verlassen habe? Es wäre eine Sünde gewesen, dort zu bleiben, wo mein Herz hier draußen bei Edgar war. Daß ich Mutter getäuscht habe? Das reut mich jeden Tag aufs neue. Mein Wunsch, sie zu sehen, schmerzt fast, aber alle sagen mir, es würde ihren Zustand nur verschlimmern. Findest du nicht, das ist der Buße genug?«
»Es ist ein Anfang«, sagte Agnes. »Aber nicht genug. Was ist denn mit dem, was du mir angetan hast? Wie du mich verlassen hast, um mit deinem seltsamen Geliebten durchzubrennen. Wie ich betrogen wurde. Du wußtest um Vaters Religion und bist mit diesen Menschen befreundet. Mir hast du nie etwas davon gesagt. Statt dessen gingst du zu ihnen. Du hast Mutter und mich im Stich gelassen, das war schlimm genug. Ach, Catherine, hast du auch Unseren Herrn verlassen?«
»Nie!« rief Catherine. »Ich bin Christin bis auf den tiefsten Grund meiner Seele! Aber Agnes, ›diese Menschen‹ sind unsere Blutsverwandten. Ich habe sie liebgewonnen.

Warum sollte ich sie in ihrer Finsternis allein lassen? Hast du je bedacht, daß ich sie durch mein Beispiel zum rechten Glauben führen könnte?«
Zum ersten Mal geriet Agnes ins Wanken.
»Nein, daran habe ich nicht gedacht«, räumte sie ein. »Die Priester lehren uns ja, daß dies der beste Weg ist, besonders für Frauen. Doch kann ich mir nicht vorstellen, wie du diesem Solomon etwas predigst und er dir zuhört.«
Sie rieb sich die Finger an der Schreibtischkante und suchte nach Staub.
»Können wir uns nicht wieder gut sein?« bat Catherine. »Du bist meine einzige Schwester. Du fehlst mir.«
Agnes' Unterlippe zitterte ein wenig, ihre Wimpern zuckten.
»Noch nicht.« Sie unterdrückte die Tränen. »Ich nehme die Lampe mit. Hier gibt es zuviel, was Feuer fangen könnte.«
Sie ließ Catherine im Dunkeln zurück.
Was hast du denn erwartet?
Catherine stöhnte auf. Sie wollte nicht wieder Selbstgespräche führen, nach allem, was sie heute erduldet hatte. Doch die Stimmen blieben beharrlich.
»Ich habe erwartet, daß sie mich unter Tränen bittet, sie zu Vater zu begleiten, als Schwester und Freundin«, gestand sie sich ein. »Ob er wohl schwer verletzt ist?«
Deine Argumentation hat nachgelassen, seit du nicht mehr im Paraklet bist, schnieften die Stimmen. *Du vergißt anscheinend, daß deine Schwester genauso stolz ist wie du. Dein Vater ist in Gottes Hand, den du offenbar trotz deines Gelübdes vergessen hast.*
Catherine steckte den Tadel ein, und um die Stimmen aus ihrem Kopf zu vertreiben, kniete sie am Bett nieder,

bekreuzigte sich und begann, Verse aus dem Buch der Klagelieder aufzusagen. »*Plorans ploravit in nocte, et lacrymas eius in maxillis eius; non est qui consolatur eam, ex omnibus charis eius.*«
Seltsam, es beruhigte sie, an jemanden zu denken, der allein in der Nacht weinte, ohne jeden Trost. Dann dachte sie wieder an ihren Vater, und ihre Gebete kamen mehr von Herzen. Mitten im Psalm Conserva me, Domine, »Schütze mich, Herr, denn du bist meine Zuflucht«, schlief sie ein.

ZWÖLFTES KAPITEL

In Gaudrys Silberschmiede, Dienstag, 11. März 1141/erster Tag von Rosch Chodesch, 1. Nissan 4901

Incipium autem disciplinae humilitas est …

Am Anfang der Disziplin steht Demut …
HUGO VON ST. VICTOR
Diascalion, Buch 3, Kapitel 13

Edgar trat zurück und besah sich voller Stolz den Brennofen, den er gebaut hatte. Den ganzen Vormittag hatten die Kohlen gebrannt; das Innere glühte weiß vor Hitze, doch es zeigten sich keine Sprünge. Er spürte, wie er selbst ebenfalls innerlich glühte. Zum ersten Mal seit seiner Heirat war er überzeugt, daß er und Catherine nie hungern müßten. Er verstand sich auf etwas, was er gegen Essen eintauschen konnte. Es war schade, daß er nie Meister mit eigener Werkstatt sein konnte, da sein Vater Burgherr war. Wäre er doch in einen Stand hineingeboren, der seine Begabung zu schätzen wüßte!

»Ich bezahle dich fürs Arbeiten, nicht fürs Beten«, erklang Gaudrys Stimme unmittelbar hinter ihm, und Edgar fuhr hoch.

Der Schmied besah sich den Ofen genauer. Er hockte sich vor die Kohlen und nickte kurz. »Nicht übel.« Er sagte es widerstrebend, doch nicht ohne Anerkennung. »Er ist brauchbar.«

Edgar unterdrückte den Wunsch, laut zu jauchzen. Statt dessen versuchte er, genauso sachlich zu klingen wie der Meister. »Und was raffinieren wir jetzt damit?«

»Gold«, sagte Gaudry. »Gutes, rotes Gold. Aber zuerst brauch' ich einen aus Holz geschnitzten Kasten. Du sagtest doch, daß darin deine eigentlich Begabung liegt?«

»Ja, ich kann besser mit Holz als mit Metall umgehen. Schon seit meiner Kindheit schnitze ich. Wie soll der Kasten denn aussehen?«

Gaudry zögerte. Er schien zu überlegen, wie er etwas erklären sollte, worüber er eigentlich nicht reden wollte. »Es ist so«, begann er, »ich habe den Auftrag von einem wichtigen Kirchenmann. Er braucht eine gute Kopie eines Reliquienschreins.«

Edgars erster Gedanke war: wozu? Man fertigte doch nur einen neuen Schrein an, wenn der alte für zu bescheiden erachtet wurde, um den Heiligen zu ehren. Abt Suger schmückte die Behältnisse für die Knochen oder irdische Habe der Heiligen von St.Denis ständig weiter aus. Es war doch sinnlos, dasselbe Muster zu verwenden; es mußte besser sein.
Doch Gaudry hatte offenbar keine Zeit für Einwände.
»Eine Kopie?« fragte er also. »Wie genau soll sie denn sein? Soll ich nach dem Original oder nach einer Skizze arbeiten?«
»Weder noch«, sagte Gaudry. »Das Original ist ... nicht verfügbar. Ich gebe dir die Maße für das Stück, und danach mußt du arbeiten.«
»Welcher Heilige soll denn mit diesem Schrein geehrt werden?« fragte Edgar. »Ich muß wissen, wer es ist, damit ich geeignete Szenen darauf schnitzen kann.«
»Mußt du gar nicht«, versetzte Gaudry schroff. »Du machst den verdammten Kasten nach meinen Anweisungen. Dann verziere ich ihn mit Blattgold. Verstanden?«
Edgar nickte. »Aber jeder Tischler kann Euch so einen Kasten anfertigen, Herr.«
Gaudry zeigte wieder die übliche saure Miene. »Soll ich etwa einen Tischler beschäftigen? Wozu brauche ich dich dann noch?«
»Gewiß, Herr, ich mache Euch den Kasten, ich bin nur ein wenig verwirrt.«
»Weil du immer denken willst«, schnaubte Gaudry. »Dein Kopf ist immer noch mit diesem nutzlosen Zeug vollgestopft, das die Magister von sich geben. Ich habe sie den lateinischen Unsinn schreien hören, als ich die Brücke überquerte. In dieser Welt, mein Junge, gibt es für die meisten von uns keine Pfründe oder Benefizien. Und

wenn man die nicht hat, tut man, was der Meister sagt und stellt keine Fragen. Zum allerletzten Mal – ist das jetzt klar?«

»Ja, Meister Gaudry«, sagte Edgar. Er blickte zu Boden, damit der Meister die Wut in seinen Augen nicht sehen konnte. Vielleicht war es doch besser, nicht als Sohn eines Handwerkers geboren zu sein.

»Nun«, fuhr Gaudry fort. »Ich will, daß du ein Stück Holz wählst, das du aushöhlen und mit einem Scharnier versehen kannst. Es muß die Form eines Arms haben, des linken mit den Fingern, bis hinauf zum Ellbogen. Ist das zu schwierig für dich?«

»Nein, Herr«, sagte Edgar. Aldhelm! Das mußte er sein. Es war Aldhelms linker Arm, den Abt Warin von Malmesbury dem heiligen Osmund für die Kathedrale von Salisbury geschenkt hatte. Edgar wußte nicht, wie der Originalschrein aussah, doch er erinnerte sich, wie John erwähnt hatte, daß Philippe den Arm in einen mit Blattgold verzierten Kasten gelegt hatte. Etwa einen Kasten in Form eines Arms? Es war eine seltsame Art, eine Reliquie zu schmuggeln, in einem Behälter, den man für sonst nichts mehr verwenden konnte.

Aber auch wenn die Räuber ein Lösegeld für den heiligen Aldhelm erwarteten, warum brauchten sie dann einen neuen Schrein? Wenn der Arm in einem neuen Behälter zurückgegeben würde, erhöbe sich die Frage nach der Echtheit. Wunder über Wunder müßte die Reliquie dann bewirken, um die Menschen davon zu überzeugen.

Doch was, wenn der Originalschrein zurückgegeben würde? So mußte es sein. Jemand wollte Philippe oder Salisbury oder beide hereinlegen, den alten Schrein mit einer falschen Reliquie übergeben und die echte behalten. Edgar ballte die Hände zu Fäusten. Diese *Eolderdeofolcynn*! Glaubten die denn, der heilige Bischof würde für jene Wunder wirken, die ihn gestohlen hatten? Edgar war entschlossen, nichts mit solch einem Sakrileg zu tun zu haben. Sankt Aldhelm war Engländer und gehörte nach England.

Doch was konnte er tun, damit dieser Heilige in seine Heimat zurückgelangte? Edgar hatte wenig Hoffnung, jemals selbst in England leben zu können. Seine Familie hatte sich entschlossen, nach der Niederlage der Angelsachsen in der Schlacht von Hastings nach Norden zu ziehen, und jetzt war Schottland ihre neue Heimat. Selbst angesichts der Bürgerkriege hatte Edgar keine Hoffnung, daß die Normannen jemals wieder verschwinden würden. Doch er wußte, daß er alles tun mußte, um Aldhelm an den Ort zurückkehren zu lassen, an dem er einst das Bischofsamt bekleidet hatte, selbst wenn das bedeutete, daß er den Normannen vertrauen mußte, die jetzt Salisbury beherrschten.

»*Halig Aldhelm*«, betete er. »Ich werde tun, was ich kann, um deinen Wunsch zu erfüllen, und hoffe, daß du nach Salisbury zurückwillst. Doch wenn ich dir helfen soll, wäre ich dankbar für deine Führung. Und wenn du ein Wunder vollbringen willst, wäre das noch besser.«

Catherine hielt sich an Solomons Hüfte fest und überlegte, wieviel unbequemer das Reiten war seit den Tagen, als sie kreuz und quer durch Franzien geritten war und hinter ihrem Vater auf dem Pferd gesessen hatte. Sie lehnte sich an den Rücken ihres Vetters, dankbar, daß er darauf bestanden hatte, sie zu begleiten, so daß sie nicht so kurz nach dem Kindbett im Herrensitz reiten mußte.

Allerdings hatte das auch die Möglichkeit einer Aussöhnung mit Agnes verschoben. Catherines Schwester ritt voraus, die gelben Beinlinge leuchteten über ihren Stiefeln, einerlei, wie oft sie den Saum ihres *Bliaut* darüberzog. Solomon beobachtete sie anerkennend. Zum Glück drehte sie sich nicht um und bemerkte es nicht.
Sie erreichten Argenteuil um die Mittagszeit. Die Glocken hatten noch nicht zur Terz gerufen. Guillaume erwartete sie vor dem Gästehaus der Priorei. Er umarmte Agnes und Catherine und versicherte ihnen, daß ihr Vater sich rasch erholen würde. Solomon wurde mit einem eisigen Blick begrüßt.
»Ich kümmere mich um die Pferde, während du deinen Vater besuchst«, sagte Solomon zu Catherine. »Du weißt ja, was ich von Klöstern halte. Finde heraus, wann er wieder reisen kann. Wenn es nur ein, zwei Tage dauert und er nicht lieber nach Vielleteneuse will, kann ich im Dorf bleiben und ihn nach Paris zurückbegleiten.«
»Weißt du, wo du bleiben kannst?« fragte sie ihn. »Ich kenne keine jüdischen Familien in Argenteuil.«
»Es gibt hier einen alten Mann, einen Händler«, sagte Solomon. »Früher hat er den Nonnen Wein verkauft. Der neue Prior will ihm keinen abkaufen, aber er findet noch Arbeit in der Stadt. Ich weiß, daß er den Bauern Fisch verkauft. Ich glaube, Onkel Hubert erteilt ihm hin und wieder einen Auftrag. Der hat bestimmt ein Bett für mich.«
Catherine sah ihn aufmerksam an. »Du hast wohl nicht daran gedacht, daß er vielleicht auch einen Auftrag von Natan hatte?«
Solomon rieb sich die Nase und grinste. »Fantin bekommt nicht viel Besuch«, sagte er. »Ich bin sicher, er wird mir mit Freuden den ganzen Klatsch erzählen, besonders, wie

schwierig es ist, sich ehrlich den Lebensunterhalt zu verdienen, wenn man von Mönchen und anderen Edomitern umzingelt ist.«

»Vergiß nur nicht, mir alles haarklein zu erzählen«, sagte Catherine.

Solomon wurde ernst. »Aber gewiß doch. Und du mußt alles über den Überfall auf deinen Vater herausfinden. Als Natan starb, sah ich nur mit großem Bedauern, daß dir dabei so übel mitgespielt wurde. Aber jetzt sagen die Leute in der Gemeinde, er sei gar nicht zufällig in Onkel Eliazars Keller gegangen.«

»Sie glauben doch nicht etwa, unser Onkel hätte etwas mit Natans Tod zu schaffen?« Catherine war bestürzt.

»Gerüchte folgen nicht den Regeln der Logik«, erwiderte Solomon. »Und Onkels Weigerung, die Art seiner Geschäfte mit Natan offenzulegen, hilft auch nicht weiter. Ja, in der Tat, ich fürchte, es gibt einige, die glauben, daß Natan sterben mußte, damit er Eliazars Geheimnis nicht preisgeben konnte.«

Von der Tür her rief Guillaume nach Catherine.

»Ich komme!« rief sie zurück. »Solomon, du hättest mir das eher sagen sollen. Ich tue, was ich kann, und treffe dich hier heute nachmittag, vor der Vesper.«

Er nickte. »Geh jetzt. Dein Bruder sieht aus, als wolle er mich bei lebendigem Leib häuten, nur weil ich mit dir spreche.«

»Guillaume ist schrecklich selbstherrlich, seit er Burgvogt ist«, seufzte Catherine. Dann rief sie: »Ja, ich habe doch gesagt, daß ich komme!«

»Beim heiligen Jakob, dem zerstückelten!« begrüßte sie Guillaume und hielt ihr die Tür zur Herberge auf. »Dein Vater liegt drinnen auf einem Schmerzenslager, und du stehst da auf der Straße und plauderst vor aller Augen

mit diesem Juden. Einerlei, ob du ihn dein Leben lang kennst; es ist eine Schande!«
Schweigend ging Catherine an ihm vorbei durch die Tür. Schade, daß Guillaume in der Familie seiner Mutter in Blois aufgewachsen war und als Ritter ausgebildet wurde, statt mit dem Vater die Jahrmärkte zu bereisen. Vermutlich schämte er sich, mit Hubert und ihr verwandt zu sein. Weiß der Himmel, was er täte, wenn er erführe, daß auch Solomon ein Verwandter war. Sie argwöhnte, daß Agnes' Reaktion darauf noch milde ausgefallen war.
Dann sah sie ihren Vater.
Er lag still auf dem schmalen Bett, Kopf und Schulter verbunden. Einer der Mönche hatte ihn am Morgen rasiert. Ohne seinen üblichen dunklen Stoppelbart wirkte Hubert sehr blaß. Catherine eilte zu ihm und kniete am Bett nieder, ergriff seine Hand.
»Sorg dich nicht, *ma Chère*«, sagte er. »Mir geht es gut. Ich bin nur vom Pferd gestürzt, sonst nichts. Sie hätten nicht nach dir schicken sollen.«
»Doch. Es ist nicht recht, dich der Pflege von Fremden zu überlassen. Brauchst du irgend etwas? Was haben sie dir zu essen gegeben? Kannst du sitzen?«
Hubert drückte ihre Hand. Er sah Agnes an, die steif auf einem Schemel auf der anderen Seite des Betts saß. Sie hatte ihn nicht berührt. Sie heftete ihren Blick auf das Kruzifix über der Tür zum Kloster.
»Man hat mich gut versorgt«, antwortete er. »Ich kann sitzen, aber mein Kopf dreht sich bei dem Versuch, darum soll ich noch ein, zwei Tage liegen. Mir fehlt nur die Liebe meiner Kinder.«
Agnes vermied es, ihn anzusehen. Hubert streckte die Hand nach ihr aus. Sie nahm sie nicht, fuhr aber auch

nicht zurück. Guillaume beobachtete sie mit unverhohlener Neugier.
»Agnes«, sagte er, »was auch immer es sein mag, es kann doch nicht rechtfertigen, daß du Vater die Ehre und Zuneigung, die du ihm schuldest, verweigerst?«
Offensichtlich erwartete er eine Antwort. Catherine hielt den Atem an. Hubert ließ die Hand sinken. Er schloß die Augen.
Agnes saß so unbeweglich da wie die Statuen von St.Denis. Endlich holte sie tief Luft und sah zu Guillaume auf.
»Ich kenne meine Pflicht«, sagte sie. »Aber nirgendwo habe ich gehört, daß auch Zuneigung dazu gehört. Mich lehrte niemand Dialektik oder den ritterlichen Ehrenkodex, nur die Dinge, die einer Frau meines Standes ziemen. Du und Catherine mögt wohl vom Standpunkt eurer höheren Bildung zu mir reden, doch ich werde das befolgen, was unsere Mutter mich gelehrt hat.«
Endlich nahm sie Huberts Hand. Erwartungsvoll riß er die Augen auf, doch er fand nichts in ihrer Miene.
»Ich wünsche nicht, dir Schande zu machen«, sagte sie. »Noch unserer Familie. Ich will dem Gebot gehorchen. Bist du's zufrieden?«
Er war es nicht, doch er bewegte langsam den Kopf, zuckte dann aber vor Schmerz zusammen.
Agnes ließ seine Hand los und erhob sich. »Guillaume, wo sollen wir hingehen?« fragte sie. »Ich hatte keine Zeit, ein Bett auseinanderzubauen und mitzubringen.«
»Es gibt eine Frauenabteilung in der Herberge«, antwortete Guillaume. »Ich zeige euch den Weg. Catherine?«
Catherine rührte sich nicht. »Ich bleibe bei Vater, bis du zurückkommst«, sagte sie. »Ich weiß, daß ich nicht sehr pflichtbewußt bin, aber dies kann ich aus Liebe tun.«

Der Blick, den Agnes ihr zuwarf, war schlimmer als ein Schlag, aber Catherine scherte sich nicht mehr darum. Agnes' fromme Empörung ärgerte sie über die Maßen. Als die Stube leer war, beugte sie sich über Hubert und küßte ihn auf die Wange.

»Onkel Eliazar und Tante Johannah senden dir liebe Grüße«, flüsterte sie. »Solomon hat uns hergebracht und will gern Besorgungen für dich ausführen. Geht es dir wirklich gut?«

Hubert lächelte. »Du siehst deiner Großmutter so ähnlich«, sagte er. »Es bricht mir schier das Herz, daß du sie nie kennengelernt hast. Nein, keine Sorge. Ich bin wohlauf. Ich hatte Glück, daß die Diebe sehr ungeschickt waren.«

»Vater, bist du sicher, daß es Diebe waren? Dieser Überfall hatte doch nicht etwa irgend etwas mit den Vorfällen in Paris zu tun?«

»Das anzunehmen wäre töricht«, sagte Hubert nach einiger Überlegung. »Es stört mich, daß die Männer, die Guillaume zu meinem Schutz abstellte, unachtsam waren, doch normalerweise ist die Straße sicher genug. Es gab keinen Grund, einen Überfall am hellichten Tag zu erwarten.«

»Dennoch waren sie wohl nachlässig.«

Hubert lächelte. »Besonders Jehan«, sagte er. »Ich glaube, er wird nicht länger in unserem Haus auf Brautschau gehen.«

»Jehan! Er war auch dabei? Das hat uns niemand gesagt.«

»Das ist noch nicht alles.« Hubert erzählte die Geschichte seiner eigenen fragwürdigen Heldentat mit einigem Vergnügen. Catherine bemühte sich, nicht zu lachen.

»Ja, das sollte seine Anziehungskraft auf Agnes wohl

zunichte gemacht haben«, sagte sie. »Sie hat mir einmal gesagt, daß sie nur einen Mann wollte, der seine Habe schützen könnte. Ein Mann aber, der sich von ihrem Vater retten läßt ... er tut mir beinahe leid.«
»Er würde dich dauern, wenn du ihn sehen könntest«, sagte Hubert. »Er kam gestern abend hierher, um mich um Verzeihung zu bitten. Er wirkte wie ein Mann, der die Art seiner Höllenqual erfahren will. Ich versprach ihm, mich seiner Schande nicht zu rühmen. Das darfst du auch nicht tun.«
»Nein«, versicherte Catherine. »Wenigstens will ich es versuchen. Aber ich muß es Edgar erzählen. Er hatte mehr als einmal unter Jehan zu leiden. Arme Agnes, wo wird sie nun nach einem Ehemann suchen?«

Später am Abend streckte Solomon zufrieden die Beine vor dem Feuer in Fantins Hütte am Fluß aus. Es gab nur einen Raum mit einem Lehmofen, aber er konnte sich entspannen, da er sich willkommen wußte. Doch für den alten Mann, der sein gutes Auskommen hatte, als er den Nonnen Wein und Fisch verkaufte, bis Suger die Frauen vertrieb und seine Mönche geholt hatte, müßte ein hartes Leben begonnen haben.
»Warum bleibst du denn hier?« fragte Solomon. »Du hast doch Familie in Melun und Paris. Sie würden dich doch aufnehmen.«
Fantin nahm die Schüssel und die Becher, wischte sie aus und stellte sie auf das Bord über eine der Kleidertruhen. Er sah sich um, wie um Bestandsaufnahme zu machen.
»Es kommt dir wohl ärmlich vor«, meinte er, »nach den großen Häusern von Paris. Aber ich brauche wenig. Mein einziger Kummer ist, daß ich hier nicht das Gesetz studieren und mit niemandem beten kann.«

»Grund genug, an einen Ort zu ziehen, wo es Brüder gibt«, sagte Solomon.
»Ach, aber wer gäbe dir dann ein sicheres Bett und Fisch, der rein ist?« fragte Fantin. »Mit wem würdest du dann das Morgen- und Abendgebet sprechen?«
Solomon rutschte unruhig hin und her. Seine täglichen Gebete bestanden aus einem gemurmelten Bekenntnis, daß er noch auf den Gott Israels vertraute. Und was Speisen anbelangte, so war es besser, daß weder Fantin noch Tante Johannah jemals herausfänden, wie sich die Mahlzeiten zusammensetzten, die er auf seinen Reisen zu sich nahm. Aber dennoch ...
»Ich bin in der Tat dankbar und froh, daß du hier bist«, gestand Solomon. »Es ist gut, schlafen zu können, ohne darüber nachzudenken, welcher der Anwesenden im Raum mir die Kehle durchschneiden will.«
Er holte sich seinen Becher zurück. Fantin hatte immer noch Zugang zu einem bemerkenswerten Tropfen, aus den Weingärten von Abraham von Paris vermutlich.
»Bislang wurde ich nicht bedroht«, versicherte Fantin. »Die Christen halten mich offenbar für ein Kuriosum, und Abt Suger betrachtet mich als seinen Schützling, zusammen mit den anderen Familien von St. Denis. Der Bürgermeister von Argenteuil ist sein Neffe, so daß die Wünsche des Abts befolgt werden. Und ... ich habe Freunde hier. Manchmal leere ich einen Krug und spiele Tricktrack mit Lazarus, dem Schuhmacher. So haben sie ihn genannt, weil er nach seiner Geburt erst schrie und dann nicht mehr atmete. Irgendwie haben sie ihn aber wieder zum Leben erweckt, und er behauptet, das habe ihm solch einen Schrecken versetzt, daß er nicht mehr aufhören kann zu leben. Er ist der einzige Mann in der Stadt, der noch älter ist als ich.«

Da fiel Solomon etwas ein. »Ich habe vergessen, wie lange du in Argenteuil gelebt hast«, sagte er. »Du warst gewiß schon hier, als Heloïse Priorin war.«

»Und noch früher«, versetzte Fantin lächelnd. »Ich erinnere mich an ihre Zeit als Klosterzögling. So ein hübsches, vergnügtes kleines Mädchen. Sie kletterte auf Bäume und lachte von den Ästen herab über die arme alte Nonne, die auf sie aufpassen sollte. Sie wuchs zu einer Frau heran, die zu klug und schön war, um sich vor der Welt zu verstecken. Ich habe sie nicht mehr gesehen, seit die Mönche kamen. Das war vor zehn, zwölf Jahren, natürlich nach Abælard. Sie war immer noch schön, aber die Traurigkeit im Innern hat ihr wohl das Herz gebrochen. Ich habe mich immer gefragt, was aus ihrem Kind geworden ist.«

»Astrolabe?« Solomon fiel es schwer, ihn sich als Säugling vorzustellen. »Er lebt überwiegend bei der Familie seines Vaters in Le Pallet. Aber ich sah ihn letztes Jahr, als sie Abælard erneut verbannten. Astrolabe ist ein guter Mensch. Ich mag ihn. Die Entscheidung des Konzils hat ihn schwer enttäuscht.«

»Ach, ich kann mir vorstellen, daß es schlimm für ihn war. Daß man seinen Vater so demütigte. Doch es hält die Edomiter davon ab, uns zu belästigen, wenn sie übereinander herfallen.«

Das sah Solomon ein. Er hatte nie verstanden, worum der Streit zwischen Abælard und seinen Anklägern eigentlich ging. Es fiel ihm schwer, sich über die Natur einer Dreieinigkeit aufzuregen, an die er ohnehin nicht glaubte. So wie er Edgars Leidenschaft für die Knochen eines toten angelsächsischen Priesters schwer nachvollziehen konnte.

Am nächsten Morgen begleitete Solomon Fantin zum

Pier, um möglicherweise zu hören, daß jemand Männer aus der Stadt angeworben hatte, um Hubert zu überfallen.
»Es ist allerdings unwahrscheinlich«, sagte er. »Er brachte ja nur eine Weinladung für die Abtei. Den Weg hat Hubert bereits hundertmal zurückgelegt. Er ist ihm wohlbekannt. Wer von hier würde ihn behelligen?«
»Aber wenn jemand ihn finden wollte, dann hätte er es nicht schwer«, sagte Fantin.
Als sie näherkamen, hörten sie einen heftigen Wortwechsel. Ein Mann stand auf dem hölzernen Pier, der andere in einem kleinen Boot, das an den Pfosten am Ende des Kais vertäut war. Der Mann im Boot schien nicht sehr glücklich über die Höhe des Zolls zu sein.
»Ich kann nichts dagegen tun«, sagte der Mann auf dem Pier. »Alle Gebühren setzen die Stadt und die Abtei von St. Denis fest. Meine Aufgabe ist es, sie einzutreiben. Wollt Ihr, daß meine Familie verhungert, weil ich mein Amt vernachlässige?«
»Wenn sie dir auch nur entfernt ähnlich sehen, würde ihnen das Hungern guttun«, entgegnete der Mann im Boot. »Eher lasse ich mich in heißem Öl sieden, als zu zahlen; es ist mehr als doppelt soviel wie letztes Jahr.«
»Es war ein strenger Winter; wir mußten die Zölle anheben, um das Dock und die Straße auszubessern«, sagte der erste Mann.
Solomon blieb mitten auf der Straße wie angewurzelt stehen. Er packte Fantin am Arm und zog ihn hinter eine Gartenhecke.
»Dieser Mann!« sagte er. »Der die Zölle einkassiert – wer ist das?«
»Gerard, Bürgermeister von Argenteuil«, sagte Fantin. »Und wenn der arme Tropf im Boot sich einbildet, daß

ihm seine Heiligen zur Seite stehen, kann er aufhören zu beten. Gerard hält den *Tonlieu* vom Abt von St.Denis, der auch sein Onkel ist. Er wird nicht einen Sou heruntergehen.«

»Beim Haupte des heiligen Johannes auf dem Teller!« sagte Solomon, obwohl Fantin ihn mißbilligend anstarrte. »Du solltest nicht bei ihren Heiligen fluchen«, mahnte er. »Das reizt sie nur zum Zorn.«

Solomon scherte sich nicht darum, ob er damit die Christen oder deren Heilige meinte. Er mußte zurück und sich mit Catherine treffen, damit sie Hubert eine Botschaft bringen konnte. Er atmete laut hörbar aus. Dies war eine echte Enthüllung und eine böse Zwickmühle. Er fühlte sich besser, weil der »Bauer«, dem er das Korn und den Kelch abgenommen hatte, nicht dem Hungertod ausgesetzt war, einerlei, was er den Leuten erzählen würde. Doch er wollte nicht derjenige sein, der Abt Suger eröffnete, daß sein Neffe mit gestohlenem Kirchengut handelte.

Um so weniger, wenn sich herausstellte, daß es dem Abt bereits bekannt war.

Catherine wachte von der Wärme eines weichen Leibs auf, der sich an ihren Rücken preßte. Sie schmiegte sich daran, dann schlug sie erschrocken die Augen auf. Das war ja gar nicht Edgar. Mit Sicherheit nicht. Wer war das? Was wollte die Frau in ihrem Bett? Sie drehte sich um.

Da lag Agnes, so wie in all den Jahren ihrer Kindheit, ein goldener Zopf war noch um den Kopf geschlungen, der andere hatte sich gelockert und unter ihrer Schulter verfangen. Sie schlief tief und fest und sah so unschuldig aus wie die Engel in den Fresken von Notre-Dame.

Daß sie im selben Bett lag, war für Catherine ebenso erstaunlich, wie die Erscheinung eines Engels. Sie erinnerte sich ganz klar, daß Agnes hochmütig abgelehnt hatte, auch nur das Zimmer mit ihr zu teilen, und sich statt dessen auf einer Bank im Saal niedergelassen hatte. Eine schlaftrunkene Sekunde lang fragte sich Cathe rine, ob die Person neben ihr ein Nachtmahr sei, der die Gestalt ihrer Schwester angenommen hatte, um sie zu verderben.

Agnes öffnete langsam die Augen. »Habe ich das Frühstück verpaßt?« murmelte sie.

Catherine befand, daß es wohl doch kein Inkubus war. »Wir haben Fastenzeit, Agnes«, sagte sie. »Frühstück gibt es erst am Nachmittag.«

Mit einem Seufzer vergrub sich Agnes in den Decken. Dann merkte sie, wo sie war. Sie schoß hoch.

»Was hast du in meinem Bett zu suchen?« fragte sie.

Es dauerte einige Zeit, doch schließlich gelang es Catherine, Agnes davon zu überzeugen, daß sie selbst der Eindringling war.

»Ach ja«, sagte sie und rieb sich den Kopf. »Ich habe meine Kleider in der Tasche im Saal zurückgelassen. Ich kann nur aufstehen, wenn sie mir jemand bringt.«

Catherine griff nach Hemd und Schuhen. »Wir wollen gewiß nicht, daß Herr Jehan dich so antrifft, wie Gott dich schuf«, lachte sie. »Ich hole deine Sachen.«

»Jehan?« quiekte Agnes und sah sich um, als ob er plötzlich aus dem Schrank springen könnte. »Ich dachte, er wäre nach Blois zurückgekehrt. Was macht er denn hier?«

»Er versucht wohl, seinen verletzten Stolz zu heilen, nehme ich an«, sagte Catherine. »Frag Vater. Oder besser noch, frag deinen tapferen Ritter selbst.«

Reizend! mischten sich die Stimmen ein. *Du mauserst dich zu einer höchst unbarmherzigen Person!*
Seufzend gestand sich Catherine ihre Schuld ein, doch sie nahm nichts zurück, bat nicht um Verzeihung. Zu sehr überraschte sie die Feststellung, daß sie wie Agnes nicht bereit war, sich auszusöhnen – noch nicht.

In jener Nacht bereitete Edgar die Vorstellung kein Vergnügen, in ein kaltes, leeres Zimmer zurückzukehren. Ohne Catherine war es wie eine Studentenbude, wie Tausende anderer zugiger, lärmerfüllter Kammern in Paris. Er hatte in den letzten fünf Jahren so gehaust. Nur Catherine machte es für ihn erträglich.
So blieb er also länger in Bietrix' Schenke als gewöhnlich, starrte in sein Bier und wünschte, er wäre nicht so schroff zu Catherine gewesen wegen ihrer Neigung, jedes Stückchen und Klümpchen in ihrem Essen unter die Lupe zu nehmen. Diese Angewohnheit beobachten zu müssen ärgerte ihn zwar, aber es war immer noch kurzweiliger, als allein zu essen.
»Edgar? Bist du's?«
Edgar schaute auf. »Maurice!« sagte er. »Was suchst du hier um diese späte Stunde? Komm, setz dich zu mir.«
Maurice nahm auf der angebotenen Hälfte der Sitzbank Platz und balancierte seine Schüssel mit Fischsuppe. Sie war randvoll. Bietrix hatte eine Schwäche für hungrige Kleriker.
»Ich sollte um diese Zeit nicht mehr unterwegs sein«, räumte er ein. »Doch ich hatte einen Auftrag. Der Herr gab mir eine Münze für meine Bemühungen. Ich wollte sie ausschlagen, doch er bestand darauf. Meinte, ich sollte mir mein Abendbrot dafür kaufen, da ich zu spät zurückkehren würde, um mit den anderen zu essen.«

»Das ist doch nicht etwa wieder der ›Syrer‹, von dem du uns erzählt hast?«

Maurice schüttelte den Kopf. »Nein, ein Normanne. Einer der Kanoniker schickte mich mit einer Botschaft zu ihm. Den anderen Mann habe ich nicht wiedergesehen. Er muß in seine Heimat zurückgekehrt sein.«

Edgar war erleichtert. Es hätte seine unausgegorene Theorie erschüttert, wenn sich herausgestellt hätte, daß Maurice nicht mit Natan zusammengestoßen war.

»Du hast dir kein Bier geholt«, sagte er. »Bis du enthaltsam, oder reichte die Münze nicht für Suppe und Trank?«

Maurice wirkte verlegen. »Die Suppe genügt mir«, sagte er. »Ich brauche nicht mehr.«

Edgar erriet, daß Maurice entweder den Rest des Geldes für andere Hungerzeiten aufsparte oder – was wahrscheinlicher war – beabsichtigte, ihn dem erstbesten Bettler zu geben, der seine Hand aufhielt. Er ging zu dem Tisch, wo Bietrix über das Faß und den Suppentopf wachte.

»Hier ist ein Viertelsou.« Er legte das abgegriffene Silberstück auf den Tisch. »Ich möchte einen Becher leihen und so viel Bier und Brot, wie ich dafür bekommen kann.«

Bietrix nahm die Münze und lachte. »Wenn die noch dünner wäre, könnte man das Licht durchscheinen sehen«, sagte sie. »Hier, wenn du nicht zu stolz bist, kannst du die Brotkrusten haben, die ein paar hochherrschaftliche Studenten heute nachmittag übriggelassen haben. Schon aufgeweicht, mit einem schönen Batzen Schweinefett. Denen schien es nichts auszumachen, daß wir Fastenzeit haben.«

Edgar sah zu Maurice hinüber, der auch so dünn war,

daß man fast das Licht durch ihn scheinen sah. Er hätte mit dem Fett etwas anfangen können.
»Führ mich nicht in Versuchung, Bietrix«, sagte er. »Das gewöhnliche Fladenbrot und einen Becher Bier. Wir wollen doch schließlich alle danach streben, die Fastenzeit einzuhalten.«
»Ach, hast du darum dein Weib fortgeschickt?« fragte Bietrix, als sie den hölzernen Becher bis zum Rand füllte. »Kannst du dich nicht an die Regeln halten, wenn sie neben dir im Bett liegt?«
Das entsprach den Tatsachen mehr, als Edgar lieb war. Er und Catherine hatten in den letzten Monaten ihrer Schwangerschaft und den notwendigen enthaltsamen vierzig Tagen danach genug darunter gelitten. Seitdem waren sie ziemlich nachlässig in der Befolgung der Regeln gewesen, was den richtigen Zeitpunkt und den richtigen Ort betraf. Er hatte sich deswegen Sorgen gemacht, doch Catherine fand, es sei besser, das Gebot zu befolgen, fruchtbar zu sein und sich zu mehren, während sie noch jung waren. Sie hatte Edgar nicht lange überreden müssen.
»Ein Krankheitsfall in der Familie; sie kommt bald zurück«, murmelte er.
Er nahm Brot und Bier mit an den Tisch und nötigte Maurice zuzulangen.
»Ich habe mir so meine Gedanken gemacht«, sagte Edgar. »Vielleicht kannst du mir helfen.«
»Aber gern.«
»Du weißt, daß ich die letzten paar Wochen bei einem Silberschmied gearbeitet habe. Es beunruhigt mich, daß mein Meister keiner Zunft angehört. Ich hätte daher gern gewußt, ob die Kanoniker von Notre-Dame vielleicht ihre eigene Schmiede auf ihrem Gelände haben?«

»Nein«, antwortete Maurice nach kurzem Nachdenken. »Wir können doch alles Nötige aus der Stadt beziehen. Wer will denn schon den Gestank unmittelbar unter dem Klosterfenster haben?«
»Ja – die meisten Schmieden befinden sich auf dem rechten Ufer, drüben bei den Metzgern und den Gerbern und sonstigem anrüchigen Gewerbe«, sagte Edgar, mehr zu sich selbst.
Maurice wischte sich den letzten Rest Suppe mit dem Brot heraus. »Ich muß vor der Komplet zurück sein«, sagte er zu Edgar. »Darum muß ich jetzt gehen. Vielen Dank. Für deine Großzügigkeit habe ich dir nur wenig Gesellschaft geleistet.«
»Bete ein Vaterunser für mich«, schlug Edgar vor. »Ich brauche möglichst viel Fürbitte.«
Maurice versprach, Edgars Seelenzustand in seinen Gebeten Vorrang einzuräumen, und eilte hinaus, um sofort damit anzufangen.
Edgar blieb am Tisch sitzen und schaute in sein Bier, bis Bietrix ihm riet, entweder nach Haus in sein eigenes Bett zu gehen oder sich eins von ihr zu mieten, zusammen mit einer Schlafgenossin. Edgar nahm seinen Umhang und ging.
Wo hatte dieser vermaledeite Gaudry denn nun seine Werkstatt? Als Edgar durch die engen, krummen Gassen ging, versuchte er, sich einen Ort auf der Île vorzustellen, wo der scharfe, unverwechselbare Geruch unbemerkt bliebe. Am Ostende der Insel lag die Kathedrale und der Bischofssitz, am Westende der Palast des Königs, dazwischen gab es nur ein paar Ladenzeilen, wo man überwiegend mit Tuch oder anderen Fertigwaren Handel trieb, außerdem standen dort ein paar jüdische Häuser. Die meisten jüdischen Metzger und andere Geschäf-

te lagen am rechten Ufer. Dann gab es dort noch eine Reihe schäbiger Häuser wie das von Bietrix, die den Studenten und ihren Lehrern als Behausung und Studierzimmer dienten und überdies die Bedürfnisse der jungen Männer befriedigten, die fern der Heimat nicht der Überwachung der Familie unterlagen. Doch Edgar fiel nichts ein, was den Rauch und Gestank des Brennofens überlagern könnte. Und er hatte doch gerade noch einen zweiten gebaut! Wieso hatte das niemand bemerkt? Während er so durch die dunklen Gänge tappte, kam ihm der Gedanke, daß er vielleicht für den Teufel selbst arbeitete. Was, wenn Schmiede und Ofen nicht in den Tunneln der Île, sondern in Wahrheit in den riesigen, unermeßlichen Weiten der Hölle gelegen waren? Schaudernd bekreuzigte er sich und betete, der heilige Aldhelm möge ihn beschützen, wenn er aufs neue in die Grube stiege.

DREIZEHNTES KAPITEL

Argenteuil, Dienstag, 13. März 1141/2.
Nissan 4901

Multa de acquisitis, plura de quibus ecclesiae ornamentis quae perdere timebamus, videtlicet pede dercurtatum calicem aureum et quadeam alia, ibidem configi fecimus.

Viele unserer Errungenschaften und überdies jenen Zierat der Kirche, den wir zu verlieren fürchteten, zum Beispiel einen güldenen Kelch mit Gravuren am Fuß und anderes mehr, ließen wir anketten.

Abt Suger
De Aministratione, Teil XXXII

Doch warum sollte der Neffe des Abts mit einem gestohlenen Kelch im Dunkeln durch die Lande ziehen?« fragte Catherine. »Es kann sich nicht um denselben Mann handeln.«
Sie hielt das für eine vernünftige Aussage, Solomon dagegen für Ehrverletzung.
»Und ob es derselbe Mann war!« beharrte er. »Ich habe die Stimme wiedererkannt. Er benutzte sogar dieselben Worte. Seine hungernde Familie würde ich zu gern mal sehen. Die muß wohl für jede Untat herhalten, die er begeht.«
»Aber der Kelch wurde nicht aus St. Denis gestohlen«, warf Catherine ein. »Wir wissen nicht, woher er stammt. Vielleicht nicht aus Salisbury, und vielleicht wurde er auch gar nicht gestohlen.«
»Wieso denn nicht?« Solomon hatte eigentlich nicht schreien wollen, doch er spürte, daß Catherine die Begriffsstutzige spielte. »Vielleicht hat Bürgermeister Gerard ihn von den Zöllen gekauft, die er kassiert hat, wollte ihn der Priorei stiften und hat ihn in einen Sack voll Korn gesteckt, damit er nicht verbeult! Glaubst du, er ist nicht fähig zu sündigen, nur weil er mit dem Abt verwandt ist?«
»Mitnichten! So vertrauensselig bin ich auch nicht. Du solltest mich inzwischen besser kennen.«
Solomon zügelte sich. »Ja, ich kenne dich, und du kennst mich«, sagte er etwas leiser. »Deshalb kannst du mir auch abnehmen, daß ich mich in der Stimme nicht getäuscht habe.«
»Na schön. Obwohl deine Geschichte sehr unwahrscheinlich klingt. Aber du hast ein gutes Gedächtnis für solche Dinge. Und wenn du tatsächlich Bürgermeister Gerard auf der Straße getroffen hast, dann hat er den

Kelch unrechtmäßig erworben, sonst hätte er der Abtei gemeldet, daß du ihn genommen hast, und von Abt Suger verlangt, dich zu suchen.«
»Genau das war meine Überlegung«, sagte Solomon. »Was sollen wir also tun?«
Sie saßen unter einer Eiche unweit der Seine, aber außer Hörweite von Häusern. Eingedenk des jüngsten Abenteuers ihres Vaters hatte Catherine die Zweige nach lauernden Schurken abgesucht, bevor sie sich niederließ.
»Als erstes solltest du Baruch von dieser Entwicklung in Kenntnis setzen. Und ich spreche mit Vater. Sollen die beiden entscheiden, was sie Suger erzählen. Sie haben mehr Erfahrung mit dem Abt als wir. Doch ich vermute, daß sie einen handfesten Beweis haben wollen, bevor sie ihm mit einer derartigen Anschuldigung kommen.«
»Ja, das ist vernünftig«, sagte Solomon.
Catherine gaffte ihn an. »Das gibst du also zu?«
Warnend erhob er die Hand. »Mach dich nicht über mich lustig. Das ist eine ernste Angelegenheit. Ein Mann wurde ermordet.«
»Und Gerard versuchte, dich umzubringen«, sagte Catherine. »Das ist ein Sprung in der Logik, es fehlen die Verbindungsglieder.«
Dann dachte sie nach. Vielleicht gab es sie doch. Natan hatte versucht, die herausgeklaubten Perlen an die Abtei zu verkaufen. Und fast zur selben Zeit war Gerard in der Nähe der Abtei mit seinem vermutlich geraubten Kelch. Beide Gegenstände kamen vielleicht aus demselben Schatz. Und was war mit den Sachen, die sie im Keller gefunden hatte, den Perlen und dem Metallstreifen? Stammten die etwa auch aus Salisbury? Für eine reiche Kathedrale sahen sie zu bescheiden aus, aber sie durfte sie nicht außer acht lassen.

Die wichtigste Frage war, ob Gerard und Natan gemeinsame Sache gemacht hatten. Sie müßte noch mehr in Erfahrung bringen.
»Aber Natan starb in Paris«, sagte sie.
»Du hast einen halben Tagesritt von Paris gebraucht«, gab Solomon zu bedenken. »Und wenn ich Waren aus der Normandie nach Frankreich schmuggeln wollte, wäre Argenteuil der geeignete Ort, sie vom Fluß herunterzuschaffen, besonders wenn ich mit dem Mann befreundet wäre, der den *Tonlieu* innehat.«
Der Gedanke leuchtete Catherine ein.
»Wenn wir nur nachweisen könnten, daß Natan im Januar sowohl in Argenteuil als auch in St.Denis war«, sagte sie. »Hast du Fantin danach gefragt?«
»Ja. Er kannte Natan, aber nicht gut. Natan fand wohl, die Hütte sei unter seiner Würde. Daher weiß Fantin nicht genau, wann er hier war. Er glaubt, daß Natan im Winter hier vorbeikam, aber weiß nicht, wann oder wie oft.«
Catherine erhob sich und strich sich die Röcke glatt, um sich zu beruhigen. Es gab zu viele unbekannte Einzelheiten. Die Schwierigkeit war, daß sie nicht sicher sein konnte, ob sie es mit einer Reihe von Ereignissen zu tun hatten, die miteinander im Zusammenhang standen oder nicht. Woher kam Gerards Kelch? Woher hatte Natan die Perlen, die er an Prior Hervé verkaufen wollte? War einer von beiden in den Raub des Arms des heiligen Aldhelm von Philippe d'Harcourt verwickelt, der seinerseits ein Dieb war? Und vor allem, wer hatte Natan getötet und warum? Hatten diese Fragen mit dem Auftrag zu tun, den Natan für Onkel Eliazar ausgeführt hatte? Eliazar hatte durchblicken lassen, daß diese Arbeit etwas mit dem Überfall auf Edgar im Vorjahr zu

tun gehabt hatte und mit dem beinahe tödlichen Anschlag auf Eliazar selbst kurze Zeit später.
Und vor allem, in welcher Gefahr schwebte Edgar in diesem Augenblick?
Auch Solomon hatte sich schon deswegen gesorgt.
»Ich glaube, es ist an der Zeit, nach Paris zurückzukehren«, sagte er. »Jetzt, wo wir wissen, daß dein Vater auf dem Wege der Genesung ist. Onkel Eliazar braucht mich mehr. Ich lege einen Halt in St. Denis ein und erzähle Baruch, was ich über Gerard herausgefunden habe.«
Catherine fühlte sich zwischen der Pflicht gegenüber dem Vater und ihrer Sorge um Edgar hin und her gerissen. Überdies gestand sie sich ein, alles zu vermeiden, daß Agnes sich noch mehr als Märtyrerin fühlen würde. Falls sie nach Paris zurückkehrte, während der Vater noch der Pflege bedurfte, zöge sie sich noch größere Verachtung von ihrer Schwester zu.
Sie gingen zur Priorei zurück, beide hingen ihren eigenen Gedanken nach, bis Solomon innehielt und Catherine am Arm packte.
»Dort ist er«, sagte er. »Gerard, der Bürgermeister von Argenteuil. Dort drüben am Zaun spricht er mit dem Priester. Hast du ihn schon einmal gesehen?«
Catherine warf dem Mann im Vorbeigehen einen unauffälligen Blick zu. »Er kommt mir nicht bekannt vor«, sagte sie. »Ich hätte ihn nie für einen von Sugers Verwandten gehalten. Er ist viel größer und rundlicher. Aber seltsam – der Priester, mit dem Gerard sich unterhält, erinnert mich an den Abt. Wieso eigentlich?«
»Viele Geistliche haben ›Neffen‹ in der Gegend verstreut. Vielleicht war der Abt nicht immer so enthaltsam wie jetzt.«

»Suger?« Catherine hätte beinahe gelacht. »Der und Bankerte in der Gegend verstreuen? Das glaube ich nicht. Dem liegt der Ruf von St.Denis viel zu sehr am Herzen. Schon als Kind war er dort Oblate. Nie würde er Schande über die Abtei bringen. Nein, der Priester muß wohl ein entfernter Vetter sein. Darum kommt er mir so bekannt vor. Oder ich habe ihn schon einmal woanders gesehen.«
Doch im Grunde hatte sie ganz andere Sorgen.

Hubert saß im Bett, als Catherine hereinkam, offensichtlich ging es ihm besser. »Ich glaube, ich könnte reiten, wenn mir jemand aufs Pferd hülfe«, sagte er. »Ich habe zuviel zu tun, um hier untätig herumzuliegen. Auch mag ich nicht die Gastfreundschaft der Mönche über Gebühr in Anspruch nehmen.«
Catherine hatte Bedenken. »Da wirst du zu sehr durchgerüttelt. Guillaume könnte doch einen Karren schicken.«
»Einen Karren?« Hubert war entsetzt. »Wie ein Verbrecher? Auf einen Karren bringt man mich nur im Sarg.«
Agnes hörte seine letzten Worte beim Eintreten. »Du gehst nirgendwohin«, sagte sie. »Ich bleibe hier bei dir und pflege dich gesund. Doch danach möchte ich, daß du mich zu Großvater schickst.«
Hubert ließ sich auf das Kissen zurücksinken. »Nach Blois? Warum? Dein Zuhause ist in Paris. Ich dachte, darüber wären wir uns einig.«
»Offenbar hältst du deinen Teil der Vereinbarung nicht ein«, sagte Agnes. »Du sorgst dich zu sehr um deine Geschäfte und deine andere Familie, um mir einen geeigneten Ehemann zu suchen. Großvater wird sich um mich kümmern, wie es sich schickt. Du würdest mich gar an

einen Sarazenen verheiraten, wenn es dir Profit brächte.«
»Agnes!« mischte Catherine sich ein. »Hör auf damit. Ist das deine Auffassung von Pflichterfüllung? Du weißt sehr wohl, daß Vater dich nie verschachern würde. Das tun die großen Herren. Wir haben das nicht nötig.«
Agnes blieb unbeugsam. »Vater, streitest du ab, daß du mich an einen anderen Kaufmann verheiraten würdest, wenn diese Verbindung deinem Geschäft dienlich wäre?«
Hubert schloß die Augen. Er hätte Agnes so wie Catherine mit auf Reisen nehmen sollen, aber Madeleine wollte sie zu Hause behalten, besonders nach dem Tod des kleinen Roger. Hätte, hätte ... er hatte aber nicht, und dies war das Ergebnis.
»Mein Goldkind«, sagte er, »ich wollte doch immer nur dein Glück und deine Sicherheit. Ich handele nicht mit Sklaven, schon gar nicht innerhalb meiner eigenen Familie. Wenn du meinst, der Vater deiner Mutter kann mehr für dich tun als ich, dann gehe in Gottes Namen zu ihm. Laß dir von deinem Bruder ein Geleit geben und schicke einen Boten nach Blois, um sie auf dein Kommen vorzubreiten.«
Er wandte sich von ihnen ab. Catherine streckte der Schwester die Hand hin, doch Agnes stieß sie wütend fort.
»Das ist deine Schuld«, schluchzte sie. »Alles! Du bist aus dem Kloster fortgerannt, hast Gott verlassen. Danach kam alles aus dem Lot. Jetzt werden wir alle dafür bestraft! Ich hasse dich!«
Sie stürmte hinaus.
Catherine hätte sich inzwischen an solche Ausbrüche gewöhnen müssen, doch sie konnte einfach nicht glauben, daß die Agnes, die sie liebte, sich so völlig verändert haben sollte.

Sie glaubt, daß du diejenige bist, die sich verändert hat, mahnten die Stimmen.
»Aber ich kann nicht mehr zurück!« erwiderte Catherine laut.
»Natürlich nicht«, antwortete Hubert. »Wir können nur vorwärts gehen. Das habe ich vor Jahren gelernt. Ich wünschte, ich wüßte, in welcher Richtung!«
»Ich kann dich nicht ihrer Pflege überlassen, du wirst nur noch mehr leiden müssen.«
»Doch, das kannst du. Du hast eine Pflicht gegenüber deinem Mann, das hat Vorrang. Zweitens ist Agnes vielleicht eher vernünftigen Argumenten zugänglich, wenn du nicht hier bist. Sie ist verwirrt und voller Groll – und nicht ohne Grund.«
»Ich weiß, Vater.«
»Außerdem brauche ich dich in Paris, damit du deinen Onkel verteidigen hilfst«, fuhr Hubert fort, »nach dem, was Solomon sagte, fürchten die Ältesten, daß sein Handeln die Gemeinde in Gefahr gebracht hat. Sie werden ihn mit dem Bann belegen, wenn sich das als wahr erweist.«
»Ist das der *Chéjrem*?«
»Es zählt dazu, obwohl es noch härtere Formen davon gibt. Doch in diesem Fall würde man Eliazar den Zugang zur Synagoge verwehren und ihm den Schutz der Gemeinde entziehen. Sie könnten ihn auch vertreiben und einen Brief an die anderen Gemeinden schicken, damit sie ihn nicht bei sich wohnen lassen.«
»Sie würden ihn aus seinem Haus jagen?« fragte Catherine voller Entsetzen.
»Wenn sie es für erforderlich halten, ja«, sagte Hubert. »Du siehst also, daß du zurückgehen mußt. Es muß einen Weg geben, sein Geheimnis zu lüften.«

»Und wenn er etwas getan hat, was die Verbannung rechtfertigen würde?«

»Dann nehme ich ihn bei mir auf«, sagte Hubert. »Er ist mein Bruder, und die Familienbande sind stärker als die der Gemeinde. Es hat keinen Sinn, Catherine. Verzeih mir. In meinem Herzen bin ich immer noch Jude. Ich kann Eliazar nicht im Stich lassen, einerlei, was geschieht.«

Catherine verstand, daß es ihm ernst war. Doch sollte er sich vor aller Welt zu seiner Abtrünnigkeit bekennen, verlöre er seinen Platz in der Gemeinschaft der Christen, in der Gilde der Kaufleute, vielleicht gar das Leben. Die christliche Gesellschaft war streng mit denen, die vom Glauben abkann. Selbst wenn Abt Suger willens wäre, Hubert zu schützen, könnten ihn aufgebrachte Nachbarn töten.

»Ich kann dir vergeben, Vater«, sagte sie. »Obwohl ich bete, daß dir eines Tages die Gnade des wahren Glaubens zuteil wird. Du darfst deine eigene Sicherheit nicht aufs Spiel setzen. Gib Edgar und mir etwas mehr Zeit, um den Glauben zu entdecken. Ich liebe dich und auch Onkel Eliazar und Tante Johannah und sogar Solomon. Keiner von euch darf zu Schaden kommen, nicht, wenn ich es verhindern kann. Wenn ein Weg aus diesem Dickicht führt, dann finde ich ihn, das verspreche ich dir.«

Edgar saß mit John am Tisch in seiner Kammer, gebeugt über eine grobe Skizze, die er auf eine Wachstafel geritzt hatte.

»Ich kenne jetzt alle Abbiegungen«, sagte er. »Und ungefähr den Abstand dazwischen. Was ich nicht sicher weiß, ist der Winkel von jeder Ecke. Ich gehe nach links, aber ich weiß nicht, ob ich je im rechten Winkel abbiege.

Irgendwo zwischen sechzig und hundert Grad, meine ich. Das ist nicht genau genug.«

»Quäl dich nicht weiter«, riet John. »Und laß uns sehen, was wir daraus machen können. Hier ist der Eingang zu deinem Tunnel in der alten Krypta von St.Étienne.« Er zeigte auf ein X im Wachs.

»Ja, und von dort aus gehen wir mit Sicherheit unter dem Vorhof von Notre-Dame her, doch nicht ganz bis zur Kirche«, sagte Edgar. »Zum einen sind die Fundamente an der Stelle zu tief. Sie blockieren alle alten Tunnels. Dann muß es eine Abbiegung nach links geben, sonst stünden wir nämlich im Fluß. Dann geht es wieder nach rechts, darum dachte ich, wir befänden uns unter dem Kloster, doch der Gang ist weitläufig, und dann biegen wir wieder links ab. Das führt uns in die neue Schmiede. Zur alten gingen wir wieder nach rechts.«

John zeichnete Gebäude über Edgars Weg. »Und die andere Strecke – vom Fluß aus?« fragte er.

Edgar schlug sich an die Stirn. »*Dwolenlic Ceorl!*« schimpfte er. »Ich denke nicht klar. Natürlich könnten wir es triangulieren.«

Er zeichnete noch ein paar Linien von der anderen Seite der Insel. John betrachtete sie wohlwollend.

»Nicht übel«, sagte er. »Die Schmiede scheint irgendwo zwischen der Kirche von St.Pierre au Boeuf und der Klostermauer zu liegen.«

»Es gibt hundert Gebäude dort, die meisten sind Studentenbuden und Läden«, sagte Edgar. »Und es gibt überhaupt keine Handwerker, wenigstens nicht solche, die so einen Gestank erzeugen, daß sie den einer Schmiede überlagern würden. Ich muß mich täuschen.«

John widersprach. »Du bist jetzt zwei Wochen lang zweimal täglich diesen Weg gegangen. Du mußt nahe dran sein. Wir übersehen etwas Offensichtliches, das ist alles. Morgen nehme ich diesen hier und folge ihm, so gut ich kann. Vielleicht habe ich ja eine Offenbarung.«

Edgar lachte. »John, sperr du nur die Augen auf und erwarte keine Visionen. Das würde nicht zu dir passen.«

»Das hat man mir schon einmal gesagt.« John grinste. »Habe ich dir mal von meinem ersten Lehrer erzählt?«

»Abælard?« fragte Edgar.

»Nein, vom allerersten, einem alten Priester in der Nähe von Salisbury«, sagte John. »Man schickte mich zu ihm, damit ich Lesen, Schreiben und Rechnen lernte. Ich war noch ein Junge. Erst später erkannte ich, daß der Alte ein Magier, vielleicht ein Alchemist war.«

»Tatsächlich?« Edgar riß die Augen weit auf. Er vermutete, daß John ihn aufzog. »Und was hat dieser alte klerikale Schwarzkünstler dir beigebracht?«

»Lesen, Schreiben, Rechnen«, antwortete John. »Aber jeden Nachmittag setzte er mich an einen Tisch, ließ mich in ein großes Glas Wasser schauen und fragte mich dann, was ich sah.«

»Und was hast du gesehen?«

»Mein eigenes Gesicht, das auf dem Kopf stand«, versetzte John lachend. Und das Zimmer hinter uns verzerrt, wie ein krummes Glas es erscheinen läßt. Das war alles.«

»Das hätte ich mir denken können. Du nimmst ja alles wortwörtlich. Du hast also nicht zaubern gelernt?«

»Nein«, sagte John reumütig. »Kein Stück. Ich habe mir einen Jux daraus gemacht, Grimassen vor dem Glas zu schneiden, aber mein Lehrer warf mich hinaus und sagte zu meinem Vater, ich hätte keine Begabung zum Lernen. Bald darauf begann ich meine Studien in der Schule der Kathedrale. Das war gehaltvoller, aber nicht halb so vergnüglich.«

»Ich glaube, du hast die richtige Entscheidung getroffen«, sagte Edgar. »Du würdest in einem flatternden Gewand, ganz zerfressen von Säure und die Ärmel voller Alraunen und Froschzehen, nicht würdig aussehen.«

»Das stimmt, Edgar«, sagte John schmunzelnd. »Das fällt eher in dein Ressort.«

Edgar mußte zugeben, daß seine Kleidung unter seiner Arbeit gelitten hatte. »Catherine hat sich erboten, sie mir zu flicken«, sagte er zu John. »Aber sie näht, wie sie es im Kloster gelernt hat, und will mir partout kleine Kaninchen und Vögelchen über den Hintern sticken. Ich weiß nicht, ob ich stark genug bin, Gaudrys Bemerkungen, ganz zu schweigen von denen meiner Freunde, zu ertragen.«

»Wann kommt sie zurück?« fragte John.

»Bald, hoffe ich«, sagte Edgar. »Sie hat eine Botschaft geschickt, daß ihr Vater auf dem Weg der Genesung ist. Sie erwähnte auch, daß sie etwas in Argenteuil entdeckt hat, das uns weiterhelfen könnte.«

»Irgendwas über Aldhelm?«

»Ich weiß es nicht. Das hätte sie dem Boten nicht erzählt«, sagte Edgar. »Hoffentlich beeilt sie sich, damit wir es hören können.«

»Gewiß«, sagte John und wandte sich zum Gehen. »Ich kann mir auch gar keinen anderen Grund denken, warum du auf ihre Rückkehr wartest.«

»Ach, den gibt es schon«, sagte Edgar lächelnd. »Catherine ist in Geometrie besser als wir beide. Sie kann uns die Karte triangulieren.«

Catherine setzte alles daran, nach Paris zurückzukehren. Merkwürdig, daß in Argenteuil so wenige Leute dorthin reisen wollten, obwohl doch von dort soviel

Handel mit der Stadt getrieben wurde. Es gab Schiffe, die stromaufwärts fuhren, und sie hätte eins davon besteigen können, doch die Seine schlängelte sich so sehr, daß es dreimal so lange dauerte, besonders, wenn man gegen die Strömung des Frühlings ankämpfen mußte.
Solomon konnte sie bis nach St.Denis bringen, aber er wollte den Sabbat mit Baruch verbringen. Das hieße, sie würde einen Tag verlieren und am Sonntag reisen müssen. Offenbar war der einzige Mensch auf der Welt, der auch nach Paris wollte, derjenige, mit dem zu reisen sie sich am meisten fürchtete.
Er war nicht begeisterter als Catherine.
»Aber das wäre ein Weg, dich zu bewähren, Jehan«, versicherte ihm Hubert, als er Jehan die Aufgabe übertragen wollte, Catherine zu begleiten. »Es ist ein Zeichen für mein ungebrochenes Vertrauen in dich. Das kannst du dem Grafen Thibault ausrichten. Sie wird dich auch nicht weiter aufhalten. Sie packt sofort ihre Sachen, dann könnt ihr aufbrechen.«
Jehan stand am Bett und drehte die Handschuhe zwischen seinen starken Fingern, bis das Leder quietschte. Agnes saß neben ihrem Vater und zog es vor, aus dem Fenster zu sehen. Hubert ahnte, daß diese Mission für Jehan vielleicht die gefürchtete Verdammung bedeutete.
»Bringst du Catherine also nach Paris?«
Jehan versuchte vergebens, Agnes' Blick auf sich zu ziehen. Was erwartete sie nur von ihm? Konnte er ihre Achtung irgendwie zurückgewinnen?
»Sehr wohl«, sagte er. »Und wem soll ich sie übergeben?«
»Das wird sie dir schon sagen«, meinte Hubert. »Sie wohnt in der Nähe von St.Germain l'Auxerrois. Doch auf keinen Fall darfst du sie bei Bietrix auf der Île abliefern, einerlei, was sie sagt.«

Jehan kannte die Schenke nur zu gut, vor allem das Hinterzimmer. Es schien ihm der geeignete Ort für Catherine. Was immer ihr dort widerführe, wäre wohlverdient. Widerstrebend gelobte er, Catherine bei ihrem Mann abzuliefern.
Vor der Priorei mußte Jehan erst einmal einige böse Flüche loswerden, bevor er sich seiner Aufgabe gewachsen fühlte.
Jetzt ritt er also mit Catherine die belebte Rue St.Denis entlang, in hellem, frühlingshaftem Wetter, unter lauter Kaufleuten, Soldaten, Bauern und vereinzelt auch Adligen. Die einzige Gefahr für sie beide war ihre gegenseitige Gesellschaft.
Catherine sagte sich später, daß sie wohl der Teufel geritten haben mußte. Warum sonst hätte sie dem Drang nachgegeben, Jehan zu piesacken? Als Buße erlegte sie sich selbst eine Woche Wasser und Brot auf. Sie bereute es aufrichtig. Leider zu spät.
»Hast du schon gehört, daß Agnes in Großvaters Bergfried zu Blois geht?« fragte sie Jehan. Da sie hinter ihm saß, das Gesicht an sein Kettenhemd gepreßt, verstand er sie sehr gut.
»Zu Raoul?« fragte er nach. »Wußte gar nicht, daß der alte Bastard noch lebt.«
»Aber gewiß doch«, sagte Catherine, »trotz der inbrünstigen Gebete seiner halben Familie.«
Sie wartete, doch Jehan schien eigenen Gedanken nachzuhängen. Später wurde ihr klar, daß sie ihre zweite geistige Prüfung nicht bestanden hatte. An diesem Punkt hätte sie schweigen sollen.
»Großvater verfügt immer noch über Verbindungen in Blois und Anjou, um Agnes einen mächtigen Ehemann zu suchen«, fuhr sie fort. Sie stützte ihr Gesicht auf

Jehans Schulter ab, damit ihm auch ja kein Wort entging. Sie spürte, wie sich seine Muskeln anspannten. »Er wird jemanden mit eigenem Land für sie finden, einer Burg, vielleicht einem Familienkloster, dessen Patronin sie werden kann. Sie braucht einen Mann, der sie beschützen kann. Jemanden, auf den sie stolz sein kann.«

Er fuhr herum und stieß sie so blitzschnell hinunter, daß sie am Boden lag, bevor ihr klar wurde, was geschah. Als sie sich auf der Straße aufrappelte und ihn benommen ansah, warf ihr Jehan den Sack hin.

»Du *meseleuse Bordelere!*« schrie er. »*Engineuse! Jael! Fille d'Aversier!* Verfluchtes Weibsstück! Mit dir gehe ich nicht einen Schritt weiter. Selbst wenn dein Vater mir venezianisches Gold dafür zahlen würde. Du kannst allein heimfinden. Ich hoffe, man schneidet dir die Kehle durch! Du verdienst Schlimmeres, du *Lice tornadereuse!* Auf daß dich aussätzige Sarazenen hundertmal schänden!«

Catherine war zu benommen, um zu antworten.

Ein Priester kam mit einem Korb voller Zwiebeln des Wegs. Er hielt inne und klopfte an Jehans Bein.

»Mein Herr«, begann er, »was immer diese Frau getan haben mag, Ihr habt kein Recht, sie auf diese Art auf öffentlicher Straße zurechtzuweisen. Wie der Apostel sagt ...«

»Halt du dich da raus!« brüllte Jehan und schüttelte ihn ab.

Die Zwiebeln rollten auf die Straße, und der Priester lief hinterher. Ein wütender Schrei ertönte und ein Kreischen von Rädern.

Jehan kümmerte sich nicht darum. Wut hatte sich als stärker erwiesen als eine lebenslange Erziehung. Er schleuderte einen letzten Fluch auf Catherine herab und

sprengte davon, so daß die Fußgänger rasch beiseitehüpften.
Catherine saß immer noch mitten auf der Straße. Wie konnte er so etwas tun? Er hatte doch geschworen, sie zu beschützen. Jehan hatte wohl den Verstand verloren!
Irgend jemand berührte sie sanft am Ellbogen.
»Geht es wieder, meine Liebe?« Es war der Priester, der den leeren Korb in der Hand hielt.
»Ich glaube schon. Danke, daß Ihr mir helfen wolltet.« Sie bemerkte den Korb. »Ach, es tut mir leid. Ich helfe Euch beim Einsammeln.«
Der alte Mann schüttelte den Kopf. »Es gibt nichts mehr einzusammeln. Die anderen Reisenden haben sie schon genommen.«
»Dann muß ich Euch den Schaden ersetzen.« Catherine tastete unter ihrem Umhang nach dem Beutel, den sie um den Hals trug. »Ich habe nur ein, zwei Münzen, aber ich geb' sie Euch gern.«
»Da die Zwiebeln für die Armen der Gemeinde gedacht waren, nehme ich sie dankbar an«, sagte der Priester.
Er beugte sich über Catherine, um ihr aufzuhelfen. Dabei schrie sie vor Schmerz auf. »Ach, bei den Beulen des heiligen Barnabas! Ich habe mir den Fuß verstaucht.«
Zum ersten Mal wurden die Folgen davon, daß sie einen anderen Menschen gereizt hatte, spürbar. Abgesehen von dem Schreck über Jehans Schwall von Flüchen und dem Entsetzen über seine Pflichtverletzung scherte sie sich nicht viel darum, daß er sie verlassen hatte. Es war hellichter Tag und nur noch drei oder vier Meilen bis Paris auf belebter Straße. Die Strecke hätte sie leicht zu Fuß geschafft. Wie schon oft zuvor. Jetzt wußte sie allerdings nicht weiter.

Dürfen wir dich daran erinnern, was vor dem Fall kommt? spotteten die Stimmen.
»Nein!« murmelte Catherine.
Der Priester ließ ihren Arm los.
»Ach, verzeiht mir«, sagte sie. »Euch meinte ich nicht. Könntet Ihr mir auf die andere Straßenseite helfen? Ich glaube, dieser Mann hier will mit seinem Karren vorbeifahren.«
Sie hatte den Karren noch nicht gesehen, nur den Zugochsen, der den Weg blockierte und friedlich auf einer Zwiebel kaute. Der Fuhrmann hielt eine andere Zwiebel am Stengel und verspeiste sie genüßlich. Sie schienen es beide nicht eilig zu haben.
Als Catherine an den Straßenrand humpelte, rief ihr der Fuhrmann zu: »Hat dich dieser *Avoutre* abgeworfen, ohne zu zahlen?«
Catherine hatte schon eine bissige Erwiderung auf den Lippen, merkte aber, daß der Mann sie nicht beleidigen wollte, sondern besorgt war. Er empörte sich über einen Ritter, der sich etwas nahm, ohne zu zahlen, nicht über eine Frau, die sich anbot. Trotzdem fühlte sie sich bemüßigt, das Mißverständnis aufzuklären.
»Er hatte sich bereit erklärt, mich zu meinem Mann zu bringen, doch er änderte seine Meinung«, erklärte sie erschöpft.
Der Mann biß wieder von der Zwiebel ab. »Dachte ich's mir doch. Das machen sie immer.«
Catherine setzte sich auf einen römischen Meilenstein und versuchte, sich den Stiefel auszuziehen, ohne laut aufzuschreien. Der Priester zog am Absatz, und endlich schafften sie es. Der Knöchel war stark angeschwollen. Sie wollte ihren Wollstrumpf darum wickeln. So zog sie ihn sich aus, ohne zuviel Bein zu zeigen, denn sie war sich

wohl bewußt, daß der Fuhrmann sich noch nicht von der Stelle gerührt hatte und sie genauso unentwegt anglotzte wie sein Ochse.
»Vorn auf dem Bock habe ich keinen Platz«, sagte er schließlich, »aber wenn du magst, kannst du hinten bei den Fässern sitzen. Ich fahre zum Haus meiner Mutter auf der Île.«
Der alte Priester wollte zwar offensichtlich in seine Kirche zurück, andererseits aber auch sichergehen, daß sich Jehans Flüche nicht an Catherine erfüllten.
»Vielleicht könnte ich mitkommen und dann zu Fuß zurückgehen«, schlug er vor.
Catherine biß sich auf die Lippe. Gern hätte sie sich seines moralischen Schutzes versichert, doch sie wollte ihm nicht noch mehr Umstände machen. Sie sah den Fuhrmann an.
Er war ein stämmiger Mann, groß, breitschultrig, stiernackig. Ob er wohl mit dem Ochsen verwandt war?
»Und wohin genau fährst du?« fragte sie.
»In die Nähe von St.Christophe«, sagte er. »Meine Mutter betreibt da eine Schenke. Mein Bruder braut das Bier für sie. Ich bringe den Überschuß nach Auberville und La Villette. Ich habe noch ein halbes Faß übrig. Du kannst einen Bechervoll haben.« Catherine schöpfte Hoffnung. »Deine Mutter ist nicht zufällig Bietrix?«
Der Mann blinzelte. »Doch! Bist du eins von ihren Mädchen? Ich kann mich nicht an dich erinnern.«
»Nein, aber ich kenne sie«, erklärte Catherine. »Sie kocht vortreffliche Bohnen- und Taubensuppen. Wenn du mich zu ihr bringst, kann mein Mann mich dort abholen. Er wird dich für deine Mühe entlohnen.«
Der Fuhrmann schien es zufrieden zu sein. Catherine beschloß, es zu wagen.

Sie dankte dem Priester, der seinen Weg erleichtert fortsetzte. Als der Mann abstieg, um ihr hinaufzuhelfen, kamen Catherine doch Bedenken. Aber sie dachte fest daran, daß sie noch vor dem Abend wieder bei Edgar sein würde. Gleichzeitig suchte sie in ihrem Gedächtnis nach einem Heiligen, der alleinreisende Frauen beschützte. Ihr fiel jedoch nur Magdalena ein, obwohl deren früherer Lebenswandel Catherine nicht gerade beispielhaft erschien.

»Bitte, heilige Maria«, betete sie, »laß mich sicher nach Hause gelangen, dann verspreche ich Dir, daß ich nach Vézely gehe und eine Kerze an deinem Grab anzünde. Ich bitte dich, geleite mich heim!«

Sie machte es sich im Karren bequem und achtete darauf, daß die leeren Fässer nicht auf sie zu rollten. Hinter ihr gluckerte es. Das Angebot des Mannes kam ihr wieder in den Sinn. Zuerst wollte sie darauf verzichten, weil sie an das Bier bei Bietrix dachte. Doch sie hatte Durst, und ihr Fuß schmerzte fürchterlich. Darum band sie ihren Becher vom Gürtel los, fand das Spundloch und schaffte es, ihn zu füllen, ohne allzuviel zu verschütten.

Sie trank es mit mitsamt den Stückchen. Diese Sorte schmeckte anders. Etwas bitter, aber nicht schlecht.

»Verzeihung!« Sie knuffte den Fuhrmann. »Danke für das Bier und deine Hilfe. Ich weiß deinen Namen leider nicht.«

»Goliath«, sagte der Mann. »So nennt man mich wenigstens. Mein Taufname paßt nicht mehr zu mir.«

»Danke, Goliath.«

Als Catherine sich zurücklehnte, fiel ihr ein, daß ihr Vater sich über zwei Folgen von Jehans Benehmen aufregen würde. Daß sie auf einem Karren fuhr und außerdem zu Bietrix' Schenke.

Catherine seufzte. Manchmal mußte man sich einfach dem Schicksal beugen.
Eingelullt vom gleichmäßigen Schritt des Ochsen und der Wirkung des Biers entspannte sich Catherine und schlief ein.

Die Sonne ging gerade unter, als der Ochse endlich den Karren am Grande Chastelet vorbei und über die Brücke auf die Île zog. Der Karren war zu breit für die meisten Straßen, selbst jetzt, wo die Verkaufsstände für die Nacht geschlossen waren. Goliath mußte einen Umweg machen, am Palast vorbei, über die Rue de la Calanore, dann über den Hof zwischen den Kirchen von St. Christophe und St. Éßtienne und dann, sehr vorsichtig, durch die enge Gasse hinter der Schenke.
Goliath beugte sich zu Catherine hinüber, um zu sehen, ob sie noch da wäre. »Ich muß die Fässer für meinen Bruder abladen, aber zuerst hole ich dich herunter«, sagte er und kletterte zu ihr. »Wir müssen durch die Brauerei gehen, sonst bleibt uns nur der Weg durch das Bordell.«
Catherine war zu müde, und ihr Fuß pochte zu sehr, als daß sie Einwände machen konnte. Sie ließ sich von Goliath hochheben und durch das Hintertor des Gebäudes tragen. Auf einer Seite des Gartens stapelten sich die Fässer. Der Geruch von Hefe war überwältigend. Goliath trat gegen die Tür. Zu ihrer Überraschung wurde sie von Lucia geöffnet.
»Frau Catherine!« rief sie aus. »Goliath! Laß die Frau sofort herunter!«
»Frau?« Goliath bemühte sich, das zu verstehen. »Heißt das etwa, sie ist gar keine Hure?«
»Er kann mich noch nicht absetzen, Lucia«, sagte Ca-

therine gleichzeitig. »Ich habe mir den Fuß verletzt und kann nicht gehen. Dein Bruder hat mich freundlicherweise nach Hause gebracht.«

»Das erklärt natürlich alles«, sagte Lucia.

Sie stellte keine weiteren Fragen, sondern führte sie durch die Brauerei und öffnete die Tür zum Schankraum, so daß Goliath sie hineintragen konnte.

Sonnabends war er voller Menschen, Männer und Frauen, örtliche Händler und Studenten. Wie Catherine gehofft hatte, war Edgar da. Er saß am Ende des Tisches am Fenster, mit John und Andrew, dem normannischen Kanoniker von St. Victor.

»Jetzt kannst du mich hinstellen«, sagte sie zu Goliath. »Da drüben ist mein Mann.«

Doch Goliath wollte sie beim Besitzer abliefern, also bahnte er sich einen Weg durch die Menge und trug Catherine, die von seinen Armen herabbaumelte, bis zu Edgar.

Edgar schaute hoch. Er schloß die Augen und schlug sie wieder auf. Sie war immer noch da. John brach in Lachen aus.

Catherine lächelte. »*Diex te saut*, Edgar«, sagte sie. »Ich bin wieder da.«

VIERZEHNTES KAPITEL

Paris, Gaudrys Werkstatt, Tag des heiligen Joseph, Zimmermann und treuer Ehemann, Mittwoch, 19. März 1141 /9. Nissan 4901

Mens humilis, studium querendi, vita quieta,
Scrutinium tacitum, paupertas, terra aliena
Haec reserare solent multis obscura legendo.

Ein demütiger Sinn, eifriges Streben, ein Leben in Stille, schweigende Prüfung, Armut, ein fremdes Land. Das wird dieProbleme vieler Menschen lösen.
BERNHARD VON CHARTRES

Edgar hatte ein Stück Eibenholz gefunden, es gespalten, geglättet und behutsam ausgehöhlt, um die Rundungen mit verschieden großen Meißeln herauszuarbeiten. Er arbeitete so sorgfältig, daß Gaudry sich beschwerte.

»Wenn du nicht schneller arbeiten kannst, bezahle ich dich stückweise«, drohte er. »Es ist völlig überflüssig, das Innere zu schmirgeln und zu ölen. Das sieht doch sowieso niemand.«

»Ich dachte, es soll für eine Reliquie sein? Es würde den Heiligen entehren, seine Gebeine in einen grob gezimmerten Kasten zu betten.«

Gaudry dachte einen Moment darüber nach. »Ja«, sagte er schließlich. »Das ist wahr. Einerlei, was die anderen damit vorhaben mögen, es ist unsere Pflicht, es so zu schaffen, daß wir es mit Stolz am Tag des Jüngsten Gerichts vorzeigen können. Nun denn, nimm dir Zeit, Edgar. Ich bezahle dich trotzdem für den Tag. Aber nutz meine fromme Natur nicht aus, sonst schlag' ich dir die Zähne aus.«

Edgar nickte, erfreut, daß Gaudry ihn mit in die Gemeinschaft derer einbezog, die den Herrn mit ihrer Hände Arbeit ehren. Tag für Tag zählte er sich jetzt mehr zu einem ganz anderen Stand, der nicht minder stolz war als der seine. Es bekümmerte ihn, daß er in Wirklichkeit nie dazugehören würde. Gaudrys widerstrebendes Lob erfreute ihn mehr als alles, was er je von den Lehrern der Pariser Schulen gehört hatte.

Gaudry raffinierte inzwischen das Gold und hämmerte es so dünn wie Frühlingslaub. Die Männer arbeiteten eine Zeitlang schweigend, bis auf Odo, der das Werkzeug schärfte. Der summte immer wieder dieselben zwei Liedzeilen vor sich hin, während er das Metall am Stein

schliff. Gaudry hämmerte den Takt dazu. Edgar fühlte sich fast wie im siebten Himmel. Er bedauerte, diesen Frieden zu stören, aber er mußte es tun.
Er tauchte das Tuch wieder in Öl. »Wer sind die anderen?« fragte er Gaudry. »Die, welche den Schrein bestellt haben? Was können die denn damit vorhaben? Ich will nicht, daß man meine Arbeit für ein Sakrileg mißbraucht.«
»Wenn sie bezahlt ist, kann's dir egal sein«, sagte Gaudry. Doch der Rhythmus des Hammers geriet ins Stottern. Schließlich legte Gaudry ihn beiseite und lehnte sich mit besorgter Miene an den Amboß.
»Der Kanoniker, der die Arbeit bestellt hat, sagte, er brauche das als Ersatz für einen beschädigten Schrein. Sein Kompagnon sollte ihn mir zum Instandsetzen herbringen. Aber der Mann tauchte nie hier auf, und Odo hat erfahren, daß man ihn irgendwo tot auffand. Jetzt will dieser Kanoniker einen ganz neuen Schrein haben. Im Grunde habe ich nichts damit zu schaffen. Ich nehme meinen Lohn und verschließe die Augen. Aber irgendwas an der Sache stinkt. Mir ist es einerlei, ob ich den Bischof betrüge oder gar den Papst, aber ich will nicht die Heiligen beleidigen. Man weiß nie, was das nach sich zieht. Sie rächen sich sowohl im Jenseits als auch jetzt.«
Edgar war erstaunt. So viel hatte Gaudry noch nie in einem Atemzug gesagt. Der Schmied mußte beunruhigter sein, als er zugab.
»Wer hat diese Arbeit bei Euch bestellt?« fragte Edgar. »Wißt Ihr, aus welcher Kirche er ist? Hat Bischof Stephan ihn beauftragt?«
»Davon hat er nichts erwähnt. Ich vermute, er kommt von Notre-Dame, weil es so nahe ist. Aber vielleicht ist er ja auch von St. Victor oder von weiter her. Seinen

Namen wollte er nicht nennen. Ich sah ihn nur einmal, und da stand er im Schatten. Er war dünn und mittelgroß, wie Tausende anderer Männer. Mir kam er vor wie ein Geistlicher mit niederen Weihen, ein bißchen schüchtern. Ich dachte, vielleicht hat er den Behälter, den man ihm anvertraute, versehentlich zerbrochen und wollte ihn instandsetzen lassen, bevor der Bischof es merkt.«

»Doch jetzt, wo wir einen ganz neuen Schrein anfertigen, glaubt Ihr nicht mehr daran.«

»Nicht, nachdem der andere Mann tot ist«, sagte Gaudry. »Ich sah ihn mehrmals. Ein öliger Herr von südlichem Aussehen, obwohl er gutes Französisch sprach. Schon vor dem Schrein brachte er uns andere Kirchengüter zum Instandsetzen, teilweise auch zum Einschmelzen. Er sagte, sie gehörten ihm nicht, er sei nur der Kurier für die Geistlichen.«

»Und Ihr habt ihm geglaubt?«

»Ja«, sagte Gaudry fest. »Er vermittelte mir den Eindruck von jemandem, der sich einer unangenehmen Pflicht entledigen wollte. Er selbst gab nicht die Befehle. Trotz seiner schönen Gewänder und seines Auftretens fehlte ihm ... ich weiß nicht recht ... vielleicht die Überheblichkeit. Du weißt, wie die so tun, als ob sie immer Speisen auf dem Tisch haben und jemanden, der sie bedient. Dieser Mann war anders. Ich dachte, man hätte ihn vielleicht zum Botendienst gezwungen, weil man ihn bei etwas ertappt hat.«

»Im Bett einer Dame?« sagte Edgar schmunzelnd.

Odo grinste in seiner Ecke. »Das würde ich ihm zutrauen; vielleicht mußte er auch deshalb sterben.«

»Schon möglich«, sagte Gaudry. »Aber ich halte es für wahrscheinlich, daß er versuchte, seine Auftraggeber zu betrügen oder drohte, zum Bischof zu gehen wegen dieser ›Instandsetzungen‹ von Kirchengut, und sterben mußte, damit er nichts ausplauderte.«

»Aber kanntet Ihr denn keinen dieser Männer?« fragte Edgar. »Ihr habt nie nach einem Namen gefragt?«

»Ich gehöre nicht zur Zunft«, sagte Gaudry. »Ich habe denen auch nicht meinen Namen genannt.«

Edgar widmete sich wieder seiner Arbeit. Die Beschreibung paßte. Sowohl Maurice als auch Gaudry hatten den Mann übereinstimmend beschrieben. Offenbar war Natan tief in die Geschäfte der Christen verwickelt gewesen. Alle sagten, er sei habgierig gewesen. Hatte er sich etwa erdreistet, seinen Auftraggebern zu drohen? Oder vielleicht war er ihnen nicht mehr nützlich gewesen. Wenn er durch Gift gestorben war, dann hatte er, sich unter Freunden wähnend, wohl irgend etwas gegessen. Aber was hatte er gegessen und mit wem? Und welche von den tausend Kanonikern, die um Paris lebten, hatte bei Gaudry einen Reliquienschrein in Auftrag gegeben, in den der Arm des heiligen Aldhelm paßte? Und wie waren sie in den Besitz des Arms gelangt? Diesen Knoten aufzulösen war so langwierig wie seine Schnitzarbeit.

Ja, wie war Natan wohl vergiftet worden? Wie strenggläubig war er als Jude? Solomon aß alles, ausgenommen Schweinefleisch, obwohl er koschere Speisen vorzog. Eliazar und Johannah aßen nur, was in einem jüdischen Haus zubereitet war. Aber Natan? Edgar beschloß, Catherine heute abend danach zu fragen. Sie würde sich über eine Aufgabe freuen. Ihre Gehbehinderung schien ihre Säfte durcheinanderzubringen. Nach ihrem Auftauchen in der Schenke schien sie ein paar Tage lang aus dem Gleichgewicht geraten zu sein. Es war seine Pflicht als Ehemann, sie vor Trübnis zu schützen.

Edgar war sich schmerzlich bewußt, daß es außerdem

seine Pflicht war, Jehan für sein Betragen zu fordern. Es würde ihm eine gewisse Genugtuung verschafften, zu spüren, wie seine Faust auf dem Kinn des Mannes landete. Aber er dachte zu vernünftig, um nicht zu wissen, daß er dabei selbst im Dreck landen würde. Daß Jehan durch seine Tat seine eigenen Hoffnungen zunichte gemacht hatte, erleichterte Edgar die Sache nicht. Wenn er wie seine Brüder das Kriegshandwerk erlernt hätte, müßte er Jehan jetzt zum Zweikampf auffordern und ihm alle seine Habe abnehmen. Das sollte er jetzt auch tun. Edgar stach etwas zu heftig ins Holz und hinterließ eine Kerbe. Erschrocken bemerkte er, daß er keineswegs das Gehabe des Edelmanns abgelegt hatte. Schweigend bat er den heiligen Aldhelm um Verzeihung und wünschte anschließend Jehan die Pest an den Hals.

Da Agnes und ihre Dienstmägde fort waren und sonst niemand mehr im Haus an der Grève weilte, hatte Hubert vorgeschlagen, daß Ullo bei Eliazar bliebe. Johannah freute sich, ein Kind im Haus zu haben, und bedauerte sehr, daß es ein Christ war und auch nur zu Besuch. Für Ullo war es neu, daß man ihm nicht nur Gehör, sondern auch Leckereien schenkte, sobald er in der Küche auftauchte. Offenbar mußte er nichts weiter tun, als Lucia Sachen aus dem Keller zu holen und den Esel morgens und abends nach St.Germain l'Auxerrois zu bringen, damit Catherine herüberreiten konnte.

An diesem Frühlingsmorgen saß Ullo auf einem hohen Schemel am Küchentisch und knackte fröhlich Walnüsse für einen Pudding, während er sich vorstellte, daß es Sarazenenköpfe wären. Catherine saß neben ihm und entkernte Trockenfrüchte.

‚Seltsamerweise summte sie die gleiche Hymne wie Odo,

doch sie kannte mehr als die ersten beiden Zeilen.
»Verbum bonum et suave, Personemus illud Ave, perquod Christi fit conclave, Virgo, mater, filia«, sang sie, und Ullo tat es ihr nach, obwohl ihm der Sinn der Worte entging.
»Ich dachte, das ist ein Adventslied«, sagte Lucia, die mit einem Korb frischer Kräuter hereinkam, den ersten Frühlingstrieben.
»Sollten wir die Jungfrau denn nur zu einer Jahreszeit preisen?« fragte Catherine.
Lucia setzte den Korb ab, ging zum Schrank, holte eine Holzschale und ein krummes Hackmesser heraus, um die Kräuter für eine Fleischsauce feinzuwiegen. »Verzeiht«, sagte sie. »Ich vergaß, daß ich mit einer Kennerin der Lehre sprach, gnädige Frau.«
Catherine öffnete den Mund, um sich zu entschuldigen, hielt aber inne. Das wäre noch herablassender, als Lucia eine Nachhilfestunde in Religion zu geben.
Lucia schien es einerlei zu sein. Sie schnitt die Blätter auf ein Brettchen und begann, sie kleinzuhacken. Nach einer Weile sah sie nach, wieviel noch im Korb war.
»Avoi!« rief sie. »Nicht genug Kerbel. Ullo, weißt du, wie getrockneter Kerbel aussieht?«
»Gewiß«, sagte Ullo.
Lucia verdrehte die Augen. Noch so ein hochmütiges Herrchen! »Dann geh in den Keller hinunter und hole mir drei Stengel von den getrockneten Büscheln, die an der Decke hängen«, sagte sie.
Ullo zog frohgemut los. Er konnte die Kräuterbüschel nicht erreichen, ohne sich die Kisten heranzuziehen und daraufzuklettern. Er war wie Roland, der in höchster Not auf den Felsen stieg, um sterbend in sein Horn zu blasen. Oder vielleicht wie Gottfried von Bouillon, der die

Mauern von Antiochia erklomm, bevor ihn der Tod ereilte. Ullo machte es gar nichts aus, daß Natan in diesem Keller gestorben war.
»Hoffentlich brauchst du die Kräuter nicht sofort«, sagte Catherine. »Der kann den ganzen Nachmittag da unten verbringen.«
Lucia lief es eiskalt über den Rücken. »Ich nicht.«
Catherine klaubte einen widerstrebenden Pflaumenstein heraus. »Ja, ich kann es dir nachfühlen«, sagte sie. »Aber ich glaube nicht, daß Natans Geist dort herumschwirrt.«
»Nein«, sagte Lucia, die gerade heftig Borretsch zerpflückte. »Das glaubt Ihr gewiß nicht. Ihr glaubt, er schmort jetzt in der Hölle, und der Teufel läßt ihn flüssiges Gold schlucken, damit ihm weißglühende Dukaten aus dem Hintern fallen. Spart Euch Euer Mitgefühl. Ich weiß, was Ihr alle denkt. ›Natan war ein schlechter Mensch. Ein schlechter Jude. Er hat die christlichen Herren nachgeäfft. Er war ein Lügner und Betrüger.‹ Niemand hat Tränen für ihn vergossen!«
Catherine stand auf und humpelte zu Lucia hinüber. In ihrem Zorn lief die Magd Gefahr, sich einen Finger abzuschneiden. Catherine legt ihre Hand über die ihre.
»Eine hat geweint«, sagte sie.
Lucia hörte auf zu hacken. Sie blickte Catherine mit weit geöffneten, glitzernden Augen an. Der Schmerz, den Catherine darin sah, traf sie, als ob es ihr eigener wäre.
»Du hast mich an der Schulter gepackt, als du hörtest, wer der Tote war«, sagte sie zu Lucia. »Deine Nägel haben sich in meine Haut eingegraben. Er war kein Fremder für dich.«
Regungslos schien Lucia in sich zusammenzusacken.

»Nein«, flüsterte sie. »Ich kannte ihn.«
Obwohl Catherine es geahnt hatte, war sie über Lucias tiefen Schmerz erschrocken. Es stimmte. Nicht einer, nicht einmal Menahem, Natans eigener Neffe, hatte ein gutes Wort über ihn gefunden. Der Tod konnte nichts daran ändern, daß alle, die ihn kannten, ihn verachteten.
Doch wenn er so böse gewesen war, wie konnte Lucia ihn dann lieben? Wenn er so herzlos gewesen war, warum weinte sie dann?
Und Lucia weinte wirklich, schluchzte rückhaltlos. Catherine konnte sie nur umarmen. Aber das Gewicht war zuviel für ihren gesunden Fuß, und die beiden sanken zu Boden, Lucia mit ihrem Kopf in Catherines Schoß.
Catherine fiel nichts Besseres ein, als sitzen zu bleiben und der schluchzenden Lucia über das Haar zu streichen.
Als Lucia sich beruhigte, beugte sich Catherine über sie und fragte leise: »Brauchst du Hilfe? Bist du schwanger?«
Lucia hätte fast gelacht. »Nein. Bei Gott, ich wünschte, ich wär's. Dann wäre ein Stück von ihm noch auf dieser Welt.«
»Ja«, sagte Catherine. »Das kann ich verstehen. Es tut mir aufrichtig leid. Hilft es dir vielleicht, wenn ich dir verspreche, den zu finden, der ihn getötet hat?«
Lucia riß sich zusammen und stand auf. Sie zupfte sich den Schal zurecht und wischte sich die Augen. »Nein«, sagte sie, »das hilft mir nicht.« Sie hielt Catherine die Hand hin, um ihr hochzuhelfen.
»Hilfst du mir trotzdem, ihn zu finden?« fragte Catherine, als sie sich hochrappelte.
»Ja«, sagte Lucia. »Ich will, daß er dafür büßt.«
Als Ullo, der inzwischen auch Jerusalem mit Gottfrieds Bruder, König Balduin, erobert hatte, zurückkehrte,

waren Catherine und Lucia wieder so, wie er sie verlassen hatte, jede beschäftigt mit ihren Aufgaben.

Es gab noch eine Gruppe englischer Studenten, die an jenem Abend mit ihnen zu Tisch saßen, daher erzählte Catherine Edgar erst im Bett, was sie von Lucia erfahren hatte.
»Sie war in ihn verliebt?« Edgar fiel es schwer, das zu glauben.
»Sowohl Maurice als auch Gaudry hielten ihn für einen vornehmen christlichen Herrn«, erinnerte ihn Catherine. »Er muß wohl den Zauber ferner Länder ausgestrahlt haben.«
»Aber Lucia wußte doch, daß er Jude war«, sagte Edgar.
»Wohl wahr«, sagte Catherine. »Und ich wußte, daß du Engländer bist. Vielleicht hoffte sie, ihn bekehren zu können.«
»Willst du einen Franzosen aus mir machen?« fragte Edgar entsetzt.
Catherine schüttelte traurig den Kopf. »Da mache ich mir keine Hoffnungen. Bei deiner Art zu essen. Obwohl ich heute abend, als ich die anderen Engländer sprechen hörte, bemerkt habe, daß du beinahe deinen Akzent verloren hast.«
»Ich werde mich bemühen, ihn sofort zurückzugewinnen«, sagte er mit Nachdruck. »Jetzt aber zu Natan. Wir wissen, daß er mit Christen gemeinsame Sache machte. War er einer, der sich bei ihnen einschmeichelte, indem er ihre Speisen aß?«
Catherine versuchte, sich zu erinnern, was sie gehört hatte. »Das bezweifele ich«, sagte sie schließlich. »Solomon und Onkel Eliazar fanden seine Eßgewohnheiten auffällig. Im Gegensatz zu denen mancher anderer, die

nicht einmal hinsehen, bevor sie sich den Mund vollstopfen.«
Edgar wirkte betroffen. »Ich wußte nicht, daß dich das stört.«
Catherine lachte. »Es stört mich nicht. Wenigstens nicht mehr. Es macht mir Freude zu beobachten, wie begeistert du alles in dich hineinschaufelst. Diesen ganzen Brennstoff mußt du doch an anderer Stelle aufbrauchen.«
Sie war wach genug, um ihm die Art und Weise zu zeigen. Doch Edgar grübelte noch darüber nach, wie Natan vergiftet worden war.
»Es muß eine Person seines Vertrauens gewesen sein«, sagte er, »nein, hör nicht auf. Ich kann dabei ganz gut nachdenken.«
»Dann mach ich es wohl nicht richtig«, erwiderte sie.
Einen Augenblick lang herrschte Schweigen.
»Vielleicht hat jemand einen der christlichen Knechte bestochen, Natan etwas ins Essen zu mischen«, schlug sie vor. »Aber das ist nicht sehr wahrscheinlich. Das hätte ungesehen am Tisch geschehen müssen. Wir wissen nicht einmal, wo Natan in jener Nacht aß, oder?«
Schweigen.
»Oder?« wiederholte sie. »Edgar, was meinst du? Edgar! Edgar ...?«
Sie hatte es wohl doch richtig gemacht.

Als Catherine am Donnerstag zu Tante und Onkel kam, war sie überrascht, dort in der Diele Andrew anzutreffen, den Kanoniker von St. Victor.
»Dich kenne ich doch, oder?« fragte er. »Ich habe dich neulich mit John in einer Schenke gesehen. Was suchst du denn hier?«
Catherine suchte fieberhaft nach einer überzeugenden

Antwort. Sie hielt Angriff für die beste Verteidigung.
»Was machst *du* denn hier?«
»Der alte Eliazar unterweist mich in Hebräisch und erklärt mir Stellen aus dem Pentateuch im Original. Meister Hugo, seine Seele möge im Himmel frohlocken, lehrte mich, die Wahrheit des Neuen Testaments in den Worten des Alten zu suchen.«
»Aha«, sagte Catherine. »Auch mich bekümmert der Tod Meister Hugos. Ich bin gewiß, daß seine Gelehrsamkeit in seinen Schülern weiterlebt.«
Andrew suchte in ihrer Miene nach Anzeichen für Spott. Catherine erwiderte seinen Blick mit großen Augen, aufrichtig und verwirrend blau. Er blinzelte.
»Bist du also auch hier, um Hebräisch zu lernen?« fragte er etwas höflicher. »Ich entsinne mich, daß die Äbtissin Heloïse auch diese Sprache studiert.«
»Ja, sie hat uns ein wenig Hebräisch im Paraklet gelehrt«, sagte Catherine, froh, daß er ihr diese Ausrede geliefert hatte. »Eliazars Frau hilft mir, es nicht zu vergessen.«
Andrew war ehrlich verwirrt. »Aber du hast das Kloster doch verlassen. Was kannst du denn jetzt noch mit Hebräisch anfangen?«
»Das weiß ich auch nicht«, erwiderte Catherine. »Doch wenn sich die Gelegenheit ergibt, soll sie mich nicht unvorbereitet treffen.«
In was für ein Gestrüpp aus Lügen und Halbwahrheiten verstrickte sie sich da! Im Hebräischen war sie kaum je über das *Aleph bet* hinausgekommen, und auch nur, um die Bücher für ihren Vater führen zu können, da Buchstaben auch zur Numerierung benutzt wurden. Solomon hatte ihr ein paar Redewendungen beigebracht, Johannah ebenfalls. Jetzt wünschte Catherine, sie hätte sich Zeit genommen, es zu lernen. Heloïse hätte sie, wenn

sie es gewollt hätte, auch mehr gelehrt. Andrew hegte Zweifel. Dann erhellte sich seine Miene plötzlich. »Ach, natürlich! Ich weiß, warum du wirklich hier bist. Es braucht dir nicht unangenehm zu sein. John hat mir erzählt, daß Edgar und du enterbt wurdet. Ich kann es euren Familien nicht verübeln angesichts eurer übereilten Eheschließung, aber in eurer Lage wäre ich wohl gezwungen, ebenso zu handeln.«

»Wie bitte?« Catherine hatte keine Ahnung, worauf er anspielte.

In diesem Augenblick betrat Johannah die Diele, gefolgt von Lucia, die einen Teller Käse und Becher mit Wein für Andrew und Eliazar trug.

»Schon gut«, flüsterte der Kanoniker Catherine zu. »Ich erzähle keinem, daß ich dich hier gesehen habe.« Er folgte Lucia die Treppe hinauf.

Johannah umarmte Catherine zur Begrüßung. »Was sollte das denn bedeuten?« fragte sie.

»Das weiß ich auch nicht«, sagte Catherine. Doch dann ging ihr ein Licht auf. »Ach ja! Der *Stultus* glaubt, ich will meinen Schmuck bei dir verpfänden, jetzt wo meine Familie mich verhungern läßt.«

»Der müßte doch wissen, daß ich kein Geld verleihe.« Johannah rümpfte die Nase. »Obwohl ich nichts gegen solche Leute habe. Die Christen machen es einem jedes Jahr schwerer, ohne geliehenes Geld zu überleben. Andrew kommt schon seit langem zu uns und hat genug Fragen gestellt, um zu wissen, daß ich so etwas nicht nötig habe. Aber er ist in seinen Vorurteilen gefangen. Sein Freund gefiel mir besser.«

»Welcher Freund?«

»Bruder Thomas kam früher auch immer jede Woche, genau wie Bruder Andrew. Für Christen waren sie brave junge Männer, aber Thomas zeigte sich aufgeschlossener. Andrew will immer nur die Ankündigung seines Messias herauslesen. Ich glaube, Eliazar konnte ihn ein-, zweimal vom Gegenteil überzeugen.«

»Daß der Messias noch nicht erschienen ist?« fragte Catherine erschrocken.

»Natürlich nicht«, sagte Johannah. »Davon wird ihn niemand überzeugen. Eliazar bracht ihn nur dazu, zuzugeben, daß eure Gelehrten manchmal Vorankündigungen eures Christus in der Thora sehen, die einfach nicht da sind. Doch Thomas war anders. Er hörte zu und stellte kluge Fragen. Er war sehr respektvoll. Eine Weile kam er sogar zweimal die Woche, einmal mit Andrew und dann allein. Doch vor einem Jahr blieb er dann plötzlich aus. Vielleicht ist er in eine andere Stadt gezogen, vielleicht ist er auch wieder bei seiner Familie.«

Irgend etwas beunruhigte Catherine. Da tauchte eine Verbindung auf, die sie nicht wahrhaben wollte. Sie stützte sich auf den Arm ihrer Tante und ging mit ihr in die Küche, wo Lucia zur Vorbereitung des Passahfestes alle Schränke ausschrubbte.

»Ich habe noch Brot, das wir nicht bis zum Feiertag aufessen können«, sagte Johannah. »Es liegt in dem Beutel auf dem Tisch. Willst du es mitnehmen?«

Catherine argwöhnte, daß ihre Tante absichtlich zuviel gekauft hatte, nahm das Geschenk jedoch dankbar an. Aus dem Keller ertönte plötzlich Gepolter und dann ein Schrei. Lucia kreischte laut auf und stieß sich den Kopf am Schrank. Catherine ließ den Beutel fallen, und die Krümel fielen auf den Fußboden. Johannah seufzte, da er nun noch einmal geschrubbt werden mußte.

Gleichzeitig lief sie zur Falltür, die offenstand. »Ullo!« rief sie. »Bist du verletzt?«

»Lebend bekommen sie mich nie!« rief eine hohe trotzige Stimme zurück.
»Vernichte im Eifer des Gefechts nur nicht alle unsere Vorräte«, warnte sie.
Johannah kam an den Tisch zurück, wo Catherine saß und lachte. Lucia fluchte leise vor sich hin. Wenn sich auch nur ein Teil der Verwünschungen erfüllte, fände der Verteidiger Jerusalems ein unrühmliches Ende.
»Laß den Jungen spielen«, sagte Johannah. »Seine jungen Augen finden auch das kleinste bißchen Chametz, wo immer er es sich einbildet.«
»Das kleinste bißchen was?« fragte Catherine.
»Sauerteig«, sagte Johannah. »Es darf keine Spur davon geben. Ullo soll die Kisten wegrücken und um die Fässer herum fegen, die wir für das Fest gesäubert haben. Ich glaube, er denkt, daß wir Ostern meinen.«
»In Ullos Kopf spuken so viele *Gestes* und Legenden, daß er kaum bemerkt, wo er ist oder wer wir wirklich sind«, sagte Catherine.
Das Schlachtgetümmel unten ging noch ein paar Minuten weiter. Dann kam Ullo die Treppe herauf, den Besen unter einen Arm geklemmt und die Kriegsbeute in einem Korb in der anderen Armbeuge. Mit einer Verbeugung überreichte er Johannah den Korb.
»Hast du auch den ganzen Fußboden gefegt?« fragte sie. »Auch in den Ecken?«
»Ich schwöre es!« sagte Ullo. »Ich habe die Lampe in den dunkelsten Schatten gehalten, und die Dämonen haben vor mir die Flucht ergriffen.«
Er hatte so etwas Unschuldiges. Catherine wollte ihn beschützen, damit er nie einen Dämonen träfe, den er nicht in die Flucht schlagen könnte.
Johannah sah ihren Blick. Sie tätschelte ihre Hand.

»Vergiß deinen Kummer, Kind«, sagte sie. »Du und Edgar, ihr werdet noch viele Kinder haben.«
Catherine nickte lächelnd. Das war es. Wie Edgar nur zu gut wußte, war die Unbeweglichkeit schlecht für sie. Sie verfiel dann zu leicht ins Grübeln und beging die Sünde der Verzweiflung. Sie hatte Edgar nichts von ihrer großen Angst erzählt, noch eine Geburt wie die erste zu erleben. Sie schüttelte sich. Das war töricht. Sie hatte ihren Weg gewählt: Nesseln, Dornen und Steine. Jetzt mußte sie ihn zu Ende gehen, da half kein Jammern und Klagen.
Johannah wühlte den Korb durch nach etwas Wertvollem, das versehentlich hineingefallen sein könnte. Catherine beugte sich neugierig darüber.
»Was ist denn das?« Johannah hielt ein abgerissenes Stück Pergament hoch. »Da steht etwas geschrieben. Wie seltsam. Französisch ist es nicht. Vielleicht Latein?« Sie reichte es Catherine, die sich bemühte, die verschmierten Lettern zu entziffern. »›*Laurentius bonum opus operatus est, qui per signum crucis caecos illuminavit*‹«, las sie. »Lorenz vollbrachte ein gutes Werk, er, der durch das Zeichen des Kreuzes den Blinden Licht verlieh.‹ Es ist ein Antiphon für den Tag des Heiligen, glaube ich, vielleicht aus einem Brevier.«
»Wie kommt denn so etwas in unseren Keller?« wunderte sich Johannah.
»Ich habe keine Ahnung«, sagte Catherine. »Ullo«, fragte sie, »wo war das hier?«
»Das steckte in einem Spalt in den Festungsmauern.«
Catherine seufzte: »Ich kenne mich in der Geographie nicht aus, Ullo. Welche Festung?«
Ullo seufzte ebenfalls. »Die Kisten an der Wand gegenüber der Treppe«, sagte er widerwillig.

»Danke, Ullo.« Catherine faltete das Stück Pergament sorgfältig zusammen und band es in ihren Ärmel. Sie wollte sich ihre Besorgnis nicht anmerken lassen. Das war die Stelle, an der sie die Perlen und das Stück Metall gefunden hatte. Das beunruhigte sie. Sie mußte aus Onkel Eliazar herausbekommen, was letztes Jahr geschehen war. Aber zuerst mußte sie möglichst viel darüber herausfinden, was Natan getrieben hatte.

»Lucia«, sagte sie, »würdest du gern mit Edgar und mir heute zu abend essen? Wir essen Brot und Suppe aus dem Krug, den wir gestern von deiner Mutter mitgebracht haben. Es ist nicht viel, aber du bist willkommen.«

»Du hast heute hart gearbeitet«, ermunterte sie Johannah. »Wenn du möchtest, kannst du zusammen mit Catherine gehen. Ich kümmere mich um Eliazar und Ullo.«

Lucia schien nicht sonderlich begeistert, doch als sie Catherines bittende Miene sah, sagte sie zu.

Bald darauf verließen die beiden Frauen das Haus. Catherine war zu besessen von ihren neuen Mutmaßungen, um noch länger zu warten.

Also hatte es noch einen zweiten Geistlichen gegeben, Thomas, der nicht mehr kam. Dafür gab es ein Dutzend einleuchtender Erklärungen. Vielleicht hatte er keine Lust mehr zum Lernen oder hatte andere Pflichten. Catherine fielen allerlei Gründe ein, warum Thomas seine Besuche bei Eliazar eingestellt haben könnte. Doch die Stücke, die sie gefunden hatte, konnten gut einem armen Kanoniker gehört haben: Perlen und ein Gebetbuch oder Brevier mit dünnen Metallstreifen, welche die Verse und Antworten des täglichen Offiziums des ganzen Jahres anzeigten. Aber warum waren die im Keller ihres Onkels?

Catherine wollte einfach nicht glauben, was sich ihr aufdrängte. Aber sie war darin geschult, alle wissenswerten Einzelheiten aufzunehmen, sie zu ordnen und eine logische Schlußfolgerung daraus zu ziehen. Sie durfte die Tatsachen nicht übersehen. Was, wenn Natan nicht der erste Mensch gewesen war, der in diesem Keller starb? Was, wenn jemand beschlossen hätte, einen jungen Kanoniker von St. Victor aus dem Weg zu räumen, und Natan davon wußte? Was, wenn dieser Jemand ihr Onkel Eliazar war?

Catherine zuckte bei dem Gedanken zusammen. Das waren ja nur Vermutungen, sagte sie sich. Doch sie mußten berücksichtigt werden.

FÜNFZEHNTES KAPITEL

Abend desselben Tages, Edgars und Catherines Kammer

Et quoniam magna ex parte huius libri explanationem quantum ad sentiarum summam spectat, secundum alios qui ab Hebreis sicut et nos litteralem sensum pentateuci edocti sunt nullis penitus mutatis supra posuimus, nunc littere quam illi indiscussam reliquerunt insistamus.

Die Auslegung dieses Buches bleibt weitgehend unverändert, insofern es sich um die Hauptidee handelt, gemäß anderen, die wie wir den buchstäblichen Sinn des Pentateuchs von den Juden gelernt haben. Jetzt laßt uns den Buchstaben aufnehmen, den sie nicht erörtert haben.

ANDREW VON ST. VICTOR
Anmerkungen zu Leviticus

Obwohl Lucia nur widerstrebend mitgekommen war, fühlte sie sich behaglich, als sie ankamen. Catherine merkte, daß die kleine Kammer mit dem schlichten Mobiliar sie überraschte. Lucia half Catherine, die Suppe aufzuwärmen und die Brotkrusten auf einen Teller zu legen. Nicht gerade ein Mahl wie am Hofe des Königs Artus, doch als Edgar mit einem Krug voller Apfelwein eintraf, war es mehr als genug für drei Personen.

Besonders, wenn eine von ihnen keine Anzeichen machte zu essen.

Lucia leerte ihren Apfelweinbecher rasch, doch rührte länger in ihrer Suppe herum als Catherine. Edgar beherrschte sich nur mit Mühe. Unter dem Tisch nahm Catherine seine Hand. Er drückte sie und zwang sich zu warten.

»Ich werde Euch sagen, was ich über Natans Geschäft weiß«, sagte Lucia endlich. »Aber ich will, daß Ihr seine Mörder aufspürt und Eure eigenen Freunde dabei nicht schont. Das müßt Ihr mir schwören, sonst schweig' ich.« Sie riß sich ein Stück Brot ab und krümelte es in die Suppe. Krümel und Brühe in ihrer Schale ergaben eine geleeartige Masse, mit der Edgar am liebsten die Risse in den Fensterrahmen gekittet hätte.

»Wir müssen die Wahrheit herausfinden«, sagte er. »Jetzt glauben manche, Eliazar habe Natan vergiften lassen. Wir denken das nicht, aber wir werden das, was wir herausfinden, nicht verheimlichen.«

»Ich weiß nicht, ob ich Euch trauen kann«, seufzte Lucia. »Aber niemandem sonst scheint sein Tod nahezugehen.«

Sie blickte die beiden, besonders auch ihre verschränkten Arme, finster an. Catherine ließ die Arme sinken. Ihr

schien es, als habe sie der Frau einen Stich versetzt. Lucia wischte sich die Augen mit dem Handgelenk und löffelte hastig ihre Suppe aus.
»Was schert Euch beide eigentlich Natans Tod? Was macht das schon, wenn ein schmieriger jüdischer Händler ermordet wird? Der einzige, der Anteilnahme zeigt, ist sein Neffe. Und der auch nur, weil er denkt, daß Natan irgendwo einen verborgenen Schatz hinterlassen hat.«
»Ist das möglich?« fragte Edgar. »Nicht, daß es uns wichtig wäre. Wir haben kein Anrecht darauf. Aber Catherine sagt, Natan habe etwas gesucht, als er starb. Vielleicht hatte er einen Schatz, der für dich bestimmt war, in den Keller gestellt.«
»Für mich?« Lucia schien überrascht, dann lachte sie. »Er hat oft gesagt, daß er mich eines Tages in Juwelen und Seide kleiden würde. Aber so etwas sagen Männer immer, wenn sie dich ins Bett locken wollen.«
»Hast du ihm trotzdem geglaubt?« fragte Catherine.
Lucia betrachtete ihr aufgeweichtes Brot. Sie zog den Löffel heraus. »Dann und wann brachte er mir Geschenke, ein Armband, Leckereien, eine Jakobsmuschel. Ich habe mich immer gefragt, wie er daran gekommen ist. Mir langte das. Ich bin doch nicht mit Gold zu kaufen.«
Edgar wußte von Catherine, daß Lucia nichts erzählen würde, wenn sie nicht sehr behutsam vorgingen. Doch es fiel ihm schwer, sich zurückzuhalten. Und er war peinlich davon berührt, die Einzelheiten ihrer zärtlichen Stelldicheins mit Natan zu hören.
Catherine wußte, daß Lucia ihnen zuerst ihr Herz ausschütten mußte. Vor der ganzen Welt mußte sie so tun, als ob Natan ihr nichts bedeutet hatte. Catherine konnte nur erahnen, wie weh das tat. Dies war Lucias einzi-

ge Gelegenheit, mit anderen zu trauern, und zum Teil schöpfte sie Trost daraus, ihnen zu erzählen, was er ihr gewesen war. Edgar saß auf dem Schemel mit dem zu kurzen Bein und wippte so heftig damit, daß es für Catherine ein klares Anzeichen war, wie sehr ihm weitere tränenreiche Erinnerungen widerstrebten.

»Edgar«, sagte sie, »ich glaube, wir haben nicht genug Kohlen für die Nacht. Kannst du mal nachfragen, ob der Weber uns ein paar leiht? Und dann könntest du vielleicht den Apfelweinkrug nachfüllen.«

Er stand so prompt auf, daß Lucia sich über seine Hingebung wunderte. Als Catherine ihm den Umhang zuband, beugte er sich hinunter und flüsterte ihr ins Ohr: »Wie lange soll ich bleiben? Ich stehe in deiner Schuld, Carissima.«

»Nicht länger als eine Stunde«, antwortete sie. »Keine Sorge, sie wird sich bezahlt machen.« Sie ging zu Lucia zurück. »Nun erzähl mir alles über Natan. Hast du ihn bei On... bei Eliazar kennengelernt?«

Lucia schüttelte den Kopf. »Schon vorher. Er kam manchmal in die Schenke. Abends helfe ich noch Mutter, besonders an Festtagen, wenn das Geschäft gut läuft. Er trank ein, zwei Becher und redete mit Bekannten. Er war mit meinem Bruder Goliath befreundet. Vielleicht hat Natan Goliath vor ein paar Jahren Geld geliehen, damit er sich seinen eigenen Karren kaufen konnte. Ich bin nicht sicher. Über so etwas reden Männer nicht.«

»Das ist meist keine gute Grundlage für eine Freundschaft«, sagte Catherine. »Es sorgt mehr für Groll über den zu zahlenden Zins.«

»Ich weiß nicht recht«, sagte Lucia. »Goliath schien ganz froh darüber zu sein, sagte, Natan sei ein guter Mensch. Samson schimpfte ihn hirnverbrannt, weil er einem

Juden traute.« Sie lachte. »Goliath sagte ihm, es sei hirnverbrannt, überhaupt irgendwem zu trauen, aber daß er guten Grund zu der Annahme habe, daß Natan ihn nicht betrügen würde.«

Diese Aussage würde Catherine mit anderen erinnern, die in diesem Zusammenhang keinen Sinn ergaben. Sie war sicher, daß Natan einen geheimen Grund dafür gehabt haben mußte, Goliath einen günstigen Kredit zu gewähren. War Lucia der Grund? Hatte Goliath das gemeint?

»Hatte Natan dich, äh, da schon ›bemerkt‹?« fragte sie.

»Ich glaube nicht«, sagte Lucia. »Männer ›bemerken‹ mich meist, wenn sie glauben, daß ich im Hinterzimmer arbeite. Mutter läßt Juden in die Schenke, jedoch nicht ins Bordell. Sie fürchtet, daß sich die Priester über Frauen beklagen, die von Ungläubigen berührt wurden, und sie will so gute Kunden nicht verlieren. Also hat Natan mich nie angesehen.« Sie lächelte. »Dachte ich zumindest.«

»Seit wann arbeitest du für Johannah?« fragte Catherine.

»Seit über einem Jahr. Nein. Schon länger. Ich habe gleich nach Lichtmeß angefangen, also anderthalb Jahre.«

»War Natan häufig Gast? Hast du ihn dort näher kennengelernt?«

»Soweit ich mich erinnere, kam er das erste Mal im letzten Winter zum Essen, nach Aschermittwoch. Ich glaube, vorher war er schon ein paarmal bei Eliazar.«

Catherine hielt den Atem an. »Weißt du, welcher Art seine Geschäfte mit Eliazar waren?«

Lucia schüttelte den Kopf, und Catherine atmete enttäuscht wieder aus.

»Es schien ein großes Geheimnis zu sein, aber warum, weiß ich nicht«, sagte Lucia. »Natan hat nur abgetragene Kleidung und ein paar andere Sachen zum Verkauf mitgenommen. Goliath brachte ihn eines Tages mit dem Bierkarren nach Argenteuil, und dort hat er sie dann verkauft. Natan wollte so etwas nie wieder tun, wenn er nicht mehr dafür bekäme.«

»Alte Kleider?« wiederholte Catherine.

»Ja. Ich habe sie nicht gesehen, aber Natan sagte, er hätte nicht viel dafür bekommen. Er hielt Eliazar für töricht.«

»Sagte er auch warum?«

»Er sagte ... Wartet, laßt mich nachdenken.« Lucia rieb sich die Stirn.

Catherine wünschte, Edgar würde mit dem Apfelwein zurückkehren. Vielleicht würde der Lucias Gedächtnis auf die Sprünge helfen.

»Ach ja«, sagte Lucia. »Er meinte, man kann es mit der Frömmigkeit auch zu weit treiben, dann würde sie reiner Selbstmord. Er meinte damit Eliazar.«

»Aber er hat dir nie Genaueres gesagt?« bohrte Catherine nach.

»Nein.« Lucia schüttelte traurig den Kopf. »Ich glaube, Natan hat Eliazar bewundert; er fand nur, daß der alte Mann von Sinnen war, solch ein Wagnis einzugehen – was auch immer es gewesen sein mag. Viele Dinge hat er mir nicht erzählt. Und ich weiß, daß er nie zum Christentum übergetreten wäre, um mich zu heiraten. Aber er hat mich trotzdem geliebt. Ganz gewiß.«

Catherine schluckte ihre Zweifel hinunter und bestärkte Lucia in ihrem Glauben. »Warum bist du so sicher, daß er nicht konvertiert wäre?« fragte sie. »Er kleidete sich doch wie ein Herr aus dem Süden und verkehrte überwiegend mit Christen.«

»Ja, aber damit wollte er sich nur schützen und sein Geschäft verbessern. Und ich glaube, er trug gern Samt. Und Gold stand ihm auch sehr gut, wie allen dunklen Männern.
Aber sein größter Wunsch war es, ein großer Führer unter den Seinen zu werden oder wenigstens eine treibende Kraft in der Gemeinde. Er wollte Gelehrte fördern und die Synagoge mit Silber und kostbaren Hölzern schmücken. Er sagte, daß jeder der *Scholaren*, die über ihn die Nase rümpften, sich eines Tages auf der Straße vor ihm verbeugen würde. Er würde sie für ihre Verachtung büßen lassen. Er wollte sogar eine Armee ausheben, die Jerusalem für die Hebräer zurückerobern sollte.«
»Was?«
Lucia lachte. »Ja, das war töricht. Natan glaubte selbst nicht daran, jedenfalls nicht bis zur Ankunft seines Messias. Aber er wünschte es sich genauso inbrünstig wie die Männer, die dafür kämpften, das Heilige Land für die Christen zu gewinnen. Nein, ich bin sicher, daß er mich liebte, aber seinen Gott liebte er mehr.«
»Wärest du denn seinetwegen zum Judentum übergetreten?« fragte Catherine.
»Wahrhaftig nicht!« Lucia schien die bloße Vorstellung zu entsetzen. »Ich gab ihm meinen Leib, und zwar sehr gern, aber nicht meine Seele. Wofür haltet Ihr mich denn?«
Zum Glück kam Edgar gerade wieder herein, und Catherine mußte diese Frage nicht beantworten. Sie verbrachten noch etwa eine Stunde mit Geplauder bei Apfelwein, ohne daß Lucia noch mehr verriet.
Sie brachten sie im Mondenschein nach Hause, Edgar hielt die Laterne. Catherine glaubte, ihren Fuß wieder

belasten zu können, aber sie ging noch langsamer als vorher. Schließlich erreichten sie die mit Menschen gefüllte Schenke. Entweder feierte man noch den Tag des heiligen Joseph, oder die Studenten begingen das Ende der Fastenzeit eine Woche im voraus.

»Unsere Zimmer sind im hinteren Gebäude, zu beiden Seiten der Gasse«, erklärte Lucia und führte sie um den langen Block und den engen Gang entlang.

Als sie sich dem hinteren Teil der Schenke näherten, bemerkten sie, daß der Raum zwischen ihnen und dem Haus vollkommen von Goliaths Karren ausgefüllt war.

»Na, was macht der denn hier?« fragte Lucia ärgerlich. »Der weiß doch genau, daß er nicht den Weg versperren soll. Goliath! Samson! Komm, zieh deinen verfluchten Karren weg. Wie soll ich denn ins Haus kommen?« Es war noch nicht einmal genug Platz, um sich durchzuzwängen und an die Hintertür zu klopfen.

»Wir müssen vornherum gehen und sie suchen«, sagte Lucia. »Tut mir leid. Ihr braucht nicht länger zu bleiben. Ich bin hier sicher.«

»Wir kommen mit dir«, sagte Edgar. »Um sicherzugehen, daß deine Mutter weiß, daß du zu Hause bist.«

Als sie um das Haus herumgingen, blieb Catherine ein Stück zurück und hielt inne. Sie hatte ganz gewiß gehört, daß sich etwas im Karren rührte.

»Ich warte hier auf euch«, rief sie. »Ich muß meinen Fuß ausruhen, bevor wir nach Hause gehen. Ich lehne mich an den Wagen.«

Edgar blickte sie finster an. Diesem beiläufigen Ton Catherines traute er nicht. Er fühlte sich zwischen zwei Pflichten hin- und hergerissen. Aber es würde ja nur eine Minute dauern.

Sobald Edgar und Lucia um die Ecke gebogen waren,

kletterte Catherine so weit hoch, daß sie durch die Leitern des Karrens blicken konnte. Ihr Fuß tat weh, doch sie beachtete ihn nicht.
Zuerst konnte sie nur die dunklen Umrisse von Fässern und Kisten erkennen. Dann hörte sie es wieder. Ein Geraschel und ein hohes Wimmern, wie von einem Kätzchen, das Schmerzen leidet.
Ob ein Tier in den Karren geklettert war und nicht wieder herausfand? Offenbar war es verletzt. Sie machte einen Klimmzug und stieg vorsichtig hinein, um die Geräuschquelle aufzuspüren.
Ihr Fuß stieß gegen etwas Weiches, und das Wimmern wurde zu einem Angstschrei. Sie tastete auf dem Boden herum, doch statt eines Katzenfells berührte ihre Hand Sackleinen. Das Tier war in einem Sack gefangen. Sie hielt inne. Vielleicht war es ein zahmes Tier, das Goliath und sein Bruder wegen seines Pelzes gefangen hatten. Jedenfalls hatte sie kein Recht, es freizulassen. Sie berührte den Sack noch einmal, der sich daraufhin heftig hin- und herbewegte.
Ihr Mitleid für die arme Kreatur überwältigte sie. Catherine wußte, daß sie sich beeilen müßte, wenn sie das Tier befreien wollte. Doch sie war auch erfahren genug, um zu wissen, daß wilde Tiere nicht immer ihrem Erlöser dankbar sind. Vorsichtig zog sie an dem Strick und lockerte ihn.
Als nichts herauskam, beugte sie sich über das andere Sackende, um das Tier herauszujagen. Es war schwerer als erwartet und viel größer. Dann erschien etwas in der Öffnung des Sacks.
»Ach du liebes Jesulein«, betete sie und zog rasch an den Stricken, mit denen die Hände eines Kindes gefesselt waren. Sie zog es aus dem Sack heraus, nahm ihm den

Knebel aus dem Mund und band ihm auch die Füße los.
»Wer bist du denn?« flüsterte sie, als sie ihm in die Gasse hinunter half. »Und wie bist du hierhergekommen?«
»Silas ben Menahem«, sagte der Junge. »Sie wollen mich als Sklave verkaufen. Helft mir!«
Doch da hörten sie schon Stimmen vom anderen Ende der Gasse. Edgars war nicht darunter. Die Angst des Jungen war ansteckend. Ohne sich umzudrehen, sprang Catherine vom Wagen, schob den Jungen darunter und folgte ihm auf allen vieren zwischen den Rädern auf die andere Seite. Die Zähne gegen den Schmerz in ihrem Fuß zusammenbeißend, nahm sie das Kind bei der Hand, und sie rannten beide so schnell sie konnten.

* * *

Edgar und Lucia hatten Goliath in der Brauerei gefunden, als er gerade eine übelriechende Flüssigkeit in einen offenen Trog goß.
»Du Dummbart!« begrüßte ihn Lucia. »Du weißt, daß du den Wagen nicht in der Gasse abstellen darfst. Was ist, wenn es brennt?«
»Wovon redest du?« fragte er und starrte Edgar an. »Wo ist denn dein Weib?«
»Sie wartet bei deinem Karren auf uns«, sagte Edgar.
»Mein Wagen steht am Stall beim Schlachthof, wo ich ihn immer abstelle«, erwiderte er.
»So?« Lucia zog ihn zum Tor, das glücklicherweise nach innen aufging. »Und was ist dann das große Ding da, das den Weg versperrt?«
»Beim bierigen Badewasser der heiligen Bridget!« brüllte er. »Wer hat ihn denn da hingebracht?«
Da schlugen Stiefel auf die Holzplanken, mit denen die

Gasse ausgelegt war. Edgar wollte sich an Goliath vorbeidrängen, um zu sehen, was aus Catherine geworden war. Ebensogut hätte er versuchen können, eine Festung aus Stein zu verrücken.

»Hat ihn denn jemand gestohlen?« fragte Lucia.

»Mitnichten!« antwortete Goliath. »Wie kann er denn gestohlen sein, wenn er hier steht? Ich ziehe dem Stallknecht das Fell ab, wenn er meinen Wagen verliehen hat. Aber wieso sollte ihn jemand vor meiner eigenen Tür abstellen? He, ihr da! Schafft mir dieses Ding aus dem Weg, damit ich euch den Hals umdrehen kann!«

Er packte die Leitern und rüttelte sie. Der Karren schaukelte hin und her und stieß auf beiden Seiten gegen die Wände.

»Hör auf damit!« sagte Edgar. »Du machst meiner Frau ja angst. Catherine!«

Es kam keine Antwort. Edgar rief noch einmal.

»Vielleicht wollte sie doch lieber in der Schenke warten«, meinte Lucia. »Ich sehe mal nach.«

»Aber sie sagte doch, sie werde hier warten«, entgegnete Edgar. »Catherine!«

Zwischen dem Wagen und dem Eingang entdeckte Edgar eine winzige Lücke, durch die er schlüpfen konnte. Er klopfte Goliath auf den Rücken, bis dieser mit dem Rütteln innehielt, um ihm zuzuhören.

»So fängst du die Diebe nicht. Hilf mir mal hinauf. Du hast sie wahrscheinlich verschreckt. Laß mich mal auf die andere Seite und ihr sagen, daß es nicht *Harmagedon*, sondern nur ein Erdbeben ist.«

Doch Edgar wußte, daß ein bißchen Gebrüll und Gerüttel nicht ausreichte, um Catherine zu ängstigen. Mit wachsender Beklommenheit kletterte er über den Karren hinweg auf die andere Seite der Gasse. Sie war leer.

Wohin war sie verschwunden? Ob er ihr Schreien gehört haben könnte? Beim blutigen Schwert des Widsith! Was konnte ihr nur zugestoßen sein?
Edgar rannte ans Ende der Gasse, in der Hoffnung, sie sei ihm doch in die Schenke gefolgt.
Da hörte er das Klirren eines Kettenhemds. Er fand gerade noch Zeit, einen derben angelsächsischen Fluch auszustoßen, bevor der Schlag zielgenau auf seinem Hinterkopf landete und ihn bewußtlos machte.

Catherine und Silas stolperten mehr durch die engen Gäßchen, als daß sie rannten. Obwohl die Läden für die Nacht geschlossen waren und die Waren drinnen standen, lagen immer noch Abfälle herum. Selbst bei Tageslicht wäre es schwer gewesen, sich schnell vorwärtszubewegen. Jetzt, wo Catherine humpelte und der Junge steif von seinen Fesseln war, war an ein schnelles Fortkommen nicht einmal zu denken.
Nach der zweiten Abbiegung blieb Catherine im Schatten der Häuser stehen, um zu lauschen, ob jemand sie verfolgte.
»Ich wohne in der Rue de la Draperie«, sagte Silas keuchend. »Ich will nach Hause. Meine Mutter macht sich sicher Sorgen, besonders nach dem, was sie mit meinem Vater gemacht haben.«
»Ich weiß, wo du wohnst«, sagte Catherine. »Und dein Entführer auch. Wir müssen zu Eliazar gehen.«
»Nein!« Der Junge versuchte, sich loszureißen, aber Catherine hielt ihn fest.
»Doch«, sagte sie. »Er benachrichtigt deine Eltern und bringt dich sicher nach Hause. Das verspreche ich dir.«
»Nein! Die Männer, die mich gefangen haben, waren von Eliazars Geschäftsfreund beauftragt, diesem Chri-

sten aus Rouen«, beharrte Silas. »Wenn Ihr mich da hinbringt, liefert er mich an die aus. Laßt mich gehen!« Hoch oben flog ein Fensterladen auf.

»Was geht da unten vor?« rief eine Stimme. »Ich will schlafen.«

Catherine legte dem Jungen sanft einen Finger auf die Lippen, um ihn zum Schweigen zu bringen, ohne ihn weiter zu ängstigen.

»Vertrau mir«, sagte sie. »Bitte.« Sie suchte fieberhaft nach dem hebräischen Ausdruck. »*Nave nali,* Silas. Dein Vater irrt sich. Hubert weiß nichts von den Männern, die ihn überfallen oder dich entführt haben. Eliazar wird dich beschützen. Ich habe dich befreit, und ich lasse nicht zu, daß man dich noch einmal einfängt.« Sie konnte sein Gesicht nicht deutlich sehen, spürte aber, wie seine Schultern entmutigt sanken. Sie wollte ihn umarmen wie eine Mutter ihr Kind. Doch er war in einem Alter, in dem solch ein Trost ihn eher kränken mochte. Sie umarmte ihn trotzdem. Es schien zu helfen.

Sie waren wieder zu Atem gekommen und nur noch eine Straße von Eliazars Haus entfernt. Catherine lauschte, ob sie verfolgt würden, hörte jedoch nichts. Dennoch gingen sie den Rest des Weges langsam und blieben im Dunkeln unter den Dachvorsprüngen, damit der zunehmende Mond sie nicht beschien und sie so verriet.

Sie hätten sich nicht zu sorgen brauchen, ob sie an Eliazars Tor eingelassen würden. Alle Häuser der Gemeinde standen offen, und die Menschen liefen auf der Straße zusammen. Ein Knäuel hatte sich vor Eliazars Haus gebildet. Catherine konnte sie schreien hören.

»Komm heraus und zeig dich, Eliazar«, brüllte einer. »Du hast uns das eingebrockt! Warum muß der arme Menahem weiterhin für deine Missetaten leiden?«

Einige bekundeten laut ihre Zustimmung. Doch andere versuchten, den Sprecher von der Tür wegzuziehen. Catherine konnte nicht hören, was sie sagten, aber die Gesten drückten Versöhnung aus. Am Rand der Gruppe saß eine Gestalt auf dem Boden, den Kopf auf die verschränkten Arme gelegt, die Schultern zitterten unter ihrem Umhang, der grün und gelb leuchtete.
Silas riß sich los.
»*Abba!* Vater!« rief er.
Alle hielten inne und blickten in seine Richtung. Menahem versuchte aufzustehen, war aber von seiner Erleichterung überwältigt und streckte nur die Arme nach dem Jungen aus.
Catherine folgte etwas langsamer, unsicher, wie dieser aufgeregte Haufen sie wohl empfangen würde. Zum Glück öffnete Johannah just in diesem Augenblick das Tor. Catherine machte sich die Aufregung um Silas und seinen Vater zunutze und schlüpfte unbemerkt hindurch.
»Tante Johannah«, flüsterte sie, »ich muß mit Onkel Eliazar sprechen. Sofort!«
»Meine Liebe«, begann Johannah. »Bei all den Sorgen und den schrecklichen Anschuldigungen dieser Menschen ist das wohl nicht ...«
»Was denn für Anschuldigungen?« fragte Catherine.
»Wegen Menahem. Daß Eliazar und dein Vater Natan ermordet haben und Menahem zum Reden bringen wollen, damit er verrät, wo der Schatz ist.«
Catherine war wie vom Donner gerührt. »Vater? Das hat Silas auch gesagt. Was könnte er damit zu tun haben?«
»Nichts«, antwortete Johannah und schloß das Tor hinter ihnen. »Keiner von beiden hat etwas mit Natans Tod zu tun. Sie würden Menahen nie bedrohen. Sie sind gute Menschen.«

Es hörte sich an, als ob sie diese Sätze zu oft wiederholt hatte. Catherine drückte ihr beide Hände.
»Bitte, Tante«, bettelte sie. »Ich muß mit Onkel allein reden.«
Irgend etwas in Johannah zerbrach. Sie schloß die Augen und zog sich von Catherine zurück.
»Seit über dreißig Jahren kenne ich ihn«, sagte sie. »Seit ich ein Kind war und er hierher kam, um zu studieren. Noch nie zuvor hat er mir etwas verheimlicht. Jetzt hat er ein so schreckliches Geheimnis, daß er es nicht einmal mit seiner eigenen Frau teilt.« Sie musterte Catherine.
»Du nimmst an, daß du es kennst, ja?«
Catherine schüttelte den Kopf. »Das glaube ich nicht. Ich muß mich täuschen. Aber was ich entdeckt habe ... Nein, es muß eine andere Erklärung dafür geben. Wo ist er?«
Johannah zeigte nach oben. »In seinem Zimmer; er betet, seit er von Silas' Verschwinden erfuhr. Sag ihm, daß der Junge gefunden wurde. Dann stell ihm deine Fragen. Vielleicht gelingt es dir eher als mir, seine Antworten zu begreifen.«

Edgar erwachte vom Duft und Geschmack frischen Biers. Goliath hatte einen Krugvoll über ihn gegossen, damit er wieder zu sich käme.
»Aufhören!« sagte Edgar unter Spucken. »Ich bin schon wach. Wer hat mich geschlagen? Wo ist Catherine?«
»Ich konnte nicht sehen, wer dich schlug«, sagte Goliath. »Nur, wie dein Weib mit einem Kind die Straße entlanglief.«
»Mit einem Kind?« Edgar meinte, auch die Ohren voller Bier zu haben. »Bist du sicher, daß nicht irgend jemand sie weggezerrt hat?«

Goliath war sich sicher. »Nein, es ist auch keiner hinterhergerannt«, fügte er hinzu.
»Vielleicht, weil er mich erst aus dem Weg räumen wollte.« Edgar befühlte die Beule an seinem Kopf und zuckte zusammen. Er versuchte, sich aufzurichten, doch der Schmerz und plötzliche Übelkeit hinderten ihn daran.
»Heute bist du zu nichts nutze«, sagte Goliath. »Ich muß den Ochsen und den Wagen zurückbringen. Und dich bringe ich nach Hause.«
»Aber ... Catherine!« Edgar versuchte erneut, sich hochzurappeln.
»Als ich sie das letzte Mal sah, war sie in besserer Verfassung als du jetzt. Vielleicht wartet sie daheim schon auf dich? Falls nicht, hol' ich meinen Bruder, dann lassen wir die Wache nach ihr suchen. Einverstanden?«
Das war Edgar zwar nicht, doch ihm blieb keine Wahl. Er ließ sich in den Karren auf einen leeren Sack werfen. Durch das Pochen in seinem Kopf hindurch dachte er daran, daß sein Vater wohl eher gestorben wäre, als sich auf einem Bierwagen durch die Straßen fahren zu lassen. Noch ein Grund mehr zur Dankbarkeit dafür, daß zwischen ihm und der Heimat zwei fremde Länder und ein großes Wasser lagen.

»Onkel?« Catherine klopfte an seine Tür. »Onkel Eliazar? Bitte laß mich rein. Alles ist in Ordnung. Ich habe Silas gefunden und nach Hause gebracht.«
Der Riegel ging hoch, und Eliazar öffnete. Seine Kleider waren zerrissen, sein Bart glänzte von Tränen. Vorn war seine Tunika mit Staub und Häcksel beschmutzt. Catherine beschloß, ihre Tante zu fragen, wie oft hier die Binsen ausgetauscht wurden.
»Das Kind ist unversehrt?« fragte er mit zittriger Stimme.

»Ja. Seine Entführer haben ihm nur einen Schrecken eingejagt.«
Erleichtert schloß Eliazar die Augen und murmelte ein Dankgebet. »Weiß er, wer es war?«
»Er behauptet, du und Vater, ihr hättet die Männer geschickt. Ich glaube nicht, daß er sie kannte.«
Catherine bemühte sich um einen ruhigen Ton. So wie ihr Onkel den Verlust eines Kindes betrauerte, konnte er doch kein Mörder sein. Oder betrachtete er die Tötung eines Christen etwa nicht als Mord? Er war ihr fremd, trotz der Blutsverwandtschaft. Es demütigte sie, daß sie in tiefster Seele immer Furcht vor dem Abgrund zwischen ihrem und seinem Glauben haben würde.
Nie kam ihr der Abstand zwischen ihnen so groß vor wie in diesem Augenblick. Eliazar sah sie von der anderen Seite des Jordans an, und die Wasser rauschten zwischen ihnen dahin.
Er sagte nichts, sah sie nur mit einer Mattigkeit an, die endlich ihr Mitleid erregte.
»Silas glaubt, was sein Vater ihm erzählt hat«, sagte sie etwas milder. »Daß du hinter dem Schatz her bist, den Natan hinterlassen hat.«
»Ich habe ihm gesagt, daß ich mit seinen Geschäften nichts zu schaffen haben wollte.« Eliazar schüttelte den Kopf. »Ich hätte meine Sache allein erledigen sollen. Mein schlimmster Fehler war, Natan um Hilfe zu bitten.«
Catherine wollte enträtseln, wovon er sprach. »Wem hast du das gesagt? Wofür brauchtest du Natans Hilfe, Onkel?«
Eliazar setzte eine Miene auf, die seinen Freunden und Verwandten nur zu bekannt war. Catherine wiederholte die Frage nicht, beschloß aber, ihn nicht aus dem Zimmer hinauszulassen, bis er ihr geantwortet hatte.

Das Temperament mußte in der Familie liegen, denn sie wußte, daß ihre Sturheit es mit der seinen aufnehmen konnte.
»Nun denn, es gibt also einen Schatz?« fuhr sie fort.
Eliazar seufzte: »Ich weiß es nicht.« Er fing ihren Blick auf. Wie sehr Catherine ihrer Großmutter ähnelte! Und vor seiner Mutter hatte Eliazar als Kind nichts verheimlichen können.
Traurig lächelte er sie an. »Natan hatte etwas, das er für wertvoll hielt«, gab er zu.
Catherine blieb ungerührt.
»Ich weiß nicht, was es war. Ein Kasten, etwa so groß.« Er zeigte die Abmessungen mit den Händen. »Er wollte mir nicht verraten, was darin war, darum habe ich mich geweigert, den Kasten für ihn aufzubewahren. Ich dachte, es könnte sich um Diebesgut handeln, das er nach St.Denis verkaufen wollte. Mir ist aber nicht bekannt, wohin er ihn gebracht hat, und es kümmert mich auch nicht.«
Catherine sagte immer noch nichts, sah ihn nur unverwandt an. Ihre Augen waren heller als die seiner Mutter. Und sie hatte blaue, während die seiner Mutter grün gewesen waren, so wie Solomons, Beweis einer Ahnenreihe, die vor zweihundert Jahren den Weg eines Wikingerraubzugs gekreuzt hatte. Doch nicht die Farbe gab den Ausschlag, sondern der lange, stete, besorgte Blick.
»Das ist die Wahrheit«, sagte Eliazar leise.
Catherine nickte. »Ich glaube dir«, sagte sie. »Was den Schatz betrifft.« Sie brach ab, in der Hoffnung, den Rest zu erfahren. Sie wünschte, sie hätte die Stückchen Metall und Papier mitgebracht, die sie im Keller gefunden hatte.
Vielleicht ist es besser, daß sie nicht in seiner Reichwei-

te sind, mischten sich die Stimmen ein. *So kann er auch keine Beweisstücke vernichten.* »Still!« Catherine verscheuchte die bösen Zweifel. Aber sie waren die ganze Zeit dagewesen und würden bleiben, bis die Wahrheit ans Licht käme. Sie trat einen Schritt auf Eliazar zu und ergriff seine Hand. »Was geschah mit Bruder Thomas, Onkel?«

Plötzlich schien sie einen Eisblock in der Hand zu halten. Seine Hände bewegten sich nicht und wurden ganz kalt. Sein Gesicht wurde aschfahl, und sie fürchtete, ihn mit ihrer Frage umzubringen.

Sein Mund öffnete und schloß sich mehrmals, bevor er herauspreßte: »Wer? Ich hörte ... er soll ... eine Wallfahrt machen.«

»Wallfahrt?« fuhr sie ihn an. »Wohin? Nach Conques? Oder Rom? Vézeley? Compostella? Wohin?«

Die Worte trafen ihn wie Pfeile aus einer Armbrust.

»Bekam er die Erlaubnis von seinem Superior? Sagte er seinem Freund Andrew etwas davon? Soll ich mich in St. Victor erkundigen, wer ihn begleitete oder wer von ihm gehört hat?«

Eliazar hatte Catherine noch nie wütend gesehen. Er kannte sie als liebevoll und nachsichtig. Endlich ging ihm auf, wessen sie ihn bezichtigte.

»Du glaubst doch nicht etwa, ich hätte diesen armen, freundlichen Jungen getötet?« jammerte er entgeistert. »Ach, Catherine! Wie kannst du nur!«

Catherine ließ ihn los. Beide bemerkten nicht die Abdrücke, die ihre Nägel in seinen Händen hinterlassen hatten.

»Ich habe im Keller Sachen gefunden, die einem Geistlichen gehören, Onkel«, sagte sie. »Was haben die da zu suchen?«

»Ach, sein Buch«, murmelte Eliazar verärgert. »Ich dachte, ich hätte es restlos vernichtet. Und die Perlen sind überallhin gerollt. Ich hatte gehofft, sie wären auf ewig verschwunden.«

»Sag mir doch die Wahrheit«, bat Catherine. »Ich kann meine Vermutungen nicht länger ertragen. Wenn Thomas nicht ermordet wurde, was ist dann geschehen?«

Eliazar schüttelte traurig den Kopf. »Komm, Kind, setz dich«, sagt er. »Ich habe Thomas nicht umgebracht. So weit ich weiß, ist er wohlauf, möge der Herr ihn beschützen. Ich werde dir alles sagen. Aber ich fürchte, dann wäre es dir lieber, ich hätte einen Mord begangen.«

Die Teilchen des Mosaiks wirbelten in ihrem Kopf herum und fügten sich plötzlich zu einem neuen Muster zusammen. Was war schlimmer als Mord? Die Antwort traf sie mit voller Wucht. Catherine spürte, daß ihr Onkel wohl recht haben könnte und sie tatsächlich wünschte, er hätte nur einen Mord begangen. Doch sie setzte sich auf den Schemel am Feuer und wartete, die Hände um die Knie geschlungen wie ein Kind, das ein Märchen hören will.

Als er mit seiner Geschichte zu Ende war, schlug sie die Hände vor das Gesicht, entsetzt über seine Tat und die Folgen für ihn, falls sie ruchbar würde.

»Verzeih mir, Catherine«, sagte Eliazar. »Nicht für das, was ich tat. Ich weiß, das kannst du nicht. Und dafür brauche ich keine Vergebung. Ich würde es wieder tun. Ich bin stolz, daß der Allmächtige, gepriesen sei er, mich dazu auserwählt hat. Doch es lag nie in meiner Absicht, dich mit solchem Wissen zu belasten.«

Catherine schluckte. »Ich habe dich gezwungen, es mir zu verraten«, sagte sie. »Und was die andere Sache betrifft ... ich weiß nicht. Ich kann jetzt nicht klar dar-

über denken. Aber ich glaube, du solltest es Tante Johannah sagen.«
»Soll sie etwa mit mir zusammen beschuldigt werden?«
»Das wäre ihr lieber, als daß du dein Herz vor ihr verschließt, denn so empfindet sie es jetzt.«
Eliazar nickte. »Du hast recht. Ich habe meiner Johannah wehgetan. Aber ich hielt es für das Beste. Das war falsch. Ich merke schon seit einiger Zeit, daß ich sie mit meinem Schweigen nicht schone. Doch woher sollte ich wissen, was sie denkt?«
»Es gibt nichts Schrecklicheres, als wenn der Mensch, den man am meisten auf der Welt liebt, einem nicht vertraut«, sagte Catherine. »Selbst ich weiß das.«
Eliazar streckte die Hände nach ihr aus und strich ihr über die ungebändigten Locken. »Edgar mag es nicht immer wissen«, sagte er zu ihr, »aber er ist ein glücklicher Mann.«
»Du auch, Onkel«, antworte Catherine. »Ich werde dein Geheimnis für mich behalten und beten, daß du und Bruder Thomas eines Tages erlöst werdet.«
Sie stand auf und schüttelte ihre Röcke, als wolle sie alles, was sie gehört hatte, wieder loswerden.
»Nun«, sagte sie. »Ich muß heim, bevor Edgar annimmt, ich sei unter die Räuber gefallen. Und dann begeben wir uns ernsthaft auf die Suche nach diesem geheimnisvollen Schatz und nach den Leuten, die so versessen darauf sind.«

SECHZEHNTES KAPITEL

Gaudrys Werkstatt, irgendwo in Paris, Frühlingstagundnachtegleiche, Tag des heiligen Benedikt, des Abtes, Freitag, den 21. März 1141/11. Nissan 4901

Neque guttae graciliter, Manabant, sed minaciter, Mundi rotam rorantibus, Umectabant cum imbribus,... Quae catervatim caelitus, Crebantur nigris nubibus.

Und regneten nicht sanft herab,
Die Tropfen, sondern Schlag auf Schlag
Hieben sie auf das Rad der Welt,
Aus Wolken schwarz, vom Himmelszelt.
DER HEILIGE ALDHELM
***Carmen Rhythmicum*, 45-54**

Es regnete.
Edgar hörte, wie es auf das Dach der Schmiede prasselte. Wenn das Wasser sich in den Kamin des Brennofens verirrte, zischte es. Er hatte Anweisung, am heutigen Tag für gleichmäßig bleibende Hitze zu sorgen und zuckte jedesmal zusammen, wenn er sich bückte, um Holzkohle nachzulegen. Sein Kopf schmerzte furchtbar vom Hieb des vorigen Abends. Gaudry und Odo ließ er in dem Glauben, er habe dem heiligen Joseph zu sehr gehuldigt, anstatt zu erklären, was wirklich vorgefallen war. Sie waren überaus mitfühlend, aber eine durchzechte Nacht schützte ihn nicht vor Arbeit.
Er drückte den Blasebalg fest zusammen. Catherine war kurz nach seiner Heimkehr aufgekreuzt und hatte von einem Kind erzählt, das sie vor einer Entführung bewahrt habe. Er hatte ihr geglaubt, ganz gewiß. Je wunderlicher ihre Erklärungen, desto wahrscheinlicher waren sie. Aber sie wollte ihm nichts weiter sagen, als daß Menahems Sohn wieder wohlbehalten in den Schoß seiner Familie zurückgekehrt sei und er die Männer, die ihn in den Sack gesteckt hatten, nicht gesehen habe. Um so betroffener war Edgar, daß sie beinahe mit Gelassenheit zur Kenntnis nahm, daß man ihn bewußtlos geschlagen und wie einen Toten liegenlassen hatte.
»Ach, du Armer«, sagte sie gedankenverloren. »Aber die Beule ist nicht sehr dick. Morgen geht's dir wieder gut.«
Dann hatte sie sich im Bett zusammengerollt und sich in den Schlaf geweint. Er kam einfach nicht an sie heran. Endlich gab er auf und versuchte, ebenfalls zu schlafen. Als er in der Dämmerung erwachte, stürmte es. Catherine war über ihn hinweg aus dem Bett geklettert, kniete vor dem Kohlebecken und rührte als Morgenmahl schales Bier in eine Schüssel mit Hafergrütze. Die Kohlen

waren zu Asche verbrannt, so daß er in der schwachen Beleuchtung nur ihre Gestalt ausmachen konnte.
»Mit Milch würde es besser schmecken«, sagte sie leise. »Ich hätte gestern welche mitbringen sollen.«
»Mir ist es recht«, sagte er. Sollte das etwa alles sein, was er an Entschuldigung erwarten konnte? »Gibt es noch etwas von dem Honig, den John uns geschenkt hat?«
»Ein wenig, ja. Ich gebe ihn mit hinein.«
Catherine brachte ihm die Schüssel zusammen mit seinem Löffel. »Onkel Eliazar sagt, daß Natan bei seinem letzten Besuch einen Kasten bei sich hatte, groß genug für eine Reliquie. Etwa in Armlänge.«
»Das haben wir ja bereits vermutet«, sagte Edgar unter Schlürfen. »Sonst hat dein Onkel nichts erzählt?«
»Nein.«
Edgar aß die Grütze auf und reichte Catherine die Schüssel. Er wartete.
Catherine setzte sich neben ihn und legte die Stirn an seine Brust, sog seinen Geruch ein, der sich mit dem ungewaschener Wolle vermischte. Das war so vertraut und tröstlich.
»Onkel hat mir sein Geheimnis verraten. Es hat mit dem anderen Kanoniker von St. Victor zu tun – Thomas, der gemeinsam mit Andrew studiert hat.« Sie sprach in die Falten seiner Tunika. »Die Perlen und Stücke eines Gebetbuchs, die ich gefunden habe, gehörten ihm.«
»Wurde er im Keller überfallen? Hat Natan ihn ermordet?« fragte Edgar. »Hat Eliazar deshalb Angst?«
»Onkel beauftragte Natan nur damit, das *Superpelliceum* zu verkaufen, das Thomas als Geistlichen auswies. Und ein Kruzifix. Ich bin nicht sicher, ob Natan den Kanoniker kannte.«
»Und wie sind die Sachen, die du gefunden hast, dorthin

gelangt?« Edgar nahm ihr die Schüssel wieder ab und stellte sie auf den Tisch. Er legte die Arme um Catherine und sah ihr tief in die Augen. »Warum brauchte dieser Kanoniker das Kruzifix und das Chorhemd nicht mehr? Sag mir die Wahrheit: Hat Eliazar ihn getötet?«
»Aber nicht doch! Onkel würde nie einen Mord begehen!« Catherine holte tief Luft. »Aber vielleicht ist das, was er tat, weit schlimmer: Bruder Thomas ist nicht tot; wenigstens nicht sein Leib. Soweit ich weiß, ist er nach Alexandria aufgebrochen, um dort in die jüdische Gemeinde einzutreten. Onkel hat ihn dazu gebracht, vom Glauben abzufallen.«
Edgar sah sie entsetzt an. »Beim gleißenden Licht des Apostels«, flüsterte er. »Wer hätte gedacht, daß dieser freundliche alte Mann soviel Mut aufbringt? So ein Wagnis könnte ich nicht für meinen Glauben eingehen.«
»Mut? Auf sein Betreiben fällt ein Mensch der Ewigen Verdammnis anheim!«
»Vermutlich«, antwortete Edgar. »Ich habe das nicht zu beurteilen. Aber wunderst du dich nicht über einen so starken Glauben, daß ein Mann um einer Seele willen nicht nur sich selbst, sondern auch seine Familie und Freunde in Gefahr bringt? Eliazar muß glauben, daß er den Mann vor Götzenanbetung errettet hat.«
»Ja, das hat er auch gesagt, aber ...«
»Ja, es ist ein schreckliches Geheimnis, das wir da wahren müssen. Und es hat dich in Angst versetzt.« Edgar fand es an der Zeit, einen Augenblick innezuhalten. Hier half keine Logik mehr. Also küßte er sie lieber.
Catherine ließ den klebrigen Löffel fallen.
Edgar spürte, wie ihn eine unwiderstehliche Kraft zum Bett hinzog, aber was Catherine als nächstes sagte, ließ ihn alle Fleischeslust jäh vergessen.

»Aber jemand anders weiß davon«, sagte sie. »Letztes Jahr, als du auf der Straße überfallen wurdest, nachdem du aus Onkels Haus tratest, das war derselbe Tag, an dem Thomas Onkel Eliazar seinen Entschluß mitteilte und um Hilfe bat. Er hielt sich die ganze Zeit über im Keller verborgen, als du hier warst. Wer auch immer dir nach dem Leben getrachtet hat, tat es wohl in der Annahme, daß du den beiden hilfst.«
Edgar überlegte. »Als sich das Messer verbog, rief der Mann, der mich erstechen wollte, ich müsse ein Dämon sein.«
Catherine nickte. »Ja. Für ihn warst du ein Satansknecht, der eine weitere Eroberung gemacht hatte. Kein Wunder, daß er dich für unsterblich hielt.« Sie seufzte und legte eine Hand auf seine Brust. »Ich bin so froh, daß du meine Mitgift in Goldmünzen bei dir trugst, an denen das Messer abprallen mußte. Ich könnte Onkel Eliazar nie vergeben, wenn der Mann dich getötet hätte. Jedenfalls verließ Thomas kurz darauf heimlich Paris. Er konnte von Abt Hugo keine Erlaubnis zu einer Wallfahrt oder zum Verlassen von St. Victor erwirken. Onkel Eliazar bat Natan, Thomas' geistliches Gewand zu verkaufen, damit er seine Reise bezahlen könnte. Irgendwie muß jemand davon erfahren und über Rache gebrütet haben.«
»Wenn es um Rache ging, warum denunzierte er Eliazar nicht einfach beim Bischof?«
»Ich weiß es nicht.« Catherine rückte von ihm ab. »Ich rate jetzt mal. Onkel hat mir sowenig wie möglich erzählt, und das auch nur höchst widerwillig. Sollte Natan etwa deswegen plötzlich mit anderem Kirchengut gehandelt haben? Lucia sagt, daß es ihm trotz des hohen Gewinns durchaus nicht behagte.«

»Du glaubst, es gab da jemanden, der mit Enthüllung drohte, falls Natan die Mithilfe verweigern sollte?« Edgar hielt das für denkbar, doch es gab keinen Beweis. Er schüttelte den Kopf und zog Catherine wieder an sich. Er wußte, daß ihr nicht in erster Linie Natans Tod naheging, sondern daß ein Kanoniker von St. Victor, der doch von orthodoxer Lehre durchtränkt sein mußte, so leicht dem Glauben abschwor. Catherine beschlichen Zweifel am eigenen Glauben, besonders durch ihre ganze Zuneigung, die sie für jene Seite der Familie empfand.
»*Leoffedest*«, sagte er. »Du darfst dich nicht über das Schicksal der Schöpfung grämen. Meister Abælard sagt, daß es Kindern ziemt, aus Respekt dem Glauben ihrer Väter zu folgen, aber daß wir als Erwachsene durch Vernunft glauben müssen. Wenn Thomas vom Verstand her davon überzeugt war, daß Christus nicht der Messias ist, bleibt das seine Entscheidung, und sein Seelenheil geht nur ihn und Gott etwas an.«
»Aber warum war Onkel Eliazar das Werkzeug solchen Übels?« fragte sie. »Warum ausgerechnet jemand, der mir nahesteht? Und warum mußtest *du* deshalb gefährdet werden?«
»Catherine, sehe ich etwa aus wie der Papst?« fragte er zurück. »Ich kenne nicht den Grund für die Dinge. Ich tue immer, was mir jeweils geboten erscheint, und vertraue darauf, daß ich mich nicht allzusehr irre. Und jetzt sollte ich wohl zur Schmiede gehen. Aber ich verspreche dir, daß du mich rufen darfst, wenn ein Dämon dich zur Abtrünnigkeit verführen will. Dann komme ich sofort und vertreibe ihn mit Vergnügen.«
Catherine lächelte ihn an. Einer der Gründe, warum sie Edgar so liebte, war ja, daß er sie immer aus dem Labyrinth theologischer Forschung herausholte, bevor sie

sich verirrte, aber ohne daß sie sich töricht vorkam, sich überhaupt hineingewagt zu haben.
»Danke«, sagte sie. »Hoffentlich findest du den heiligen Aldhelm.«
»Hoffentlich will er sich finden lassen«, entgegnete Edgar. »Können wir zum Abendbrot gekochte Kutteln essen?«
Catherine lief es eiskalt über den Rücken. Gab es denn gar nichts, was sich die Engländer nicht kochten?
»Ich frage beim Metzger nach«, versprach sie.

Der Gedanke an die Kutteln, gekocht mit getrockneten, feingewiegten Kräutern und mit Knoblauch gewürzt, stand zwischen Edgar und der gleichmäßigen Bedienung des Blasebalgs. Mit Catherines Enthüllung beschäftigt, hatte er vergessen, auch nur einen Kanten Brot mitzubringen, um bis zum Abend dem Hunger zu wehren.
Gaudry hatte die Arbeit, den hölzernen Arm mit dem Blattgold zu belegen, fast vollendet. Er wollte danach Verzierungen aus Silbersträngen hinzufügen, die Odo gerade zog.
»Dieser Kanoniker hat mich gestern abend aufgesucht«, ließ Gaudry beiläufig fallen. »Er meinte, er könnte uns zum Verzieren des Reliquienschreins einige Achate, Granate und kleine Perlen geben.«
»Gab er dir ein Muster vor?« erkundigte sich Edgar. »Wenn dies hier eine Kopie sein soll, muß er wohl etwas Ähnliches haben wollen.«
Gaudry sah von seiner Arbeit auf. »Nein. Ich soll mein eigenes Muster entwerfen. Seltsam, nicht wahr, wo er doch vorher so darauf pochte, daß ich etwas Schlichtes machen sollte?«
Edgar pflichtete ihm bei. Was hatte das zu bedeuten? War diese Arbeit von Anfang an für einen anderen Heiligen

als Aldhelm bestimmt? Das ergab keinen Sinn. Die Klöster hatten ihre eigenen Kunsthandwerker, die eine Reliquie nacharbeiten konnten. Gaudry fertigte normalerweise Schmuck für den Adel an – Haarnadeln, Halsketten, Kelche, gelegentlich Verzierungen für Sättel oder Zaumzeug. Warum gerade ihm solch einen wichtigen Auftrag erteilen, wenn andere geschulte Leute ihn erfüllen konnten?

Nein. Irgendwas stimmte da nicht. Edgar hatte schon vermutet, daß Natans Kasten den verschollenen Arm enthielt. Das mußte der Schatz sein, den die Christen suchten, die Menahem überfallen hatten. Also hatte Natan ihn nicht abgeliefert. Warum ließen sie dann einen neuen Schrein anfertigen? Was würden sie dort hineinlegen? Gaudry weigerte sich, über die Arbeit, die ihm aufgetragen wurde, hinauszudenken. Seine einzige Sorge war ein unzureichender Lohn.

Edgar vertiefte sich immer mehr in seine Mutmaßungen. Seine Schlußfolgerungen ließen ihn den Blasebalg immer heftiger drücken.

»Paß bloß auf!« rief Gaudry. »Kohlen brauchen wir, keine Asche. Sachte!«

Mit Mühe kehrte Edgar zum stetigen Druck zurück, der gleichbleibende Hitze erzeugte. Doch innerlich kochte er. Jetzt war es ihm klar: Sie wollten den Arm des heiligen Aldhelm durch einen anderen ersetzen und diesen gegen Lösegeld als den echten nach Salisbury schicken.

Doch wie wollten sie die Kanoniker von der Echtheit der Reliquie überzeugen? Ohne den ursprünglichen Schrein würde selbst Philippe Verdacht schöpfen. Die Anzahl der Heiligen im Himmel war unermeßlich, und der Wunsch der Gläubigen, ein Stück ihrer Überreste zu haben, führte dazu, daß Betrug und Nachahmungen

fast an der Tagesordnung waren. Niemand würde eine vermeintliche Reliquie ohne Echtheitszeugnisse annehmen.
Außer mit dem klarem Beweis eines Wunders natürlich, vorzugsweise im Beisein Hunderter Augenzeugen.
»Also, Bischof Aldhelm«, sagte Edgar, als er in die Kohlenglut schaute »wie wollt Ihr dieses Sakrileg unterbinden? Und was soll ich dagegen tun?«

Catherine fand, daß sie trotz ihrer Verwirrung nicht dem Haus ihres Onkels fernbleiben konnte. Erschrocken mußte sie feststellen, wie dringend sie jemanden brauchte, um sich zu besprechen, und daß Tante Johannah die einzige war, der sie trauen konnte.
Eine Stunde lang hatte sie entmutigt erwogen, ins Paraklet zu flüchten und die Angelegenheit Heloïse vorzutragen. Die Äbtissin würde Rat wissen.
Schließlich entschied sie sich aber dafür, zu ihren Verwandten zu gehen. Als sie regennaß den Großen Saal in Eliazars Haus betrat, saßen er selbst, Solomon, Johannah und Baruch um das Feuer versammelt und sahen sie schuldbewußt an. Solomon fing sich als erster.
»Bist du durch die Seine geschwommen?« neckte er sie. »Es gibt doch eine Brücke.«
Das rief Johannah auf den Plan. »Komm, setz dich ans Feuer und wärm dich auf. Solomon, hol ihr ein wenig Kräutertee. Was führt dich bei solchem Wetter hierher?«
Catherine warf Baruch einen Blick zu. Er lächelte sie an. »Ich weiß wohl, wer du bist. Ich kenne deinen Vater seit vielen Jahren«, sagte er.
Inzwischen kam Solomon mit einem heißen Trank zurück. Catherine fand keine schwimmenden Stippchen

darin. »Kamillentee«, erklärte er. »Ich habe ihn durch ein Sieb gegossen.«

Tränen traten ihr in die Augen. Ausgerechnet jetzt mußte Solomon so nett zu ihr sein. »Hast du es ihnen gesagt?« fragte sie ihren Onkel, und jener nickte.

»Billigt ihr sein Tun?« fragte sie die anderen drei.

»Ich schäme mich, daß ich meinem alten Freund mißtraut habe«, sagte Baruch, »du bist ein Held, Eliazar. Ich bitte dich um Vergebung.«

»Und ich zürne dir«, Solomons Wut war nicht zu überhören. »Wie konntest du für so etwas Gefährliches Natans Hilfe in Anspruch nehmen? Warum hast du mich nicht beauftragt, die Habe deines Kanonikers zu verkaufen?«

»Oder mich?« fragte Johannah leise.

»Ich bitte euch um Vergebung«, sagte Eliazar. »Ich war zu stolz. Und ich wollte euch beschützen. Etwaige böse Folgen wollte ich allein tragen.«

»Ja meinst du denn, die Edomiter würden einen einzigen von uns verschonen, wenn sie davon wüßten?« fragte Baruch.

»Ich weiß nur, daß ich schweigen mußte, bis Thomas in Sicherheit wäre. Danach versuchte ich, nicht mehr daran zu denken.«

»Dann hast du ihnen nicht alles erzählt, Onkel!« warf Catherine ein. »Daß irgend jemand von der Sache weiß und Edgar und dich letztes Jahr erstechen wollte?«

Eliazar verbarg sein Gesicht in den Händen.

»Was?« rief Johannah. »Du hättest mich beinahe zur Witwe gemacht, ohne daß ich den Grund kannte? Ich halte es mit Solomon: Familien sollten gemeinsam sterben.«

Solomon unterdrückte ein Lachen. »Ich habe doch nicht

gesagt, wir sollten uns in die Flammen stürzen, Tante, falls es nicht unbedingt nötig ist. Ich kann mich besser vorm Märtyrertod schützen, wenn ich weiß, was gespielt wird. Wer wußte denn noch von Thomas' Bekehrung? Andrew vielleicht?«

»Thomas wußte sehr wohl um die Gefahr«, antwortete Eliazar. »Sie hätten ihn in eine Zelle gesperrt und zur Buße gezwungen, bis er abgeschworen hätte. Nicht wahr, Catherine?«

»Kann sein«, sagte sie. »Ich kenne niemanden, der vom Glauben abgefallen ist. Seine Oberen hätten gewiß versucht, ihn von seinem Irrtum zu überzeugen.«

»Und hätten ihn solange hungern lassen«, schniefte Baruch.

Catherine entgegnete erbost: »Und was würdest du tun, wenn dein eigenes Kind um die Taufe bittet?«

»Das würde ich nie zulassen!« rief Baruch entsetzt. Dann atmete er tief durch:« Ich verstehe schon, was du meinst.«

»Wer hat dich nun überfallen, Onkel?« fragte Solomon. »Mußte Natan sterben, weil er dir geholfen hat?«

Catherine meinte, ein Atmen in der Diele zu hören. Wie lange hatte Lucia schon gelauscht? Blitzschnell erhob Catherine sich, schlich auf Zehenspitzen zum Vorhang und riß ihn auf.

Dort stand Lucia im Gang, ohne eine Spur schlechten Gewissens.

»In diesem Hause geschieht mehr Böses als Natans kleine Sünden«, sagte sie und trat ein. »Ich hatte Achtung vor Euch, Herr Eliazar. Natan hielt Euch für einen guten Menschen und war stolz, Euch zu helfen. Aber Ihr habt ihn nur benutzt und sterben lassen.«

Catherine umarmte sie. »Ich habe dir versprochen,

Natans Mörder zu finden. Aber wir brauchen deine Hilfe, Lucia. Du sagtest, Natan wollte in Argenteuil Ölzeug verkaufen. Wußtest du, daß Natan danach mit geraubten Kirchenschätzen handelte?«
»Nein, aber mich hätte es nicht geschert. Meine Gemeinde kommt ohne güldene Kelche und Seidengewänder aus. Unser Priester sagt, Gott braucht so was nicht, warum brauchen es dann Mönche und Bischöfe?«
Niemand widersprach ihr.
»Hat er dir je erzählt, mit wem er zusammenarbeitete?« fragte Catherine. »Vielleicht mit jemandem in Argenteuil?«
»Da ging er manchmal hin«, antwortete Lucia. »Aber auch nach Notre-Dame, obwohl er lieber einen Bogen um das Kloster gemacht hätte.«
»Vielleicht bringt uns das weiter«, sagte Catherine. »Falls dir noch etwas einfällt, sagt du es uns dann?«
»Gewiß.«
»Danke«, sagte Catherine und wandte sich an Solomon: »Bringst du mich heim? Ich erkläre dir alles, und du kannst mir erzählen, was du in bezug auf Abt Sugers Neffen unternehmen willst.«
»Wenn Gerard mit Kelchen im Gepäck herumzieht, kann ich wohl gar nichts tun. Er könnte ja behaupten, ich hätte ihn angegriffen. Und wenn Natan mit ihm unter einer Decke gesteckt hat, lassen wir besser Gras darüber wachsen.«
Er holte sich seinen Umhang.
Catherine küßte Tante und Onkel zum Abschied, doch weniger herzlich als sonst. Alle spürten das. Solomon half ihr in den Mantel. Sie sprachen kein Wort mehr, bis sie auf der Straße waren und auf die Rue de Juiverie zuhielten.

»Und?« fragte Solomon munter. »Wohin wollen wir denn nun wirklich?«

Edgar hatte versucht, Gaudry über den Auftraggeber auszufragen. Das Ergebnis war dürftig. Es handelte sich um einen mittelgroßen hageren Mann aus Notre-Dame, der Mieteinnahmen für einen Besitz in der Nähe von Bietrix' Schenke bezog. Er hatte Gaudry den Weg in die unterirdische Schmiede gewiesen, ohne ihm zu sagen, wo sie sich genau befand. Und Gaudry wollte es auch nicht wissen. Die Arbeit für den Tag war getan. Edgar bedeckte die Kohlen mit Asche und besah sich den blattgoldverzierten Kasten beim Schein der Lampe. Noch war er nur ein hohles Stück Holz in Form eines Arms, doch mit einem Knochenstück oder einer Locke oder einem Stoffetzen, die einem Märtyrer oder Kirchenvater gehört hatten, würde daraus eine Kostbarkeit von unschätzbarem Wert. Man würde sie verehren und an Feiertagen auf dem Hochaltar zur Schau stellen. Falls die Gemeinde mit dem Wirken des Heiligen nicht zufrieden wäre, würde man die Reliquie gegebenenfalls herausholen und mit ihrer Zerstörung drohen. Doch was, wenn sich der Heilige gar nicht darin befände? Wenn es keine Wunder gäbe, weil es sich um den Knochen eines Bauern oder die Tunika eines Badehausdieners handelte? Welche Auswirkungen hätte das auf die Betenden, die glauben würden, nicht erhört zu werden?

Wie Catherine verspürte Edgar den Drang, sich zu jemandem zu flüchten, der Antwort darauf wüßte. Er wünschte sich Meister Abælard herbei, doch der war jetzt in Cluny, unter dem Schutz des Abtes Peter. Und er war krank, vielleicht sogar auf den Tod, weniger als Folge langjähriger Krankheit als aufgrund der Enttäuschung über die Verdammung seines Lebenswerks.

Nein, er konnte sich an keinen Meister wenden. Doch er hatte ja einen Freund. Edgar wusch sich Hände und Gesicht, nahm seine Sous und begab sich auf die Suche nach John.

Catherine eilte durch die Straßen, daß Solomon neben ihr außer Atem geriet. Er bemerkte, daß sie nach links, nicht nach rechts abgebogen waren und jetzt in Richtung St. Étienne gingen. »Willst du etwas Apfelwein mit nach Hause nehmen?« fragte er. »Gute Idee – aber du hast gar keinen Krug dabei.«

Als sie fast den Hof um die Kirchen herum erreicht hatten, blieb Catherine stehen und zog Solomon in einen Eingang.

»Wir sind uns doch einig, daß Natan irgendeinen Schatz versteckt hat, ja? Und ein Kanoniker von Notre-Dame oder jemand, der sich dafür ausgibt, ist in die Sache verwickelt, ja? Du und Edgar, ihr seid ziemlich sicher, daß die Schmiede irgendwo unter dem Kloster liegt, ja?«

Solomon starrte sie entgeistert an und wich zurück. »O nein! Ich denke gar nicht daran, dorthin zu gehen, und du läßt das auch bleiben!«

»Solomon! Willst du etwa nicht die Wahrheit herausfinden?«

»Nicht, wenn ich deshalb kurz darauf sterben muß!«

»Gut«, sagte sie und wandte sich zum Gehen.

Da packte er sie und hielt sie fest, bis sie sich nicht mehr wehrte. Sie hatte nicht geahnt, wie stark oder vielmehr wie unvernünftig ihr Vetter war.

Nicht viel später mußte der Weber entrüstet mitansehen, wie ein Mann in seine Werkstatt eindrang und eine Frau hinter sich herschleifte, die sich heftig wehrte. Schon wollte er dazwischenfahren, doch da erkannte er Ca-

therine und in dem Mann einen häufigen Gast. Also begnügte er sich mit einem bösen Blick und beschloß, sich bei Johannah zu beschweren.
»Laß mich los!« schrie Catherine, als Solomon sie am Handgelenk die Treppe hochzerrte.
»Erst, wenn ich dich deinem Mann übergeben habe!« brüllte Solomon zurück. »Du bist wahnsinnig, Catherine. Zu deiner eigenen Sicherheit sollte man dich unter Bewachung stellen!« Er trat die Tür auf und warf sie hinein. »Edgar, hier hast du dein meschuggenes Weib!« sagte er. »Oh – Verzeihung!«
Catherine war schon halb auf den Beinen, um es Solomon heimzuzahlen. Da bemerkte sie seinen erschrockenen Blick, drehte sich um und lief dunkelrot an.
Wie erwartet saß Edgar am Tisch. Doch bei ihm saßen mit aufgerissenen Mündern John, der Student Maurice und ein anderer Mann, jünger als die anderen, aber offenbar viel wichtiger.
»Catherine«, sagte Edgar seufzend, »darf ich dir Giles du Perche, den Erzdiakon von Rouen, vorstellen? Herr, das ist meine Frau.«

SIEBZEHNTES KAPITEL

Catherines und Edgars Kammer, nur sehr wenig später

Sic enim Christianitas viluit, sic cupidas increvit, ut Sanctorum corpora mercen fatiamus [sic], felicas exuvias venum preponentes. Exhorruit primo Monochus immane facinus.

Dermaßen tief ist die Christenheit gesunken, daß wir den Leib von Heiligen verkaufen, unsere heiligen Reliquien für Profit feilbieten. Jeden Mönch schaudert ob solch eines schrecklichen Frevels.

WILHELM VON MALMESBURY
Gesta Ponticum Anglorum
Buch V, Vita Aldhelmi

Edgar, entschuldige!« sagte Solomon und half Catherine auf. Ich wußte nicht, daß du Gäste hast. Catherine, ich war nicht wirklich böse.«
»Ich weiß«, antwortete sie. »Ich bitte um Verzeihung für mein unschickliches Eintreten«, sagte sie und deutete einen Knicks an. Gut, daß sie nicht wußte, welch ein Bild sie bot. Ihr Kopf war unbedeckt, die Zöpfe hatten sich aufgelöst, der *Bliaut* war verschmutzt, besonders der Saum. Die Stiefel starrten vor Straßendreck. Catherine sah nicht gerade wie die Frau eines ehrbaren Mannes aus.
Sie wußte, daß sie eine schreckliche gesellschaftliche Sünde begangen hatte, doch war das kein Grund für diese Männer, sie so anzustarren. Sie hätten sich wenigstens zum Gruß erheben können. Wo blieben deren Manieren? Sie zog den Umhang aus und hängte ihn an den Haken der Tür. Erleichtert stellte sie fest, daß der Vorhang, der den Nachttopf verbarg, zugezogen war. Sie wußte nicht mehr, ob sie ihn am Morgen geleert hatte.
»Edgar, darf ich deinen Gästen etwas anbieten?« fragte sie. »Solomon und ich können vielleicht Suppe holen ...«
Peinliches Schweigen trat ein, aus dem sie John schließlich errettete. »Giles kam letzte Woche aus Rouen«, erklärte er. »Sein Onkel, Erzbischof Hugo, hat ihm die überaus vertrauliche Aufgabe übertragen, die Gegenstände wiederzubeschaffen, die dem Kanzler Philippe entwendet wurden.«
Catherine musterte den gutgekleideten jungen Mann erschrocken. Giles du Perche, der Neffe des Erzbischofs, aus sehr vornehmer normannischer Familie. Catherine wünschte sich, der Fußboden möge sich teilen wie das Rote Meer, auf daß sie darin versänke. Hinter ihr näherte sich Solomon der Tür. Sie hielt ihn fest.

»Hier sind mir zu viele Pfaffen«, flüsterte er ihr ins Ohr. »Sag Edgar, ich unterhalte mich später mit euch beiden.« Er nickte den anderen zu und suchte das Weite.
»Ein Freund von euch, wenn ich mich recht erinnere?« bemerkte John im Plauderton.
Catherine entspannte sich. »Ja, ein alter Freund der Familie. Doch das entschuldigt nicht unser Benehmen. Verzeiht mir.«
John konnte nicht länger an sich halten und brach in schallendes Gelächter aus. »Nur, wenn du mir verzeihst, was ich jetzt sage: So etwas Komisches wie Edgars Gesicht, als ihr hereinplatztet, habe ich seit Jahren nicht mehr gesehen.«
Edgar spürte einen Anflug von Ärger, fing sich jedoch schnell. »Setz dich, *Carissima*«, sagte er. »John und der Erzdiakon haben Maurice gebeten, uns zu helfen.«
»Die Schmiede zu finden?« fragte Catherine.
»Das auch. Aber wir sind uns jetzt dessen ziemlich gewiß, daß ein Kanoniker an dem Diebstahl beteiligt ist.«
»Seid ihr denn sicher, daß es ein Mann aus Notre-Dame ist? Es ist sehr heikel, sich in die Angelegenheiten einer fremden Erzdiözese einzumischen. Es wäre unverzeihlich, eine Anschuldigung nicht beweisen zu können.«
»Darum brauchen wir Maurice«, sagte Edgar. »Der Silberschmied hat den Mann zwar gesehen, weiß aber seinen Namen nicht.«
»Würde Gaudry denn bezeugen, daß er es war, falls wir ihn finden?« fragte John.
»Möglich«, sagte Edgar. »Aber Gaudry gehört nicht der Zunft an. Vielleicht setzt er seinen Lebensunterhalt oder gar sein Leben aufs Spiel, wenn er das tut.«
»Maurice sucht also nach einem Geistlichen, der durch die Tunnel wandert, statt wie ein ehrlicher Mensch durch

das Tor zu kommen?« fragte Catherine. »Dann kann ich Solomon ja sagen, daß er nicht mit mir hinzugehen braucht. Ich dachte mir nämlich, der verschollene Arm könne irgendwo unter dem Kloster verborgen sein.«
Giles starrte sie an. »Wolltest du etwa in das Bischofskloster eindringen?«
»O nein. Ich wollte nur sehen, wo jemand anders vielleicht hineingekommen sein könnte.«
Giles dachte eine Weile darüber nach. »Ich glaube, dies alles steht nicht im Einklang mit den Anweisungen meines Onkels«, sagte er schließlich.
Edgar grinste und wollte etwas bemerken, doch John stieß ihn unter dem Tisch an.
»Es ist wohl bekannt, daß Erzbischof Hugo Eurem Urteil vertraut«, sagte John lächelnd zu dem jungen Mann. »Sicher wählte er Euch deswegen für diese Mission aus.«
Giles schien immer noch unbehaglich zumute zu sein. »Ursprünglich sollte ich nur nach St.Denis gehen, wo man einen Kelch fand, der dem in Salisbury gestohlenen ähnelt. Prior Hervé zeigte ihn mir und will ihn bis zu meiner Rückkehr für mich aufbewahren. Er sieht aus wie jener auf meiner Zeichnung. Daraufhin schickte mich der Prior nach Paris zu John, weil er früher in Salisbury diente und ihn vielleicht wiedererkennen könnte.«
»Ich habe dem Erzdiakon von deiner Suche nach dem heiligen Aldhelm erzählt, daher wollte er dich unbedingt treffen«, sagte John entschuldigend. Schließlich wußte er, wie Edgar über Normannen dachte.
»Mit Verlaub, Herr, ich wüßte nicht, wie Ihr uns helfen könntet«, sagte Edgar. »Wir vermuten, daß der heilige Aldhelm es aus uns nicht begreiflichen Gründen zuließ, daß sein Arm in die Normandie gelangte, dort gestohlen und nach Franzien geschafft wurde, wo ihn die Diebe

dann verloren. Ich nehme an, kein lebender Mensch weiß jetzt, wo er ruht.«

»Ich werde mein Möglichstes tun«, sagte Giles. »Mir obliegt es, denen zu helfen, die den heiligen Aldhelm suchen und für seine Rückkehr sorgen.«

»Seine Rückkehr wohin?« wollte Edgar wissen. »Zu den Kanonikern von Salisbury? Kaiserin Mathilde beherrscht doch jetzt das Gebiet und hat König Stephan in Bristol gefangengesetzt. Auch hatte ich den Eindruck, Euer Onkel sei ein glühender Anhänger des Königs.«

»Das ist richtig«, sagte Giles.

»Dann würde er also Besitztümer nach Salisbury zurückschicken, während Mathilde es noch hält? Oder gibt er es statt dessen Philippe d'Harcourt als Pfand für das Bistum?«

»Edgar!« sagte John warnend.

Edgar winkte ab. »Ich setze nicht mein Leben aufs Spiel, damit noch ein verdammter Normanne auf einem sächsischen Stuhl landet.«

Giles mochte ausgebildeter Diplomat sein, doch er war auch jung und stolz auf sein normannisches Blut. Er langte über den Tisch und packte Edgar beim Knoten seiner *Chainse* am Hals.

»Die Sachsen waren nur Sklaven der Dänen, lange bevor wir nach England kamen«, brüllte er, während Maurice und John seinen Griff lösen wollten. »Herzog Wilhelm hat Britannien befreit. Und ihr stammt von einer Rasse schwächlicher, gemeiner Feiglinge ab.«

Unwillkürlich griff Edgar nach einem Schwert. Zu seinem Schrecken fiel ihm ein, daß er nie eines getragen hatte. Er mußte sich an der Tischkante festhalten, um dem Erzdiakon nicht an die Kehle zu springen.

»Verlaßt auf der Stelle mein Haus«, sagte Edgar dann

ruhig und sah ihm fest in die Augen. »Andernfalls töte ich Euch.«
Mit etwas Mühe konnten John und Maurice Giles überreden, mit ihnen zu kommen. Maurice wollte dem Erzdiakon zu einem Mahl im Kloster und einem warmen Bett im Gästehaus verhelfen. Beides wäre besser als das, was Maurice gewöhnt war, dachte Catherine.
Edgar wartete, bis sich die Tür schloß und die Stimmen abgeebbt waren. Dann ließ er die Tischkante los. Catherine zwang sich zu schweigen. Sie sah, daß seine Fingernägel abgebrochen waren. Ihr war nie klar gewesen, wie stark sein Groll auf das Volk war, welches seine Vorfahren in den Norden getrieben hatte. Vielleicht blieb ihm deswegen keine Kraft mehr, die Juden zu verachten.
Er bewegte die Hände mehrmals und streckte dabei seine langen Finger, bis die Gelenke knackten. Endlich sah er sie an.
»Mich dünkt, daß wir beide keinen guten Eindruck auf Herrn Giles hinterlassen haben«, sagte er. »So bald dürfte man uns kaum nach Rouen einladen, um mit dem Erzbischof zu tafeln.«
Catherine versuchte zu lächeln. »Ich habe auch gar nichts Passendes anzuziehen«, antwortete sie. Sie stand auf und machte sich mit dem spärlichen Geschirr zu schaffen. Edgar beobachtete sie.
»Catherine?«
»Ja?«
»Catherine, was hast du? Findest du, ich hätte diesem Bastard helfen sollen?«
»Nicht wenn du meinst, daß es den Wünschen Sankt Aldhelms zuwiderläuft.«
Ein Tonbecher fiel ihr aus der Hand und bekam einen Sprung.

»Da ist doch noch etwas, oder?« sagte er sanft. »Sag es mir.«
Sie klapperte noch eine Weile mit dem Geschirr. Schließlich sagte sie: »Ich habe dich noch nie zuvor wütend erlebt. Ärgerlich oft, aber nie wütend. Ich dachte, du wolltest ihn umbringen. Du hast mir Angst eingejagt.«
Edgar streckte wieder die Hände aus und betrachtete sie sich. »Du hast auch deinen Stolz, Catherine. Meiner ist mir angeboren und erhielt jeden Tag meines Lebens neue Nahrung, bei jeder Mahlzeit und jedem Gebet in der Familie. Dieser Zorn ist der meines Vaters und seiner Brüder und der Verwandten meiner Mutter. Du weißt, ich sollte ein Mann der Kirche werden. Nicht ein beschauliches Leben führen, sondern dafür kämpfen, unser Land zurückzugewinnen.
Ich dachte, die Wut hätte in meinen Pariser Jahren nachgelassen. Schließlich liegt die Eroberung fünfundsiebzig Jahre zurück.« Er ballte die Hände zu Fäusten. »Doch nein. Es ist, als ob es gestern gewesen wäre. Es tut mir leid, daß ich dich erschreckt habe.«
Catherine kniete an seinem Stuhl und nahm seine Hände. »Es ist gut, Leidenschaft zu spüren«, sagte sie. »Ich wünsche ja, daß du stark genug bist, um den Glauben zu verteidigen oder ... unsere Kinder oder auch dein eigenes Volk. Aber nicht, daß du einen Jungen herausforderst, der so wie du an seine eigene Familie und sein Volk denkt und möglicherweise zum Plan des heiligen Aldhelm zählt. Und ich habe Angst, daß ich eines Tages deine Wut auf mich ziehe. Falls das eintritt, töte mich schnell, denn ich könnte es nicht ertragen, mit einem Mann zu leben, den ich fürchte.«
»Catherine! Ich würde dir niemals wehtun!«
Seine verletzte Unschuld brach den Bann. Sie lächelte.

»O doch. Wir sind ja keine Heiligen. Das beweist doch schon unser Benehmen an diesem Nachmittag.«
Edgar verzog das Gesicht. »Ob John wohl noch mit mir spricht?«
»Vermutlich ja«, sagte Catherine. »Er ist eine gutmütige Seele.«
Die Öllampe flackerte. Sie war beinahe leer.
»Es ist noch nicht dunkel draußen. Möchtest du etwas zu essen holen?«
»Nein«, antwortete sie. »Ich habe keinen Hunger. Ich möchte, daß du mich festhältst.«
»Ja«, sagte er, »das tue ich gern. Hast du bemerkt, daß dein Haar aufgelöst ist? Laß es so. Ich kämme es dir morgen früh aus.«
»Soll ich meine Schlafmütze überziehen?«
Er fuhr ihr durch die Locken.
»Noch nicht.«

Solomon hatte nicht erwartet, daß Edgars Gäste ihn nach wenigen Minuten überholen würden. Ohne ihn zu bemerken, gingen sie an ihm vorüber. Der Erzdiakon marschierte steif neben John und machte wilde Gebärden, Maurice wirkte unruhig.
Was war geschehen? Solomon war versucht umzukehren, ging statt dessen aber lieber den drei Männern hinterher. Offenbar gingen sie gemeinsam zur Île. Er folgte ihnen bis vor das Klostertor. Maurice klopfte, und sie wurden eingelassen.
Solomon stand an der Ecke zur Rue de Bœuf und kam sich närrisch vor. Zweimal an einem Tag war zuviel. Hatte er etwa erwartet, sie würden ihn zu einem geheimen Treffen mit dem mysteriösen Kanoniker führen? Er beschloß heimzugehen.

Aus Bietrix' Schenke schien ein warmes Licht durch die Ritzen in den Fensterläden. Jemand sang. Solomon klimperte mit den Münzen, die er im Beutel um den Hals trug. Reichlich für eine Schale Bier. Vielleicht würde er sich eine genehmigen, bevor er ins Haus seines Onkels zurückging. Armer Onkel Eliazar! Obwohl das Passahfest herannahte, gäbe es in seinem Herzen dieses Jahr wenig Musik.

Solomon gelobte, nur so lange zu verweilen, bis er ein Bier getrunken hätte, stieß die Tür auf und trat ein.

Die Luft war verqualmt vom Herd, der Wand an Wand mit dem Ofen der Brauerei stand. Der Raum war fast leer. In einer Ecke saß ein Mann in Braun, der wie ein Wahrsager in seinen Becher blickte. Solomon nahm an, daß er keine Gesellschaft wollte. An der Wand saß ein Bettelknabe mit verkrümmtem Rückgrat. In kalten Nächten ließ Bietrix ihn in der Schenke schlafen. Solomon schaute sich um. Woher kam denn nun der Gesang? Von draußen war er ganz deutlich zu hören gewesen. Hinter dem Vorhang zum Bordell war es still. Bietrix war nirgendwo zu sehen, und Solomon wollte nicht im Hinterzimmer nach ihr suchen. Er wußte, daß sein Geld dort nicht willkommen war.

Jetzt packte ihn die Neugier. Gewiß war die Musik von hier gekommen. Er ging an die Tür zur Brauerei und klopfte. Keine Antwort. Er drückte sein Ohr an das Holz und hörte Geräusche auf der anderen Seite. Vielleicht hatten sie ihn nicht gehört.

Solomon stieß die Tür auf.

Lucia stand über einen Trog gebeugt, der eine ekelerregende Masse perlender Flüssigkeit enthielt. Sie trug eine lose *Chainse* mit einer Tunika darüber, die wohl einem ihrer Brüder gehörte. Sie hatte sich mit einem Strick gegürtet.

Der Löffel, mit dem sie den Schaum abschöpfte, war so schwer, daß sie beide Hände dazu brauchte, und dabei sang sie:

»Hu et hu et hu et hu!« Jedes Wort betonte sie mit einem Schlag auf die Seite des Fasses. *»Jo l'ai veü La jus soz la coudroie. Hu et hu et hu et hu! A bien pres l'ocirroie.«*

Voller Inbrunst sang sie von einem Liebespaar, das von einem Dieb gestört wurde, so daß Solomon den Eindruck bekam, daß auch sie keinerlei Unterbrechung wünschte.

Doch es war nett, ihr zuzusehen. Obwohl ihr Haar von einer Mütze bedeckt war, und ihr der Schweiß ins Kleid hinuntertroff, war sie hübsch, fand Solomon. Er schüttelte sich beim Gedanken an Goliaths Riesenpranke.

Lucia sah auf und unterbrach ihr Lied.

»Was wollt Ihr denn?« fragte sie.

»Dir beim Singen zuhören«, antwortete er, ohne zu überlegen. »Ich meine, eigentlich wollte ich ein Bier, aber deine Mutter ist nicht da.«

»Zapft Euch einen Bechervoll und legt eine Münze auf den Schanktisch«, antwortete Lucia. »Ich kann hier nicht weg.«

»Brauchst du Hilfe?« fragte Solomon.

»Ich schaffe das schon«, antwortete sie knapp.

Solomon trat näher, um sich das Zeug im Bottich anzusehen. »Sag bloß nicht, daß ich das hier zu trinken bekomme!«

»Nur, wenn du dafür bezahlt hast.«

»Was ist da drin?«

»Gemälzte Gerste, Hefe, Wasser und *Gruit*.«

»Gruit?« Das klang ja nach aufsteigendem Mageninhalt. Roch auch so.

»Das verbessert den Geschmack.« Lucia reichte Solomon den Löffel. »Hier, haltet das mal. Ich will noch etwas mehr hineintun.«
Sie ging zu einem großen Keramiktopf, hob den Deckel hoch und schöpfte eine Handvoll getrockneter Kräuter und Beeren heraus. Die warf sie in den Bottich.
»Jetzt kommt nur ein wenig hinein«, sagte sie. »Das meiste fügen wir erst im Faß hinzu, zur Geschmacksabrundung. Jetzt muß das hier einige Tage ziehen. Da Ihr schon mal hier seid, könnt Ihr mir helfen, es in das Faß zu kippen.«
Solomon sah sich unruhig um. »Sollten das nicht deine Brüder tun?«
Sie lachte. »Sie sind mit dem Karren unterwegs, mit der letzten Bierlieferung vor der Karwoche. Wenn ich dies nicht in die Fässer schütte, haben wir Ostern nichts zu trinken.«
»Meinst du, es wird bis dahin fertig sein?«
Er erinnerte sich nicht, jemals etwas getrunken zu haben, das dieser schäumenden Flüssigkeit ähnelte. Nein, das stimmte nicht. Er hatte einmal gegorene Milch in Kiew gekostet. Solomon mußte beim bloßen Gedanken daran würgen.
Lucia schien erstaunt. »Habt Ihr denn nie beim Bierbrauen zugeschaut?«
»Eigentlich nicht. Mein Onkel und meine Tante brauen es nicht selbst. Sie kaufen es bei Abraham. Ich habe die Fässer gesehen und kenne den Geruch. Aber sonst weiß ich nichts darüber.«
Lucia schüttelte den Kopf über seine Unwissenheit. »Nun, glaubt mir, bis nächste Woche ist das hier Bier.«
»Wie wird es denn braun?« fragte er, unsicher, ob er das wirklich wissen wollte.

»Dadurch, daß es im Faß zur Ruhe kommt. Tut es das nicht, oder wird es schlecht, fügen wir andere Dinge hinzu.«

Sie ging zu einem anderen irdenen Gefäß und öffnete es. Solomon legte den Löffel hin, um hineinzuschauen. Es war ein graues, grobgemahlenes Pulver. Solomon ließ etwas zwischen seinen Fingern durchrieseln und wischte sie an der Tunika ab.

»Was ist das?«

»Blätter und Stengel der Erdkirsche. Manchmal nehmen wir Eierschalen, aber um diese Jahreszeit legen die Hennen nicht, aber dies hier geht auch. Die Erdkirsche entzieht dem Bier die Unreinheiten.«

»Wie aufregend«, sagte Solomon und sah sie dabei an. Lucia lächelte. Ihr ging durch den Sinn, daß sie immer schon dunkle Männer gemocht hatte. Ihr Lächeln schwand. Er war nicht Natan.

»*Avois*! Was treibst du denn hier, *Mesel*?«

Beide schraken zusammen. Dank langjähriger Übung gelang es Solomon, sich sofort zwischen den Fragesteller und die Tür zum Schankraum zu stellen.

»Samson!« sagte Lucia mit Ärger in der Stimme. »Du kennst doch Solomon, Herrn Eliazars Neffen. Er wollte Bier trinken, aber niemand kam, ihm sein Geld abzunehmen, weil du mit Goliath fortwarst und ich hier hinten zu tun hatte.«

»Wo ist Mutter?«

»Bei einer Freundin«, antwortete Lucia. »Solomon wollte mir gerade helfen, dies umzugießen.«

»Nun, jetzt bin ich ja da«, sagte Samson und warf Solomon einen finsteren Blick zu.

»Schön, Euch zu sehen«, log Solomon. »Wißt Ihr schon, wer Euren Karren genommen hat?«

»Nein. Was wißt Ihr denn davon?« Samson kam einen Schritt näher, Solomon ging zwei zurück.
»Nur, was Edgar mir erzählt hat. Seltsam, daß jemand einen Karren stiehlt und ihn dann vor Eure Tür stellt.«
»Das waren ein paar hirnlose *Trigoleurs*. Wenn ich diese Spitzbuben erwische, spielen sie uns keine Streiche mehr.«
Daran hatte Solomon keinen Zweifel. »Ich muß jetzt fort«, sagte er möglichst gleichmütig. »Danke für die Auskünfte, Lucia.«
Draußen lehnte sich Solomon einen Augenblick an die Wand, bis er wieder ruhig atmen konnte. Woher war der Mann so plötzlich aufgetaucht? Er hätte schwören können, daß er die Tür nicht gehört und auch keinen Luftzug von draußen gespürt hatte. Gewiß hatte Lucia das gewisse Etwas, was seine Sinne ablenkte. Noch ein Grund, ihr nicht nachzusteigen. Sein Leben hing zu oft davon ab, alle seine Sinne beisammenzuhalten.

Am nächsten Morgen aßen Catherine und Edgar gerade in heißem Wasser aufgeweichtes Brot, als ein Steinchen ans Fenster schlug. Edgar sah hinaus. Unten auf der Straße stand John.
»Darf ich hochkommen?« rief er.
»Gewiß.« Edgar eilte hinunter, um ihn einzulassen, erleichtert, daß John noch mit ihm sprach.
»Ich wollte dich über Giles aufklären.«
»Ach so. Ich bedaure, daß ich die Beherrschung verloren habe. Willst du, daß ich ihn um Verzeihung bitte?«
»Das müßtest du vielleicht, aber nicht meinetwegen. Schau, Edgar, Philippe will unbedingt den Schatz von Salisbury wiederbeschaffen, besonders den Arm, aber nicht als Faustpfand für das Bistum. Er weiß wohl, daß

er Salisbury nie bekommt. Aber er möchte für den nächsten verfügbaren normannischen Bischofssitz kandidieren, und Erzbischof Hugo hat die Rückgabe des Schatzes zur Bedingung gemacht.«

Edgar überlegte. »Der Erzdiakon gewährleistet, daß die Sachen nach Salisbury zurückgeschickt werden?«

»Ja, und er steht zu seinem Wort. Doch wenn du glaubst, daß wir je wieder einen Sachsen als Bischof dort sehen, hast du nichts aus der Geschichte gelernt. Vielleicht bekommt in einigen Generationen ein Sachse das Amt, doch der dürfte dann auch normannische Verwandte haben.«

»Nie!« sagte Edgar, doch eher aus Trotz.

John zuckte mit den Achseln. »Wir sind doch alle in der Kirche vereint.«

Edgar seufzte. »Ja schon, aber das ändert nichts an meinen Gefühlen.«

»Bemühst du dich also weiterhin, den Arm zu finden?«

»Aber gewiß doch. Gestern abend sprach ich im Zorn. Ich will nicht, daß solch eine kostbare Reliquie verlorengeht oder an den Meistbietenden verkauft wird. Aber ich glaube, Gaudrys Auftraggeber weiß genausowenig wie wir, wo sich der Arm jetzt befindet.«

»Aber du gehst doch heute wieder in die Schmiede?«

»Ja.«

Zufrieden verabschiedete sich John.

Sie beendeten ihr Fastenfrühstück. Catherine bearbeitete eine unaufgeweichte Kruste mit dem Löffel.

»Alles deutet darauf hin, daß Natan den Arm als letzter hatte«, sagte sie. »Ich verstehe nur nicht, warum seine Helfershelfer ihn vergiftet haben, ohne das Versteck zu kennen.«

»Vielleicht glaubten sie, es zu kennen. Wir wissen ja

nicht einmal, ob er vorsätzlich umgebracht wurde, und auch nicht, was für ein Gift es war. Möglich, daß sein Neffe es getan hat, weil er den Schatz erben wollte.«

»Und sich anschließend selbst zusammenschlug und seinen eigenen Sohn entführte, um den Verdacht von sich abzulenken?« fragte Catherine.

»Catherine, Sarkasmus steht dir schlecht zu Gesicht. Vielleicht hat Menahem Natan getötet, fand keinen Schatz und bekam es dann mit den Männern zu schaffen, die mit seinem Onkel gemeinsame Sache machten.«

»Ja, das würde einiges erklären«, räumte Catherine ein. »Besonders wieso Natan bereitwillig die vergiftete Nahrung zu sich nahm. Doch ich spüre, daß wir irgend etwas Wichtiges übersehen.«

»Catherine, ich liebe dich, das weißt du. Aber meine Geduld wurde in letzter Zeit zu sehr beansprucht, und wenn du jetzt nicht aufhörst, das Stück Brot hin- und herzuschieben, schnappe ich mir deinen Löffel und biege einen doppelten Knoten hinein.«

Catherine klopfte das Brot ein letztes Mal, und endlich zerfiel es. »Ich liebe dich auch, Edgar«, sagte sie. »Doch ich sehe schon, daß wir eines Tages eine ganze Sammlung verbogener Löffel haben werden. Gut, daß du gerade lernst, wie man neue herstellt.«

Nachdem diese Auseinandersetzung freundschaftlich beigelegt war, hatte Edgar das Haus verlassen. Catherine überlegte, was sie tun sollte. Für den morgigen Palmsonntag, den Beginn der Karwoche, mußte sie noch einige Einkäufe erledigen. Sie hatte noch nichts von ihrem Vater gehört und nahm an, daß er bis nach Ostern bei Guillaume bleiben wollte. Ob sich Agnes noch im Haus an der Grève aufhielt? Eine eigene Kammer mochte ja

einige Vorzüge haben, doch wäre es auch ganz nett, wieder einmal an einem Ort zu sein, wo jemand anders das Einkaufen, Kochen und Putzen besorgte.
Catherine nahm sich den Korb und schickte sich an, sich für Brot, Käse und das erste Grünzeug des Frühjahrs durch die Menge in den Hallen zu kämpfen. Bei ihrer Rückkehr fand sie ihren Vetter auf der Treppe sitzend. »Eure Gäste sind gestern abend nicht lange geblieben«, begann Solomon. »Haben wir sie derart vor den Kopf gestoßen?«
»Tja, Edgar und der Erzdiakon hatten eine Meinungsverschiedenheit, die unseren Auftritt dagegen fast wie vorbildliche Höflichkeit erscheinen ließ.«
Solomon zog die Brauen hoch. »Den Witz verstehe ich nicht«, seufzte er. »Tante Johannah läßt anfragen, ob ihr beide am Sonntag mit uns essen wollt; es ist *Erew Pesach*, das Fest der Erstgeborenen.«
»Ich werde Edgar fragen. Aber ich wüßte nicht, was dagegen spricht. Ist Ullo noch bei euch?«
»Ja, doch ich glaube, er reist heute noch nach Vielleteneuse«, sagte Solomon. »Onkel Hubert meinte, er solle die Osterwoche bei seiner eigenen Familie verbringen. Er will nicht, daß die Leute glauben, man wolle ein christliches Kind bekehren.«
Catherine nickte. »In dieser Zeit denken die Menschen zu sehr an grundsätzliche Glaubensunterschiede.«
Mittlerweile waren sie in der Kammer angelangt. Catherine stellte die Lebensmittel beiseite und entkorkte den Krug. Sie schnupperte daran. »Das ist schon fast Essig«, meinte sie. »Wir könnten ihn mit Wasser verdünnen, falls du Durst hast.«
»Nein, danke.« Solomon zog seinen Umhang aus und reichte ihn ihr. Catherine nieste. Und nieste noch einmal.

»*Marpe* – Gesundheit!« sagte Solomon unwillkürlich.
»Danke, aber ich bin nicht krank. Irgendein Pulver auf deinem Mantel kitzelt meine Nase.«
»Ach so.« Solomon nahm ihr den Umhang wieder ab und hängte ihn selbst an den Haken. »Das kommt von den Blättern der Erdkirsche, mit denen man Bier reinigt, sagte Lucia.«
»Erdkirsche? Bist du sicher? Das ist doch ein Nachtschattengewächs.«
»Wenn ich's dir doch sage!«
»Die Erdkische wird aber nicht als Heilpflanze verwendet, denn Schwester Melisande warnte uns immer davor, die Beeren zu essen. Die brächten uns zwar nicht um, aber wir würden davon krank. Das meiste Gift soll in den Blättern und Stengeln sitzen.«
Sie ging zu Solomons Umhang und roch vorsichtig daran.
»Das kommt mir irgendwie bekannt vor. Wie das wohl riecht, wenn es mit Bier vermischt ist?«
»Du sagtest doch, es sei giftig? Wenn die Gäste schon vor dem zweiten Becher sterben, lassen sich mit dem Bier aber keine großen Umsätze erzielen.«
»Ich glaube, so giftig ist es nun auch wieder nicht. Nur in großen Mengen. Und das meiste dürfte sich wohl am Faßboden ablagern. Aber woher kenne ich diesen Geruch?«
Sie schloß die Augen, und plötzlich fiel es ihr wieder ein. Der Gestank von Qualm in Wolle, von Bier und von irgend etwas Scharfem. In jener Nacht hatte sie geglaubt, der Atem des Höllenschlunds schlüge ihr entgegen.
»Natan muß dieses Pulver getrunken haben, bevor er starb«, sagte sie. »Bier käme in Frage. Du sagst, Lucia hat dir davon erzählt?«
»Ja.«

»Mir hat sie gesagt, daß sie Natan geliebt hat. Von ihr hätte er einen Bechervoll genommen. Aber wenn sie ihn doch liebte, wie hätte sie ihn töten können?«
»Mir fallen ein Dutzend Gründe ein«, sagte Solomon. »Und jeder einzelne endet mit ›... weil sie ihn liebte.‹«
Noch vor einem Jahr hätte Catherine das nicht verstanden. Jetzt überraschte es sie, daß Solomon es verstand. »Bitte sag niemandem etwas davon«, bat sie ihn.
»Laß mich mit ihr reden. Möglicherweise verwenden alle Brauer in Paris dieses Pulver. Oder ich irre mich. Wir können sie nicht ohne weitere Beweise beschuldigen.«
»Einverstanden. Aber du solltest sie nicht allein treffen. Wer weiß, wozu sie fähig wäre. Und vergiß nicht, daß sie auch etwas in der Hand hat: Sie kann Onkel Eliazar bloßstellen. Heute hilft sie Tante Johannah. Ich bringe dich hin, das ist sicherer, als wenn du in die Schenke gehst.«
Insgeheim sann Catherine darauf, Lucia allein zu sprechen. Solomon wollte nur beweisen, daß Eliazar nichts mit Natans Tod zu schaffen hätte. Der Schatz oder der Arm eines Heiligen, an den er ohnehin nicht glaubte, war ihm gleichgültig.
Vielleicht hatte Lucia ihr die reine Wahrheit gesagt. Doch vielleicht hatte sie Natan getötet, um seinen Schatz zu erben.
Dann wäre sie die einzige, die Aldhelms Versteck kannte.

ACHTZEHNTES KAPITEL

Johannahs Küche, erste Nacht der ungesäuerten Brote, Sonnabend, den 11. März 1141 / 13. Nissan 4901

… nec tam culpas quam opera punimus, nec in aliquo tam quod eius animae nocet quam quod aliis nocere possit vindicare studemus ut magis publica preveniamus dampna quam singularia corrigamus.

… wir bestrafen weniger Schuld denn Taten und wollen auch weniger das in jemandem verbessern, welches seiner Seele schadet, als vielmehr das, was andere gefährdet, um eher Verbrechen an der Allgemeinheit vorzubeugen, denn solche gegen einzelne zu ahnden.

PATER ABÆLARD
***Ethik*, Buch I**

Lucia schickte sich an, das Festmahl aufzutragen. Solomon und Catherine kamen ihr ungelegen. »Wir haben hier zu tun«, sagte sie knapp, »Ich habe keine Zeit, mit Euch zu reden.«
»Ich dachte, du wolltest, daß wir dir helfen?« sagte Catherine.
»Ja, aber mir scheint eher, daß ich Euch geholfen habe. Euch ist es einerlei, wer Natans Mörder war.«
»Ich habe dir doch versprochen, ihn zu finden, einerlei, zu wem meine Suche führt.«
»Selbst wenn es Eure eigene Familie wäre?«
»Ja«, antwortete Catherine. »Doch mein Vater hat nichts damit zu tun.«
»Ich bin weder taub noch blind«, versetzte Lucia verächtlich. »Und dumm schon gar nicht. Ich hörte doch, wie Ihr mit dem Herrn und der Herrin geredet habt. Ich sehe wohl, daß Ihr und Solomon Zwillinge sein könntet, nicht nur vom Äußeren, auch wenn ich wette, daß er unter seinem Bart das gleiche Kinn hat wie Ihr. Ihr bewegt Euch auf dieselbe Art und redet miteinander wie Goliath, Samson und ich. Ihr habt mehr zu verbergen als ich und viel mehr zu verlieren. Ich weiß schon lange, daß Ihr mit diesen Menschen verwandt seid. Wie kann ich Euch trauen? Vielleicht seid Ihr gar keine Christin?«
»O doch«, sagte Catherine matt. »Obwohl das wohl niemand von uns bis zum Jüngsten Gericht sicher weiß.«
Lucia holte den Sabbatteller hervor. »Und Ihr?« fragte sie Solomon. »Wie soll ich wissen, ob man Euch nicht den Auftrag gab, Natan zu vergiften? Ihr müßt doch jeweils die schmutzigen Geschäfte hier erledigen.«
»Das stimmt«, pflichtete Solomon ihr bei. »Das sage ich schon seit Jahren. Schade, daß du es als einzige gemerkt hast. Und ich gebe zu, daß du nicht wissen kannst, ob

ich es war. Ich hatte zwar keinen Grund, aber wer kann das beweisen? Doch ich würde nie Gift wählen. Da gibt es bessere Methoden.«

»Solomon!« sagte Catherine.

»Ich bin auch nicht dumm, Catherine. Ich bin bis nach Rus im Osten und Toledo im Süden gereist. Ein argloser Mann wird bereits in der ersten Nacht beraubt und erstochen.«

Lucia lächelte ihn an. »Vielleicht habt Ihr Natan nicht getötet. Sonst hättet Ihr es mit dem Messer aus dem Ärmel tun können.«

»Stimmt.« Er tastete nach dem Messer, das er wohlverborgen geglaubt hatte.

»Juden dürfen keine Waffen tragen«, sagte Lucia dann aber vorwurfsvoll. »Ihr steht unter dem Schutz des Königs.«

»Der König war nie zugegen, wenn ich Schutz brauchte.« In diesem Augenblick war seine Ähnlichkeit mit Catherine fast verflogen. Catherine spürte, daß er trotz seiner Scherze hart und wachsam wie ein Habicht war. Eigentlich hätte sie das längst merken müssen, doch für sie war er immer noch der kleine Junge, der sie vor so vielen Jahren vom Baum geschubst und dann geweint hatte, weil er dachte, er habe sie getötet.

Es fiel ihr schwer, sich auf den Grund ihres Kommens zu besinnen.

»Lucia«, sagte sie. »Ich habe noch eine Frage. Solomon sagt, ihr verwendet beim Brauen ein Pulver aus der Erdkirsche?«

»Nein, das kommt später hinein«, erwiderte sie. »Um das Bier zu reinigen.«

»Und was geschieht dann? Schwimmt es im Bier herum wie jene Kräuter?«

»Nein, das würde ja nichts nützen. Es sinkt auf den Faßboden, unter das Spundloch. Wir holen es heraus, wenn wir die Fässer ausspülen.«
»Aber ich dachte immer, daß die Erdkirsche giftig sei«, meinte Catherine.
»Giftig? Ich habe ab und zu etwas davon an den Händen und lecke es ab. Es schmeckt trocken und bitter, aber mir wird davon nicht übel.«
»Dann glaubst du also nicht, daß man jemanden damit töten kann?« bohrte Catherine weiter.
»Ich wüßte nicht, wie. Gewiß hat jemand schon etwas davon im Becher gehabt. Falls er gestorben ist, hat es dem Geschäft jedenfalls keinen Abbruch getan.«
»Ich habe dieses Pulver in Natans Atem gerochen, als er auf mich zukam. Ich dachte, das würde erklären, wie er starb.«
»Ach!« sagte Lucia entgeistert. »Ihr meint wohl, ich habe ihn in mein Bett gelockt und ihm dann einen Giftbecher verabreicht? Glaubt Ihr, ich sehe mich als Judith? Wir sollen für den Glauben sterben, nicht töten.«
»Bei den Adlern des heiligen Vitus!« rief Catherine aus. »Ich sollte doch die Wahrheit suchen, doch du willst natürlich nicht, daß sie vor deine Tür fällt. Du hattest ja so recht. Niemand schert es, wer Natan ermordet hat. Alle wollen nur seinen Schatz. Und wenn das wirklich der Arm des heiligen Aldhelm ist, bin ich nunmehr willens, die Reliquie ihrem Schicksal zu überlassen.«
Lucias Miene verwandelte sich urplötzlich. »Was? Ihr glaubt, Natan hat eine Reliquie gestohlen? Das ist unmöglich. Es hätte ihn zu sehr angewidert. Und wenn Ihr nichts weiter wißt, als daß Natan mit Erdkirschpulver vergiftet wurde, könnt Ihr mir nicht helfen.«
»Verwenden es alle Brauer in Paris?« fragte Catherine.

»Ich habe keine Ahnung. Goliath beschafft es sich aus einem Dorf. Sagt Frau Johannah, daß ich später wiederkomme.« Damit eilte Lucia hinaus.

Solomon und Catherine sahen sich an. »Was hat sie wohl mehr erregt?« fragte Solomon. »Die Giftquelle oder die Reliquie?«

»Die Reliquie«, sagte Catherine. »Das mit dem Gift hat sie mir offenbar nicht geglaubt.«

»Oder sie wußte es bereits. Wohin sie jetzt wohl geht?«

Catherine nahm ihn bei der Hand. »Sollen wir nachsehen?«

Edgar wußte, daß etwas nicht stimmte, noch bevor er die Tür öffnete. Gewöhnlich schlug ihm die Wärme aus den Ritzen im Holz entgegen. Heute war es kalt. Und es gab auch keinen Lärm. Kein Gehämmer und kein Zischen des Blasebalgs. Mit dem Fuß stieß er die Tür auf, die krachend gegen den Tisch schlug. Die Fenster waren nur Schlitze in der Wand. Zu dieser frühen Stunde fiel wenig Licht herein.

Odo entdeckte er als ersten. Er lag auf dem erloschenen Brennofen. Sein Schädel war zerschmettert, als ob ein riesiger Hammer zugeschlagen hätte. Edgar bekreuzigte sich und murmelte: *»Beati mortui, qui in Domino moriuntur* – Selig sind, die in dem Herrn sterben.« Edgar hoffte, daß es stimmte.

Gaudry lag auf dem Tisch, mit einer Hand hielt er noch den Meißel. Offenbar hatte er versucht, den Angreifer abzuwehren, welcher ihm dann die Kehle aufgeschlitzt hatte.

»A porta inferi, Domine, erue animas eorum – errette ihre Seelen, Herr, vom Tor der Hölle.« Edgar schaute sich um. Er wußte selbst nicht, was er sonst noch erwartete. Dann entdeckte er den Kasten, in welchem Gaudry

das Edelmetall verwahrt hatte. Er stand offen. Das Schloß war mit einem Schlüssel geöffnet worden. Gaudry hatte das Schloß angefertigt und den Schlüssel um seinen Hals getragen. War er noch dort, unter all dem Blut? Edgar verließ der Mut. Wie erwartet, war der Kasten leer. Der Schrein, an dem sie wochenlang gearbeitet hatten, war fort.

»Ich muß es jemandem sagen«, hörte Edgar sich laut sagen.

Doch wem? Er wußte weder, wo diese Männer wohnten, noch kannte er ihre Familien.

Wenigstens würde er jetzt ungehindert herausfinden, wo er sich befand. Doch dann keimte entsetzliche Furcht in ihm auf. Was, wenn ihn die Täter hier fänden? Wußten sie, daß sie einen Silberschmied verpaßt hatten? Oder wenn ihn jemand sähe, wie er vom Schauplatz zweier Morde käme? Wie würde er das erklären?

Trotz der Dunkelheit lief er durch den Tunnel und hielt auf den Ausgang am Fluß zu. Er mußte ans Licht, frische Luft atmen.

Er stürmte zur Schuppentür hinaus. Ein Fischer, der sein Netz auswarf, sah ihn überrascht an, bevor er sich wieder seiner Arbeit widmete.

Gebeugt und keuchend, die Hände auf den Knien, stand Edgar da. Er wurde klarer im Kopf, suchte Hände und Füße nach Blutflecken ab. Nichts. Auch nicht auf seinem Mantel. Er hatte keine der beiden Leichen berührt.

Ich hätte wenigstens das Kreuz über ihnen schlagen sollen, dachte er, ärgerlich darüber, jenen schlichten Akt der Güte unterlassen zu haben.

Jetzt mußte er sich über seinen nächsten Schritt klarwerden. Sein erster Gedanke war, seinen Schwiegervater aufzusuchen, doch Hubert war nicht in Paris. Hof-

fentlich hatte Eliazar nichts mit dieser Sache zu tun. Catherine wollte er nach Möglichkeit noch nicht hineinziehen. Wem konnte er in Paris sonst noch trauen?
Nur John.
Edgar machte sich auf die Suche nach ihm.

»Wir verschwenden unsere Zeit, Catherine«, sagte Solomon. »Sie geht nur zu ihrer Mutter.«
»Nein, warte, tritt einen Schritt zurück. Sie geht jetzt in die andere Richtung, nach Notre-Dame.«
»Vielleicht will sie um Führung beten«, meinte Solomon.
»Das hoffe ich.«
Wenn Lucia sich umgewandt hätte, wären ihr die beiden sofort aufgefallen. Doch sie schien nicht einmal zu bemerken, was vor ihr war, drängte sich durch die Menge, als seien die Menschen nichts als lästige Zweige.
»Seltsam«, sagte Catherine. »Sie geht ja in die St. Étienne.«
»Ich weiß nicht, warum der Bischof diese Kirche nicht niederreißen läßt«, sagte Solomon. »Sie ist voller Bettler und dazu feueranfällig.«
»Frag ihn doch, wenn du ihn das nächste Mal triffst«, sagte Catherine. »Sollen wir ihr folgen?«
Solomon knirschte mit den Zähnen. Es widerstrebte ihm, diese Bauten zu betreten. Selbst als Ruine war es noch eine Kirche. Doch er konnte Catherine nicht allein gehen lassen. »Es gibt kein Zurück mehr«, seufzte er. »Du gehst hinein. Ich komme nach.«
Um diese Tageszeit war die Kirche voller Leben. Zwischen herabgestürzten Dachbalken hatten sich ganze Familien mit ihren Habseligkeiten niedergelassen. Kleine Kinder spähten sie aus der behelfsmäßigen Barrikade entlang der einstigen Arkade an.

Catherines Augen brauchten einen Moment, um sich an das Dämmerlicht zu gewöhnen. Sie glaubte, Lucia am anderen Ende des Kirchenschiffs zu sehen, wie sie gerade durch die Tür des linken Querschiffs ging. Catherine eilte ihr nach, hoffte, sie einzuholen, bevor sie in einer der Gassen verschwand, die strahlenförmig vom Hof abgingen.
Sie kamen wieder ins Helle. Catherine sah die Frau, der sie gefolgt waren. Es war nicht Lucia.
»Was nun?« fragte Solomon keuchend.
»Ich weiß es nicht. Heimgehen, vermutlich. Wir finden sie nicht in der Menge. Ich wünschte, wir wüßten, wohin sie gehen wollte. Sie hat uns gewiß nicht alles gesagt. Ich bin sicher, daß sie über die Reliquie verblüfft war.«
»Schon, aber war sie überrascht, weil sie nicht wußte, daß Natan die Reliquie hatte, oder weil wir davon wußten?«
»So etwas mußtest du ja fragen«, sagte Catherine. »Mich ärgert, wenn ich meine, eine Lösung gefunden zu haben, und du eine neue Frage hineinbringst.«
»Ich will mich ja nur nützlich machen«, versetzte Solomon lächelnd. »Ach, ist das nicht Edgar da drüben?«
Catherine schaute in die Richtung. Ja, das war er. Was wollte er denn um diese Zeit hier? »Edgar!« rief sie.
Edgars Schritte verlangsamten sich eine Sekunde lang, dann ging er schneller als vorher weiter.
»Das müssen wir unbedingt näher untersuchen«, sagte Catherine. Sie packte Solomon am Arm und setzte ihrem Mann nach.
»Laß mich los. Ich komme ja schon!« empörte sich Solomon. »Aber wenn er ins Kloster geht, mußt du allein hineingehen.«

Edgar hatte mehr als den halben Vormittag gebraucht, um John zu finden, ein Zeichen dafür, daß mit seinem Hirn etwas nicht stimmte. Meister Gilbert de la Porrée hielt heute seine Vorlesung, da würde John sich nirgendwo anders aufhalten.
Zum Glück beendete Meister Gilbert gerade seinen Vortrag, als Edgar den Bischofssaal betrat. John stand mit seinen Landsleuten bei den Meistern Adam du Petit Pont und Robert von Melun. Sie erörterten eifrig die Feinheiten der Lesung.
»Ich sage Euch, den Mann trennt nur ein Schritt von der Ketzerei«, sagte Robert mit großem Nachdruck.
»Ich bin anderer Meinung«, sagte John. »Ihr habt sein Argument nicht richtig verfolgt.«
»Und was sagt er deiner Meinung nach?« fragte Robert, als ob er zwar zuhören, aber nicht überzeugt werden wollte.
John setzte zur Antwort an, als er Edgar sah. »*Benedicte*, Edgar«, sagte er. »Du hast eine sehr aufschlußreiche Rede verpaßt.«
»John, du mußt mit mir kommen«, sagte Edgar. »Es ist etwas geschehen.« Rasch und etwas zusammenhanglos berichtete er, was vorgefallen war. »Der Schrein ist verschwunden«, endete er. »Ich glaube, der Mörder braucht ihn für eine gefälschte Reliquie. Doch da Gaudry und Odo tot sind, kann ihn niemand mehr überführen. Ich bitte euch um Hilfe. Man kann sie nicht dort liegenlassen.«
Bereitwillig brachen die vier Männer mit ihm auf. Von der anderen Seite des Saals schauten Catherine und Solomon verdutzt herüber.
»Warum hatte Edgar es so eilig, sie zu treffen?« fragte Solomon. »Steht eine große scholastische Debatte an?

Noch ein Ketzerprozeß?«
»Sie sind alle aus England«, erklärte Catherine. »Vielleicht hat es mit dem heiligen Aldhelm zu tun. *Avoi*, Solomon! Wir müssen herausfinden, wohin sie gehen.«
Sie kamen gerade noch rechtzeitig am Schuppen vor der Mauer am Fluß an, um die vier Männer dort eintreten zu sehen.
»Wenn sie in den Tunnel gehen, finden wir sie nie mehr«, meinte Catherine.
»Dann müssen wir sie einholen, bevor sie weitergehen«, sagte Solomon.
Die Falltür stand offen, als sie in den Schuppen kamen. Als sie hinunterschauten, sahen sie eine Lampe im Tunnel flackern.
»Ruf du mal«, sagte Catherine, die plötzlich Angst vor Edgar bekam, wenn er sie hier vorfinden würde.
Solomon stieg die Leiter zur Hälfte hinab und rief Edgars Namen. Das Licht bewegte sich weiter weg. Catherine raffte ihre Röcke und schickte sich an hinunterzuklettern.
»Folge einfach dem Licht«, sagte sie. »Ich muß wissen, warum er die Männer hierherbringt.«
An der nächsten Wegbiegung standen sie plötzlich im Dunkeln. Catherine bemühte sich nach Kräften, Edgar auszumachen und nicht daran zu denken, was möglicherweise in den uralten Gängen hauste.
Die Tür zur Werkstatt stand halb offen. Catherine hörte einen erstickten *Godehelpe*-Schrei. Sie wollte hinein, doch Solomon drängte sie zurück und schaute hinein.
Er sagte nichts.
»Was ist denn?« fragte Catherine. »Laß mich sehen.«
»Nein«, erwiderte Solomon matt. »Edgar hat mich entdeckt, er kommt sofort heraus.«

Catherine trat zurück. »Sag mir, was da drin ist«, sagte sie leise. »Ich gehe auch nicht hinein. Versprochen.«
»Zwei Männer. Tot. Viel Blut.« Er lehnte sich mit dem Kopf gegen den niedrigen Fenstersturz. »*Adonai*, ich bin gewaltsamen Tod so leid!«
Das war Catherine auch. Sie unternahm keinen Versuch hineinzukommen. Sie spürte, wie sie zu zittern anfing, und schlang sich die Arme um die Hüfte in dem Bemühen, es zu unterbinden.
»Was, bei allen Seelen, die in der Hölle schmoren, hast du hier zu suchen?« bellte ihr Edgar plötzlich ins Ohr.
»Wir haben dich im Saal gesehen und wollten dich einholen«, sagte Catherine und schlang dieses Mal ihre Arme um ihn. »Das ist Gaudry, ja?«
»Ja. Und jetzt geh bitte heim«, flehte er.
Sie sah ihn mit großen Augen an. »Es hätte auch dich treffen können«, flüsterte sie. »Wenn John nicht vorbeigekommen wäre, wenn wir nicht gestritten hätten, wärst du auch hier gewesen. Und ich hätte nie erfahren, was geschehen wäre.«

Sie zitterte immer noch. Ihre Augen traten vor Entsetzen hervor. Edgar preßte sie fest an sich. »Es hat mich aber nicht erwischt, Catherine«, sagte er. »Ich bin wohlauf. Geh heim. Und verlaß die Kammer nicht. Ich komme, sobald ich kann. Solomon?«
»Ich bleibe bei ihr.«
»Danke.«
Edgar ging wieder hinein und schloß die Tür hinter sich. John berichtete gerade den andern beiden Magistern von Edgars Tätigkeit im Zusammenhang mit Sankt Aldhelms gestohlenem Arm.
»Wir wissen nicht einmal, aus welcher Gemeinde sie

stammen«, sagte Adam, der sich die sterblichen Überreste der Männer ansah. »Wir müssen die Leichen nach St. Christophe bringen lassen.«

»Ich glaube, daß Laudine vom *Blauen Eber* Gaudrys Familie kennt«, erinnerte sich Edgar. »Vielleicht wissen sie, ob Odo Verwandte in Paris hat.«

»Hast du eine Ahnung, wer sie umgebracht hat?« fragte Robert.

Edgar starrte auf die Leichen. Odo war mit Sicherheit von hinten erschlagen worden; das hätte jeder tun können. Aber um Gaudry die Kehle durchzuschneiden, brauchte es entweder zwei Menschen oder einen sehr starken.

»Ich kann mir nicht vorstellen, wie der Kanoniker, den Gaudry beschrieb, das im Alleingang geschafft haben könnte«, sagte er schließlich. »Er soll ein kleiner Mann, ein Geistlicher, gewesen sein. Keiner von euch ist besonders schwach, aber hättet ihr mit diesem Mann kämpfen wollen? Schaut euch seine Arme an. Er hatte Muskeln wie ein Ritter. Aber wer hätte es sonst tun können? Wie viele Menschen wußten von dieser Schmiede? Wir haben sie erst vor gut einer Woche eingerichtet.«

»Edgar, ich glaube, es ist an der Zeit, die Angelegenheit vor den Bischof zu bringen«, sagte John. »Er hat die Rechtsprechung über Verbrechen, die mit Kirchenbesitz zu tun haben. Und einerlei, wie du zu Giles du Perche stehst, wir müssen ihm davon berichten.«

»Ja, erzählt es nur allen«, sagte Edgar. »Sagt es dem König. Und seinem Kanzler, wenn er dafür überhaupt aus Petronillas Bett steigt. Glaubt ihr wirklich, daß es sie kümmert? Diese Männer hier haben außerhalb der irdischen und himmlischen Gesetze gelebt. Sie haben nicht mal eine Gilde, die sie begräbt.«

Schweigend pflichteten ihm die anderen bei.
»Wir werden für ihre Seelen beten«, sagte John schließlich. »Und ich glaube, der Erzdiakon wird sich überreden lassen, für die Bestattung zu sorgen.«
Edgar hörte ihn gar nicht. Er wandte sich ab und betrachtete den Tisch an der Wand, wo Meißel, Feilen, Hämmer, Zirkel, Stichel und Raspeln fein säuberlich aufgereiht lagen, bereit für das Tagwerk. Gaudry war sehr pfleglich mit seinem Werkzeug umgegangen.
Selbst Catherine hätte in diesem Augenblick Edgars kalte Wut nicht bemerkt, die ihn aller anderen Gemütsregungen beraubte. Hier war er glücklich gewesen, hatte zum erstenmal im Leben Anerkennung für sein handwerkliches Können gefunden. Und es waren auf ihre Art gute, gottesfürchtige Männer gewesen. Zwar hatten sie sich willig für Zwecke hergegeben, die weder die Gesellschaft noch die Gilden billigten, doch sie selbst hatten die Kirchen nicht bestohlen. Sie hatten nur eine ehrliche Arbeit verrichtet, mit der man sie betraut hatte. Edgar war sicher, daß Gaudry Gott nicht mit falschen Reliquien gelästert hätte.
»Edgar.«
Er drehte sich um. Die anderen warteten.
»Ich finde den Täter«, sagte Edgar.
»Ich weiß«, sagte John. »Ich helfe dir. Komm jetzt mit. Wir müssen um eine Audienz beim Bischof und beim Erzdiakon bitten.«

Die ersten Frühlingssonnenstrahlen wärmten Catherines Gesicht, als sie mit Solomon aus dem Schuppen trat. Die Wolken brachen auf, und der Fluß glitzerte wie mit Sternen übersät. Am anderen Ufer waren Männer mit dem Löschen einer Schiffsladung fertig und lachten. Von der

Ziegeninsel her hörten sie das Blöken neugeborener Zicklein. Die Fastenzeit war fast vorüber, das neue Kirchenjahr begann.
»Ich versuche zu verstehen«, murmelte Catherine, als sie an der Seine entlang zum Grand Pont wanderten. »Ich lese; ich höre die Priester und die Meister. Ich weiß, daß wir nur auf Erden sind, um uns auf den Himmel vorzubereiten. Warum also müssen wir uns soviel sorgen? Ich sollte nicht um Edgars Leben bangen. Ich hätte es ... annehmen sollen, als mein Kind starb, statt mich von Herzen zu grämen. Niemand kann mir einen Grund geben, den ich verstehen kann. Warum?«
Solomon antwortete nicht. Er hatte keine Antwort – und er glaubte ohnehin nicht, daß sie mit ihm redete.
Als sie in die Kammer kamen, half er ihr, das Tuch von den Schlagläden zu ziehen und sie zu öffnen. Als das Licht hereinfiel, sah Catherine sich erstaunt um.
»Ich wußte gar nicht, wie schmutzig es hier ist«, sagte sie. »Rauch vom Kohlebecken, Fett, Dreck von der Straße. Mutter würde sich meiner schämen.«
»Ich hole einen Eimer Wasser«, sagte Solomon. »Besitzt ihr auch einen Schrubber?«
Catherine verneinte. Solomon erklärte sich bereit, einen zu besorgen. »Wenn wir schon den ganzen Tag hier verbringen, können wir ebensogut etwas tun«, sagte er. »Bei dem ganzen Hausputz, den Tante Johannah diese Woche veranstaltet hat, sollte ich Fachmann sein, wenigstens für Ratschläge.«
»Du wirst mehr tun als Ratschläge erteilen«, sagte Catherine. »Wenn ich schon schrubbe, dann auch du.«
»Sehr wohl«, sagte Solomon. »Warte hier, es dauert nicht lange.«
Es war wirklich eine Schande, wie sie im dunklen Win-

ter alles vernachlässigt hatte. Wie lange hatte sie das Bettzeug nicht mehr gelüftet? Sie war sich nicht einmal sicher, wann sie das letzte Mal das Bett für den Tag hochgeklappt hatten.

Die Tür öffnete sich, während sie sich noch mit der Matratze abmühte.

»Ihr müßt achtgeben, daß die Federn nicht überall herumfliegen«, sagte Lucia und faßte an einem Ende an.

»Was suchst du denn hier?« fragte Catherine.

Lucia schob ihr Matratzenende durch den Fensterrahmen. »Ich habe mir Gedanken darüber gemacht, was Ihr mir heute morgen erzählt habt«, sagte sie.

»Heute morgen?« Sie konnte sich nicht mehr erinnern.

»Wegen einer Reliquie.« Lucia hob die Filzauflage hoch. »Ich weiß nicht, ob es sich lohnt, dies zu reinigen«, fügte sie hinzu. »Was war denn das für eine Reliquie?«

»Natan hatte einen Kasten bei sich, den er Eliazar zur Aufbewahrung geben wollte«, sagte Catherine. »Wir vermuten, daß er den Auftrag hatte, diesen Kasten von Rouen nach Paris zu bringen. Nur daß der Kasten nie zu den Leuten gelangte, für die er gedacht war, entweder, weil Natan ihn versteckte, oder weil er umkam.«

»Ach so.« Lucia begann, die Laken zusammenzufalten. »Ihr wißt nicht zufällig, wie der Kasten aussah?«

»Doch, wie ein Arm«, sagte Catherine ungeduldig. »Man kann einen Reliquienschrein nicht mit einem Salzfaß verwechseln.«

»Ja, ich weiß. Ich meine ... War er verziert? Mit Juwelen zum Beispiel?«

»Wieso? Hast du welche gefunden?« fragte Catherine.

Lucia antwortete nicht.

»Ich weiß nur, daß es der Arm war, der aus seinem ursprünglichen Behälter in einen anderen, mit Blattgold belegten gelegt wurde«, fuhr Catherine fort. »Niemand hat was von Juwelen erwähnt.«

Lucia legte die Laken hin. Sie hob ihre Röcke und tastete nach dem Beutel, der um ihre Hüfte hing. Sie band ihn los und öffnete die Lasche.

Das Gold war dünn gehämmert. Am Rand hatte jedes Stück kleine Löcher, wo es befestigt gewesen war. Einige der Kanten waren gezähnt, als ob sie angesägt worden wären.

»Könnten die hier von einem Schrein gewesen sein?« fragte Lucia.

Catherine strich mit dem Finger über das dünne Metall. »Da muß ich Edgar fragen. Hast du das von Natan?«

»Er gab mir den Beutel zur Aufbewahrung, weil er befürchtete, von seinen Auftraggebern kein Geld zu bekommen.«

»Er hat anscheinend großes Vertrauen zu dir gehabt. Weißt du denn, wo er den Kasten gelassen hat?«

»Ich ahne es. Heute morgen wollte ich nachsehen, aber es waren zu viele Leute da.«

»St.Étienne?« fragte Catherine.

»Ihr seid mir gefolgt! Einerlei. Manchmal traf ich mich mit Natan in einer Nische der alten Krypta. Besonders im Sommer war es schön kühl dort.«

»Du glaubst also, er hat den Arm dort versteckt?«

»Ja. Das schien ihm wohl angemessen. Niemand hätte ihn dort vermutet, und ich weiß, daß er sein eigenes Heim nicht mit so etwas hätte entweihen wollen. Ich bin die einzige, die weiß, wo man suchen muß.«

»Und?«

»Die Bettler, die sich meist in der Kirche aufhalten, sind morgen abend fort«, sagte Lucia. »Die Kanoniker von

Notre-Dame geben ein besonderes Mahl für die Armen der Île. Ich möchte, daß Ihr mich begleitet.«
»Wieso denn ich?«
Lucia rollte den Beutel zusammen und band ihn sich wieder um die Hüfte. Nervös fuhr sie sich mit der Zunge über die Lippen. »Wenn es wirklich eine Reliquie ist, will ich nicht, daß man sie ohne Respekt behandelt«, sagte sie. »Ich denke, ich könnte unseren Priester bitten, aber er würde zu viele Fragen stellen. Ihr seid die einzige, die wüßte, wie man die Reliquie anspricht. Wißt Ihr, um welchen Heiligen es sich handelt?«
»Um den heiligen Aldhelm.«
»Nie gehört. War das ein Märtyrer?«
»Nein, ein angelsächsischer Bischof, der Gedichte schrieb und eine lange Abhandlung über die Jungfräulichkeit«, sagte Catherine.
»Ach. Dann bin ich ganz sicher, daß wir uns wenig zu sagen hätten«, erwiderte Lucia. »Kommt Ihr mit?«
»Kann Edgar uns begleiten?« fragte Catherine. »Er verehrt den heiligen Aldhelm.«
»Nein, und Ihr müßt mir versprechen, daß Ihr ihm nichts sagt. Er bringt sonst seine englischen Freunde mit, und es gibt zu viele Fragen darüber, wie die Reliquie dorthin gelangt ist und woher ich wußte, wo sie zu finden ist.«
Catherine dachte nach. »Wenn wir den Arm finden«, sagte sie bedächtig, »könnten wir ihn zum Erzdiakon Giles bringen und ihm sagen, daß Aldhelm selbst uns zu seinem Versteck geführt hat. Vielleicht glaubt er uns. Doch Edgar würde uns nicht glauben. Er kennt mich zu gut. Aber auch wenn er nicht mitkommt, kann ich nicht einfach weggehen und ihm nicht sagen, wohin.«
»Kommt morgen abend in die Schenke«, schlug Lucia

vor. »Wir können durch den Hinterausgang entwischen. Wir brauchen nicht lange. Niemand wird unser Fehlen bemerken. Wenn Ihr nicht mitkommt, gehe ich auch nicht hin, und Ihr findet es nicht ohne mich.«
»Nun denn«, sagte Catherine nach reiflicher Überlegung. »Jetzt geh aber, wenn du nicht den Rest des Tages saubermachen willst.«

Edgar fühlte sich bei seiner Heimkehr zu ausgelaugt, um die ungewohnte Sauberkeit zu bemerken. Schweigend verzehrte er Fischküchlein mit Brot. Später bemerkte er leise: »Gaudry hatte eine Frau und fünf Kinder. Seine Gemeinde war St.Nicholas. Odo hat keine Angehörigen.«
Catherine bekreuzigte sich und murmelte ein Gebet. »Wir stiften eine Kerze für ihn«, sagte sie.
»Der ›alte und weise‹ Erzdiakon erwartet Instruktionen aus Rouen«, fuhr Edgar fort. »Mit dem Bischof konnten wir nicht sprechen. Er befindet sich mit dem Hof auf Reisen und kehrt erst am Sonntag zurück.« Er rieb sich die Augen. »Ich bin müde. Und ich glaube nicht, daß wir jemals herausfinden, wer es war oder wo der heilige Aldhelm steckt.«
Catherine biß sich auf die Zunge. »Heute können wir nichts mehr unternehmen«, sagte sie. »Wasch dir die Füße und laß uns zu Bett gehen.« Sie füllte die Zinnschüssel für ihn, doch dann erbarmte sie sich des erschöpften Edgar, kniete sich hin, zog ihm die Schuhe aus und wusch ihm selbst die Füße.
»Catherine …« Edgar klang unsicher. »Ich glaube, ich kann nicht … ich meine, bei allem, was geschehen ist und …«
»Was?« Catherine schaute zu ihm auf und verstand.

»Ach, Edgar, natürlich nicht. Heute soll ohnehin ein Tag der Enthaltsamkeit sein. Jetzt bekommen wir eine Buße weniger auferlegt.«

»Du hast so eine seltsame Art, Trost zu spenden, *Leoffedest*«, sagte er. »Blas bitte das Licht aus.«

NEUNZEHNTES KAPITEL

Paris, Markthallen, Palmsonntag, 23. März 1141/14. Nissan 4901, die erste Nacht des Passahfestes

Obtenebrescant oculi vestri qui concupiverunt; arescant manus quae rapuerunt; debilitentur omnia membra, quae adjuverunt. ... Ne cessent a vobis hae maledictiones scelerum vestrorum persecutrices quamdiu permanebitis in peccato pervasionis. Amen, fiat, fiat.

Mögen die Augen von Euch, so ihr begierig seid, verdunkeln und die Hände jener, welche plündern, verdorren; mögen alle Glieder jener, welche ihnen helfen, verkrüppeln ... mögen diese Flüche euch so lange anhaften, wie ihr in der Sünde der Plünderei verharret. Amen, so geschehe es, so geschehe es.

ERZBISCHOF ARNULF VON REIMS

»Warnung und Fluch für Kirchenräuber«

Catherine hielt den Einkaufskorb fest in den Armen, damit ihn die Menge ringsum nicht eindrückte. Mit den Ellbogen drängte sie sich bis zum Stand mit den Trockenfrüchten. Obwohl die Fastenzeit noch eine Woche dauerte, schien dank des wärmeren Wetters alles aus dem Winterschlaf zu erwachen. Alle schienen den Drang zu verspüren, die Entbehrungen des Winters zu verwinden, sei es auch nur durch Hinzufügen von etwas Grünem zur ewigen Erbsen-, Bohnen- oder Kohlsuppe. Nach der Morgenprozession schien sich ganz Paris auf dem Markt zu versammeln.

Das Gedrängel war genau das, was Catherine brauchte, um ihre Gedanken zu sammeln. Es bestand kein Zweifel, daß die Menschen um sie herum lebendig waren und durchaus die Absicht hatten, es zu bleiben. Muntere ordinäre Sprüche flogen herum, lauter phantasievolle Anregungen. Wollte man die alle befolgen, würde sich die Bevölkerung bis Weihnachten erheblich vermehren.

Es gelang ihr, sich zu den Ständen hinein- und wieder hinauszukämpfen, bis auf die Rue St.Denis. Die Leute trugen immer noch die immergrünen Zweige, die sie in der Prozession getragen hatten, zum Gedenken an Jesu Einzug in Jerusalem. Vor fünf Jahren hatte Catherine zuletzt Palmsonntag in Paris erlebt, bevor sie ins Paraklet gegangen war. Damals hatte sie geglaubt, sie würde die Klostermauern nie wieder verlassen. Gerade als sie in die Rue St.Germain l'Auxerrois einbiegen wollte, rief sie jemand beim Namen. Beinahe hätte sie den Korb fallen lassen. Das war der letzte, den sie erwartet oder gern gesehen hätte. Jehan schien gleichermaßen erfreut. »Dein Vater schickt mich und läßt dir ausrichten, daß er wieder in Paris ist und dich und deinen Mann heute abend zum Essen einlädt«, sagte er steif.

»Ich werde Edgar fragen.«
Jehan wandte sich zum Gehen.
»Ist Agnes auch da?«
»Nein«, sagte er. »Sie ist letzte Woche nach Blois abgereist.«
»Ich freue mich, daß Vater dir verziehen hat«, sagte Catherine.
Er sah zu Boden und preßte hervor: »Er hat mir nur gewährt, meinen Fehler wiedergutzumachen. Zuerst muß ich dich um Vergebung bitten. Ich hätte dich nicht im Stich lassen sollen, trotz der Provokation.«
Catherine räumte ein, daß die Provokation in der Tat stark gewesen sei. »Wie du siehst, bin ich unbeschadet heimgekommen, meine Ehre ist unverletzt.«
Jehan verkniff sich eine Bemerkung über ihre Ehre. »Dann sage ich deinem Vater, daß du ihm Bescheid geben wirst.«
Er verschwand, bevor sie weitere Fragen an ihn richten konnte.
Kurz darauf fiel ihr ihre Verabredung mit Lucia wieder ein. Die war viel wichtiger als töchterliche Pflichten. Doch wie würde sie sich mit Lucia treffen können, ohne zu erklären, wohin sie gehen wollte? Es mußte einen Weg geben.
Sie ging in ihre Kammer hinauf, zog sich die saubersten Kleider an und eilte zur Grève hinüber.
Hubert öffnete selbst.
»Vater, ich freue mich so, daß du wieder zu Hause bist!« Catherine umarmte ihn. »Wir dachten, du kämst erst nach Ostern.«
»Ullo sagte etwas zu mir in Vielleteneuse, das mich zur sofortigen Rückkehr veranlaßte«, sagte Hubert. »Bist du wohlauf, Kind? Du bist sehr blaß. Gibt es Neuigkeiten?«

Catherine errötete. »Nein, Vater, noch nicht. Es ist ja erst zwei Monate her.«

»Ja, du mußt wohl erst wieder zu Kräften kommen, bevor du wieder eins bekommst. Aus Ullos Geschichten von Schlachten und Drachen habe ich einen wahren Kern herausgehört. Was ist denn geschehen? Hat man Natans Mörder gefunden?«

»Nein, Vater, aber Onkel hat mir erzählt, womit er Natan letztes Jahr beauftragte.« Catherine erklärte es ihm. Huberts Reaktion war ganz ähnlich wie die von Solomon und Johannah. »Eliazar hätte mich ins Vertrauen ziehen sollen«, sagte er.

»Da ist noch etwas, Vater. Jemand hat den Silberschmied getötet, für den Edgar arbeitete.«

»Was? Wer? Wann?« Hubert geleitete Catherine in den Großen Saal hinauf. »Catherine, setz dich und erzähl mir alles, was in meiner Abwesenheit vorgefallen ist.«

Während ihrer Schilderung ließ ihn eine Sache noch mehr aufhorchen als der Tod von Gaudry und Odo.

»Solomon behauptet, der Mann, dem er den Kelch abnahm, war Sugers Neffe?« unterbrach er sie.

»Er ist sich sicher. Frag ihn selbst. Wir wissen nicht, was Gerard mit den Leuten hier in Paris zu tun hat, obwohl ich vermute, daß Argenteuil einer der Orte ist, an die Goliath Bier liefert.«

»Seltsam, wie viele Spuren in diese Schenke führen«, sagte Hubert. »Sugers Neffen – die haben uns noch gefehlt.«

»Nicht ›Neffen‹, es gibt nur einen, Gerard, den Bürgermeister von Argenteuil.«

»Nein, hier in Paris ist noch einer. Simon. Er ist sehr ehrgeizig, wie ich höre, auch wenn er erst Kanoniker in Notre-Dame ist.«

Catherine drehte sich der Magen um. »Ist er ein kleiner Mann, der wie Abt Suger gebaut ist?« fragte sie mit brüchiger Stimme.
»Ja, nur ein bißchen größer. Hast du ihn gesehen?«
»Ich glaube schon, aber in Argenteuil. Er sprach mit Gerard. Ich wußte nicht, daß er von Notre Dame ist. Vater, du solltest wissen, daß der Kanoniker, der bei Gaudry eine Kopie des Reliquienschreins in Auftrag gab, auch diese Größe gehabt haben soll ...«
An Huberts Miene sah sie, daß er ihre Gedanken weiterverfolgte. Jetzt wurde es gefährlich. Schlimm genug, einen Geistlichen des Handels mit Kirchengut zu bezichtigen, wenn auch nicht ungewöhnlich. Doch den Neffen des Abtes eines der mächtigsten Häuser Frankreichs zu beschuldigen, war Tollheit, besonders für jemanden, dessen Lebensunterhalt sich auf den Handel mit der Abtei gründete.
»Vielleicht ist es nicht derselbe Mann«, meinte Catherine.
Hubert verzog das Gesicht. »So leicht würde mir der liebe Gott das Leben nicht machen«, bemerkte er seufzend.
»Edgar will mit dem Gesandten des Erzbischofs von Rouen sprechen«, sagte Catherine. »Ihm geht es nur darum, die gestohlenen Sachen nach Salisbury zurückzuschicken. Vielleicht läßt sich alles ohne viel Aufhebens erledigen, wenn nur der Arm gefunden wird.«
»Soviel ich weiß, haben Eliazar und Menahem jeden Winkel ihrer Häuser nach Natans verschollenem Schatz abgesucht. Es ist nur eine Frage der Zeit, wann die ganze Gemeinde unter Verdacht steht.«
Catherine überlegte wieder, wie sie abends wegkommen könnte. »Vater, bevor du uns die Einladung geschickt

hast, wollten Edgar und ich uns mit John und Maurice bei Bietrix zum Essen treffen und über unser weiteres Vorgehen entscheiden. Dein Wissen über Kanonikus Simon wäre sehr wichtig. Könntest du mit dorthin kommen?«

»Ich kann dieses Gesöff, das sie als Apfelwein bezeichnen, nicht trinken. Ich könnte schwören, daß sie es aus ihren Katzen herauswringen.«

»So schlecht ist er nun wieder nicht. Und du könntest auch Wasser trinken.«

Hubert schüttelte sich bei dem Gedanken, doch zu Catherines Erleichterung versprach er, am späteren Abend vorbeizuschauen.

»Und dann sollten wir über deine Rückkehr in dieses Haus reden,« fuhr Hubert fort. »Es besteht kein Grund mehr für dich, in jenem Loch zu hausen. Edgars Aufgabe hat sich erledigt, und die arme Agnes ist fort. Die Führung der Bücher ist weit im Verzug. Ich brauche deine Hilfe. Kommst du wieder nach Hause, mein Kind?«

»O ja!« Catherine fiel ihm um den Hals. »Sobald die Angelegenheit abgeschlossen ist, komme ich zurück.«

Hubert streichelte ihr liebevoll den Rücken, obwohl er wußte, daß ihre Freude teilweise daher rührte, dann nicht mehr kochen zu müssen.

Das Treffen mit Erzdiakon Giles verlief, was Edgar betraf, nicht gut. Edgar hatte sich Johns Rat gebeugt und eingewilligt, schweigend dazusitzen, bis er gefragt würde.

»Was auch immer er sagt, um dich zu reizen, beachte es nicht«, hatte John mit Nachdruck gesagt. »Denk an etwas anderes. Ich laß dich wissen, wann du reden sollst.«

Edgar gab sich redlich Mühe, an etwas anderes zu denken. Doch es war schwierig, da ihm der Erzdiakon stän-

dig unterstellte, er habe Gaudry und Odo ermordet, um den Arm des heiligen Aldhelm stehlen zu können.
»Abt Suger von St. Denis bat darum, daß Edgar als gemeiner Handwerker verkleidet den Arm sucht«, beharrte John. »Edgar steht bei Suger in hohem Ansehen, und nur aus Achtung für den Abt und aus Pflichtgefühl für die Kirche war er bereit, sich derart zu erniedrigen.«
Edgar lauschte bewundernd Johns wunderschönem Redestil; er würde eines Tages einen guten Advokaten abgeben, vielleicht würde man ihn eines Tages zum päpstlichen Hof berufen. Seine Gedanken schweiften ab. In stillschweigender Übereinkunft hatte niemand Natan erwähnt. Natan war wie Gaudry nur ein Werkzeug gewesen, dessen man sich entledigt hatte, nachdem man es nicht länger brauchte.
Nur daß Natan gestorben war, bevor er nutzlos wurde. Im Grunde hätte man ihn erst nach Übergabe des Pakets an seine Auftraggeber irgendwo stromabwärts erstochen aus dem Fluß ziehen sollen. Seinen Tod hätte man den Gefahren des Reisens zugeschrieben.
Edgar schüttelte den Kopf. Die Rechnung ging nicht auf. Eine oder mehrere Annahmen mußten falsch sein. Er war zwar kein übereifriger Student gewesen, aber soviel hatte er doch gelernt. Er ging es nochmal durch.
»Edgar?«
»Ja, John?«
»Der Erzdiakon möchte wissen, ob du in jüngster Zeit Verbindungen mit jemandem aus Salisbury hattest.«
Edgar lächelte. »Nur mit dir, John.«
»*Thu fagwyrm!*« bemerkte John liebenswürdig, dann wandte er sich wieder an den Erzdiakon. »Eine Reihe von Magistern hier in Paris kann natürlich für meinen Charakter bürgen, falls Ihr mich verdächtigt, bei diesem

Diebstahl mitgewirkt zu haben«, fuhr er fort. »Doch ich versichere Euch, daß Edgar und ich beide der festen Überzeugung sind, daß der heilige Aldhelm Land und Leuten von Salisbury gehört, einerlei, wer jetzt dort herrschen mag. Wir wünschen uns nur, daß die Ehre des armen heiligen Bischofs wiederhergestellt werde.«

Giles warf Edgar einen mißtrauischen Blick zu.

»Aldhelm soll England und den Engländern gehören«, sagte Edgar. »Sonst wünsche ich mir nichts.«

»Keine Belohnung?« spottete Giles.

John trat rasch vor Edgar. »Eine weltliche Belohnung wäre eine Beleidigung«, sagte er.

»Danke«, flüsterte ihm Edgar ins Ohr.

»Ich weiß immer noch nicht, wie ihr die Reliquie finden wollt«, sagte Giles. »Sollen wir etwa eine Mahnwache halten, bis der gute Heilige sich offenbart? In dieser Jahreszeit käme das höchst ungelegen.«

Edgar lenkte seine Gedanken in eine andere Richtung, um den Erzdiakon nicht zu packen und ihm das Gesicht auf den Steinfußboden zu drücken.

John aber ließ sich nicht aus der Ruhe bringen. »Ihr erinnert Euch, Herr, daß der Ersatzschrein, an dem Edgar arbeitete, gestohlen wurde. Wahrscheinlich hat Euer Kommen den Diebstahl beschleunigt.«

Und die Morde, dachte Edgar.

»Daher halten wir es für durchaus möglich, daß bald jemand an Euch herantritt, vielleicht gar ein Geistlicher«, fuhr John fort. »Er hat vielleicht eine Geschichte von einer wundersamen Entdeckung dieser Reliquie auf Lager. Sie wird dann in einem Kasten aus Eibenholz mit Blattgold liegen.«

»Aha.«

Obwohl der Erzdiakon sehr jung war und zudem der

Neffe des Erzbischofs, hatte John gehört, daß er mit Sachverstand seines Amtes waltete. Er zählte darauf, daß diese Gerüchte stimmten.

»Erzbischof Hugo wird nicht darauf aus sein, einen Kleriker von Paris des Mordes anzuklagen«, sagte Giles langsam. »Doch er würde es gern Bischof Stephan wissen lassen, wenn einer seiner Kanoniker die Ehre des Ordens in den Schmutz zöge, indem er an diesem frevelhaften Handel teilnimmt.«

»Und Ihr würdet es für wünschenswert erachten, daß solcher Handel nicht ungehindert und ungeahndet fortgesetzt wird«, sagte John.

»Durchaus«, antwortete Giles.

»Dann sind wir uns also einig?« fragte John.

»So ist es«, sagte der Erzdiakon. »Nur noch eine Sache beunruhigt mich. Wir nehmen an, daß die Reliquie, die man mir anbietet, gefälscht ist. Doch was, wenn sie es nicht wäre? Wie kann ich da sichergehen?«

»In diesem Fall müssen wir darauf vertrauen, daß der heilige Aldhelm die Wahrheit offenbart.«

* * *

Als sie wieder draußen waren, beglückwünschte John Edgar zu seiner Zurückhaltung. »Ich weiß nicht, warum du mich überhaupt dabeihaben wolltest«, antwortete Edgar. »Nur dank deiner Anwesenheit ist seine Nase jetzt nicht so krumm wie ein Bischofsstab.«

»Das Wagnis bin ich eingegangen, weil ich ihn daran erinnern wollte, daß du von ebenso edler Geburt bist wie er. Selbst deine Grobheit ist ein Hinweis auf deine Herkunft. Das mußte man ihm vor Augen führen, bevor er deiner Geschichte Glauben schenkt.«

Edgar blieb urplötzlich stehen. »Du meinst also, es hat ihn beeindruckt, daß ich ihn aus dem Haus warf?«
»Nur jemand, der sich seines Standes sehr sicher ist, würde das wagen. Ich hätte das nicht tun können.«
»O doch«, widersprach Edgar, »du hättest es zur Ehre Gottes getan. Ich dagegen dachte nur an meine Familie.«
John wirkte verlegen. »Jedenfalls dürfte Giles jetzt von unseren Mutmaßungen überzeugt sein. Wir müssen nur noch hoffen, daß man ihm den falschen Schrein anbietet.«
Edgar entgegnete nichts.
»Ist noch etwas?« fragte John.
»Wenn der Kanoniker geweiht ist, kann man ihn nicht wegen Mordes hängen«, sagte Edgar. »Schlimmstenfalls steckt man ihn in irgendein Kloster oder schickt ihn auf eine Wallfahrt.«
»Glaub mir, Edgar, das kann noch schlimmer sein als Hängen«, versicherte John. »Ich habe gehört, was für Bußen man solchen Männern auferlegt.«
»Hoffentlich hast du recht«, sagte Edgar.

Am Nachmittag erzählte Catherine Edgar vom Angebot ihres Vaters. »Er möchte, daß ich ihm wieder die Bücher führe«, schloß sie erfreut.
»Das ist gut«, sagte Edgar. »Du brauchst etwas, womit du dich beschäftigen kannst, bis wir Kinder haben. Bis du einen Mann hast, der einen Verwalter für seine Ländereien braucht. Bis dahin wirst du dich noch eine Weile gedulden müssen. Vielleicht bis zu deinem zweiten Ehemann.«
»Edgar!«
»Bedaure«, sagte er rasch. »Gewiß werden wir wieder bei deinem Vater wohnen. Etwas anderes schwebte mir nie vor.«

»Möchtest du nicht lieber hierbleiben?« fragte sie.
»Keineswegs. Dies ist kein Ort für einen Mann meines hohen Standes. Daran hat man mich gerade erinnert.«
Catherine berührte ihn am Ärmel. »Edgar, ich verstehe nicht immer, was du sagst, und was ich verstehe, macht mir schrecklich angst.«
Sie bückte sich nach ihren *Sabots*, damit er ihr Gesicht nicht sähe. Als sie sich wieder aufrichtete, hatte sie ihre Selbstbeherrschung wiedergewonnen. »Es ist nicht an der Zeit, über die Zukunft zu sprechen«, sagte sie. »Du bist noch durcheinander wegen Gaudry und Odo. Und ich auch. Wenn diese Sache vorbei ist, werden wir reden.«
»Hm«, sagte er und schnürte sich die Stiefel.
Sie wertete es als Zustimmung. Es gab tausenderlei, womit sie ihn trösten wollte, damit er nicht in Schwermut fiele. Doch sie hatte so große Angst, die falschen Worte zu wählen, daß sie gar nichts über die Lippen brachte.

Der Weg über den *Grand Pont*, die Rue de Juiverie entlang und durch die Gassen bis zur Schenke schien Catherine der längste in ihrem bisherigen Leben. Sie war dankbar, daß John und Maurice bereits warteten. Sie würde nicht viel sagen müssen.
»John hat mir von der Unterredung mit dem Erzdiakon berichtet«, sagte Maurice. »Ich finde euren Plan großartig.«
Edgar holte seinen Becher hervor und wollte ihn füllen.
»Das mach' ich schon«, sagte Catherine, »wenn ich bei dir mittrinken darf. Meinen habe ich vergessen. Ich tauche auch bestimmt meinen Ärmel nicht hinein.«
Er hielt ihr seinen Becher hin. Dabei drückte er rasch

ihr Handgelenk. Das genügte. Sie fühlte sich sofort besser.

Sie ging an den Tisch und bat Bietrix um etwas Bier.

»Ist Lucia heute da?« fragte sie dann.

»Sie kommt zurück, wenn es dunkel wird«, antwortete Bietrix. »Sie wollte heute arbeiten, weil sie ein Festmahl für morgen abend vorbereiten muß.«

Catherine hatte nicht mehr daran gedacht. Das Dämmerlicht wurde dunkler. Es würde nicht lange dauern. Sie hatte das unbestimmte Gefühl, Edgar etwas verschwiegen zu haben. Was war das nur?

Sie setzte Edgars Becher ab und überließ ihm den ersten Schluck. Er hatte ihn nötiger als sie. Über den Tisch hinweg lächelte Maurice ihr zu. Sie erwiderte sein Lächeln. Heute sah er wohlgenährter aus. Vielleicht hatte der Erzdiakon dafür gesorgt, daß er eine anständige Mahlzeit bekommen hatte. Gott sei Dank war Maurice noch kein Kanoniker. Er brauchte heute abend nicht mit den anderen zu fasten.

»Das ist es!« sagte Catherine plötzlich. »Der Kanoniker.«

»Wie?« fragte John.

»Ach, nichts«, sagte sie.

Ihr war in den Sinn gekommen, daß sie den Namen des Kanonikers nicht in einer belebten Schenke, vor allem nicht in dieser hier, laut aussprechen sollte.

Goliath hatte gemeinsame Sache mit Natan gemacht. Und Goliath verkaufte Bier nach Argenteuil. Lucia sagte, ihr Bruder habe Natan gemocht, doch so etwas ist von außen nicht immer zu erkennen. Und Goliath kaufte das Pulver, das sie ins Bier schütteten. Lucia behauptete, es könne niemanden töten, aber vielleicht war das, wenn genug Pulver drinnen wäre, doch möglich? Catherine war sich sicher, daß Natans merkwürdiger Geruch damals derselbe war wie der der Erdkirsche auf Solomons Umhang. Doch wenn Goliath mit Natan zusammenarbeitete, vielleicht Diebesgut beförderte, warum ihn dann töten? Und warum mit Gift? Goliath konnte einen Mann mit einer Hand erledigen. Vielleicht hatte Goliath nur das Gift für einen anderen geliefert. Für jemanden, der Natans Vertrauen besaß.

Catherine wünschte, ihre Mutmaßungen würden nicht immer wieder zu Lucia führen. Es mußte noch jemanden geben, von dem Natan einen Becher angenommen hätte. Wie dem auch sei, vielleicht wäre es nicht klug, den Abend mit ihr zu verbringen.

Während sie noch darüber nachsann, kam Hubert und wollte – als Vertreter der Abtei St. Denis – alles erfahren. Bald steckten die Männer die Köpfe zusammen über ihrem Bier und einem großen Stück Käse, von dem sie sich nach und nach Stücke abschnitten.

Lucias Gesicht tauchte an der Tür zur Brauerei auf. Catherine stand auf und murmelte eine Entschuldigung. Wenn sie nicht ginge, würde die Reliquie vielleicht nie gefunden. Keiner der Männer schien zu bemerken, daß sie ihren Umhang mitnahm. Bietrix nickte ihr im Vorübergehen zu.

»Ich bin auf dem Heimweg an St. Étienne vorbeigekommen«, flüsterte Lucia. »Sie ist fast menschenleer. Nehmt diese Laterne. Wir sind zurück, bevor sie Euer Verschwinden bemerken.«

Samson war gerade dabei, aus dem Hof Bierfässer in den Keller zu tragen. Er hielt inne, als er die beiden Frauen sah.

»Wohin willst du?« fragte er Lucia. »Weiß Mutter, daß du hier draußen bist?«

»Ich habe etwas zu erledigen. Wir brauchen nicht lange.«
»Hoffentlich nicht«, knurrte er und hob das nächste Faß.
Es war nicht weit zur Kirche. Wie Lucia versprochen hatte, war niemand drinnen. Sogar die Kinder standen draußen und warteten auf ihre Almosen. Die beiden Frauen gingen durch die Arkaden und hielten vor der Tür der Krypta.
Halboffen hing sie nur noch an einem Scharnier. Catherine wußte genau, daß dort unten niemand mehr bestattet lag. Die Bischöfe und Heiligen hatte man alle nach St.Denis oder Notre Dame gebracht. Doch allein vom Eindruck des Verfalls bekam sie eine Gänsehaut.
Lucia ließ sich davon nicht beeinträchtigen. Sie kletterte über die umgestürzten Balken und stieg die Stufen hinab. Catherine folgte ihr, die Laterne dicht an die Steine haltend, um nicht über die Trümmer zu stolpern. Die Holzdecke war stellenweise eingebrochen, und die Reste waren durch zerbröckelnde Säulen aus Gips und Holz gestützt.
»Beeilt Euch«, sagte Lucia. »Wir haben nicht viel Zeit.«
Unten angelangt, sahen sie zur Rechten mehrere Steinplatten, auf denen einst die Sarkophage berühmter Heiliger geruht hatten. Ein paar waren zerborsten, und die Teile lehnten an den Säulen. Lucia führte Catherine zu einer entfernt liegenden Nische, die in die Mauer eingelassen war, und kletterte sie hoch. »Wir haben meist eine Decke mitgebracht«, erklärte sie. »Ihr könnt die Laterne dort am Haken aufhängen. Ich brauche Eure Hilfe.«
Catherine tat wie geheißen. Plötzlich hörte sie hinter sich ein kratzendes Geräusch und schrak auf.
»Ratten«, sagte Lucia.
Catherine wartete. Das Kratzen wiederholte sich nicht.

Sie stieg zu Lucia hoch, die da gerade an einem Stein in der Wand zog. »Wir haben das zufällig entdeckt«, sagte Lucia. »Ich suchte einmal Halt, fand dabei einen Eisenring und habe daran gezogen. Schaut!«
Wie geölt glitt der Stein heraus und öffnete wider Erwarten nur einen Spalt von einer Handbreit. Catherine ahnte, was dahinter lag.
Lucia holte den Kasten heraus, der nicht mehr zugenagelt, sondern lose mit einem Strick umwickelt war. Sie legte ihn sich in den Schoß.
»Ich hätte wissen müssen, daß er ihn hier verstecken würde«, sagte sie. Lucia hielt den Kasten Catherine hin. »Ich will wissen, wofür Natan starb. Öffnet ihn für mich ... Ihr wißt, was man dabei sagen muß.«
»Lucia, wir benötigen einen Bischof oder wenigstens einen Abt für die Enthüllung eines Heiligen«, sagte Catherine flehentlich. »Ich glaube, wir sollten das hier nach Notre-Dame bringen.«
»Nein, es ist mein Erbe. Ich will es jetzt sehen. Dann kannst du es gern weitergeben.«
»Nun denn.« Catherine nahm den Behälter und legte ihn sich in den Schoß. Sie suchte nach passenden Worten für Aldhelm, falls er sich dort drinnen befinden sollte. Vielleicht wäre es besser, sich direkt an Gott zu wenden.
»O Domine«, betete sie leise. *»Ego serva tua et filia ancillae tuae.«*
»Was habt Ihr gesagt?« wollte Lucia wissen.
»›Ich bin deine Dienerin, Herr, und die Tochter deiner Magd‹«, sagte Catherine, während sie den Kasten öffnete. »Sprich es mir nach!«
Catherine ließ den Deckel zu Boden fallen. Es klirrte wie vier herannahende Reiter.

»*Misericors Dominus et justus et Deus noster misereatur*«, sagte Catherine. »›Gott ist gnädig und gerecht; unser Gott ist voller Erbarmen.‹ Sag es schnell, Lucia.« Lucia sprach es Catherine nach und blickte ehrfürchtig in den Kasten. »Meint Ihr, das ist Aldhelm?«

»Ja.«

Es war nichts weiter als ein grob geschnitzter Kasten in Form eines Arms mit Kratzern an den Stellen, wo das Gold abgesägt war. Am Handgelenk befand sich ein Loch, das einst mit Glas verkleidet gewesen war. Drinnen war ein Knochen zu erkennen.

Lucia streckte die Hand danach aus, zog sie aber sofort wieder zurück. »Alle Macht der Heiligen sollte hier versammelt sein, aber jetzt wirkt er so hilflos«, sagte sie voller Staunen.

»Es ist auch Macht, aber nicht vergleichbar mit menschlicher Stärke«, versuchte Catherine ihr zu erklären, obwohl sie es selbst nicht ganz verstand. »Es ist mehr ein Versprechen, ein Sinnbild des Menschen, der er einst war. Jetzt ist er im Himmel und braucht diesen Leib nicht mehr. Wir brauchen ihn, damit wir die Dinge besser verstehen, die über menschliche Erfahrung hinausgehen.«

»Aber können Reliquien keine Wunder wirken?« fragte Lucia.

»Gewiß«, sagte Catherine. »Edgar erzählte mir, daß ein tauber Mann wieder hören konnte, als man ihm die Finger des heiligen Aldhelm in den Mund legte, und eine Frau wurde vom Gliederreißen geheilt, als sie an seinem Grab betete. Doch nicht die Reliquie erwirkt die Heilung, Lucia; Gott selbst vollbringt ein Wunder, weil der Heilige unsere Ehrfurcht und Andacht sieht und ihn darum bittet.«

»Glaubt Ihr also, daß ein Wunder an uns geschieht, weil wir Sankt Aldhelm zurückbringen?« fragte Lucia hoffnungsvoll.
Auch in Catherine flammte Hoffnung auf, als ihr das eine Wunder einfiel, das sie ersehnte. Sie schob den Gedanken beiseite. »Ich weiß nicht.« Betrübt schüttelte sie den Kopf. »Ich glaube, wir müssen es sowieso tun und keine Belohnung erwarten.«
Lucia hob den Deckel auf und wickelte wieder den Strick um den Kasten. Dann begann sie, aus der Nische herauszuklettern.
»Du Aas!«
Catherine glitt aus und schrammte sich die Hand an den Steinen. Lucia zuckte zusammen, beinahe wäre ihr der Kasten mit dem Schrein aus der Hand gefallen.
»Du Metze, *Jael*, Hure, *Gordine*, Dirne!« ertönte die Stimme im Dunkeln. »Dachtest wohl, du könntest dein widerwärtiges Treiben verheimlichen? Dachtest wohl, es käme nicht ans Licht?«
Lucia spähte in die Krypta. Er stand außerhalb des Lichtkegels der Laterne, doch sie kannte die Stimme gut.
»Samson«, sagte sie. »Was sagst du da? Bist du wahnsinnig? Warum bist du uns gefolgt?«
»Ich hab's doch gewußt! Ich müßte dich nur lange genug beobachten, dann würdest du mich zu seinem Versteck führen«, antwortete ihr Bruder. »Wie konntest du dich so entehren und bei diesem Ungläubigen liegen?«
»Entehren?« fragte Lucia. »Unsere Mutter führt ein Bordell, Samson. Ich gab mich wenigstens aus Liebe hin!«
»Das ist ja noch schlimmer!« sagte Samson. »Das heißt, du bist nicht nur eine Närrin, sondern eine Ketzerin dazu!«

»Samson.« Catherine mischte sich ungern in einen Familienzwist ein, doch sie spürte, daß die Situation es verlangte. »Woher wußtest du, was Natan versteckt hat?«

»Weil es mir gehörte!« sagte Samson. »Ich habe die Vorkehrungen getroffen. Natan sollte nur die Sachen aus der Normandie herschaffen. Aber dieser steifnackige Bastard wollte unbedingt wissen, was es war. Und dann wollte er einen größeren Anteil, wegen des Risikos, hat er gesagt.«

»Und darum hast du ihn getötet«, sagte Catherine. »Du hast ihn vergiftet, weil er mehr Geld verlangte.«

»Nein«, sagte Samson, »ich habe ihn ihretwegen getötet. Dieser ölige, hämische Jude hat meine Schwester beschmutzt. Und du hast ihn rangelassen ... du hast ihn ermuntert, du, du, du ... Ketzerin!«

Lucia starrte ihn voller Abscheu an. »Du konntest nicht einmal wie ein Mann mit ihm kämpfen«, sagte sie. »Du mußtest ihm Gift ins Bier schütten und ihn in die Nacht hinausschicken, in einen einsamen Tod.«

»Ich wollte nicht, daß er so leicht davonkommt«, sagte Samson. »Es sollte Wochen dauern. Ich hatte ein Faß für ihn allein. Er dachte, ich hätte es von Abraham. Das Zeug sollte ihn nicht so rasch umbringen. Hab' wohl zuviel hineingetan.« Diese Tatsache schien ihn mehr zu erzürnen als alles andere.

»Dafür wirst du hängen, Samson«, sagte Lucia. »Ich sorge dafür, daß du so lange am Galgen am Wegesrand baumelst, bis sich die Krähen an dir vollgefressen haben.«

»Nein, das wirst du nicht, Lucia.« Samson kam auf sie zu. »Lange vorher wirst du mit deinem Liebhaber in den kochendheißen Seen der Hölle schwimmen.«

Er trat auf sie zu, um seine Hände um ihren Hals zu legen. Catherine versuchte, an ihm vorbeizukommen,

aber ein Arm schoß vor, um sie aufzuhalten. Sie spürte, daß er stark genug wäre, sie mit einer Hand festzuhalten und Lucia mit der anderen zu erwürgen.
Lucia kreischte und ließ den Kasten fallen.
»Samson!«
Catherine stieß einen Seufzer der Erleichterung aus. Es war so viel Zeit verstrichen, seit sie das Geräusch aus der Nische gehört hatte, daß sie nicht sicher war, ob er ihnen wirklich gefolgt war. Samson fuhr zu seinem neuen Angreifer herum und streifte dabei eine der Säulen. Er zückte sein Messer, das im Gürtel steckte.
»Ist das dein neuer Liebhaber?« fragte er Lucia. »Hätt' ich mir denken können. So wie der dich angeschaut hat. Um so besser. Morgen findet man hier eure Leichen, und ihn wird man beschuldigen.«
»Du wirst ihnen kein Haar krümmen«, sagte Solomon und schob sich zwischen Samson und Catherine.
»Und wie willst du mich dran hindern?« lachte Samson. »Mit den Fäusten?«
»Nein«, erwiderte Solomon. »Hiermit.«
Das Messer blitzte im Schein der Laterne auf. Samson starrte es ungläubig an. »Juden dürfen keine Waffen tragen.«
»Ja, ich weiß«, antwortete Solomon gleichmütig. »Ich stehe unter dem Schutz des Königs. Doch ich habe beschlossen, auf diese Ehre zu verzichten und zu lernen, mich selbst zu verteidigen. Nun, soll ich dir zeigen, was ich gelernt habe, oder sollen wir alle vier hinausgehen und nach der Wache schicken? Ich würde letzteres wählen, Samson. Du kannst uns nicht alle drei umbringen.«
»Ach nein?« Samson trat einen Schritt zurück und stieß mit aller Kraft gegen die Säule hinter sich. Catherine kam

es wie eine Ewigkeit vor, wie die Säule umstürzte, dennoch war sie unfähig, sich von der Stelle zu rühren.
Die Säule fiel krachend um und mit ihr die darüberliegende Decke. Lucia kreischte. Solomon sprang zur Seite, um nicht zerschmettert zu werden, und landete vor Samson. Hinter ihm war die Stelle, wo Catherine und Lucia gestanden hatten, mit Schutt übersät. Staub wirbelte im Schein der Lampe auf, die Catherine an die Wand gehängt hatte.
Samson stand ehrfürchtig staunend vor dem Schaden, den er verursacht hatte. Solomon sollte nie erfahren, was er in diesem Moment dachte. Er gab Samson keine Gelegenheit, es ihm zu erzählen. Er holte weit aus und stieß Samson das Messer in den Leib, unter den Brustkorb und zum Herzen hinauf, wie er es gelernt hatte.
Samson sah verdutzt auf das Messer. Dann fiel seine massige Gestalt vornüber. Solomon wich zurück. Einen Augenblick lang sann er darüber nach, wie er das Messer zurückbekäme. Dann wurde ihm allmählich klar im Kopf, und er widmete seine Aufmerksamkeit dem Trümmerhaufen hinter sich.
»Catherine!« schrie er.
Die Antwort blieb aus.

ZWANZIGSTES KAPITEL

Krypta der Kirche von St. Étienne, einen Augenblick später

Absistamus … poenarum exhaustim satis est, via facta perhostes.

Lasset uns gehen … der Strafe ist genug; ein Weg durch die Feinde ist gebahnt.

VERGIL
Aenäis, Buch IX

Solomon zerrte an den Trümmern aus Holz und Stein und rief ununterbrochen Catherines Namen. Eine Stimme erscholl von oben. »Ist jemand verletzt?«

Solomon schaute hoch. Ein bleiches Gesicht spähte über den Rand des Lochs.«Zwei Frauen liegen hier verschüttet!« rief er. »Hol Hilfe.«

»Hat wohl keinen Zweck.« Der Mann machte keine Anstalten, sich zu bewegen. »Verwandte von dir?«

»Meine Base«, sagte Solomon. »Jetzt hol Hilfe, sonst komme ich hoch und dreh' dir den Hals um.«

»Kein Grund zur Aufregung«, sagte der Mann, und das Gesicht verschwand.

Solomon hatte keine Ahnung, ob der Mann wirklich Hilfe holte. Ihm blieb keine Zeit zum Nachdenken. Jedes Brett, das er bewegen würde, könnte die darunterliegenden erschüttern und den Schutt endgültig auf Catherine und Lucia fallen lassen.

»Catherine!« rief er mit einer Stimme, die heiser vom Staub und von der Erregung war. »Catherine! Gib doch einen Ton von dir! Es tut mir leid, daß ich dich geneckt habe. Und daß ich gelacht habe, als du letzte Woche in den Dreck gefallen bist. Es tut mir leid, daß ich dich vom Baum geworfen habe, als du fünf warst. Ich will mich auch nie wieder über dich lustig machen. Gib mir nur ein Lebenszeichen!«

Nichts.

Er räumte die Trümmer beiseite und bekam einen Fuß statt eines Steins zu fassen. Der Fuß zuckte.

»Catherine? Lucia?« Solomon arbeitete sich bis zum Bein hoch. Bretter und Steinplatten lehnten in merkwürdigen Winkeln gegeneinander und lagen nicht unmittelbar auf dem Körper. Als Solomon ans Knie kam, bemerkte er den

Stoff eines zweiten *Bliaut*. Die Frauen waren zusammen hingefallen und hatten sich aneinandergeklammert, als die Welt um sie herum in Scherben fiel.
»Catherine! Lucia!« rief Solomon erneut. »Könnt ihr mich hören?«
Er befühlte ihre Haut. Sie lebten zumindest, waren jedoch ohne Bewußtsein. Behutsam legte er ihre verschütteten Köpfe frei. Da lagen sie unter der Säule, die Samson zum Einstürzen gebracht hatte. Zwischen ihnen stand aufrecht der Kasten mit St. Aldhelms Arm. Er war aufgesprungen und der Reliquienschrein geborsten. Ein Knochenstück, ein Fingergelenk, war gegen die Säule gepreßt und hinderte sie daran, die am Boden liegenden Frauen zu erdrücken.
»Das ist unmöglich«, stammelte Solomon.
Sanft zog er Lucia und Catherine aus dem Schutt heraus. Den Arm ließ er liegen.
Catherine rührte sich und begann zu husten. »Edgar?« fragte sie dann.
»Er wird gleich hier sein«, sagte Solomon. »Alles in Ordnung mit dir? Kannst du dich bewegen?«
»Ich weiß nicht.« Catherine versuchte, sich aufzurichten. »Ich bin benommen. Laß mich hier sitzen. Wo ist Lucia?«
»Neben dir, immer noch ohnmächtig. Ich sehe aber keine Verletzungen.«
»Was ist geschehen?« Catherine rieb sich die Stirn. »Lucia und ich, wir haben den Arm gefunden. Ich wollte ihn zu Edgar bringen, dann kam … dann kam …« Die Erinnerung kehrte zurück. Sie sah sich voller Entsetzen um. »Samson? Wo ist er?«
»Tot«, sagte Solomon. »Du brauchst keine Angst mehr zu haben.«

Endlich hörte man Schritte von oben, dann Sprünge.
»Catherine!«
Sie streckte die Arme nach ihm aus.
»Verdammt nochmal, Catherine, tu mir so etwas nie wieder an!« sagte Edgar schluchzend, als er sie in die Arme schloß. Und zu Solomon gewandt, fuhr er fort: »Ich fand, daß Catherine zu lange für die Latrine brauchte. Wollte nachsehen, ob sie hineingefallen ist. Im Hof lief mir ein Dummkopf über den Weg, der was von zwei verschütteten Frauen in der Krypta faselte. Wer könnte es auch anderes sein?«
Er rieb die Wange an Catherines Kopf, der auf seiner Schulter ruhte. Catherine lächelte ihn an. »Wir haben deinen Heiligen für dich gefunden«, sagte sie. »Er hat uns das Leben gerettet. Seltsam, daß nie die Wunder eintreten, die man erwartet.«
Edgar fühlte ihr die Stirn. »Spricht sie im Fieber?« fragte er.
Solomon wies stumm auf den Arm, der zwischen dem Fußboden und der Säule steckte.
Langsam ließ Edgar Catherine zu Boden gleiten und kniete nieder. *»Halig Aldhelm, giefe thanc for mines wifes lif.«*
Solomon versuchte immer noch, Lucia zu wecken. »Kommt sonst noch jemand?«
»Ich habe dem Mann aufgetragen, alle Leute aus der Schenke zu Hilfe zu rufen«, antwortete Edgar, ohne den Arm aus den Augen zu lassen. »Sie müßten bald hier sein. Seltsam, ich dachte, er würde glühen oder so etwas.«
»Ich weiß nicht, warum Lucia nicht zu sich kommt«, meinte Solomon besorgt. »Am Kopf scheint sie nicht getroffen zu sein. Ich sehe überhaupt keine Verletzungen, und ihr Atem geht gleichmäßig. Es ist, als ob sie schläft.«

»Küß sie«, sagte Catherine.
»Was?«
»In den alten Märchen klappt das«, meinte sie. »Wenn es Wunder gibt, warum nicht auch Zauberei?«
Offensichtlich war Catherine noch durcheinander. Dennoch beugte sich Solomon über Lucia und gab ihr einen Kuß.
Sie schlug die Augen auf. »Natan?«
Soviel über Zauberei.
Solomon half ihr auf. Sie sah sich genauso verwirrt um wie Catherine. Ihr Blick fiel auf die Leiche. »Samson«, sagte sie. »Was ist mit ihm? Ist er tot?«
»Ja«, antwortete Solomon.
Von oben kam Gepolter und Stimmengewirr. Edgar riß sich vom heiligen Aldhelm los und richtete sein Augenmerk auf die Leiche. »Hat Samson Natan umgebracht?« fragte er Solomon.
»Ja, er hat es gestanden.«
»Und was ist mit Gaudry und Odo? Hat er die auch ermordet?«
»Ich weiß es nicht, ich vermute es, aber im Auftrag anderer. Vielleicht werden wir es nie erfahren.«
Edgar sah die Blutlache unter Samsons Leiche. »Wie starb er?« fragte er.
»Durch ein Messer«, antwortete Solomon.
»Er wollte uns umbringen, aber Solomon hielt ihn auf«, fügte Catherine hinzu.
»Danke«, sagte Edgar.
»Gern geschehen«, versetzte Solomon. »Hilfst du mir, ihn umzudrehen? Mir liegt viel an dem Messer.«
Es gelang ihnen, die Leiche auf die andere Seite zu drehen und das Messer herauszuziehen.
»Du darfst so etwas nicht haben«, sagte Edgar.

»Das hat Samson auch gesagt«, erwiderte Solomon.
Catherine begriff. »Dann darfst du ihn auch nicht getötet haben«, bemerkte sie.
»Stimmt«, sagte Edgar und nahm das Messer an sich. »Ich war es. Er hat meine Frau angegriffen, und ich mußte ihm Einhalt gebieten.«
Solomon preßte die Lippen zusammen. Er verstand auch. »Gewiß«, sagte er. »Was Samson getan hat, ist einerlei. Auch wenn er der Teufel selbst gewesen wäre, die Leute sähen nur eine Christenleiche und einen Juden mit Messer.«
»Stimmt«, sagte Edgar. »Und heute ist Palmsonntag. Da wallen die Gefühle auch ohne unser Zutun auf.«
»Ich weiß«, versetzte Solomon bitter. »Ich bin ja hier geboren.«
»Auch wenn er mein Bruder war, für das, was er mit Natan gemacht hat, hätte ich ihn lieber hängen sehen«, sagte Lucia betrübt.

Als die anderen eintrafen und den Arm erblickten, der immer noch die Säule stützte, fielen sie auf die Knie und betrachteten ihn andächtig. Alle bis auf Hubert, der einfach nur Dankbarkeit empfand, daß Catherine unversehrt war.
»Irgendwer beschützt dich, Kind«, sagte er. »Mich schert nicht, wer, solange er es weiterhin tut.«
Lucia wies die Männer aus der Schenke an, Samsons Leichnam zu ihrer Mutter zu tragen.
»Ich gehe mit«, sagte sie zu Catherine. »Ich erkläre es ihr, so gut es geht. Sie muß wissen, was er getan hat, damit sie den Mund hält. Ich wollte die Wahrheit wissen. Und Ihr habt mir dabei geholfen.«
»Ich werde Erzdiakon Giles berichten, wie sich uns der

heilige Aldhelm offenbart hat«, sagte John nach einigen Minuten schweigsamer Betrachtung der Reliquie.
Edgar war besorgt. »Doch was, wenn er es als Zeichen dafür nimmt, daß der heilige Aldhelm hierzubleiben wünscht?« fragte er. »Vielleicht ist dem ja so.«
»Wir werden sicherlich Antwort bekommen, wenn wir versuchen, den Arm zu bewegen«, sagte John. »Wenn er sich nicht von der Stelle bewegt, müssen wir ihn hierlassen, einerlei, was wir dabei empfinden.«
»Wir sollten jetzt nach dem Erzdiakon schicken, damit er Zeuge dieses Ereignisses wird. Wenn das nicht die Echtheit der Reliquie beweist, dann weiß ich es auch nicht«, sagte Edgar.
Maurice stand in der Mitte der Krypta und begutachtete das Ausmaß des Schadens. »Ich gehe«, erbot er sich. »Wen soll ich sonst noch mitbringen?«
»Niemanden«, sagte John rasch. »Wenn sich das hier herumspricht, sind bis zum Morgen tausend Menschen hier.«
»Das dürfte wohl selbst Sankt Aldhelm nicht überleben«, bemerkte Maurice.
Solomon ging zu Hubert hinüber. »Ich habe mir die Säule angesehen. Sie ist auf eine Nische in der Mauer gefallen. Der Arm stützt sie gar nicht ab. Er ließe sich mühelos wegziehen.«
»Psssst!« Hubert zog ihn von Catherine fort. »Du glaubst also nicht an ein Wunder?«
»Dem Allmächtigen, gelobt sei sein Name, hat es gefallen, Catherine und Lucia zu erretten«, erwiderte Solomon. »Ich glaube, er bediente sich der vorhandenen Mittel und der von ihm selbst erschaffenen Naturgesetze.«
»Dann willst du dich also nicht taufen lassen?« fragte Hubert lächelnd.

»Darüber läßt sich nicht scherzen«, sagte Solomon. »Du solltest das besser wissen als jeder andere.«
Hubert schloß die Augen und spürte wieder das Entsetzen darüber, durch die Straßen geschleift und zwangsgetauft zu werden, obwohl es schon länger als vierzig Jahre zurücklag. Nein, da gab es nichts zu scherzen.
»Sag es nicht Catherine und Edgar«, sagte Hubert. »Das bekehrt sie auch nicht.«
»Ich weiß. Selbst wenn sie die Säule sähen. Ihnen ist es ein Bedürfnis, die Rettung dem heiligen Aldhelm zuzuschreiben. Wie könnte ich Edgars Glauben zerstören?«
Neugierige Gesichter schauten über den Rand der eingestürzten Decke, aber niemand kam herunter. Dann erschien eine glühende Lampe auf der Treppe, und Maurice führte Giles du Perche hinunter, gefolgt von Lucia.
Der Erzdiakon nahm den Arm in Augenschein und fragte: »Aber wie kam er hierher, und woher wußten diese Frauen, wo er zu finden war?« Er musterte Edgar voller Argwohn. »Vielleicht wußtest du es die ganze Zeit?«
Bevor Edgar etwas erwidern konnte, griff Lucia ein. »Ich allein wußte, wo sich der Arm befand. Und ich wußte, daß mein Bruder Samson einen Schatz versteckt hielt, zu dem er auf unehrliche Weise gelangt war. Ich wußte jedoch nicht, was es war, und stellte den Kasten unter den Schutz von St. Étienne. Ich wollte ihn gemeinsam mit Frau Catherine holen und Euer Gnaden bringen. Mein Bruder folgte uns und wollte ihn zurückhaben. Sankt Aldhelm hat uns geholfen, wie Ihr seht.« Sie bekreuzigte sich. »Ich schwöre es, bei Unserem Herrn, der Jungfrau und allen Heiligen.«
»Wohl denn.« Der Erzdiakon nahm ihre Aussage an. Er untersuchte den Arm näher. »Sollen wir daraus ablesen, daß der heilige Aldhelm seinen Arm zum Grundstein

einer neuen Kirche von Paris machen will?« fragte er.
»Vielleicht sollten wir ausprobieren, ob es ihm recht ist, wenn wir ihn von der Stelle rücken«, schlug John vor.
Giles nickte. »Ich werde ihn befragen; ihr beide versucht derweil, ihn zu entfernen. Aber wendet keine Gewalt an. Der Heilige muß aus freien Stücken kommen.«
Giles erhob seine Augen gen Himmel. Unglücklicherweise wurde seine Sicht auf das Paradies durch die Gesichter ungewaschener, wenn jetzt auch wohlgenährter Armer von Paris verdunkelt, die auf ihn hinabstierten.
»Geht weg!« rief er. »Ihr habt hier nichts zu suchen. Ich sorge dafür, daß euch der Bischof auf die Straße schickt!«
Die Gesichter verschwanden. Giles sammelte sich zum Gebet. Diesmal schloß er die Augen.
John ließ sich auf Hände und Knie nieder, Edgar tat es ihm nach. Sie näherten sich der Reliquie mit großer Ehrfurcht und nicht geringer Furcht. Dem Bittgebet des Erzdiakons nicht trauend, bat Edgar den heiligen Aldhelm stumm um Erlaubnis für ihr Vorhaben.
Edgar umschloß den Schrein mit beiden Händen. Das Holz war verzogen und zerborsten. Er befürchtete, der Schrein könne ihm in den Händen zerfallen. So berührte er die Gebeine selbst, ein Akt, dessen er sich im Grunde nicht für würdig befand.
John hielt den Deckel des Schreins, während Edgar den unteren Teil zu sich hin zog. Es gelang, ohne daß die Säule darüber sich bewegte.
John übergab den Schrein dem Erzdiakon.
Giles betrachtete ihn. »Seltsam«, sagte er. »Heute kam ein gewisser Kanonikus Simon zu mir und erzählte, daß er kürzlich einen Arm in einem goldenen Schrein englischer Machart entdeckt habe. Ein reuiger Dieb soll ihm

jenen gebracht und um Absolution gebeten haben. Er fragte mich, ob das nicht der Arm sein könne, nach dem ich suche. Ich habe ihm gesagt, das sei möglich.«

Catherine schlief in jener Nacht in einem sauberen Federbett. Hubert hatte darauf bestanden, daß sie und Edgar in sein Haus zurückkehrten. Dort hatte Catherine den Badezuber im Garten hinter dem Haus mit warmem Wasser füllen lassen. Dann hatte sie sich immer wieder von Kopf bis Fuß und zwischen den Zehen abgeschrubbt, um den Sand, den Staub und den Schreck loszuwerden. Edgar hatte ihr dabei geholfen.

Sie wachte mitten am Tag auf und fühlte sich wie ein Wäschestück, das einmal hin- und einmal hergedreht wurde, bevor es in die Mangel kam. Sie schlug die Augen auf und sah, daß Edgar sie anblickte.

»Wie fühlst du dich?« fragte er.

»Traurig«, sagte sie. »Und dankbar.«

Sie schmiegte sich an ihn.

»Sankt Aldhelm hat mir das Leben gerettet«, fuhr sie fort. »Aber er war auch die Ursache dafür, daß ich in Gefahr schwebte. Ich verstehe nicht, welchen Auftrag er erfüllen wollte, indem er Salisbury verließ und hierher kam. Drei Männer sind tot, vier, wenn du den Priester von Evreaux mitzählst, und ich sehe nicht, daß dabei etwas Gutes herauskam.«

Edgar hob einen ihrer ausgefransten Zöpfe hoch und wickelte ihn sich um die Hand. »Ich weiß. Ich verstehe es auch nicht«, sagte er. »Wir können nicht erwarten, die Wege des Himmels zu begreifen, doch mich dünkt, manches könnte klarer sein. Zum Beispiel, wie Samson Gaudry und Odo töten konnte? Und wer hat ihm gesagt, wo die Werkstatt war?«

»Und war es Samson, der das Geheimnis von Onkel Eliazar und Kanonikus Thomas entdeckte?« fragte Catherine. »Ich glaube kaum, daß er dich letztes Jahr überfiel. Selbst ohne Messer wäre es ihm ein Leichtes gewesen, dich zu töten.«
»Ja, ich glaube, es war ein viel kleinerer Mann.«
»Du denkst, es war Simon, Sugers Neffe, nicht wahr?« Edgar wickelte den Zopf ab und drehte ihn andersherum. »Ja«, gab er zu. »Er hatte die nötigen Verbindungen, um hinter Natans Geschäfte mit Bruder Thomas zu kommen und um in den Handel mit der gestohlenen Reliquie verwickelt zu sein. Aber wir können es nicht beweisen. Seine Darstellung, er habe den Schrein, den Gaudry und ich gefertigt haben, von einem Dieb erhalten, ist einleuchtend genug für jeden, der es glauben will.«
»Vater läßt ihn nicht so billig davonkommen«, versicherte Catherine.
»Aber wenn er von Thomas' Glaubensübertritt weiß, müssen wir dafür vielleicht mit unserem Schweigen bezahlen«, seufzte Edgar.
»Das überlassen wir Vater und Onkel Eliazar.«
»Wenn Aldhelm nur endlich heimkehrt«, sagte Edgar. »Ich wünschte, er könnte in dem Schrein reisen, den ich für ihn geschnitzt habe.«
»Wieso sollte er das eigentlich nicht? Bitte den Erzdiakon darum. Du mußt ja nicht erwähnen, daß es dein Werk ist.«
»Catherine«, sagte Edgar, »was die Säule anbelangt ...« Sie lächelte. »Ich weiß. Ich habe wohl gesehen, worauf sie ruhte. Es beweist nur, daß der heilige Aldhelm so geschickt ist wie du. Er bediente sich der Nische, um uns zu beschützen.«
»Ich hatte gehofft, daß du das so sehen würdest.«

Am Abend gingen sie in ihren besten Kleidern zu Eliazar zum Essen.
Catherine war erstaunt, daß Lucia bei Tisch bediente. Nach dem Mahl hielt sie die Magd im Flur auf. »Was machst du denn hier?« fragte sie. »Ich dachte, du würdest nie wieder hierherkommen.«
»Frau Johannah brauchte jemanden«, sagte Lucia. »Ich habe ihr gesagt, ich würde noch über Ostern bleiben.«
»Und was machst du danach?«
»Mutter braucht meine Hilfe«, sagte Lucia. »Goliath kann seine Arbeit tun, wenn man sie ihm langsam erklärt, aber er ist nicht in der Lage, gleichzeitig zu brauen und Buch über die Zahlungen zu führen. Irgendwer muß es tun.«
»Lucia, was ist mit dem Gold?« fragte Catherine. »Du könntest damit irgendwo von vorn anfangen.«
»Ich habe es nicht mehr.« Sie schien verlegen. »Ich erzählte Euch doch, was unser Gemeindepfarrer sagt. Die Heiligen brauchen kein Gold, denn sie hungern und dürsten nicht. Sie haben auch nicht für Kinder zu sorgen.«
»Du hast es Gaudrys Frau geschenkt, nicht wahr?« mutmaßte Catherine.
Lucia nickte. »Mein Bruder hat sie zur Witwe gemacht. Es ist meine Pflicht, mich um sie zu kümmern. Goliath bringt ihr jede Woche ein Faß von unserem besten Bier und sieht auch nach ihr und den Kindern.«
Lucia eilte in die Küche zurück, nachdem sie zum Schluß Catherine einen warnenden Blick zugeworfen hatte. Catherine kehrte langsam in den Speisesaal zurück. Sie sagte sich, daß sie sich in Lucias Pflichten nicht einmischen wollte. Doch sie würde Hubert veranlassen, jedes

Extrafaß Bier, das sie braute, zu kaufen, einerlei, welches Haustier dafür ausgewrungen würde.

Eine Woche darauf, nach den Feiertagen, traf sich Hubert mit Eliazar, Solomon und Baruch in seinem Haus, um zu besprechen, wie sie Abt Suger über die Schlangen in seinem Familiennest aufklären sollten.
»Wir müssen ihm zumindest etwas sagen«, beharrte Baruch. »Über Gerard. Das läßt sich beweisen. Er handelte nicht nur mit Kirchengütern, sondern betrügt auch mit den Zöllen.«
»Bist du sicher, daß wir es beweisen können?« fragte Hubert. »Gerard hat doch offenbar Natan für seine Machenschaften eingesetzt, seit er ihn beim Verkauf der geistlichen Gewänder ertappt hat. Wenn er Natan nicht erreichte, schickte er die Sachen durch Goliath nach Paris. Aber glaubst du, irgend jemand würde einer Aussage von Samsons Bruder gegen Sugers Neffen Glauben schenken?«
»Und mein Wort ist auch nichts wert?« warf Solomon ein.
»Drei jüdische Zeugen braucht man gegen einen Christen«, überlegte Baruch. »Und dann ist immer noch nicht sicher, ob man uns glaubt. Und was ist, wenn Gerard dich bezichtigt, du habest ihn in jener Nacht beraubt?«
»Das ist zu bedenken. Aber was die Zölle betrifft, so würden sich gewiß auch eine Reihe von Christen beschweren.«
»Der Verband der Wasserkaufleute hat schon beschlossen, eine Abordnung an den Abt zu schicken wegen der Erpressungen durch seinen Neffen«, sagte Hubert. »Ich werde dafür stimmen. Wir sind eine mächtige Gruppe. Der Abt mag seine Liebe zum Zisterzienser Wein gegen den Gewinn, den Gerard machte, abwägen und sich für ersteren entscheiden.«

»Und Simon?« fragte Edgar. »Er war es, der mit Samson und Natan in Paris zusammenarbeitete. Er muß entsetzt gewesen sein, als der Arm verlorenging. Ich wette, er hatte die Idee, die Schmiede zu töten, als die Nachbildung fertig war. Wahrscheinlich hat er auch Silas entführt und mir eins übergezogen.« Er rieb sich die Beule.

»Ich weiß«, sagte Hubert. »Aber er beharrt darauf, daß er den Kasten im Zusammenhang mit seinen seelsorgerischen Aufgaben bekam. Wir werden kaum etwas anderes beweisen können.«

»Der Erzdiakon glaubt uns«, sagte Solomon. »Zu meiner eigenen Überraschung fand ich beinahe Gefallen an ihm.«

»Er hatte den Auftrag, den Arm und den Kelch zu finden und nach Rouen zurückzubringen«, sagte Hubert. »Vielleicht rät er dem Bischof, Bruder Simon im Auge zu behalten.«

»Maurice beobachtet ihn noch genauer«, sagte Solomon lachend. »Ich würde ihm zutrauen, daß er mit jenem Simon ein Hühnchen rupft, noch bevor Bischof Stephan es tat.«

»Ich möchte, daß die Verbrecher für ihre Taten bestraft werden«, sagte Eliazar. »Doch ich weiß, daß das in dieser Welt nicht immer geschieht. Mein Herz bangt mehr um meine Brüder und um meinen Bruder Hubert. Verzeihst du mir, daß ich uns alle letztes Jahr solcher Gefahr ausgesetzt habe? Als der Junge zu mir kam und um Beschneidung bat, konnte ich es ihm nicht abschlagen.«

»Wir sagten es bereits; du mußtest so handeln«, sagte Baruch. »Wir bedauern nur deine Heimlichtuerei.«

»Dann vergebt sie mir«, sagte Eliazar.

»Das tue ich gern«, sagte Baruch.

»Gewiß«, sagte auch Hubert.

»Solomon?« fragte Eliazar.
»Ja, ich verzeihe dir, Onkel. Aber ich finde immer noch, daß du mich hättest bitten sollen, dir zu helfen. War ich nicht immer bereit, deine Wünsche zu erfüllen?«
»Da du gerade davon sprichst«, fuhr Eliazar fort, »Hubert und ich haben noch eine kleine Aufgabe für dich. Keine lange Reise, nur in die Lombardei und wieder zurück.«
»Die Alpen.« Solomon verbarg den Kopf in den Händen. »Ihr wollt also, daß ich wieder auf diese verdammten Berge steige. Wann muß ich aufbrechen?«

* * *

Die kleine Kammer war leergeräumt und die meisten Möbel zu einem Haufen aufgeschichtet. Catherine stand mitten im leeren Raum und wandte sich langsam ab, in Erinnerungen versunken.
Dies war der Ort ihrer Genesung. Häßlich, vollgestellt und kalt, hatte er doch ihren Kummer gelindert und sie dazu gebracht, vorwärts zu schauen. Sie wußte, es gab Menschen, die diese Kammer für einen Palast halten würden. Mit Sicherheit jene Bettler, die zwischen herabgefallenen Balken von St. Étienne hausten.
Sie wußte immer noch nicht, ob ihre Mission irgendeinen Nutzen gehabt hatte. Der heilige Aldhelm war auf der Heimreise nach England. Edgar hatte den Arm liebevoll in die von ihm so sorgsam geschnitzte Schatulle gebettet. Catherine hatte gedacht, es würde ihn mit Stolz erfüllen, doch seine Miene dabei war ihr fremd, sie konnte sie nicht deuten.
Und jetzt waren sie im Begriff, ins Haus ihres Vaters zurückzukehren. Sie würde wieder die Bücher führen,

als ob sie nie fortgewesen wäre. Nur daß Edgar auch dort sein würde. Und womit würde er sich beschäftigen?

Er hatte es zwar nicht wieder erwähnt, doch sie wußte, daß er ständig darüber nachdachte. Er hätte einen schlechten Mönch, aber einen guten Prior abgegeben. Vielleicht wäre er sogar als Laienbruder glücklich geworden, wenn er in der Schmiede der Abtei hätte arbeiten können. Doch was gab es hier für ihn zu tun? Er war kein Ritter; und er konnte sich nicht dazu erniedrigen, Kaufmann zu werden. Das Wissen darum, daß ihr Vater lediglich von ihm erwartete, Enkel zu zeugen, stärkte nicht gerade sein Selbstvertrauen. Die Arbeit, die er am besten konnte, war ihm versagt. Die Heirat mit ihr bedeutete gesellschaftlichen Abstieg. Sie würden nicht den Rest des Lebens über einer Weberwerkstatt leben können, während Edgar mit selbstgeschnitzten Löffeln hausieren ging.

Welch ein Jammer.

Sie konnte es nicht mitansehen, wie elend er sich fühlte, wußte aber nicht, was sie dagegen tun könnte.

Sie hob das letzte Bündel auf und stieg die Treppe hinab. Er wartete bereits mit dem Esel auf sie.

Stumm ging er neben ihr her, grübelnd, wie sie zu wissen glaubte, über den Fehler, sie in sein Leben gelassen zu haben.

Plötzlich hob er den Kopf.

»Deofeles belg!« rief er aus. »Natürlich! Wo sonst?«

»Was ist los?« fragte sie.

»Ich weiß, wo die Werkstatt war!« sagte er. »Ich hätte es sofort merken müssen. Wie dumm! Es beweist nur, daß wir nie auf die offensichtliche Antwort kommen. Sie war unmittelbar unter meiner Nase, was sag ich! In meiner Nase.«

»Hast du etwa darüber nachgedacht?«
»Gewiß«, sagte er. »Es widerstrebt mir sehr, solch eine Sache ungelöst zu lassen. Die Werkstatt lag nicht unter dem Kloster, sondern unter der Brauerei. Der Geruch des Mälzens und Brauens und auch des Brennofens überlagerte alle Ausdünstungen der Schmiedearbeit.«
»Und darum hatte Natan auch den Schwefelgeruch in seinen Kleidern!« sagte Catherine. »Ja, gut, daß das geklärt ist. Und ich dachte, du fragst dich, was du im Hause meines Vaters anfangen sollst.«
»Ach, das.« Edgar zuckte mit den Schultern. »Ich werde schon etwas finden. Wenigstens bin ich weit genug weg von daheim, so daß mein Vater es nicht erfährt. Maurice meint, wir sollten St.Étienne niederreißen und Notre-Dame wieder aufbauen und den zusätzlichen Platz nutzen, um sie doppelt so groß zu bauen. Die Kathedrale ist in fast so schlechtem Zustand wie St.Étienne. Stephan de Garlande hat vor einigen Jahren ein neues Dach gebaut, aber das hält nur den Regen ab. Es ist zu klein, besonders an Feiertagen.«
Catherine lachte. »Also willst du gemeinsam mit diesem ausgemergelten Burschen, der noch nicht einmal Kanoniker ist, eine neue Kathedrale bauen.«
Edgar grinste. »Nicht morgen, aber eines Tages. Ich wollte nur darlegen, daß es viele Möglichkeiten gibt. Und vergiß nicht, ich habe bewiesen, daß ich für uns sorgen kann, was auch geschieht. Selbst ohne Land, ohne Namen, ohne Besitz, ich weiß, daß wir nie hungern müssen.«
Er begann zu pfeifen. Catherine sah ihn voller Freude an.
»Danke, Sankt Aldhelm«, sagte sie. »Du hast mir doch noch ein Wunder gesandt.«

EPILOG

Die Geschichte vom Arm des heiligen Aldhelm geht auf eine Anmerkung in den Annalen des Orderic Vitalis zurück, daß Philippe d'Harcourt, während er mit König Stephan zu Salisbury weilte, unter anderem eine Reliquie an sich nahm: *»Brachium unum, aureis lammis coopertum, et lapidibus preciosis ornamentum«* (einen Arm, mit Gold überzogen und mit Edelsteinen verziert). Diese Reliquie ließ Hugo, Erzbischof von Rouen, später nach Salisbury zurückschicken. Sie wurde namentlich nicht näher bezeichnet, doch meine ersten Recherchen lieferten Hinweise dafür, daß sie Teil des heiligen Aldhelm war, des Mönchs aus Malmesbury, Lateinscholar, Prediger und erster Bischof von Sherborne, der späteren Diözese Salisbury.

Doch als ich die Sache weiterverfolgte, begann ich daran zu zweifeln, daß es sich um Aldhelms Arm handelte. Zum einen wird sein Schrein 1096 und 1214 als silbern und nicht golden bezeichnet, während in allen Quellen des zwölften Jahrhunderts, die den Arm in Verbindung mit Philippe d'Harcourt erwähnen, Gold genannt wird.

Mich wunderte vor allem, daß die Reliquie nie namentlich aufgeführt wurde. Weder Orderic noch Hugo geben Aufschluß darüber, um wen es sich handelt. Und Wilhelm von Malmesbury, der eine Biographie des Aldhelm verfaßte, erwähnt in seiner Historia Novella nie den Diebstahl, obwohl er von Stephans Besetzung Salisburys berichtet.
Während meiner unsinnigen akademischen Laufbahn bin ich nie auf Aldhelm gestoßen. Seit ich aber mit diesem Buch begonnen habe, komme ich nicht mehr von ihm los. Im Mittelalter und noch später war er wohlbekannt und ein besonderer Schutzpatron von Salisbury. John Crowe Ransom schrieb sogar in diesem Jahrhundert ein Sonett über ihn, Herrgott nochmal. Es ergab für mich keinen Sinn, daß der Raub seiner Reliquie so wenig Erwähnung fand. So war ich schon zur Hälfte mit dem Buch fertig und nicht sicher, ob ich die richtige Reliquie hatte.
Um die Leser nicht länger zu langweilen: Heute bin ich davon überzeugt, daß es nicht Aldhelm war, den Philippe stahl. Daher rankte ich die Geschichte um die Tatsachen, die mir bekannt waren. Ich weiß nicht, wessen Arm es war, aber ich forsche noch danach.
Viele der anderen Figuren im Buch haben wirklich gelebt: Hugo und sein Neffe natürlich; Abt Suger und Prior Hervé. Sugers Neffen, Gerard und Simon, Bürgermeister von Argenteuil und Kanoniker von Notre-Dame. Der nächste Abt von St.Denis hatte Schwierigkeiten mit ihnen, doch das ist alles, was ich über diese Männer weiß. Ich habe sie für meine Geschichte eingespannt, weil sie am richtigen Ort waren, nicht weil ich irgendeinen Grund zu der Annahme habe, daß sie so wie im Roman beschrieben handelten. Kanonikus Simon wurde schließ-

lich einer der Kanzler Ludwigs VII. Ich habe viel über Andrew von St. Victor gelesen, und nun tauchte er doch nicht so oft auf, wie ich anfangs gedacht hätte. Vielleicht kommt er in einem späteren Buch wieder vor. Maurice de Sully ist ein Horatio Alger des zwölften Jahrhunderts, der als armer Student nach Paris kam und schließlich Bischof der Stadt wurde. Ich hoffe, er läßt Edgar mithelfen, wenn er die Kathedrale von Notre-Dame wiederaufbaut.

Johann (= John) von Salisbury hat so viel von seiner Persönlichkeit und seinem Leben in seine umfangreichen Schriften einfließen lassen, daß man sich nicht allzuviele dichterische Freiheiten mit ihm erlauben kann. Ich glaube kaum, daß Catherine und Edgar einen besseren Freund haben könnten.

Über das jüdische Leben im Frankreich jener Zeit zu schreiben erwies sich als überaus schwierig, da so viele ursprüngliche Quellen vernichtet wurden. Ich habe das, was überdauerte, versucht zu übertragen, besonders rechtliche Dokumente, die sowohl Christen als auch Juden betrafen, und die Responsa der Tosafist-Gelehrten, die übersetzt worden sind. (Zu meinem größten Leidwesen bin ich im Hebräischen nie über Grundkenntnisse hinausgelangt). Viele dieser Quellen bezeugen sowohl geschäftliche als auch private Kontakte zwischen Juden und Christen. König Ludwig VII. galt als »weichherzig« gegenüber den Juden, eine Schwäche, die sein Sohn Philipp Augustus nicht teilte. Doch Philipp wurde erst vierzig Jahre später König. Zur Zeit, in der der Roman spielt, mußten Juden in Paris keine Abzeichen tragen, mußten nicht in Ghettos wohnen und sprachen kein Jiddisch. Sie konnten eigenen Besitz haben, mit Christen Geschäfte machen und vor Gericht gegen sie aussagen. Ihr Leben war natürlich nicht rosig. Es gab drückende Steuerlasten und Maßregeln sowie religiöse und wirtschaftliche Feindseligkeit seitens der christlichen Mehrheit. Doch es gab auch Glaubensübertritte in beide Richtungen und sogar gelegentliche Mischehen, obwohl beide Seiten diese Vorstellung entsetzlich fanden. Auch wenn Catherines Akzeptanz ihrer Familie ungewöhnlich scheinen mag, halte ich sie nicht für unmöglich.

Trotz der vorangegangenen Darstellung von historischen Parallelen möchte ich darauf hinweisen, daß es sich um Dichtung handelt. Catherine, Edgar und ihre Familien haben nie existiert, und die Handlung des Romans ist frei erfunden. Da ich aber auch Historikerin bin, entspricht dieses Buch so genau wie möglich meiner Sicht einer besonderen Zeit und eines besonderen Ortes der Geschichte. Ich bemühte mich sehr, alles detailgetreu darzustellen. Doch wie gesagt, ich schrieb kein Lehrbuch. Hauptsache, den Lesern gefällt die Geschichte. Ich hoffe, das gilt auch für Sie.

Sharan

GLOSSAR DER ÜBERSETZERIN

(Begriffe, die im Glossar der ersten beiden Bände mehrfach vorkommen, sind hier nicht aufgeführt)

Antiphon	liturgischer Wechselgesang
Beda	berühmter englischer Geschichtsschreiber und Universalgelehrter (672-735), Benedektinermönch
braiel (altfrz.)	Hosenriemen
braies (altfrz.)	weite Hosen
deofoles belg (altengl.)	Teufelsbalg
dwolenlic ceorl (altengl.)	dummer Kerl
enfançonette (altfrz.)	Kindchen
engigneuse, engigneresse (altfrz.)	Zauberin
eolderdeofolcynn (altengl.)	etwa: in drei Teufels Namen!
Esther	Rettete laut dem Buch Esther im Alten Testament die Juden vor der Vernichtung durch die Perser unter Xerxes

fame vilaine (altfrz.)	niederträchtiges Weibsstück
files d'aversier (altfrz.)	Satansbraten
Godes micht! (altengl.)	Allmächtiger!
gruit (altfrz.)	Kräutermischung
Haman	Minister des Xerxes, der die Vernichtung der Juden betrieb; Widersacher Esthers (vgl. Esther)
henap (altfrz.)	Weinpokal, eine Art Humpen mit Stiel
Heptateuch	die ersten sieben Bücher des Alten Testaments
inana (lat.)	dumme Gans
John	= Johann von Salisbury, Schüler Abælards
Kapetinger	französisches Königsgeschlecht, so genannt nach Hugo Capet, dem Begründer des Hauses
mamser (hebr.)	Bastard
merkabah (hebr.)	Thronwagen Hesekiels
mescrûus caiel (altfrz.)	räudiger Hund
mikwah (hebr.)	rituelles Bad für Jüdinnen
Narthex	innere Kirchenvorhalle
Oblate	Klosterzögling
pellices (altfrz.)	Felle
Pentateuch	die fünf Bücher Mose
Roland	sagenhafter Held des Rolandlieds

Sch'ma (hebr.)	zentrales Gebet der jüdischen Liturgie
Sonntag Septuagesimä	neunter Sonntag vor Ostern
stultus (lat.)	dumm
Superpelliceum (lat.)	geistliches Gewand
Susanna und die Ältesten	Im Alten Testament apokrypher Zusatz zum Buch Daniel: Die tugendhafte Susanna wird von zwei verschmähten Liebhabern des Ehebruchs geziehen
talemelier (altfrz.)	Bäcker
tonlieu (altfrz.)	Zoll
trigoleurs (altfrz.)	Lumpenpack